3 1994 01559 6486

SANTA ANA ~~PUBLIC~~

O9-CFT-388

LA BÚSQUEDA

El niño que se enfrentó a los nazis

Blanca Miosi

SA PL

Bmiosi.com

Copyright © Blanca Miosi, 2012

Esta novela está basada en hechos de la vida real. Los nombres de los personajes así como algunas de las situaciones fueron cambiados para resguardar su identidad.

Reservados todos los derechos, incluyendo la reproducción parcial o total de esta obra, por cualquier medio y en cualquier forma.

ISBN-13: 978-1481169509
ISBN-10: 1481169505

Impreso en Estados Unidos de América

Agradezco a mi Henry por regalarme su vida;
a mi madre, por regalarme su inspiración;
y a mi entrañable amigo Fernando Hidalgo
porque sin su invaluable ayuda este
proyecto no se hubiera hecho realidad.

Mi agradecimiento especial a Daniel De Cordova y
a Jordi Díez por la creación de esta edición impresa.

Preámbulo

Septiembre 2001 – Ginebra, Suiza

Saqué del bolsillo la tarjeta y verifiqué la dirección: Route des Morillons numero 17. Recorrí el enrejado negro que rodeaba el jardín hasta llegar a la entrada. Un sendero me condujo a través del césped frente a una puerta de vidrio, que se abrió automáticamente a mi paso.

Vacilé por un momento; entrar allí significaba volver a tocar puntos de un pasado que siempre quise olvidar, pero me había hecho una promesa a mí mismo y estaba decidido a cumplirla. Al traspasar el umbral me encontré en un recinto amplio y elegante. A la izquierda una joven rubia, detrás de un gran escritorio, me miró e hizo una mueca parecida a una sonrisa. Me acerqué a ella.

–Buenas tardes, ¿es aquí donde gestionan las indemnizaciones que Alemania ha ofrecido a los ex prisioneros de los campos de concentración nazis? –pregunté en alemán.

–Sí, así es –contestó la chica, escuetamente.

–Traigo los documentos que certifican que estuve en Auschwitz y en Mauthausen.

–El horario de nuestras oficinas es de ocho de la mañana a cinco de la tarde, señor. Tendrá usted que volver dentro de ese horario para presentar la documentación. Es usted judío, ¿no?

–Soy católico –respondí, extrañado por la inesperada pregunta. Por un momento pensé que si no era judío no podrían atenderme.

–Si lo desea puedo concertarle una entrevista con la persona que se encarga de tramitar las solicitudes, pero tendrá que ser mañana –continuó la joven, que parecía tener prisa por acabar la conversación.

–Gracias, no es necesario –respondí–. Intentaré volver dentro del horario de oficina.

–¿Desea algo más? –agregó, a modo de despedida.

Cuando salí no estaba seguro de querer volver. La frialdad de la joven me hizo sentir incómodo. Comprendí que no era más que una empleada haciendo su trabajo; ser un superviviente de esos campos no tenía para ella ningún significado especial. Yo había imaginado algo más cálido, más atento. Si las indemnizaciones eran en cierto modo un desagravio, me pareció que presentarlas así era como envolver un obsequio en papel de periódico. ¿Por qué habría dado por supuesto que yo era judío? Es verdad que mucha gente cree que sólo ellos sufrieron en los campos nazis, pero en esa oficina deberían saber que hubo muchos miles de prisioneros por otros motivos.

Crucé la calle, me senté en un banco y miré a los dos edificios casi idénticos del recinto que acababa de abandonar, en uno de los cuales se aloja la Oficina de Repatriación y Refugiados de las Naciones Unidas. A pesar de sus grises paredes, nada hacía sospechar el drama que encerraban sus inmensos archivos. El verdor del césped cuidadosamente cortado y el colorido de sus jardines contrastaban con el significado que aquella visita tenía para mí. La brisa de aquel atardecer de otoño me trajo el familiar aroma de la hierba húmeda, el mismo que tantas veces había sentido en mi infancia, y de pronto mis recuerdos me llevaron a Dabrówka, nuestra casa de campo en Polonia. Aunque por mucho tiempo me había resistido a pensar en el pasado, esa evocación me trasladó a Varsovia, cuando todavía era un chiquillo y no intuía lo que el destino me habría de deparar. Aspiré con fuerza el olor de la hierba y mi mente se inundó de trozos del pasado que creía sepultados para siempre en el olvido...

Capítulo 1

Varsovia, Polonia – 1938

Recuerdo a mamá cuando era joven y todavía me parece ver su rostro de ojos siempre sonrientes. Decían que me parecía mucho a ella, más que Cristina, cuatro años menor que yo y que era el vivo retrato de mi padre. Doña Sofía, como llamaban todos a mamá, era alta, de cabello castaño y ojos azules como el cielo. Papá era rubio, como mi hermana; sus cabellos tenían el color del trigo maduro. Aún sonrío al recordar las bromas que yo gastaba a la pequeña. Se las merecía, siempre parecía ofendida y le gustaba acusarme de todo. En lo único en lo que los dos estábamos de acuerdo era en que la vieja perra Aza también formaba parte de la familia; además, había sido mi niñera.

En aquel tiempo ser *harcerz* era un orgullo. En especial si se era portador de la mayor cantidad de insignias en la manga, como la de cocinero, carpintero, pescador y una de las más apreciadas, la de supervivencia. Para conseguirla había que pasar tres días en el bosque sin más ayuda que un morral con un poco de sal, un cuchillo y agua en una cantimplora. Yo tenía casi once años cuando me llegó el turno y estaba decidido a superar la prueba. Me interné en el bosque confiado en salir airoso, pero después de dar muchas vueltas y viendo que empezaba a oscurecer, me dirigí a la cabaña del guardabosque, a quien conocía muy bien porque era amigo de la familia. Allí pasé los tres días y las tres noches. Gané la insignia de supervivencia de los Boy Scouts y, aunque me remordió un poco la conciencia, me tranquilicé pensando que ésa había sido también una ingeniosa manera de sobrevivir. Mamá mostraba complacida a sus amigas las insignias que yo había obtenido y eso me hacía sentir culpable, pero sólo un poco. Recuerdo que por aquellos días nuestro instructor ponía mucho énfasis en enseñarnos las técnicas de primeros auxilios. Aprendí a entablillar huesos rotos, a poner inyecciones, a colocar vendajes y a medir la presión sanguínea. Pensando en lo que sucedió después, creo que aquellas tácticas, como él las llamaba, tenían cierto trasfondo que nosotros no alcanzábamos a vislumbrar.

Después de los lejanos embates de la Gran Guerra, hacía veinte años, Polonia vivía momentos bastante tranquilos, todo lo contrario que la vecina Alemania, agitada por el nacionalsocialismo. A mi edad, nada de eso me importaba, aunque de vez en cuando podía captar cierta inquietud en algunas conversaciones que sostenía mi padre.

Un día vi que mi tío Krakus estaba muy preocupado. Decía que un tal Adolf Hitler tenía intenciones de llegar a Prusia por el norte de Polonia.

–No se atreverán a atacar Gdansk –opinó papá, sin demostrar interés.

–Alemania tiene muchos problemas económicos y Polonia es un obstáculo para los planes de Hitler, sería un buen pretexto para iniciar una invasión –contestó mi tío.

–¡Allá ellos con sus problemas! No queremos otra guerra por aquí. Además, tenemos un tratado de no agresión con Alemania.

–¿Y crees que lo respeten? Nuestro ejército de tierra está haciendo maniobras junto a la aviación... –escuché decir a mi tío, preocupado.

–Te alarmas sin motivo, son sólo ejercicios de rutina – opinó papá, quitando importancia al asunto.

–Stan... algo huele mal. Están empezando a construir refugios antiaéreos en algunos lugares de Varsovia.

–Papá, ¿qué son refugios antiaéreos? –me atreví a preguntar, interrumpiendo la conversación.

–Waldek –contestó, creo que algo molesto porque yo hubiera estado escuchando–, son lugares donde la gente se resguarda de los ataques de los aviones durante la guerra.

Yo entonces creía que los refugios debían de ser como los del guardabosque, sitios donde se podía cantar y pasar buenos ratos con los amigos. Sin pensar más en ello salí a jugar con Aza.

Después comprendí que mi padre sabía más de lo que decía. Más que mi tío Krakus y que muchos otros, porque él era jefe de la canalización de aguas de Varsovia, trabajaba para el Gobierno y tenía acceso a información que para otros estaba vedada. Pero siempre fue un hombre reservado y así es como lo recuerdo.

Capítulo 2

Viernes 1° de septiembre, 1939
Dabrówka, Polonia

Solíamos pasar las vacaciones y los fines de semana en la casa de campo de Dabrówka, a unos seis kilómetros de Varsovia. Era una casa rústica, acogedora, rodeada de frutales y frondosa vegetación. Aún recuerdo las manzanas maduras que cubrían el suelo en otoño, cuando dejábamos de ir algún fin de semana y la fruta quedaba sin recoger. Teníamos también fresas, duraznos, cerezas y moras. Papá se dedicaba a amontonar y recoger las hojas que el viento arremolinaba por todos lados y mamá decía que era su día de descanso, así que acostumbraba mecerse en la *hamaka* mientras nosotros nos ocupábamos del jardín. Aquel viernes, muy temprano, mi padre y yo seguíamos la rutina de siempre, mientras mi hermana Cristina andaba perdida nadie sabía dónde; siempre se las arreglaba para desaparecer cuando se requería ayuda. Me hallaba concentrado en acabar mi parte del trabajo cuando sentí algo parecido a un lejano zumbido de abejas, similar al que había oído el día en que un enjambre persiguió a Cristina tras su genial idea de tirar piedras a una colmena. El zumbido era cada vez más fuerte por lo que, interrumpiendo el trabajo, alcé la vista al cielo buscando la procedencia del ruido, que era ya insoportable. Vi algo sobrecogedor; cientos de aviones en formación delta se sucedían interminablemente. Eran tantos que oscurecían el cielo y producían un ruido infernal. Quedé atónito. Mi padre al otro extremo del jardín también miraba hacia arriba. Noté una gran preocupación en su rostro. Pensé que sin duda, esos aviones no traían nada bueno.

Mamá, que inicialmente se había quedado callada, reaccionó gritando para hacerse escuchar entre el fragor de los motores.

–¡Oh Dios mío! ¡Son alemanes! ¡Nos están atacando! ¡Waldek, Cristina! ¡Oh, mi Dios, son aviones alemanes!

—No, son aviones polacos haciendo ejercicios –gritó papá, en un intento de tranquilizarla.

—Yo conozco los aviones polacos ¡Son alemanes! ¡Dios mío, ayúdanos!

—¡Mira, papá! –exclamé recogiendo del pasto algo que había caído. Estaba tan caliente que lo solté de inmediato.

—Son pedazos de proyectiles antiaéreos –explicó papá–, el ejército nos defiende.

—¡Los alemanes nos están atacando! –seguía gritando mamá con desesperación– ¡Cristina! ¿Dónde estás?

—¡Sofía, cálmate! Por favor, no asustes a los niños –dijo papá abrazándola, dejándose oír a duras penas entre aquel estruendo.

Aza aullaba sin parar y sus gañidos se mezclaban con los de todos los perros de la zona y con los alaridos de mi hermana, que había hecho aparición y se aferraba a mamá, llorando de miedo.

Los aviones volaban en dirección a Varsovia. Al poco rato empezamos a oír lejanas explosiones seguidas de densas columnas de humo negro que se elevaban en el horizonte. Era evidente que había empezado una guerra y como solía decir papá, en Europa todas las guerras empiezan por Polonia. Era el principio de la Segunda Guerra Mundial y los alemanes nos atacaban sin previo aviso.

Papá empezó a vestirse apresuradamente para salir, a pesar de los ruegos de mamá; dijo que debía presentarse en el trabajo. Como inspector de los canales de Varsovia, su puesto era clave. Entonces no lo comprendí pero ahora entiendo que hizo lo correcto. Se puso al volante de su Citröen y partió camino de la ciudad. Cuando más tarde un soldado vino a buscarlo en una moto, le informamos que mi padre ya había salido hacia el ayuntamiento.

Por entonces yo tenía doce años y, aunque siempre me gustó aparentar más edad y tener responsabilidades me hacía sentir importante, aquel día sentí desasosiego por ser el mayor. Traté de consolar a mamá, que no paraba de llorar. Mi hermana no se quedaba atrás, lo que en ella era frecuente, pero esta vez no le faltaba motivo. Yo también sentía un nudo en la garganta, más por la emoción que por temor a lo que estaba pasando; aún era muy joven para poder siquiera imaginar el horror de una guerra. Tenía deseos de ver qué ocurría en Varsovia y a pesar de que papá nos pidió expresamente que no nos moviéramos de Dabrówka, empecé a pensar en la posibilidad de ir a la ciudad.

Durante los dos días siguientes vimos algunos grupos de aviones, aunque mucho menos numerosos, y seguimos oyendo incesantes explosiones en la lejanía. Decidido a no permanecer por más tiempo allí, aislados, traté de convencer a mamá de que era necesario volver a Varsovia. Le hablé de la Gran Guerra, en la que, según nos habían enseñado en la escuela, los más sangrientos combates sucedieron en las trincheras, en el campo, que era justamente donde nosotros estábamos. Por último, le dije que así estaríamos más cerca de papá y me parece que fue eso lo que la convenció.

Cargando algunas pertenencias, nos encaminamos a la ciudad. Era un largo trayecto para hacerlo a pie, sobre todo para Cristina, pero tuvimos la suerte de encontrar a un campesino que iba con una carreta de caballos en la misma dirección. Apenas cruzamos palabra, estoy seguro de que a todos nos martillaba una sola idea en la cabeza y era evidente que no queríamos hablar de ello. Ya muy cerca de la capital, el camino quedaba truncado por los efectos del bombardeo y el carro no pudo pasar. Tuvimos que apearnos y proseguir andando hasta llegar a nuestra casa. Nunca supe el motivo por el que aquel campesino iba hacia Varsovia. Quién sabe adónde iría; en tantos años, nunca volví a acordarme de él ni a preguntarme por su suerte, hasta hoy.

Nuestra casa estaba cerca del río Vístula, relativamente próxima a dos puentes y a la planta eléctrica que daba suministro a la ciudad. Estos eran puntos estratégicos y por tanto, posibles objetivos de los bombardeos. Corríamos grave peligro si nos quedábamos allí. ¿Y dónde podíamos ir? Nos habíamos metido en un tremendo embrollo por no hacer caso a papá. Debíamos buscar un refugio y hallamos uno cercano en la calle Lipowa, en la sede municipal de mantenimiento de aguas de Varsovia; ni más ni menos que donde papá trabajaba. Yo tenía miedo de que me castigara si nos veía allí, por haberle desobedecido regresando a Varsovia y no sé cómo convencí a mamá para ir a otro refugio, mayor y más lejos de los puentes. Había empezado a entender de puntos estratégicos, ya que la gente no hablaba de otra cosa. Nos trasladamos de refugio, pero apenas entramos tuvimos que regresar al anterior, porque una bomba destrozó una tubería de gas matando a gran cantidad de personas. Se rumoreó que hubo cerca de doscientos muertos. Mamá repetía que había sido un verdadero milagro que hubiésemos resultado ilesos. Yo pensaba que más que un milagro, lo que nos salvó fue situarnos muy cerca de la salida del refugio, porque ya estaba casi lleno. Si Dios hubiese estado dispuesto a hacer milagros, aquellos días hubiera tenido mucho trabajo. Pero era inútil discutir con mamá y más en aquellas circunstancias.

Yo esperaba encontrarnos con papá en cualquier momento y estaba preocupado por que se enfadara pero cuando nos vio, nos abrazó sin hacer preguntas. Sentí un gran alivio. No se quedó con nosotros en el refugio pero venía a vernos a menudo, siempre con prisa. Deduje que estaba colaborando con la defensa de Varsovia. Nunca le pregunté qué fue lo que hizo en esos días y él jamás se refirió a ello. Pero supongo que, como ingeniero responsable de la canalización de aguas de Varsovia, era la persona clave para reparar los destrozos que los bombardeos hacían en los sistemas de agua y alcantarillado, ayudando a que los servicios de la ciudad no se colapsaran. Conocía todos los vericuetos de la inmensa red de canales subterráneos, sus modificaciones y ampliaciones. Éstos fueron los únicos lugares donde el ejército alemán evitó entrar durante la ocupación. Recuerdo que cuando papá venía a vernos estaba cubierto de barro de pies a cabeza.

Ninguna mascota podía entrar en los refugios, ni siquiera un canario. Me explicaron que era por motivos de supervivencia. Cuando escuché esa palabra me hice el entendido y asentí, pensando en la insignia que gané en los Boy Scouts. Habíamos dejado a Aza en la casa y era imposible ir a cuidarla porque, aunque entre los ataques podíamos salir del refugio, no estaba permitido alejarse de la puerta; nos exponíamos al peligro de que en cualquier momento se reanudase el bombardeo. Al cabo de una semana unos soldados vinieron a buscar a mamá porque Aza aullaba sin parar día y noche. Estaba sufriendo, sin agua ni comida, sola y rodeada del constante estruendo. Rogué para que la lleváramos al refugio pero en ese punto fueron inflexibles.

–Los animales no entran en los refugios –dijo el soldado, rotundamente– apenas hay espacio para las personas.

Le dijeron a mamá que debía acompañarlos para abrirles la puerta de la casa y acabar con el sufrimiento de Aza. Así que, en uno de los cortos lapsos de tiempo en que cesaron de caer las bombas, fuimos a la casa, que quedaba relativamente cerca y debí enfrentarme a uno de los peores momentos de mi vida. Al verme, Aza se abalanzó sobre mí con alegría y después se sentó mirándome, confiada. Un soldado acabó con su vida de un disparo. Aun tengo nítidos en la memoria los ojos de mi querida Aza. Fueron las primeras lágrimas que vertí en esa maldita guerra. Todavía ahora, al recordarlo, siento una punzada en el corazón y un sentimiento de culpa invade mi alma. A partir de ese momento supe que podía perder a mis seres queridos.

Cuando los bombardeos cesaban, todo quedaba en silencio. En una de esas ocasiones en las que abrían la puerta para que entrara un poco de aire fresco, me deslicé hacia la salida sin que nadie lo notara, con idea de dirigirme a la casa de mi tío Krakus y ver a mis primos, en especial a Bolek. Atravesé la calle Dobra y seguí por la calle Karowa, donde estaba mi escuela. En el camino pude ver los destrozos que las bombas habían ocasionado; muchos edificios estaban dañados y había incendios por todas partes que ya nadie intentaba apagar. Los raíles de los tranvías se habían levantado del suelo como escaleras retorcidas; había enormes huecos en el pavimento, cubiertos en parte por escombros y por gran cantidad de agua que se desbordaba corriendo por las calles. Cuando pasé frente a la escuela me alegré al verla intacta.

Encontré a algunos hombres que entraban en las tiendas que habían sido bombardeadas, imaginé que buscando comestibles para llevarlos a los refugios. También a algunos obreros, reparando las líneas eléctricas y las tuberías dañadas, aprovechando las breves pausas entre los ataques de la aviación. Subí por una rampa en forma de caracol que me llevó a la zona alta de la calle Karowa, pues la escalera para peatones estaba destruida. Llegué a Krakowskie Przedmiescie y aceleré el paso hasta llegar a la plaza donde estaba el obelisco del rey Zygmund, que aún estaba en pie. En esa zona había menos daños; corrí sin parar hasta Stare Miasto, una enorme plaza rodeada de antiguos edificios, donde vivían mis tíos. Supuse que no se habrían movido de allí, ya que su casa no quedaba cerca de ningún punto estratégico. Subí corriendo las escaleras hasta el cuarto piso y llamé a la puerta, jadeando por el esfuerzo. Al verme, tío Krakus no me dejó ni tomar aliento. En lugar de admirar mi hazaña, recibí tal reprimenda que huí a toda prisa, a pesar de los ruegos de mi tía para que me quedara. Sus gritos se confundieron con la sirena que avisaba el inicio de otro bombardeo; me asusté tanto que bajé los últimos escalones a trompicones y corrí tan rápido como pude.

Las calles estaban desiertas. Ni siquiera en mi prueba de supervivencia en el bosque había sentido tan extraña sensación de soledad. Cuando las sirenas dejaron de sonar, un silencio sepulcral presagiaba la tormenta. Al cabo de unos segundos empezaron a caer las bombas y sentí que el suelo temblaba con fuerza. Perdí el equilibrio y caí, justo en el momento en que una bomba hizo explosión a escasos veinte metros. Quedé aturdido, pero me mantuve consciente. Bajo el ruido ensordecedor y a pesar de que todo trepidaba, logré incorporarme, y vi con espanto a un hombre y una mujer aplastados contra una pared cercana, como si fueran estampillas. No parecían seres humanos sino muñecos reventados, rodeados de sangre que chorreaba hasta el piso. El espectáculo me produjo terror. Y repugnancia.

Hubiera quedado igual que ellos de no haberme caído. Recordé en ese momento que en el refugio decían que en un bombardeo había que permanecer echado, pues se generaba una presión de aire tan fuerte que uno podía salir volando y ser aplastado contra cualquier obstáculo. Como un autómata seguí avanzando, arrastrándome a toda velocidad entre los escombros, cuando vi a unos soldados atrincherados que trataban de defenderse de los aviones con ametralladoras antiaéreas. Pude ver sus cascos a pesar del humo y el polvo, pero no oía sus gritos, ni los continuos estallidos. Entonces me di cuenta de que desde la tremenda explosión no oía nada.

Estaba completamente sordo. Acurrucado junto a una pared sólo veía a los soldados mirarme y mover los labios con sus caras desencajadas y sudorosas. No comprendo de dónde saqué fuerzas para no echarme a llorar y abandonarme allí mismo a mi suerte. Después sonó un silbido estridente y pude volver a oír. Al principio percibía los sonidos distantes, como a través de una burbuja.

—¡Al suelo, muchacho! ¿Qué haces ahí? ¡Al suelo! ¡Bomba...! —vociferó uno de los soldados. Tronó otra explosión, no muy lejos.

—¿Por qué no estás en un refugio? —aulló desesperadamente otro de los hombres.

Yo no podía responder. Estaba desbordado, todo me parecía irreal. No podría decir cuánto duró esa pesadilla pero sé que de pronto recuperé el control de mí mismo y me lancé desesperadamente en dirección al refugio, sabiendo que llegar allí era mi única esperanza.

Mamá ya debía haberme echado en falta y, si no, mi hermana se habría encargado de hacérselo notar. Por lo que a mí se refería, ella siempre estaba en el lado de la acusación. Corrí sobre los escombros, agazapándome en los dinteles de los edificios medio derruidos para protegerme de los restos de paredes y vidrios que se desprendían de todos lados y salían disparados como proyectiles en todas direcciones cuando las bombas caían. Avanzaba arrastrándome, gateando, mientras todo se estremecía. La cantidad de polvo y ruinas junto al humo de los incendios hacía difícil distinguir las calles; no parecían las mismas. Apenas pude reconocer la calle Lipowa.

Logré llegar al refugio en el momento justo en que volvía a sonar la sirena indicando el fin del ataque aéreo. Esperé, resollando, a que se abriera la puerta para entrar disimuladamente pero ya todos se habían dado cuenta de mi ausencia y el alboroto que armó mamá quedó grabado para siempre en mi memoria. Tuvieron que separarla de mí, porque me zarandeaba con tanta fuerza que, por un momento, pensé que la cabeza se me separaría del tronco. Uno de los hombres le dio una bofetada y entonces ella pareció recuperar la compostura. Se sentó en un banco y quedó inmóvil mirando al vacío y llorando silenciosamente.

—Es un niño... apenas tiene doce años... —murmuraba.

Sabiéndome culpable, me quedé callado.

—Yo estaba asustada, pero no le dije a mamá que no estabas, no fui yo— dijo Cristina entre sollozos.

Di por seguro que mentía, pero supuse que lo habría hecho porque me quería y estaba preocupada, así que la abracé, tranquilizándola.

Me acerqué a mamá, intentando decir algo que apaciguara su ánimo. Ella me tomó en sus brazos y me estrechó con fuerza.

—Waldusiu, mi pequeño *niuno*, creí que te había sucedido algo malo —decía, mientras trataba de limpiar mi cara con un pañuelo arrugado y húmedo por sus lágrimas.

Fue entonces cuando empecé a llorar. Lloré por todo el miedo que había acumulado, por mi ciudad, por los muertos que había visto y por mi vieja perra Aza. Mamá me retuvo un rato entre sus brazos balanceándome como cuando era pequeño, hasta que se dio cuenta de que estaba lleno de contusiones. Me dolía todo el cuerpo, sobre todo las rodillas, que tenía muy magulladas por tanto como había gateado sobre los escombros, y también las manos y los brazos. Tenía rasguños por todas partes. Mamá me desinfectó las heridas con alcohol y esa fue la peor parte, porque además del escozor tuve que soportar su mirada de reproche. Tardé varios días en recuperar el oído completamente.

Al cabo de un rato, tratando de recobrar el ánimo y ya más tranquilo, me dirigí a Cristina.

—Vi a Bolek y a Richard. Están bien —dije con naturalidad, como si mi paseo bajo las bombas hubiese sido lo más normal del mundo. Me arrepentí de haberlo dicho en cuanto vi la cara que puso.

—¿Te escapaste para ver a los primos? —fue lo único que se le ocurrió decir. Me hizo sentir como un estúpido. Con el tiempo me he dado cuenta que Cristina se parecía mucho a papá. Concisa y práctica.

Más tarde, muchos en el refugio, especialmente los hombres, me preguntaron por lo que sucedía fuera. Adoptando una actitud importante, yo les relataba con lujo de detalles todo lo que había visto y lo que no, lo inventaba. Me gustaba la sensación de ser tratado con deferencia, pude percibir la admiración con la que algunos de ellos me miraban.

Las conversaciones eran frecuentemente interrumpidas por las sirenas de alarma y por el zumbido que emitían los Stuka al lanzarse en picado para soltar sus bombas. Cada vez que esto sucedía todos cerrábamos los ojos esperando lo peor. El murmullo de rezos y oraciones se mezclaba con los gritos de pánico. Después oíamos la explosión de la bomba, afortunadamente en otro lugar, y el inconfundible sonido del avión tomando altura. Entonces la gente cambiaba los rezos por insultos contra los alemanes. Estos rezos seguidos de insultos se repetían una y otra vez y me recordaban las letanías religiosas que yo había escuchado en la iglesia tiempo atrás. En toda Varsovia debía suceder lo mismo. Imaginaba a toda una ciudad murmurando letanías, como si estuviesen camino al purgatorio. Ideas que aprendí en el catecismo.

A veces me acurrucaba en un rincón del refugio y cerraba los ojos mientras escuchaba el rugir de los aviones, las bombas, los gritos y los rezos. En esos momentos trataba de pensar en otra cosa. La primera vez que vi un avión de cerca fue cuatro años antes, en Nieborow, en el palacio de los condes Radziwil. Tía Flora trabajaba en él como administradora, aunque mamá decía que era ama de llaves. Mi tía era muy estimada por los dueños y tenía permiso para llevar a su familia cuando quisiera, haciendo uso de casi todas las instalaciones del palacio. Recordaba haber pasado allí algunas semanas rodeado de lujos y obras de arte, enormes jardines y fuentes, correteando hasta cansarme por los interminables parques que pertenecían a la propiedad. Fue en ese lugar donde vi por primera vez un avión. Un grupo de aviadores de la Fuerza Aérea Polaca aterrizó en los campos que pertenecían a los Radziwil. Al verlos tomar tierra fui corriendo hacia allá, no podía dejar pasar la oportunidad de mirarlos de cerca. Al llegar, uno de los pilotos se dio cuenta de mi presencia y me sonrió amigablemente. Yo le expresé mi admiración y, seguramente divertido por mi entusiasmo, me preguntó si quería dar una vuelta por el cielo.

Yo no deseaba otra cosa que subir a un avión, así que acepté gustoso. Fueron momentos inolvidables, me sentía como imaginaba que debían sentirse los pájaros. Estaba feliz, extasiado con lo que me parecía la mejor experiencia de mi vida. Cuando aterrizamos, mamá estaba esperándonos. En cuanto la vi adiviné lo que iba a suceder y no me equivoqué. Regañó severamente al piloto, que parecía mucho menos valiente frente a mi madre que a bordo del aparato. Y por supuesto, yo llevé la peor parte. Pero me quedé con el gusto, eso nadie pudo quitármelo. Doña Sofía siempre fue muy sobreprotectora. El sonido de las sirenas me sacó de mis recuerdos y me devolvió al refugio, saturado de olor a sudor y miedo.

Durante esos días aprendí bastante sobre aviones porque los hombres no dejaban de hablar de los Stuka, que lanzaban una sola bomba de unos 500 kilos, y de los Heinkel, bimotores de mayor tamaño cuyas bombas caían en tal cantidad que parecían racimos. Yo pensaba que los aviones atacaban únicamente a los tan mencionados puntos estratégicos, pero cuando estuve fuera comprobé que las bombas podían caer en cualquier sitio porque los aviadores tenían mala puntería. Lástima, cuando salí no tuve ocasión de ver cómo las lanzaban, por tan apurado como estaba para salvar la vida. En las conversaciones con los adultos mencioné haber volado con los pilotos polacos, lo que hizo aumentar mi popularidad. Yo no me juntaba con los demás chiquillos del refugio; siempre buscaba un puesto entre los mayores.

Por la noche, cuando los aviones desaparecían del cielo de Varsovia, la artillería alemana que rodeaba la ciudad tomaba el relevo. Los obuses producían un sonido diferente al de las bombas. Éstas silban al caer; los obuses no se oyen llegar. Para empeorar las cosas nos enteramos de que también nos estaban atacando los rusos; cruzaron la frontera el 17 de septiembre, tal como habían pactado con Hitler. Estábamos entre dos fuegos. Las paredes del refugio retumbaban constantemente, las puertas de hierro se atascaron, los muros se agrietaron, igual que los techos. El refugio, Varsovia entera, se venía abajo. Cubiertos de tierra, casi sin comida, vivíamos la misma pesadilla día tras día sin descanso, asediados por el constante ruido de sirenas y bombas.

Un día dejaron de sonar las sirenas que avisaban el inicio de los bombardeos. Supimos que habían sido destruidas. También Radio Varsovia enmudeció. De vez en cuando el ejército informaba a la población a través de altavoces montados sobre vehículos que recorrían la ciudad y las noticias no podían ser peores. Sin embargo yo estaba soportando todo esto con relativa tranquilidad y tal vez lo mejor de la situación, bajo mi punto de vista, era que mamá no me obligaba a bañarme porque no había duchas en ese enorme sótano. Sólo contaba con una hilera de grifos donde la gente se lavaba con agua fría cuando era posible, hasta que el agua también dejó de llegar.

Nos alumbrábamos con un par de bombillas que parpadeaban constantemente. Cuando nos quedamos a oscuras, empezaron a prender velas sólo si era necesario. El aire que se respiraba en aquel sitio era viciado, sobre todo después de que los ventiladores se detuvieron. Cada vez se oían más raramente noticias a través de los altavoces del ejército. Hasta que un día, de pronto, las bombillas se encendieron y el aparato de radio volvió a sonar. Radio Varsovia trasmitía el mismo mensaje una y otra vez: la rendición había sido firmada y se anunciaba una parada militar en la Aleje Ujazdowskie. Ya no se oían más explosiones. Después de tantos días de estruendo constante aquel silencio parecía extraño, de una quietud sepulcral; tanto, que teníamos miedo a salir del refugio. No recuerdo cuánto tiempo estuvimos esperando antes de decidirnos a abrir la puerta y asomarnos con sigilo. Era cierto, aparentemente no había más ataques, todo estaba tranquilo. Pero, aparte de seguir vivos, no teníamos nada que celebrar. Nuestro país había quedado en manos del enemigo y Varsovia ofrecía un aspecto deplorable. Lo que más me impresionó fue ver los árboles caídos. Varsovia era una ciudad rodeada de parques y ahora se veía triste, casi moribunda. El ejército polaco había hecho heroicamente cuanto había podido. Más aún, cuando no quedó munición, se lanzó la caballería polaca a enfrentarse a los tanques con sus lanceros. ¡Qué masacre inútil! Pero definitivamente el poderío militar alemán se impuso y no quedó otra opción que rendirse.

Sólo conocíamos las noticias que daba la radio, manipuladas por los alemanes con toda seguridad, y los rumores que corrían de boca en boca. Uno de ellos decía que el Mariscal del Ejército Polaco, Edward Rydz –más conocido como *Smigly el Valeroso*– se había suicidado tras la derrota. Fuese así o no, había desaparecido. El presidente y los altos dirigentes del gobierno estaban fuera del país desde antes del inicio de la invasión, de modo que sin otras autoridades a las que recurrir tuvo que firmar la rendición el presidente del Ayuntamiento de Varsovia. También se comentaba que la Fuerza Aérea Polaca se encontraba en Inglaterra, porque los pilotos consideraban que podrían ser más útiles con los aliados que enfrentándose en una desigual batalla sobre Polonia.

En la radio seguía sonando militar y se anunciaba una y otra vez que a las cuatro de la tarde de ese mismo día la *Gestapo*, la Schutzstaffel y la Wehrmacht desfilarían a todo lo largo de la Aleje Ujazdowskie, una avenida de cinco kilómetros que antes del bombardeo estaba flanqueada por árboles en todo su recorrido y que ahora sólo conservaba alguno que otro en pie. Los restos de los árboles caídos habían sido retirados rápidamente por los invasores para dejar paso al gran desfile que se llevaría a cabo. Cuando definitivamente nos marchamos del refugio de la calle Lipowa ya la vida en Polonia era distinta. Los alemanes habían dispuesto de la ciudad, Varsovia ya no nos pertenecía.

De camino a casa, un retumbo lejano llamó mi atención. Era el ritmo acompasado de la marcha de miles de soldados, acompañado por música militar y una vez más no pude evitar escapar de la vista de mamá para correr a la Aleje Ujazdowskie, recordando el desfile anunciado por la radio. No le pedí permiso porque sabía que no me lo daría y de ninguna manera quería perderme el espectáculo. Como pude, logré escurrirme hasta situarme en primera fila. Los que presenciaban el desfile eran en su gran mayoría *Volksdeutsche*: alemanes o descendientes de alemanes que vivían en Polonia. Ellos fueron los primeros en estar con sus consanguíneos y muchos de ellos llegaron después a formar parte de la *Gestapo* y otros cuerpos de seguridad que actuaban reprimiendo al pueblo polaco. Contemplé, sin poder dejar de admirar, el paso marcial de la

Gestapo, sus uniformes negros con calaveras en sus cuellos y quepis. Detrás, los soldados de las Schutzstaffel, la temida SS, con el emblema de los dos rayos en los cuellos, y después la Wehrmacht. Aún ahora, después de tantos años, no he olvidado la profunda impresión que recibí al ver semejante ejército, miles de soldados todos a un mismo paso, coordinado al milímetro. Las bandas de música con sus tambores y trompetas llenaban mis oídos. Los uniformes, las armas, los cascos, todo lucía impecable y magnífico. A unos quince metros de donde yo me encontraba había un podio desde donde un hombre de apariencia inofensiva, con un pequeño bigote al estilo Charlot, observaba el desfile. Los soldados marchaban con «paso de ganso» al llegar a su altura, esmerando su marcialidad, por lo que imaginé que sería el jefe de todos ellos. Efectivamente, era el famoso Adolf Hitler que tanto había oído mencionar desde meses anteriores. Cuando los soldados pasaban ante él, giraban sus cabezas y alzaban el brazo en su dirección, como si fueran un solo bloque. Tras la infantería desfilaron las divisiones blindadas y la artillería. A pesar de saber que estaba contemplando a los invasores de mi país, no me da apuro reconocer que admiré en silencio a aquel ejército. Perder una guerra contra un enemigo tan poderoso no me pareció humillante, y que me perdonen mis compatriotas polacos y consideren la atenuante de mis pocos años si se sienten ofendidos por lo que yo pensaba en ese momento.

Al finalizar la parada militar, un nutrido contingente de oficiales SS y de la *Gestapo* se situó frente a su jefe, Adolf Hitler. Levantaron el brazo derecho simultáneamente formando un ángulo de 45 grados en un extraño saludo que yo veía entonces por primera vez, pero que me sería muy familiar más adelante. Todos, con el brazo alzado hacia su líder, gritaban a una sola voz: *Sieg Heil, Heil Hitler!* Hitler respondió al saludo con un ligero ademán de su brazo derecho y luego empezó un discurso del que no entendí ni una palabra. A lo largo de la avenida había altavoces instalados para que su voz se escuchara por casi toda la ciudad. Utilizaba un tono cortante, duro y con frecuencia, dramático. Hacía breves pausas, como esperando el efecto causado por sus palabras, gesticulaba con los brazos y el cuerpo. De vez en cuando se inclinaba hacia delante, señalando con el dedo, tanto que por un momento creí que iba a caer del podio pero el hombre lo tenía todo bien calculado. Comprendí que su apariencia inofensiva distaba mucho de la realidad. La arenga no fue larga y cuando terminó, la multitud de alemanes que había escuchando atentamente gritaba de nuevo, enardecida: *Sieg Heil! Sieg Heil! Heil Hitler!* Acabados los saludos se dirigió a un auto negro y se fue rápidamente. Todo el mundo se retiró y yo supe que me esperaba otro problema con mi madre.

Ya cerca de casa vi unos camiones que estaban repartiendo alimentos, junto a otros vehículos que remolcaban cocinas portátiles, de las que usan los militares para cocinar en campaña. Los soldados de la Wehrmacht ofrecían comida a la gente a grandes voces, pero sin mucho éxito. Aunque los polacos habíamos pasado casi un mes sin apenas provisiones y la mayoría de nosotros no tenía qué comer, aquello resultaba humillante. El orgullo dejó a más de uno con el estómago vacío, pero yo era muy joven y tenía demasiada hambre para dejar escapar la ocasión. Así que no lo pensé dos veces y me dirigí a uno de los camiones, donde un soldado con una sonrisa, como agradeciendo mi buena disposición, me dio una enorme hogaza de pan. Siempre fui un chico con suerte, aquello me serviría para apaciguar los ánimos de doña Sofía. Sin prisas hubiera conseguido más comida, pero debía correr, porque conociendo a mamá, era probable que a esas horas ya estuviese desesperada por mi ausencia. Me encaminé hacia casa, preocupado por el recibimiento que iba a encontrar.

La casa era un desastre; los vidrios rotos, los muebles llenos de polvo y todo fuera de su lugar, como si hubiera pasado un vendaval por la sala. Mamá tenía el cabello cubierto con un pañuelo y estaba en medio de aquel desorden con la escoba en la mano. El piso todavía conservaba rastros de la sangre de Aza. No era un buen momento para llegar, pero retrasarlo sólo hubiese empeorado la situación, así que me presenté ante ella y le entregué el pan, como justificando con él mi escapada. No funcionó. De nada valieron mis explicaciones, ni el pan, ni nada de lo que yo pudiera decirle. Mamá me regañó mientras insultaba furiosamente a los alemanes y a todo cuanto tuviese que ver con ellos. El asunto empeoró cuando le expliqué que había presenciado el desfile.

–¡Waldek!, hijo, ¿acaso no lo comprendes? Hemos sido atacados por ellos, son nuestros enemigos ¡Oh, mi Dios! ¿Qué clase de hijo he criado? –Se lamentaba, llevándose las manos a la cabeza.

–*Mamusiu*, me llevaron, yo no quise... Tú no sabes cómo son los alemanes... –mentí, intentando calmarla.

–No me harás creer que te obligaron; tú te perdiste apenas me di la vuelta para cuidar de tu hermana. ¿Por qué no aprendes de ella? ¡Siempre haces lo que no debes!

–Pero conseguí pan. Yo tengo hambre y Cristina también –dije, mirando a mi hermana que en momentos como aquellos solía poner cara de estatua, como si la cosa no fuera con ella. Pero inesperadamente ese día, no sé si por su voraz apetito o por ayudarme, cogió la hogaza de pan, partió un pedazo y lo mordió. Aquello actuó como un calmante para mamá. Ella no tocó el pan y siguió limpiando en silencio. Pasados unos minutos, sin detener su trabajo me dijo:

–Waldek, no te quitaré la vista de encima, no se te ocurra pensar en volver a salir. Ayúdame a retirar los vidrios rotos de las ventanas.

Corté un pedazo de pan y mientras lo comía empecé a sacar los restos de vidrio que todavía seguían incrustados en los marcos. Llevaba un rato haciéndolo cuando me llegó un delicioso aroma que, entrando directamente por mi nariz, inundó mis sentidos: olor a comida caliente. Me asomé por la ventana sin vidrios y vi que los alemanes habían instalado una cocina de campaña muy cerca. Sin dudarlo y apremiado por el hambre, fui a la cocina y, casi con desesperación, agarré la mayor cacerola que pude encontrar, la sacudí para quitarle el polvo y me colé por la puerta sin que mi madre pudiera evitarlo. Salí corriendo a toda la velocidad que me permitían las piernas y me puse en la fila que se había formado frente a la improvisada cocina. Mientras esperaba mi turno sentía que la saliva llenaba mi boca, adelantándose a los acontecimientos. Cuando por fin puse ante el soldado mi cazuela vacía, le hice señas para que la llenase hasta el borde. Con mi preciado botín y con toda la rapidez que la cacerola me permitía, regresé a

24

casa. Afortunadamente yo era un chico bastante fornido, porque la olla era pesada. Esperaba que mamá esta vez no dijera nada y así fue. Cuando llegué, ella estaba sentada, abatida, llorando. Mi hermana, a su lado, intentaba imitarla. Pasé junto a ellas con la olla rebosante de sopa y ninguna de las dos dijo una palabra. Pero aquella noche, después de tantos días de penuria, pudimos sentarnos a la mesa y comer algo caliente. Cuando papá llegó a casa también tomó sopa, sin preguntar nada acerca de ella. Ya dije que mi papá era conciso y práctico.

Capítulo 3

Varsovia parecía extrañamente festiva, inundada por la animada música alemana que se difundía por los altavoces repartidos por toda la ciudad. El volumen no era estridente pero se oía en todas partes. Estaba prohibido tener aparatos de radio en las casas, así que los *kibel* –como despectivamente llamábamos a los altavoces por la basura que salía de ellos–, eran nuestra única fuente de información. Con frecuencia la música daba paso a un parte de noticias donde se informaba de las victorias alemanas, de los discursos y arengas de sus líderes, así como de los rebeldes polacos que habían sido asesinados. Ajusticiados, decían ellos, dando todos los detalles sobre sus delitos, su captura y las circunstancias de la ejecución, intentando con ello minar nuestra moral. Terminada la lectura de las largas listas de ejecutados, volvían a sonar alegres canciones a ritmo marcial –*Ramona*, *Tante Anna*, *Rosamunde*–, como si dijeran: «Todo va como debe ir, celebren su derrota y acepten nuestra superioridad, si no quieren acabar en una de estas listas». Al poco tiempo aquella música alemana que sonaba por los *kibel* empezó a parecerme tan familiar que llegué a confundirla con nuestras canciones polacas.

Aunque la vida en Polonia estaba lejos de la normalidad, la mayoría de nosotros nos aferrábamos, por mera supervivencia, a la idea de continuar nuestro modo de vida anterior con los menores cambios posibles. Nuestro país derrotado, nuestro gobierno huido, nuestro ejército desmembrado, el enemigo en cada esquina, acechando, controlando, imponiendo sus órdenes... ¿Qué se podía hacer, sino intentar seguir viviendo? Durante los primeros meses sucedieron tantos cambios y tan velozmente que el paso del tiempo nos pareció más rápido que nunca. Poco después de la rendición, las tiendas que no habían sido destruidas reabrieron sus puertas. La mayoría de las actividades se reanudaron. Muchos hombres, entre ellos papá, volvieron a sus trabajos. Los alemanes tomaron el control de todo, aunque las estructuras seguían siendo casi siempre las mismas que antes. Requisaron el auto de papá; los polacos no podíamos tenerlos, ni tampoco motocicletas. Nuestra moneda, el zloty, continuó en uso pero desaparecieron bastantes de nuestras comodidades.

Desde el principio, los que más sufrieron la ocupación fueron los judíos, que eran perseguidos sin motivo. Los obligaron a llevar un distintivo con la estrella de David en la manga. Los demás no sufrimos una persecución sistemática, ni siquiera los comunistas, aunque sí un acoso permanente y brutal ante cualquier sospecha de oposición o crítica de sus métodos. Los invasores parecían saberlo todo, los nombres y direcciones de los habitantes, quiénes eran judíos, quiénes tenían ideas comunistas o pertenecían a tal o cual organización. Incluso el tipo de trabajo de cada polaco e imagino que hasta las preferencias sexuales de cada uno de nosotros. Fue un eficiente trabajo llevado a cabo por la Selbstschutz antes de la invasión.

Llegó 1940, yo había terminado mis estudios primarios en el curso anterior y empecé secundaria técnica. La Universidad seguía cerrada por los alemanes, pero mi *liceum* había vuelto a abrir. Yo proseguía con mi vida habitual y mis amigos seguían siendo los mismos de siempre, aunque algunos fuesen *Volksdeutsche*.

Racionaron la comida mediante un sistema de bonos que eran repartidos a cada una de las casas, con los que podíamos adquirir alimentos en las tiendas a precios asequibles. Pero en cuanto a comida, los polacos somos un pueblo exigente. Aunque los alemanes aseguraban que con los cupones era posible conseguir lo suficiente para cubrir las necesidades de cada ciudadano, todo el que podía completaba aquellas raciones de hambre comprando en el mercado negro. Había que ir a Praga, un distrito de Varsovia en la margen derecha del río Vístula. Sólo estaba al alcance de aquellos que tenían ahorros o cobraban un salario que se lo permitía, como era el caso de papá. Los alemanes conocían su existencia, pero lo toleraban. También muchos *Volksdeutsche* hacían uso del mercado negro. Compraban manteca, carne de cerdo, jamones y enviaban los paquetes a sus familiares en Alemania. Igualmente hacían los soldados alemanes, aunque ellos solían encargar las compras a algún civil.

Gracias al mercado negro y a que mamá siempre fue una excelente cocinera no eché en falta nada en la mesa durante la ocupación, ni siquiera en las festividades religiosas como Navidad o Semana Santa. Pudimos comer nuestro acostumbrado *sledzik*, un pescado salado traído del mar del Norte, una verdadera delicia; en Alemania lo llaman *Hëring*. También hubo huevos de Pascua, que pintábamos de colores e intercambiábamos con otros niños.

Yo seguía siendo *harcerz* pero sin usar uniforme, porque la organización Scout había sido prohibida por los alemanes. Ya no éramos chicos dedicados a hacer campamentos y buenas obras. La mayoría de nosotros había respondido a la llamada de la resistencia, donde éramos útiles por nuestro entrenamiento. Al principio abracé la causa sin gran entusiasmo, como muchos de mis compañeros, pero los abusos e injusticias de la ocupación fueron despertando en pocos meses mi interés. Veía con indignación los atropellos que se cometían contra el pueblo polaco y el menosprecio con el que los alemanes trataban nuestras vidas y símbolos nacionales. Las estatuas de los héroes, reyes y personajes del arte y la ciencia eran bajadas de sus pedestales para ser destruidas o convertidas en materia prima para fabricar armamento, igual que las campanas de las iglesias. Todo eso hizo nacer en mí un patriotismo antes desconocido, que se radicalizó cuando sentí la humillación en mis propias carnes.

Sucedió poco después, un día que caminaba con mamá tras dos soldados alemanes. Una de las muchas parejas que patrullaban la ciudad constantemente. Sentí curiosidad por saber de qué hablaban y como yo no entendía alemán, pregunté a mamá –que lo hablaba por haber nacido en una zona ocupada por austríacos durante la Gran Guerra–, repitiendo algunas de las palabras que decían los soldados que marchaban delante de nosotros. Uno de ellos debió de oírme, porque de pronto se giró y me dio una bofetada tan fuerte que me tiró al suelo. Yo no estaba preparado, aunque de haberlo estado, tampoco hubiese podido hacer nada. Mamá, por primera vez guardó silencio. Pude sentir la vergüenza, la humillación de sentirnos tratados como inferiores. Los soldados dijeron algo en alemán que no quise saber y se fueron, riendo. A partir de ese momento perdí cualquier rastro de tolerancia hacia ellos. Después de aquel incidente sólo pude verlos como lo que realmente eran: invasores y opresores de mi patria. Me convertí en uno de los más recalcitrantes enemigos de los nazis. Por supuesto, mis padres no sabían absolutamente nada de mi militancia; se hubiesen opuesto y los habría colocado en una situación muy peligrosa.

Las incursiones en el bosque con los exploradores se convirtieron en sesiones de adiestramiento. El instructor nos enseñó a montar y desmontar varios tipos de armas, incluyendo granadas y a utilizar detonadores para explosivos. Las reuniones se hacían en las casas de algunos de los reclutados. Cada uno de nosotros sabía únicamente hasta donde necesitaba saber, nada más, por motivos de seguridad. Así, en el caso de resultar apresados no podríamos dar una información que no conocíamos. Por el mismo motivo, ninguno de nosotros usaba su verdadero nombre. En Polonia existían dos grupos de resistencia: la A.L. o Armia Ludowa, simpatizante de los comunistas, y la A.K. o Armia Krajowa, opuesta al comunismo. Yo pertenecía a la A.K. y mi seudónimo era Wacek, nombre de mi abuelo materno, fallecido hacía años. Aparte de estas actividades clandestinas, mi vida transcurría con aparente normalidad, en casa, en la escuela, con los amigos y en las tertulias con mi tío Krakus y mis primos. Aquel verano de 1940, cuando acabó el curso, pasamos una temporada en Dabrówka. La recuerdo como una de mis mejores vacaciones, íbamos al lago y con mis trece años recién cumplidos papá ya me permitía un poco más de independencia.

En Polonia había gran cantidad de judíos pero prevalecía la religión católica. Todos los domingos iba con mi familia a oír misa, como hacía gran parte de los polacos. Después de los días pasados en el refugio no podía evitar relacionar los rezos, sobre todo la letanía, con la desesperación vivida en aquel sótano durante los bombardeos. Los alemanes respetaron la religión católica. Menos suerte tuvieron los judíos, cuyas sinagogas fueron clausuradas. A principios de noviembre de 1940 se empezó a levantar un muro alrededor del barrio judío, lo que sería el conocido Guetto de Varsovia. Los propios judíos, bajo las órdenes de los alemanes, fueron obligados a construirlo. Aun antes de terminarlo, empezaron a trasladarlos a su interior. Les daban aviso con veinticuatro horas de antelación; pasado el plazo, llegaba un camión que los transportaba con todo lo que hubieran podido reunir al apartamento que les había sido asignado. Más adelante el traslado se hizo a pie: los reunían en un punto de la ciudad y los conducían caminando, cargados con todas sus pertenencias hasta el interior del gueto. La construcción del muro y el confinamiento de los judíos fueron perfectamente sincronizados. El día que terminaron la construcción entró en el gueto el último grupo, conducido por las calles de Varsovia en una triste y dramática procesión. El muro se cerró tras ellos. La zona quedó completamente aislada del resto de Varsovia y del mundo. El único contacto con el exterior era el tranvía, que lo atravesaba partiéndolo en dos, pero custodiado por soldados alemanes que impedían todo intento de huida de los judíos o de contacto con ellos. Sin embargo algunos pasajeros se arriesgaban a arrojar artículos de primera necesidad, como comida o ropa, aprovechando cualquier descuido de los guardias. Era muy peligroso hacerlo.

Los vimos entrar en el gueto sin poder hacer nada, cualquiera que intentara oponerse habría sido detenido y probablemente ejecutado. Al verlos caminar en silencio, resignados, me fue difícil contener la ira. No era la primera vez que me sentía furioso, a diario se veía gente fusilada contra las paredes de cualquier calle, o colgada. El miedo reflejado en el rostro de todos, injusticia por todas partes... Ya no podíamos hablar sin sentirnos vigilados, en cualquier parte, en cualquier momento se escuchaba el ruido de los vehículos alemanes, los gritos de los soldados, los golpes, los insultos y los disparos. Teníamos que callar y obedecer de inmediato.

Así era la ocupación en Varsovia, supongo que en otras ciudades y países ocurría algo similar. Los alemanes tenían el control absoluto. «¿Por qué?», –me preguntaba–. «¿Quiénes son ellos para venir a nuestro país a decirnos lo que tenemos que hacer?». No teníamos libertad para transitar por la noche: a partir de las nueve había toque de queda. Todo aquello me enfurecía terriblemente, pero no podía hacer nada, nadie podía hacer nada. Enfrentarse a los alemanes era una muerte segura o algo peor. Explotaba de indignación cuando bajábamos la cabeza y acatábamos las normas que nos imponían. Yo, que siempre había sido bastante independiente, me asfixiaba en aquella situación. Después de la construcción del gueto, los polacos nos dimos cuenta de que no era una guerra como las demás. Los alemanes trataban como seres inferiores también a los que no eran judíos aunque, como es sabido, a ellos les tocó la peor parte.

Mi querido amigo Stefan... El recuerdo de su amistad ha quedado indeleble en mi memoria. Es uno de los pocos recuerdos agradables en medio de aquella crispada situación. Cursábamos el segundo año en el liceo técnico. Aunque él no pertenecía a la organización Scout compartíamos los mismos gustos por casi todo. Hasta nos gustaba la misma chica, Olenka, una muchacha preciosa con cara de ángel, de nuestro mismo curso. No podría decir por qué ella me gustaba tanto; si era por su mirada, por su sonrisa, no lo sé. Lo cierto es que la adoraba; y Stefan también. Un día dejamos nuestra amistad a un lado y peleamos a golpes por ella. Después de la pelea estuvimos sin hablarnos durante varios días, pero entonces Olenka dejó de asistir al liceo, lo que sirvió de pretexto para el armisticio. Indagamos en la escuela y nos enteramos de que ella y su familia estaban en el gueto. La muchacha era católica, había sido confinada allí únicamente por tener ascendencia judía. Me dolió mucho su desgracia, el gueto era un lugar terrible donde la gente moría de hambre en las calles o era asesinada sin motivo por los alemanes. Sentí la necesidad de hacer algo por ellos.

En el gueto hacía falta ropa y alimentos; además de armas, por las que estaban interesados unos cuantos grupos de la resistencia judía, viendo el cariz que para ellos tomaba la situación. Las deportaciones a los campos de concentración se habían iniciado ya y algunos empezaban a sospechar que la intención de los alemanes era aniquilarlos. Pero los accesos al gueto estaban muy vigilados y tampoco era posible utilizar para ello el tranvía, sometido a un férreo control. En una de las reuniones de la A.K. planeamos utilizar la red de alcantarillas, un laberinto de canales subterráneos donde era fácil perderse si no se conocían las rutas. Lo intentamos, pero no hubo forma de saber el camino a seguir. Entonces fui a ver a mi padre al trabajo y aprovechando un descuido suyo, robé los planos de la zona que nos interesaba. Lo hice para no comprometerlo. Si se dio cuenta, nunca lo mencionó. Ya con los planos, exploramos los canales, marcamos el trayecto con pintura y quedó abierta la ruta. Devolví los planos con tanto sigilo como los había cogido.

Las entregas se hacían de noche. El itinerario elegido pasaba por los colectores más amplios, en los que a ambos lados del canal había una especie de aceras de medio metro aproximadamente, por las que podíamos avanzar sin apenas mojarnos. Cuando llovía o por algún otro motivo el nivel del agua subía más de lo acostumbrado, terminábamos empapados en aguas negras de pies a cabeza. El olor era nauseabundo y las ratas tan abundantes que en algún momento creí que el ruido de sus chillidos nos delataría. El sistema funcionó muy bien, hasta que un día los soldados de las SS lo descubrieron y nos arrojaron gas mostaza. Muchos de los nuestros murieron, yo me salvé porque corrí a una velocidad que nunca pude igualar después. Hay que tener detrás una nube de gas amarillo para correr así. Ahí acabó mi contribución a la causa de los judíos del Guetto de Varsovia.

Tiempo después supe que todo lo que hicimos sirvió para algo. Aquél fue el único lugar donde los prisioneros judíos se enfrentaron armados a los nazis. Es verdad que no lograron salvar sus vidas, pero murieron luchando por su libertad en lugar de morir gaseados en los campos de concentración. Muchas de las armas que lo hicieron posible habían entrado en el gueto por la red de alcantarillado. Hay un curioso monumento en Varsovia en honor de los caídos durante la resistencia a la ocupación nazi: la figura de un hombre con un fusil, saliendo de una alcantarilla.

Todo lo que hice fue por Olenka Moszkowska, pero ni de ella ni de su familia volví a saber más. Quizás fueron deportados a alguno de los campos de concentración, o tal vez murieron en el gueto. Estuve verdaderamente enamorado de Olenka, un primer amor que idealicé, la perdí tan pronto que ni siquiera tuve ocasión de besarla. Recuerdo su mirada dulce y aun ahora me duele pensar en su triste destino. Pero la vida siguió y yo me fui resignando a la idea de no volver a verla más.

En nuestro mismo curso estudiaban algunos *Volksdeutsche*. Los tratábamos como siempre, igual que ellos a nosotros. Yo no tenía nada en contra de ellos y cuando estaba en clase me olvidaba de la guerra y de la ocupación, sólo era uno más de los alumnos. De vez en cuando algún *Volksdeutch* mostraba su disconformidad con todo lo que estaba sucediendo, aunque en voz baja, de ahí no pasaba y decirlo no cambiaba las cosas. Tampoco ellos podían hacer nada. Elegir secundaria técnica fue una acertada decisión de mi parte porque, además de tener afición por la mecánica, ese aprendizaje me sería muy útil en el futuro.

Yo tenía catorce años y era bastante corpulento, con más de un metro setenta de estatura aparentaba ser mayor. Excepto por mi adhesión a la A.K., mi vida seguía sin mayores cambios. A finales de 1941 nos dedicábamos a repartir panfletos a favor de la resistencia y difundir noticias a las que la mayoría de la población no tenía acceso, como los avances de los ejércitos aliados. Por entonces Hitler ya había invadido la Unión Soviética, igual que hiciera con Polonia, violando su acuerdo con Stalin. Sabíamos que los nazis habían ocupado gran parte de Europa y nos llegaban noticias de que habían sufrido algunos reveses en el frente ruso, pero saberlo no nos servía de consuelo, estando bajo una férrea ocupación alemana cuyos tentáculos se extendían hasta lo más profundo de la sociedad polaca. Había bastantes polacos de ascendencia alemana que a menudo eran informantes de los nazis, algunos por afinidad y otros muchos porque eran coaccionados a hacerlo bajo sutiles, aunque severas, amenazas.

La guerra empezaba a complicarse para los alemanes y, a medida que crecía su inquietud, aumentaban su crueldad y la dureza de sus métodos. Mi participación en la A.K. era creciente y nuestro entrenamiento en el bosque se hizo más intenso. Con frecuencia aviones ingleses arrojaban armas para la resistencia polaca durante la noche, que los compañeros de más edad se encargaban de recoger. Nunca me designaron para ello, aunque hubiese ido de buena gana. Por esos días un grupo de la A.L. trató de volar el puente Most Kolejowy, por donde debía pasar un convoy de suministros camino al frente del Este. La operación fracasó, algunos pudieron escapar buceando en las profundas aguas del Vístula, mientras las lanchas rápidas de los alemanes los perseguían. Las acciones de los grupos de resistencia eran cada vez más frecuentes y su objetivo no era sólo golpear al enemigo sino también obligar a los alemanes a mantener allí tropas que de lo contrario hubieran podido estar en los frentes.

A medida que pasaban los meses nos implicábamos más en las actividades de la resistencia, aunque nunca dejé de asistir a clases. En casa no sabían nada de eso, también allí tenía que disimular y buscar excusas creíbles para mis frecuentes escapadas. Fueron días de intensos contrastes. Mi percepción del tiempo era diferente a la de ahora; los días se me hacían más largos, me alcanzaba el tiempo para todo.

Siempre me gustó la música y aprendí a tocar el piano desde pequeño. Primero me enseñó mamá y después un profesor. Mis piezas favoritas no eran las clásicas sino las que estaban de moda; sentarme frente al teclado me hacía muy popular entre las chicas, aunque mi falta de experiencia con ellas me hizo perder algunas magníficas oportunidades. Pero aprendí pronto y como yo era un chico con suerte la mejor oportunidad se me presentó con Wanda.

Wanda estaba casada con un vago que robaba carbón. Era una joven de veinte años pero yo la veía, desde mi edad, como a una mujer mayor. Tenía el cabello rubio, largo hasta los hombros, ojos azules y una pequeña nariz que daba un aire infantil a su rostro. Para mí era simplemente la hija de la verdulera, como todos la llamaban, y nunca le había prestado atención. Sabíamos que su marido sacaba carbón a escondidas de los trenes que transportaban suministros a los alemanes. Aquel rufián no merecía ninguna complicidad pero era impensable que un verdadero polaco denunciase a otro a los alemanes, así que nadie decía nada. Me pregunto si alguna vez lo pillarían. A veces mamá me enviaba a la tienda de la verdulera por algún mandado, situación que yo encontraba poco acorde con mi dignidad y traté de explicárselo muchas veces, pero mamá era inflexible. Yo hubiese preferido que fuera Cristina a hacer las compras, pero cuando mamá se lo pedía, mi hermana siempre debía presentar alguna tarea, preparar algún examen o estudiar para pasar el curso. Yo conocía sus trucos, pero mamá se los creía todos. En una de estas ocasiones, mientras esperaba ser atendido, me fijé en una revista de autos que estaba sobre el mostrador. Empecé a hojearla y noté que Wanda me miraba con insistencia. No supe qué hacer, pensé que miraba la revista y dije algo sobre los vehículos.

–Waldek, me gusta leer pero no esta clase de revistas, prefiero las historias románticas –dijo Wanda, mientras me miraba de modo extraño.   Ahora sé que coqueteaba, pero entonces era lo que menos esperaba.

–Mi padre tiene muchas novelas, si quieres puedes venir a mi casa, tengo una biblioteca con libros de todas clases – repliqué, sin pensar que ella accedería.

–Hoy no puedo, estoy sola en la tienda. Mañana es sábado, mi madre estará aquí y podré salir un rato.

–¡Qué bien!, mañana se van todos a Dabrówka –recordé, pensando que a doña Sofía tal vez no le gustase que yo anduviera con Wanda por la casa, escogiendo libros.

Así fue como todo empezó. Entre libro y libro me inicié en el terreno amoroso, guiado por la apasionada hija de la verdulera. Cada vez que mis padres iban a la casa de campo, aprovechábamos para pasar unos momentos volcánicos, cuidando que el marido y la madre de Wanda no se enteraran. A partir de ese momento yo me sentí ya un hombre completo y supe que las mujeres siempre serían una parte importante de mi vida.   Por primera vez vi a una mujer desnuda y no soy capaz de describir lo que sentí. Durante la semana no podía concentrarme en el liceo, contando las horas que faltaban para el sábado. Las compañeras de clase me parecían insulsas y veía a mis amigos, incluyendo a Stefan, como niños que no sabían qué era la vida. Me sentía todo un hombre, superior a todos ellos y tenía el cuerpo desnudo de Wanda metido entre ceja y ceja, causándome unas erecciones que me pusieron en apuros más de una vez.   Pero la imagen de Olenka permanecía incólume. Ella significaba el amor puro, inalcanzable, el que no podía ni me hubiese atrevido a comparar con mi historia con Wanda.

Pasado un tiempo, mi fiebre por Wanda se fue enfriando; comprendí que no era la única mujer en el mundo. Después de ella fue más fácil para mí abordar a las otras chicas, que generalmente eran mayores que yo, porque las prefería así. La hija de la verdulera fue pasando a un segundo plano en mis prioridades, una de las cuales era mi militancia en la A.K., cosa que nunca conté a Stefan ni a mi primo Bolek, aunque este último se enteró de la forma más peligrosa.

Un día Rysiek, mi jefe en la A.K. me ordenó entregar una Parabellum a un hombre, frente al Circo Stañiewski. Guardé el arma en uno de los bolsillos de mi abrigo y me dirigí al lugar de encuentro. Camino a mi objetivo, me encontré con mi primo Bolek que iba a casa de Úrsula, una preciosa muchacha hija de alemanes, y como el rumbo era el mismo seguimos juntos, entretenidos con la charla. Yo conocía a Úrsula, me gustaba mucho y al parecer a él también. Llegamos a la casa donde vivía la chica y ya me estaba despidiendo de mi primo cuando vi que un poco más adelante, muy cerca del Circo Stañiewski, el lugar estaba infestado de alemanes que cacheaban a la gente. Decidí entonces, muy a pesar de Bolek, subir con él. Úrsula nos abrió la puerta y noté que mi presencia le agradó, mientras que mi primo estaba francamente disgustado por mi intromisión.

Nos despojamos de nuestros respectivos abrigos y los colgamos en el perchero de la entrada. Luego pasamos los tres a la sala y empecé a tocar el piano, como hacía cada vez que iba a visitarla. A su familia le gustaba escucharme; cuando su padre estaba en casa solía cantar las canciones alemanas que yo interpretaba. Pasé por *Lilí Marlene* y algunos tangos de moda, mientras el tiempo transcurría y se acercaba la hora del toque de queda. Yo no podía dejar allí la pistola; el padre de Úrsula pertenecía a la *Gestapo*. Tampoco podía salir con ella porque me arriesgaba a ser detenido por los soldados, de modo que contrariando a Bolek y las reglas de urbanidad, alargué la visita más de lo prudente. Mi plan era fingir que se había hecho tarde sin darnos cuenta, forzando que Úrsula nos acompañara a nuestras casas después del toque de queda; siendo una *Volksdeutch* podía transitar a cualquier hora y estando con ella no seríamos molestados.

Cuando el padre de Úrsula llegó a la casa y colgó su abrigo junto a los nuestros, vi con terror que el mío cayó al suelo. Lo recogió y sucedió lo que yo temía: notó que mi abrigo pesaba demasiado, lo vi meter la mano en uno de los bolsillos y sacar la Parabellum. Quedé paralizado, cuando entró en la sala casi no pude levantarme para saludarlo. El hombre, con mucha calma y todavía con la pistola en la mano, indicó tranquilamente a Úrsula que fuese a la cocina a ayudar a su madre. Puso el arma sobre la mesa y se quedó mirándonos en silencio. Bolek, atónito, tenía los ojos clavados en la pistola; parecía que se le fueran a salir de las órbitas en cualquier momento. Yo quería que la tierra se abriera y me tragara.

—¿De quién es la pistola? —preguntó, sentándose frente a la mesa. Me pareció demasiado tranquilo.

—Es mía —dije carraspeando, casi me había quedado sin voz.

Se quedó un momento en silencio, mirándome con curiosidad. Sentí que me faltaba aire.

—¿Quieres matar alemanes con ella? —añadió, señalándome el arma.

—No... sólo la tengo para saber cómo se usa... —respondí, sabiendo que la respuesta era estúpida. No se me ocurrió nada mejor.

El padre de Úrsula se puso de pie. Era alto y con su uniforme negro de la *Gestapo* parecía imponente. Pensé que sería mi fin y el de mi primo.

—Voy a darte un buen consejo, Waldek: no te metas en esta guerra. De cualquier modo saldrás perjudicado. No hay forma de escapar a las investigaciones. Sabes que te aprecio. Recuérdalo.

Hizo una larga pausa. Me pareció una eternidad.

—Yo no he visto el arma —dijo. Y salió de la sala dejándonos solos.

Mi primo no se atrevía a hablar, seguía con la mirada fija en la pistola que había quedado sobre la mesa. No respiraba, resoplaba, y esta vez llegué a pensar que definitivamente sus ojos terminarían saltándole de las órbitas. Puse una mano en su hombro para tranquilizarlo, pero la quitó de un manotazo.

—¡Desgraciado! —masculló entre dientes— y yo que pensé que querías algo con Úrsula. ¿Cómo fuiste capaz de involucrarme en algo así?

—No tuve elección, ¿acaso no viste la cantidad de soldados que había fuera?

—¿Qué pasará con nosotros ahora? ¿Crees que se quedará callado?

—No lo sé. Lo siento —me disculpé—, no quería meterte en esto. Será mejor que pidamos a Úrsula que nos acompañe.

Aunque yo estaba realmente asustado, cuando regresó Úrsula intenté parecer tranquilo. En cuanto la vi noté que sabía lo que había sucedido. Tenía el semblante serio, pero no enojado.

—Úrsula, no creí que pudiera pasar algo así, disculpa.

—Está bien, Waldek. Dame el arma, la llevaré en mi bolso. No tengo permiso para portar armas pero no creo que me revisen —dijo ella, con una serenidad pasmosa.

—Gracias —dije escuetamente, incapaz de encontrar más palabras. Empecé a sentir admiración y respeto por aquella chica; su serenidad me impresionó.

Úrsula nos acompañó, primero a casa de Bolek y después continuamos hasta mi casa. Tuve ocasión de hablar con ella a solas. El susto había alterado tanto a mi primo que no pareció importarle dejarnos juntos. Creo que ni pensó en ello.

Mamá nunca fue una costurera eficiente. Siempre decía que para esa labor tenía dos manos izquierdas. Aquella mañana había remendado la presilla de la que se colgaba mi abrigo. De ahí en adelante aprendí a repasar yo mismo mi ropa.

Cuando al día siguiente conté a Rysiek lo sucedido, comentó:

—El padre de tu amiga no podía hacer otra cosa. Si los hubiera denunciado, su propia hija correría peligro por tener amigos disidentes. Y hasta él mismo. Los alemanes no se perdonan ni entre ellos. «¿Por qué me dejó el arma?» Era la única pregunta que yo tenía en mente.

A partir de aquel día empecé a salir con Úrsula. Continué frecuentando su casa y su padre me siguió tratando con la misma simpatía que antes. Parecía estar muy satisfecho con nuestra relación y yo pensaba que ella era la chica más maravillosa del mundo. Nos enamoramos y a pesar de mi juventud empecé a pensar en el futuro con Úrsula, cuando acabara aquella maldita ocupación. Pero mis proyectos se vieron repentinamente truncados por un terrible acontecimiento.

Capítulo 4

En los primeros meses de 1942 las noticias que recibíamos a través de la resistencia polaca eran esperanzadoras. Los rusos hostigaban al ejército nazi dificultando su ofensiva y los aviones aliados hacían frecuentes incursiones sobre objetivos alemanes. Después de más de dos años de indiscutible supremacía militar parecía que los nazis, a pesar de su enorme poder bélico, empezaban a ser vulnerables. Los entrenamientos que realizábamos en la A.K. eran cada vez más intensos y todos sentíamos, con una mezcla de alegría y desasosiego, que aquello para lo que nos estábamos preparando no tardaría en llegar.

La vigilancia de los alemanes hacía cada vez más difíciles nuestras reuniones, y el adiestramiento para el combate debía hacerse al aire libre. Nuestro instructor escogía los lugares más distantes entre los bosques que rodeaban Varsovia y, para más seguridad, lo hacíamos de noche.

A finales de junio, Rysiek reunió al grupo de la A.K. que estaba bajo su mando para anunciar un entrenamiento. Me entusiasmaba esa clase de incursiones, pues los bosques de Varsovia eran mis lugares preferidos; pasé allí los mejores momentos de mi infancia. Por la tarde tomamos un tren hasta Piaseczno. Afortunadamente no era un tren de la PKP, la compañía estatal de ferrocarril, que estaba más vigilada, sino uno de la Kolejka Waskotorowa, una empresa privada que cubría pequeños trayectos de vía estrecha. El plan era llegar sin llamar la atención. Como hubiese resultado sospechoso que tantos jóvenes fuéramos juntos a alguna parte, al bajar del tren cada uno tomó disimuladamente un camino distinto y con la ayuda de la brújula coincidimos sin mayores tropiezos en el lugar convenido. Nos ocultamos hasta que oscureció y pasamos la noche haciendo ejercicios de entrenamiento. Practicamos el lanzamiento de granadas, naturalmente sin detonador, la lucha cuerpo a cuerpo y el manejo de armas de fuego; fue toda una aventura. Aún tengo en la memoria el cielo estrellado de aquella noche del inicio del verano y el aroma familiar del bosque. Estaba a punto de cumplir quince años, la vida me sonreía y, aun viviendo en un país ocupado, me sentía libre.

Faltaba poco para amanecer cuando emprendimos el regreso, esta vez hacia Chojnów, una pequeña estación en la que tomaríamos el tren de vuelta. Debíamos llegar sin ser vistos y mezclarnos con disimulo entre los más madrugadores. Al salir del bosque, avanzamos ocultándonos en una de las profundas zanjas que existían a ambos lados del camino que conducía a la estación. Otro compañero y yo abríamos la marcha, a poca distancia nos seguían ocho muchachos y cerraban el grupo tres rezagados en la retaguardia, entre los que iba nuestro instructor, Rysiek. Era una formación de tipo militar.

Recuerdo que tuve una sensación extraña. No vi nada, aún era noche cerrada, pero sentí que algo no iba bien. No se oían los ruidos normales del campo, el silencio era absoluto. Seguimos caminando y unos pasos más adelante nos cegó la luz que provenía de los faros de unos vehículos que habían estado ocultos, al otro lado del camino. Al mismo tiempo, un buen número de soldados alemanes apareció por todas partes y se lanzó sobre nosotros. El silencio se trastocó en gritos y caos. Comprendí que habían dejado pasar a los dos que íbamos delante para atrapar al grueso de la formación, incluyendo a Rysiek. Mi compañero y yo corrimos con todas nuestras fuerzas, pero unos soldados nos esperaban más adelante cortándonos el paso. Sólo uno de los nuestros logró escapar, arrastrándose bajo una cerca rota fuera de la zona iluminada. Nos había capturado la Policía de Seguridad.

Nos llevaron a pie a una cabaña cercana que servía de depósito y nos hicieron formar a lo largo de la pared. Los soldados hablaban polaco, por lo que deduje que debían ser *Volksdeutsche*. Nos preguntaban insistentemente dónde estaban los demás, obviamente ninguno de nosotros sabía de qué estaban hablando. Fue entonces cuando ordenaron que nos pusiéramos de cara a la pared de la cabaña y levantáramos los brazos. «Nos van a matar», pensé, pero no podía hacer nada. Lo único que se me ocurrió fue arrancarme una cadena de oro con una cruz que llevaba al cuello y esconderla en una tubería adosada a la pared, una bajante para la lluvia, que presentaba una pequeña abertura cerca de mi mano en alto. No sé por qué lo hice, quizás para dejar algo mío en el lugar donde iba a morir, quizás para evitar que los soldados se quedaran con ella... Me habían dicho que se quedaban con todas las joyas de los judíos que mataban, hasta les arrancaban los dientes de oro. O quizás porque necesitaba hacer algo para ocupar aquellos terribles segundos.

Con las manos en alto y de espaldas a nuestros captores, esperaba que en cualquier instante empezaran los disparos. Un golpe de calor recorrió mi cuerpo y empecé a sudar. Cerré los ojos y vi transcurrir mi vida como el pase acelerado de una película: mamá, cuando yo era pequeño y fui por primera vez a la escuela, paseando por el puente frente al colegio para que cuando yo saliera al patio viese que ella seguía allí. El día en que Cristina anduvo por toda Varsovia con la cabeza envuelta en papel de periódico, mientras buscábamos un latonero que la liberase del bacín que se le había atascado en las orejas. El refugio de la calle Lipowa, el cuerpo de mi perra Aza ensangrentado en el suelo, dolor, risas, miedo, días de lluvia y de nieve... Olenka, la escuela, la hija de la verdulera, Úrsula. Y finalmente, el padre de Úrsula dejando la pistola sobre la mesa y diciéndome «De cualquier modo saldrás perjudicado. No hay forma de escapar...». Todo lo vi en unos pocos segundos y después... silencio y oscuridad. Acepté la muerte como inevitable, sólo me desesperaba aquel retraso inútil que prolongaba la situación como una agonía. Intenté dejar la mente en blanco, no pensar en nada, no oír nada, pero unos gritos a mi espalda me sacaron de esa especie de trance. Cuando los soldados ya se preparaban para la orden de fuego, una voz interrumpió aquella ceremonia de muerte.

–*Halt! Halt!* –oí gritar a alguien en medio del ruido de una motocicleta–. *Halt! Halt! Nicht schiessen! Wir sollen die zur Vernehmung bringen! Befehl des Kapitäns* –dijo la voz, una vez parado el motor de la máquina. Mi alemán no era muy bueno entonces, pero entendí que por el momento no nos ejecutarían.

La orden que trajo el motorista era que debíamos ser interrogados. No sabía qué sería peor. Nos hicieron entrar en la cabaña uno a uno. Dos compañeros entraron antes que yo y los vi salir poco después, cubiertos de sangre, descalzos, arrastrándose sin fuerzas hasta quedar como guiñapos en el suelo. Fui llevado a empujones dentro de la cabaña, me ordenaron descalzarme y me colgaron por los pies. Entonces un soldado empezó a golpearme con una porra por todas partes; la espalda, el vientre, la cara, el pecho y especialmente los pies. Yo me balanceaba de un lado a otro sin control, como un saco, y a cada golpe el balanceo se hacía más fuerte. El soldado era un hombre fornido que cumplía cabalmente su misión: hacer el mayor daño posible. Mientras me golpeaba, mi verdugo preguntaba una y otra vez dónde estaban los otros. ¿De qué diablos me hablaba? ¿Qué otros? Yo no sabía nada de eso. Pero a cada golpe me repetía la misma pregunta. «¿Dónde están las armas? ¿Dónde están los otros?». Parecía un loco. Al principio yo gritaba de dolor y miedo pero a medida que avanzaba aquella locura me invadió un sentimiento de furia. Me sentí humillado, colgado boca abajo, objeto del sadismo de aquel demente y dejé de gritar y sentir miedo; lo único que quería era salir de mi forzada pasividad y luchar, aunque fuera a muerte. Conseguí dirigir mi balanceo en su dirección y cuando llegué frente a él, trepé por su uniforme con mis manos hasta asir con fuerza su cuello. Mi intención era morderle en la garganta; puede parecer horrible pero es la verdad. No me importaba que después me mataran, seguramente lo harían de todos modos, al menos moriría luchando. Si yo era capaz de destapar botellas con los dientes, estaba seguro de poder acabar con él de una dentellada. El hombre se soltó como pudo y me miró con los ojos muy abiertos. Tenía el miedo reflejado en el rostro, aun ahora lo recuerdo con satisfacción. Yo tenía tanta rabia que, si hubiéramos luchado desarmados y en igualdad de condiciones, le hubiese vencido, a pesar de su corpulencia. Después de aquello esperé lo peor pero, para mi asombro me descolgaron sin más golpes y me sacaron a rastras del depósito.

Hacía rato que había amanecido. Nos subieron a bordo de un camión militar, amontonados como paquetes bajo los

43

asientos de los soldados. El motor se puso en marcha y así, ocultos, emprendimos el regreso a Varsovia. Tal vez pensaban que si quedáramos a la vista podrían ser atacados para liberarnos. Íbamos por una carretera irregular, llena de curvas que nos zarandeaban continuamente a uno y otro lado. Durante el trayecto los soldados hablaban animadamente y parecían haberse olvidado de nosotros, que permanecimos en silencio todo el tiempo pensando que era mejor no llamar su atención. No sabría decir cuánto duró el viaje, desde nuestra posición no podíamos ver nada y no teníamos idea de dónde estábamos ni hacia dónde nos llevaban. Se nos hizo eterno. De pronto un sonido inconfundible nos dio la certeza de que estábamos llegando a Varsovia. Aún lejana, al principio apenas perceptible, la alegre música de los *kibel* salió a nuestro encuentro como maestro de ceremonias de la gran farsa en que los nazis habían convertido nuestra ciudad. Por un momento aquella música me sacó de la realidad y me hizo sentir como el «augusto», el payaso tonto del circo al que los payasos listos estaban a punto de gastar una broma pesada. Estaba sonando *Wenn die Frühlingsblume blühen*:

«Cuando llega la primavera, sale el sol
y abren las primeras flores del bosque,
pongo mis manos en tu cintura
y bailamos al son de la música,
tú eres para mí y
yo para ti, mi amor...»

Había tocado al piano y cantado tantas veces esa melodía que la sabía de memoria. Permanecí acurrucado bajo las piernas de los soldados alemanes, escuchando aquellas notas de un dulce ritmo vienés que se esparcían en el aire, mientras el camión se internaba en la ciudad. Creo que todos pensábamos que, dondequiera que nos llevaran, ya debíamos estar cerca. Entonces vi llorar a uno de mis compañeros y aquella hermosa melodía empezó a parecerme una marcha fúnebre con la que nos conducían al cadalso. Volví a sentir un miedo atroz, sabía que no debía dejarme vencer por él y traté de controlarlo pensando continuamente en otras cosas... «Tú eres para mí y yo para ti, mi amor», musité con voz imperceptible acompañando los últimos compases de la canción. En ese momento el locutor inició un parte de noticias. Comenzó a leer los nombres de los ejecutados. Aquello sonaba en mis oídos como una sentencia de muerte; qué diferente me parecía esa relación de las que había escuchado tantas veces. Estaba seguro de que mi nombre aparecería en las listas del día siguiente. «Lo mismo debieron de pensar ayer los que hoy están nombrando», me dije. Desesperadamente traté de llenar mi mente con otras ideas y cerré los ojos.

Poco después el camión redujo su marcha y entró en el gran patio de un edificio. Era Pawiak, la cárcel de la ciudad, que estaba situada en lo que en ese momento era el Guetto de Varsovia. Una vez dentro de los muros de la cárcel, nos sacaron del camión como fardos. Sentí un tremendo dolor en los pies que me hizo caer. Entonces comprendí por qué nos habían golpeado ahí tan duramente; además del dolor de los golpes, caminar sería una tortura durante varios días. Nos empujaban ya hacia el interior pero, como no conseguí tenerme en pie, sujeté mis zapatos mordiendo los cordones y llegué gateando hasta la celda en la que nos encerraron. Al entrar, un olor nauseabundo me golpeó el rostro. Era una habitación alargada, de unos sesenta metros cuadrados donde ya había alrededor de veinte presos. En la parte alta de una de las paredes, una pequeña ventana enrejada daba a un patio. Después supe que era allí donde diariamente ejecutaban a los prisioneros cuyos nombres se anunciaban por los *kibel*. Desde la celda se oía lo que ocurría allí todas las madrugadas: los gritos de los alemanes, los gemidos de los condenados, el sonido de la descarga de los fusiles y por último los cuerpos cayendo al suelo. Durante el resto del día los pasillos de Pawiak se llenaban con las voces de los soldados de la *Gestapo* y de las SS dando órdenes y aterrorizando a los presos. Había presos de casi todas las edades: viejos, jóvenes, y adolescentes como los que acabábamos de llegar. No todos eran de la resistencia como nosotros; algunos estaban allí por motivos tan variados como encontrarse en la calle durante el toque de queda o tener un aparato de radio.

El hacinamiento y la falta de higiene convertían la celda en una pocilga donde la fetidez del sudor, excrementos y orines se combinaban hasta hacer el aire irrespirable. Quien deseara hacer sus necesidades debía llamar a los soldados para ser conducido a los retretes, en la celda no había ninguno, pero nadie se atrevía a llamarlos y además comíamos y bebíamos tan poco que apenas había desechos que eliminar. Una vez al día nos arrojaban zanahorias crudas, ésa fue toda nuestra comida durante el mes largo que permanecimos ahí. Pero lo peor no era la hediondez de la celda, lo que más daño y sufrimiento causaba era la gran cantidad de chinches que había. Chinches que se nos incrustaban en la carne, especialmente a los que teníamos heridas, picoteándonos por todo el cuerpo. Y creo que fueron puestas allí con esa finalidad ya que no existían colchones ni mobiliario que justificase su abundancia. Dormíamos en el frío y desnudo suelo, mejor dicho, sobre la alfombra de chinches.

Cada madrugada escuchaba los pasos de los soldados, los remaches metálicos de sus botas producían un sonido inconfundible. Era el momento en el que iban a buscar a los condenados. Contábamos los pasos: uno... dos... tres... cuatro... cinco... Sabíamos que hasta nuestra celda había quince pasos. Si el soldado se detenía antes, respirábamos aliviados. Pero cuando el soldado daba el paso número quince todos aguantábamos angustiosamente la respiración hasta que oíamos el paso siguiente. Después se escuchaban gritos, golpes, gemidos y al final la descarga de los fusiles en el patio. A veces los pasos se detenían frente a nuestra puerta, entonces yo cerraba los ojos como si de esa forma evitara ser visto. La puerta se abría y todos sabíamos que para alguno de nosotros había llegado el final. Cuando el soldado pronunciaba el nombre del desgraciado que tenía en su lista, los demás éramos conscientes de que nos quedaba un día más. Al día siguiente volverían a sonar los pasos y volveríamos a vivir la misma angustia. Estaba seguro de que sólo era cuestión de tiempo que llegara mi turno.

Pasaba el día intentando librarme de las chinches. Mis heridas estaban resecas, tenía los pies cubiertos de costras y todavía ahora me asombro de que no se me hubiesen infectado. Hay que creer que en casos de extremo sufrimiento el organismo se vuelve inmune. El deseo de sobrevivir hace que uno se recupere más rápidamente que en situaciones normales, al menos así fue en mi caso. Si me hubiera visto mamá... Confiaba en que el compañero que pudo escapar hubiese avisado de lo sucedido a nuestras familias. Aunque sabía que no podrían hacer nada, cualquiera que hubiera intentado ayudarnos no habría conseguido más que comprometerse él mismo. Con frecuencia me preguntaba cómo diablos había ido yo a parar allí. Tenía mucho tiempo para pensar y dando vueltas a los acontecimientos llegué a la conclusión de que la vida es un ovillo en el que uno se enreda sin darse cuenta. Mi maldito patriotismo me tenía en aquella situación. ¿De qué había servido? Si yo no hubiera sido *harcerz*, si los odiosos alemanes no hubiesen atacado Polonia, si me hubiera dedicado sólo a estudiar, como mi primo Bolek... Recordé al padre de Úrsula. ¿Por qué me habría devuelto el arma? Empecé a sospechar de todos, a tratar de encontrar un culpable, un delator, pero ninguno de mis conocidos sabía de mi adhesión a la A.K. excepto Bolek. Pero no, Bolek no. Me decía a mí mismo. Y el padre de Úrsula volvía una y otra vez a mi mente.

Perdí la cuenta de los días que llevaba encerrado. Corría el mes de julio, pronto cumpliría quince años, puede que los hubiera cumplido ya. Un día se interrumpieron bruscamente mis cavilaciones al sentir los temidos pasos detenerse a los quince exactos. Se abrió la puerta y, leyendo una lista, el alemán nombró uno a uno a todos los que fuimos capturados cerca del bosque. Sentí que mi corazón se detenía por unos instantes. No quería moverme, pero debía hacerlo y con rapidez. Había que obedecer inmediatamente cualquier orden o los soldados la emprendían a golpes. Los alemanes nunca entraban en las celdas y evitaban tocarnos, supongo que les dábamos asco. Al maltratarnos, nunca lo hacían directamente con las manos sino con porras, palos y patadas de sus pesadas botas, con las suelas llenas de clavos y remaches. La hora de las ejecuciones ya había pasado, deduje que no nos llamaban para fusilarnos, al menos no en aquel momento. Junto a mis compañeros de la A.K. y otros prisioneros fui trasladado a la *Ghemeine Staatspolizei*, la temida *Gestapo*. Nos llevaban a un

47

interrogatorio. Nos metieron en un cuarto donde había dos filas de sillas, unas detrás de otras. El cuarto era conocido como «el tranvía». Debíamos permanecer sentados, quietos y sin mirar atrás, esperando a que nos llamaran. Al oír su nombre, el preso debía ir junto a la puerta y quedar con la nariz pegada a la pared, rezando para que a ningún alemán se le ocurriese aplastarle la cara contra el muro, pues si sangraba le golpeaban despiadadamente por haberlo ensuciado. No hubiera querido que llegase nunca mi turno, pero por otra parte no servía de nada retrasar lo que inevitablemente tenía que suceder. Las esperas resultaban siempre angustiosas. Con el tiempo aprendí que era mejor ser de los primeros, al menos me ahorraba el suplicio adicional de la espera.

–¡Waldek Grodek! –gritó un soldado.

Debía moverme con rapidez o me golpearían. Me puse en pie, caminé hasta llegar junto a la puerta y quedé cara a la pared con el corazón a punto de salirme por la boca. El mismo que había gritado mi nombre me dio un fuerte golpe con la porra detrás de la cabeza que me aplastó la cara contra la pared. Sentí un dolor tan intenso que los ojos se me llenaron de lágrimas. Sólo esperaba que no me sangrara la nariz. No sangró, y eso evitó que me siguiera golpeando. Me empujó después hacia el cuarto del interrogatorio. Era la primera vez que me veía en tal situación. Yo estaba aterrorizado.

Un oficial de la *Gestapo* sentado detrás de un escritorio hacía las preguntas y dos fornidos matones uniformados se encargaban de la tortura.

–Nombre completo –preguntó el oficial, en polaco.

–Waldek Grodek –contesté, evitando mirarle a los ojos.

–¿Edad?

–Creo que quince años –dije, levantando involuntariamente la vista.

–¿Crees? –recalcó, mirando de soslayo a uno de los matones. Un feroz golpe en las corvas me hizo caer de rodillas.

–No sé qué día es hoy... cumplo años el 15 de julio... –expliqué con un hilo de voz, mirando al suelo.

–¿Quiénes son tus padres?

–Sofía y Stanislao Grodek.

–¿Qué hacías en el bosque?

—Somos *scouts*... —Otro golpe, esta vez en la espalda.

—¿En el horario del toque de queda? ¿No sabes que los Boy Scouts están prohibidos?

—Estuvimos toda la noche sin salir del bosque... —se me ocurrió decir. Me giraron la cara de un golpe. Sentí el sabor de la sangre mientras el dolor me nublaba la vista.

—¿Dónde escondieron las armas?

—No tenemos armas, somos amantes de la naturaleza, nosotros no matamos... —pude pronunciar con esfuerzo; sentía la lengua gruesa, los labios no me obedecían.

Entre los dos hombres me molieron a golpes. Yo estaba en el suelo encogido como un ovillo, tratando inútilmente de esquivarlos y cubriéndome la cara con las manos. Me mareé y perdí el conocimiento. Volví en mí al sentir el agua fría chorreando por mi rostro y vi de nuevo al maldito alemán.

—¿Dónde están las armas? —insistió. Parecía una película que se repetía una y otra vez.

—No tenemos armas, nunca vi armas entre nosotros.

—¿Qué hacías en el bosque?

—Fuimos a acampar como antes de la guerra, queríamos estar juntos, sólo... —No pude terminar la frase. Otra vez los golpes, aunque ya no sentía nada.

Nunca me habían pegado tanto y cada golpe iba acompañado de los insultos más degradantes. No podía tenerme en pie, todo daba vueltas, el miedo me paralizaba y me sentí completamente indefenso. Estaba totalmente a merced de aquellos sádicos.

—¿Quién es su jefe?

—Nadie, sólo somos amigos, *boy scouts*, queríamos recordar viejos tiempos...

A cada una de mis respuestas seguía una serie de golpes. Los matones se empleaban a fondo. Yo no estaba dispuesto a decir nada más. No por heroísmo, sino porque estaba seguro de que cualquier otra cosa sería peor. No añadiría ni una palabra a lo que ya había dicho.

Me hicieron las mismas preguntas repetidas hasta el agotamiento, ya no recuerdo cuántas veces. Cuando dieron por terminado el interrogatorio, me arrastraron fuera y me encerraron junto a los otros en una celda. Estábamos todos destrozados, parecía la sala de urgencias de un hospital tras una catástrofe, aunque allí no había ningún médico. Por la noche nos devolvieron a Pawiak. Todos pasamos más o menos por lo mismo y nadie habló, porque de haberlo hecho no habría regresado. Teníamos miedo hasta de hablar entre nosotros, así que apenas nos comunicábamos y por supuesto, ningún comentario se hizo sobre el interrogatorio. Nuestras miradas se cruzaban, pero hasta eso nos asustaba y nos esquivábamos mirando al suelo. Yo estaba seguro de que aquellas paredes tenían oídos y cualquier cosa que se dijera podría comprometernos a todos. ¿Alguno de nosotros estaría dispuesto a venderse y delatarnos para salir de allí? ¿Cometería alguien una torpeza que nos delatara? ¿Se le escaparía a alguien algún detalle, una palabra comprometedora? Ya no me fiaba de nadie.

Los días transcurrían en aquella inmundicia, con las chinches paseando por nuestro cuerpo, solazándose con nuestra sangre. Ya apenas me molestaban, me era indiferente, sólo deseaba que no volvieran a interrogarme. A eso se habían reducido mis aspiraciones.

Pero pasadas unas semanas nos llevaron a otro interrogatorio de la *Gestapo*. Otra vez las preguntas de siempre, «¿Dónde están las armas?, ¿dónde están los otros?», las mismas respuestas y los mismos golpes. Esa vez fue peor, o quizás yo estaba más débil y me afectó más. De regreso a Pawiak, la estancia en la celda se hizo aún más insoportable. Habían llegado más presos y ya no había espacio suficiente ni para sentarse en el suelo. Yo apenas tenía fuerzas, mi moral se había resquebrajado y empecé a sentirme como una piltrafa. Pienso que a todos nos sucedía algo parecido, ya no éramos los mismos. Me dolía todo el cuerpo, cualquier movimiento era un suplicio, mis labios estaban agrietados y la ropa que vestía se había convertido en un andrajo que colgaba por todas partes de tanto como yo había adelgazado. El hedor de la celda había pasado a formar parte de mí y sentí que algo había cambiado en mi interior. Ya no creía en nada, desaparecieron todos mis ideales y sobrevivir se convirtió en mi único objetivo. El único motivo por el que comía las zanahorias crudas que nos arrojaban una vez al día.

—*Sauhunde! Los! los!* —Los gritos del nazi me sacaron del letargo.

La jerga alemana que utilizaban para insultarnos fue lo primero que aprendí. Cada vez que escuchaba «*Los!*» debía ponerme en acción de inmediato. Pronto todos estábamos corriendo por el largo pasillo aturdidos por los gritos y golpes de los SS. Al principio, que me llamaran perro sucio me causaba rabia e indignación pero a esas alturas prefería los insultos a los golpes. Llegamos al final del corredor justo frente a un camión militar, subimos a empujones, como autómatas, pensando que nos esperaba otra paliza en las dependencias de la *Gestapo*. Pero cuando tras un breve recorrido el camión se detuvo, vimos que nos habían llevado a la estación de ferrocarril Varsovia Oeste. Enseguida nos hicieron bajar con los golpes y empujones de costumbre y nos encerraron en un vagón de carga.

Mi principal preocupación era que mamá supiese que me llevaban en un tren fuera de Varsovia. Todos los del vagón logramos escribir notas en pedazos de madera, de papel, hasta en jirones de tela, y las arrojamos a la vía por las rendijas. Pude conseguir un pedazo de papel de otro de los prisioneros y alguien me dejó un lápiz. Escribí: «Querida *mamusiu*, estoy en un tren, creo que va hacia el sur, yo estoy bien, no te preocupes. Tu hijo, Waldek. Por favor, quien encuentre esto, entregar a... ». En ese momento no sabía adónde íbamos, de modo que poco podía decir sobre mi futuro paradero. Los polacos encargados de cuidar las vías siempre recogían las notas y procuraban que llegasen a sus destinos. Yo sabía que aquella nota no iba a tranquilizar a mamá pero al menos, si llegaba a recibirla, sabría que yo estaba vivo. Una vez más estaba metido en problemas, esta vez graves problemas.

Viajamos sin parar, hacinados en el tren durante varias horas. «¿Qué ha sido de mi buena suerte?», pensé. Confié en que no me hubiera abandonado completamente, tal vez más adelante tuviera ocasión de escapar. Pasadas unas ocho o diez horas noté que el tren reducía su marcha. Avanzó unos cuantos metros y después se detuvo. La vía terminaba allí. Apenas paró el tren, la puerta del vagón se abrió con estrépito y varios soldados nos hicieron bajar de forma precipitada y formar fila.

Vi a algunos oficiales intercambiando documentos cerca de la locomotora envuelta en vapor, pero en seguida aparté la vista temiendo que me golpearan por ello. Estábamos parados frente a un edificio peculiar, un portón enorme y sobre él, una torre de vigilancia. Era Birkenau, un campo anexo al de Auschwitz.

Después de traspasar el portón principal giramos a la derecha, hasta el extremo del campo donde había unos edificios de ladrillo, los únicos así, el resto de las barracas eran de madera. Al llegar nos ordenaron desnudarnos y formar en filas de a cinco. Obedecimos inmediatamente, abandonando toda nuestra ropa en un montón. De reojo pude ver como el jefe del pelotón que nos había llevado entregaba unas hojas a un oficial del campo. Nos contaron, repasando las listas, y algún problema debió detectar porque volvieron a contarnos varias veces y el jefe del pelotón iba y venía constantemente. Bastante rato después el oficial firmó unos papeles y los soldados que nos habían llevado se retiraron. Fue un alivio, porque si hubiera faltado alguno, estaba seguro de que lo habríamos pagado todos. Llevábamos ya más de una hora allí, desnudos, cuando aparecieron cinco enfermeras. Eran muy jóvenes y por sus ropas pudimos ver que estaban también prisioneras. Cada una de ellas se dirigió al extremo de una de las filas de nuestra formación y empezó a examinar los genitales uno a uno minuciosamente. Supuse que su misión sería comprobar si alguno de nosotros tenía enfermedades venéreas y por lo que vi, también señalaban a los circuncisos.

Sentí la humillación de ser tratado así y de mostrarme en un estado tan ruinoso ante una muchacha. Delante de mí estaba Mariusz, un compañero de la A.K. popular por su buen humor y sus bromas. Noté que contenía la risa, mirando divertido a un lado y a otro; desde mi malestar, yo no podía imaginar qué era lo que le hacía gracia de aquella lamentable situación. Temí que acabara atrayendo la atención de los guardias, así que le advertí con un corto pero enérgico siseo. Mariusz se volvió, sonriente, y con disimulo me enseñó lo que había hecho. El infeliz se había dibujado unas rayas en el pene con un carboncillo, algo como un termómetro, con números y todo. Cuando la enfermera llegó a él, no pudo reprimir una carcajada. Algunos alrededor y el propio Mariusz tampoco pudimos contener la risa. Un soldado se acercó para ver qué ocurría y cuando se percató de ello le ordenó salir de la fila. Le dieron una paliza tan brutal que tuvieron que llevarlo directamente a la enfermería. Nunca más supe de él, fue su última broma. Siempre he sospechado que lo planeó para que sucediera así, que fue la forma que eligió para acabar con aquel calvario.

Cuando terminó la revisión nos hicieron formar en una larga fila, todavía desnudos, esperando turno para otro reconocimiento médico. Eso pensaba yo, pero a medida que me fui acercando a la cabeza de la fila vi que lo que nos esperaba no era ningún examen médico, sino que íbamos a ser tatuados. No podía creerlo, trataba de convencerme de que eso no podía ser real, que debía ser un mal sueño del que despertaría en cualquier momento. Pero no desperté. Cuando llegó mi turno me inclinaron hacia adelante, me sujetaron el brazo hacia atrás y me marcaron como a una res. Hoy llevo el número 156642 tatuado en la parte interna de mi brazo izquierdo. Después nos llevaron a un amplio recinto donde había filas de duchas que salían de tubos pegados al techo. Sentí el agua insoportablemente helada a pesar de estar a finales de verano. Cuando todo mi cuerpo temblaba de frío y apenas podía tenerme en pie, empecé a notar el agua tibia, pero mi placer duró poco. El agua llegaba cada vez más y más caliente hasta quemarnos. Nos asfixiaba el vapor y todos gritamos pidiendo que cerraran las duchas, pero nos dejaron así un buen rato. Después de eso tuvimos ampollas en la piel durante varios días. No fue casualidad ni mal funcionamiento de los grifos, lo tenían todo calculado para que la cosa más simple acabara siendo una tortura. Nunca se sabía desde dónde iba a llegar el próximo golpe. Para esas fechas ya dábamos poca importancia a una herida más o menos, habíamos desarrollado cierta apatía, pero ellos siempre encontraban el modo de sorprendernos, de que el daño físico y moral nos alcanzara de lleno.

Yo tenía una gran interrogante: «¿Qué piensan hacer con nosotros?». Evidentemente el plan no era matarnos, si fuera así ya lo habrían hecho. «¿Cuál es, entonces?». Yo era consciente de que, aunque nadie hubiera confesado, los alemanes nos consideraban miembros de la resistencia polaca y como tales, merecedores de castigo. Hubiera entendido que nos confinasen en prisión, incluso que nos hubieran fusilado. Estábamos en guerra. La estancia en Pawiak, los interrogatorios, todo había sido muy cruel pero podía comprenderlo. Querían meternos el miedo en el cuerpo, que dijéramos cualquier cosa que pudiera serles útil. Pero ahora, «¿qué más quieren?», me preguntaba. «¿Estoy preso y ésta es mi cárcel? ¿Para qué el tatuaje, las quemaduras, las torturas y humillaciones?». Yo aún buscaba razones para lo que me estaba sucediendo.

Terminada la ducha, nos formaron en fila para entrar a una barraca donde otros prisioneros nos cortaron el pelo casi al rape y, además, nos hicieron un surco de unos tres centímetros en el centro, desde la frente hasta la nuca, prácticamente afeitado. Decían que era para reconocernos en caso de que intentáramos escapar. Pasado el efecto del agua caliente de las duchas, volví a tiritar de frío hasta que nos dieron una camisa y un pantalón blancos con rayas azules, de un tejido delgado, parecido al de los pijamas de los hospitales. Sobre el pecho izquierdo había una tira de tela blanca con un triángulo rojo invertido, con la letra P, nunca supe si era por polaco o por político. Al lado del triángulo, pintado en negro, el mismo número que me habían tatuado en el brazo. Por zapatos nos dieron unos trozos de madera con una angosta faja de tela atravesada, una especie de sandalias con las que nuestros pasos producían un peculiar martilleo.

Después nos llevaron a los bloques y nos advirtieron que estábamos en cuarentena, o sea, aislados de los demás. Me asignaron al bloque 14. Entramos todos al barracón en silencio, apenas nos mirábamos unos a otros. Creo que estábamos avergonzados de nosotros mismos. Si durante el trayecto tuve alguna esperanza de escapar, en ese momento la perdí. No porque los soldados de las SS que nos custodiaban y pululaban por todos lados repitieran constantemente que de allí era imposible la fuga, sino porque me sentía incapaz de hacer o pensar algo que me sacara de aquel maldito lugar. Me sentí derrotado.

El barracón era una construcción de madera con suelo de cemento por cuyo centro pasaba un conducto de calefacción. A ambos lados del pasillo central había literas de tres pisos. Eran también de madera, sin colchón, y había tan poca altura entre las camas que parecían nichos. Me correspondió una del tercer piso, compartida con cuatro prisioneros más. La única ventilación entraba por unos ventanucos, cerca del techo, que dejaban pasar también algo de luz. Todos los barracones eran iguales. Cuando nos dejaron solos todos nos sentamos en el borde de nuestras literas, era el único sitio donde podíamos hacerlo. Recorrí la barraca con la vista; vi que yo era uno de los más jóvenes. No estaba conmigo ninguno de mis amigos; los que habíamos sido apresados en el bosque Chojnów fuimos separados y repartidos por diferentes bloques. Cada vez quedaban más lejanos en mi memoria los buenos momentos pasados con los *harcerze*. Aquel primer día no hablé con nadie, los otros también prefirieron estar callados. Teníamos poco que decir, todos por igual maltratados, flacos, hambrientos y asustados.

Los días siguientes empezaron a descubrirnos la rutina del campo. Nos levantábamos muy temprano, a las 4:30. Uno de los prisioneros designado por el *Blockältester* —así llamaban al responsable de cada bloque—, se encargaba de despertarnos golpeando con un palo las literas. «*Los, los, los!*», repetía, copiando la jerga de los alemanes.

Teníamos unos pocos minutos para nuestro aseo diario. Al lado de la barraca había una hilera de grifos de agua fría, urinarios y letrinas. No había jabón, sólo agua. Inmediatamente después debíamos formar frente a la barraca para el *Appel*, así llamaban al recuento de prisioneros. No pasaban lista, simplemente nos contaban. Aquello podía durar media hora si todo iba bien, pero casi siempre nos tenían allí formados mucho más tiempo, mientras los SS nos contaban y recontaban obsesivamente. Después volvíamos a la barraca, que también servía de comedor, donde otro prisionero designado por el *Blockältester* se encargaba de repartirnos el «bon café»: agua donde habían hervido alguna clase de grano quemado. No contenía azúcar ni leche, lo único bueno era que estaba caliente. A mediodía nos daban un plato que los alemanes llamaban pomposamente «sopa de verduras» – *Gemüsensuppe*–; pero que no era otra cosa que agua con cualquier clase de hierba y pieles de patata, una pócima hervida sin sal, lo que nos obligaba a acudir constantemente a los urinarios porque nuestros organismos no retenían líquidos. Nosotros en son de burla la bautizamos como «sopa de espinacas». La cena consistía en un mendrugo de pan, más o menos la octava parte de un chusco militar, con un dado de margarina. Esto último debía ser lo único que nos proporcionaba algo de alimento para mantenernos vivos. Para mí, un muchacho en pleno crecimiento acostumbrado a comer como solíamos hacerlo los polacos, aquello no era nada. Yo tenía hambre constantemente, no podía pensar en otra cosa que no fuera comida, y hubo momentos en los que comí cualquier hierbajo que pudiera encontrar, el carbón vegetal de la estufa y hasta raspaduras de madera de las literas para engañar al estómago. Las noches eran infernales, para mí aún hoy es imposible dormir con el estómago vacío, así que cuando empezaron a darnos tareas en cierta forma lo agradecí, porque terminaba extenuado y al final del día me vencía el sueño.

Allí nadie podía estar sin hacer nada. Cuando nos llevaron al campo me llamó la atención un cartel con letras de metal, en la reja de la puerta de entrada: *Arbeit Macht Frei.* Pregunté su significado y me dijeron «El trabajo os hará libres». Era el lema de aquellos supuestos campos de trabajo. Me hace sonreír mi ingenuidad de entonces: lo creí. Pensé que allí íbamos a trabajar duro y a ganarnos nuestra libertad con ello. No pude sospechar entonces el cinismo que encerraba aquella frase. Nuestro trabajo, ése que supuestamente nos iba a hacer libres, consistía en acarrear tierra de un lado a otro. Sin herramientas, llevándola en el faldón de nuestras camisas, la depositábamos sobre unas zanjas donde, a veces, sobresalía un pie o una mano. Cuando me percaté de que lo que hacíamos era enterrar cadáveres, me impresionó. Después fui acostumbrándome a ello. El hedor de la muerte inundaba el campo, no sólo el de los cuerpos descompuestos semienterrados, también el del humo de las chimeneas de los crematorios que trabajaban día y noche. Me acostumbré a los gritos de los moribundos, a los golpes y castigos, a los insultos y a la vista del horror.

Llegó el invierno y el frío se hizo insoportable, especialmente durante el *Apel*. Birkenau está situado en una planicie donde el viento nos azotaba al igual que lo hacían los nazis, sin ninguna clemencia. Las temperaturas eran muy bajas para nuestras delgadas ropas y la nieve congelaba nuestros pies desnudos. Lo más importante era no enfermar y afortunadamente tuve buena salud, no cogí ni un resfriado a pesar de lo poco abrigado que estaba. No recuerdo que ninguno de mis compañeros de bloque enfermase. Todos sabíamos que quien se declarase enfermo sería enviado a la enfermería y que de allí únicamente se salía muerto. Se rumoraba mucho sobre los experimentos que llevaban a cabo los médicos alemanes y el terror de caer en sus manos hacía que nuestra salud fuera de hierro, a pesar de la falta de alimentos, de higiene y del tremendo frío.

La cuarentena se fue alargando durante semanas y seguimos aislados de los demás. Nuestra vida se había reducido a una obsesión por la comida, por el hambre atroz que sufríamos, y a tratar de evitar los castigos, pero era ésta una misión imposible. Los *Kapos, Blokeltester*, y los SS nos golpeaban sin razón aparente, no había modo de evitarlo. El bloque número 11 era el peor lugar de todo Auschwitz. Se decía que era donde ocurrían los crímenes más espantosos y que fue allí donde se experimentó el gas letal llamado Ciclon D.

Ante esta realidad se fueron disipando mis dudas sobre lo que querían de mí los nazis. Vi claramente que nuestra vida no significaba para ellos absolutamente nada, que yo no estaba allí como castigo por nada concreto ni para hacer algo en particular sino que había entrado en el engranaje de una máquina de muerte sin más lógica que el exterminio. Vi claramente que mi única posibilidad de salvarme, aunque remota, estaba en acatar las órdenes de inmediato y al pie de la letra, procurando recibir el menor castigo posible. Un mal golpe, un tobillo hinchado, una fiebre alta, cualquier cosa por poco importante que fuera pero que me impidiese un solo día formar para el *Apel* en condiciones de trabajar significaría una muerte segura. Era una cuestión de supervivencia y en esta ocasión no se trataba de pasar la noche en la cabaña del guardabosque; se trataba de sobrevivir, cada día, un día más.

Todos mis compañeros de barraca eran polacos, los había de todas las edades. Uno de ellos, un cojo muy gracioso, pasaba todo el tiempo dando vueltas por todas partes a pesar de su cojera. Había un médico de Varsovia, algunos judíos, bastantes católicos y hasta testigos de Jehová. Siempre me acordaré de Benek, un muchacho judío de rostro extremadamente agudo y nariz prominente, que era uno de los que compartían litera conmigo. Lo veía siempre triste, cabizbajo, parecía sentirse culpable de algo. Los judíos del barracón se mostraban taciturnos y sin esperanza, tal vez sentían que su destino estaba marcado y no les faltaba motivo porque la persecución sobre ellos era brutal. Gran parte de los judíos que estuvieron en los campos fue exterminada, aunque también los demás podíamos acabar en las cámaras de gas o muertos de un tiro en cualquier momento y sin ningún motivo.

La cuarentena no terminaba nunca y día a día nos íbamos embruteciendo. Animalizando, sí, es la palabra apropiada. Empezamos a comportarnos como animales desesperados por sobrevivir, insensibles al dolor ajeno, deseando que fuese otro quien recibiera las palizas o amaneciese muerto en nuestro lugar. El egoísmo dirigía nuestros actos, lo que hacía las cosas aún más difíciles para los más débiles; creo que era parte del plan de los nazis. En cada una de las camas de la litera sólo había una manta para cubrir a cinco personas. La manta no era lo bastante grande y los de los extremos apenas podían taparse; los más débiles fueron desplazados a esas posiciones. También era frecuente que alguien robara el pedazo de pan de alguna ración. Si el robo se denunciaba el castigo era para todos, o sea que había que callar y aguantar el hambre. Un día alguien cogió mi pedazo de pan. Hambriento y desesperado, me puse a llorar. A eso había llegado; antes un valiente guerrillero, lloraba ahora por un miserable mendrugo, pero era comida, la única hasta el día siguiente. Benek, el judío que dormía en mi litera, me miró con sus ojos tristes.

—No llores, Waldek, toma, come un pedazo del mío —me dijo, ofreciéndome un trozo de su pan.

–Gracias... –respondí entre sollozos. Vi que el pedazo que me daba era mayor que el que guardó para él, que era casi una migaja. Pero tenía tanta hambre que no me importó. Esa noche, por lo menos no me quedé con el estómago vacío.

Al despertar al día siguiente, noté que Benek no se movía. Creí que se había quedado dormido, cosa extraña porque el castigo por ello era duro. Lo moví y cuando toqué su cara y sus manos noté que estaba helado. Había muerto durante la noche. Ahora lo pienso y quiero creer que murió porque estaba enfermo, quizás por ello apenas pudo comer la noche anterior, pero en aquel instante sentí que había muerto de hambre al darme el único pedazo de pan que tenía. A la vista de Benek, por un momento me puse a llorar en silencio, una emoción y una pena indescriptibles se apoderaron de mí. Pero allí no había lugar para los sentimientos, así que dejé su cuerpo como estaba y corrí al patio para el *Apel*, esperando sobrevivir un día más. El judío Benek ya había dejado de sufrir y ese pensamiento me consoló. Nunca lo he olvidado.

Durante el tiempo que estuve en Birkenau pude ver a través de las alambradas los «camiones de la muerte». Avanzaban en fila llevando una carga de mujeres y niños desnudos para ser «desinfectados» en las duchas, como cuando nosotros llegamos. Pero decían que no salía agua de las duchas, sino aquel gas venenoso. Llegué a contar dieciocho camiones en un solo día. Las mujeres gritaban desesperadas, posiblemente presentían su fin, en ocasiones alguna de ellas saltaba del camión con su hijo en brazos y los guardias alemanes los ametrallaban. Sólo podíamos mirar, estábamos tan lejos que ni siquiera nos pasaba por la cabeza la posibilidad de ayudarles, cosa que por otra parte nos hubiese costado la vida. Ya era insensible al sufrimiento de los demás y al mío propio. No tuve opción. Nunca sabíamos lo que sucedía en el campo, ni de dónde salían tantos muertos. Siempre estábamos encerrados por nuestra interminable cuarentena, no podíamos merodear y sólo salíamos cuando había que echar tierra a los cadáveres. Estoy seguro de que los que murieron, hasta el último momento tampoco supieron adónde eran conducidos. Ni siquiera podíamos saber a qué religión o nacionalidad pertenecían los cadáveres que enterrábamos porque estaban desnudos. Ya no llevaban distintivos.

Una mañana Birkenau se despertó con un gran revuelo. Los alemanes estaban llamando a los que debían presentarse en la enfermería. Cuando oí mi número el miedo que constantemente me oprimía el pecho se trastocó en terror. Estaba seguro de que harían conmigo aquellos asquerosos experimentos de los que todos hablaban y luego me dejarían sufrir hasta la muerte. Nos llevaron a la enfermería donde se formó una larga fila. Temblaba de pies a cabeza sin poder controlarme y aunque hacía frío, no era ése el motivo, sino el miedo. Un miedo como el plomo, que entra por el estómago y luego se sienta en el pecho impidiendo la respiración. Creo que no hay forma más cruel de tratar a un ser humano que dejarlo consumirse en la espera de su turno para ser ajusticiado.

Cuando por fin entré, el médico alemán que tenía frente a mí me miró como quien mira una res en el matadero. Luego tomó un calibrador y una cinta métrica y procedió a hacer mediciones sobre mi cuerpo. Comprobó el ancho y largo de mi frente, la longitud de la nariz, el ancho de mis pómulos, el tamaño de mi boca, también las dimensiones de mi cabeza, y luego siguió midiendo y apuntando, espalda, pecho, extremidades... examinó el color de mis ojos y cabellos. Tomó nota de todo minuciosamente y me dijo que me retirara. No esperé a que repitiera la orden y salí huyendo de la enfermería, no fuese el médico a cambiar de opinión. Después me enteré de que estaban clasificando a los presos según sus rasgos y, afortunadamente para mí, no fui considerado candidato a la cámara de gas. Era eslavo, no judío, y aunque los nazis nos consideraban de raza inferior, por el momento me había salvado. No todos los que estaban en la fila tuvieron la misma suerte, sé de muchos para los que aquel examen fue su sentencia de muerte por ser judíos o por sufrir alguna clase de defecto. Tal fue el caso del hombre que cojeaba.

Poco después nos llevaron a Auschwitz, al campo principal. Caminamos unos dos kilómetros en las acostumbradas filas de a cinco, custodiados por soldados SS armados, como si fuéramos peligrosos delincuentes. Nos miraban con una mezcla de asco, rencor y odio, ¿qué nos esperaba en este nuevo traslado? Empezamos a sentir la angustia de la incertidumbre, de no saber qué más harían con nosotros. La brutalidad era la de siempre, los golpes de culata y empujones no cesaron en todo el trayecto. Al llegar a Auschwitz nos reunieron en el patio y vi a mis compañeros, los que habían sido apresados junto a mí en el bosque Chojnów. Tenían peor aspecto que cuando nos separaron, cuatro meses atrás. Lo mismo debieron de pensar ellos de mí. Fueron cuatro de los peores meses de mi vida, en un lugar donde nada era como debía ser, pero había sobrevivido. Sentí un atisbo de esperanza, quizás lo peor ya hubiera pasado y volví a creer en mi buena suerte, porque en Dios había dejado de creer hacía tiempo. Rysiek, nuestro instructor, parecía enfermo y me extrañó que siguiera vivo porque yo sabía que para los enfermos, los nazis tenían un único tratamiento: la muerte. Después del recuento habitual repartieron un pan para cada uno. ¡Todo un pan completo! También nos dieron unos doscientos gramos de margarina. Dijeron que la comida debía durarnos una semana. Nos condujeron junto a un tren que esperaba fuera del campo, listo para partir. Como era habitual ninguno de nosotros sabía adónde nos llevaban, ya estábamos acostumbrados a ello. Nadie se atrevió a preguntar, muchos habían muerto por hacerlo. Entre nosotros había algunos médicos que nos previnieron de que no debíamos comer todo el pan y la margarina de una vez, porque podríamos morir debido a que nuestros estómagos habían perdido capacidad de digerir la comida. Así eran los nazis, hasta cuando daban algo bueno era para torturar, porque no hay mayor suplicio para un muerto de hambre que tener comida y no poder comerla. Yo les hice caso y me aguanté las ganas de acabar con el pan allí mismo y sólo pellizqué un pedazo, guardando el resto bajo la camisa. Pero Rysiek... Rysiek se tragó el pan con toda la margarina y acabó con su ración para una semana en un momento. Al poco rato empezó a retorcerse de dolor, justamente cuando los alemanes empezaron a llamarnos para subir al tren. Yo lo tenía en mis brazos cuando él me miró y quedó inmóvil. Sus ojos estaban abiertos, sin parpadear, y me pareció que no respiraba.

—¡156642! —vociferó el soldado SS.

Era mi número. Deposité a Rysiek en el suelo y corrí al tren. Fui el último en subir. Rysiek se quedó en Auschwitz. Creo que estaba muerto.

Capítulo 5

Apenas subí al vagón, corrieron la puerta de hierro y quedé pegado a ella. Pasado un rato el tren se puso en marcha. El viento helado se colaba a través de la rendija y cortaba como un cuchillo. Pensé moverme hacia el interior del vagón, fuera de la corriente de aire, pero me quedé donde estaba; algo dentro de mí me decía que aquel era un buen sitio. Quizás fue el recuerdo del primer refugio en el que estuve durante los bombardeos, cuando estar cerca de la salida nos salvó. No sabíamos adónde nos llevaban, pero nos habían dicho que el pan era para una semana, el viaje probablemente sería largo. El hacinamiento apenas nos permitía estar de pie, no había espacio para moverse. No ayudaba pensar que tendríamos que estar así toda una semana. Durante el primer día de viaje algunos iban al fondo del vagón para hacer sus necesidades, intentando mantener una zona más o menos limpia, pero después ya nadie se movía de su lugar. Enseguida la situación se hizo insostenible porque el suelo del vagón estaba cubierto por una espesa capa de polvo de un compuesto de cloro, que los alemanes acostumbraban usar como desinfectante. Muchos vomitaban al respirar el hedor del cloro mezclado con orines, excrementos y vómitos. Yo, pegado a la puerta, bendecía el viento que se colaba por las rendijas gracias al que podía respirar aire fresco. La puerta también recogía algo de agua por condensación así que no me moví del privilegiado lugar, me concentré en mi rendija y en lamer las gotas de aquel brebaje. De tarde en tarde daba un mordisco al pan. La margarina se había derretido dentro de mi camisa, así que succionaba mi ropa para no perder nada que fuera comestible. Pegado a la puerta respiré, hice mis necesidades, comí y dormí durante todo el viaje. Nadie pudo separarme de ella, me aferré a la puerta como quien se aferra a la vida.

El viaje se alargó más de lo previsto. No abrieron la puerta del vagón ni siquiera para saber si estábamos vivos. Fue la más dura prueba de supervivencia hasta entonces. Trataba de no pensar en nada, no quería recordar nada ni a nadie, porque sentí que si lo hacía se resquebrajaría mi voluntad. Sólo tenía en mente una cosa: sobrevivir. Me parecía una situación absurda. Metidos en un vagón, llevados de un lugar a otro, adelante y atrás, parados la mayor parte del tiempo, no le encontraba sentido. Después me enteré de que los alemanes tenían serias dificultades con los suministros y los trenes de menos prioridad como el nuestro eran desviados constantemente para dar paso a los que llevaban soldados, armas y quién sabía cuántas cosas más a los frentes. Estaba llegando al límite de mi resistencia, agotado, hambriento porque hacía días que había acabado con el pan, y cada vez que giraba la cabeza veía más muertos amontonados en el suelo, sobre las inmundicias. Los que aún resistíamos empezábamos a perder la esperanza de salir de allí vivos, porque el viaje parecía interminable y ya no podíamos aguantar más. Hasta que un día el tren paró de un modo distinto. No era una maniobra, fuera se oían los ruidos propios de un andén.

Cuando por fin se abrió el portón de hierro, apenas bajamos la mitad de los que habíamos subido; la otra mitad murió asfixiada, envenenada por los vapores del cloro mezclado con el amoníaco de los orines, o de hambre y sed. Los supervivientes estábamos maltrechos y sumamente débiles, pero aún nos quedaba una última prueba: unos pocos kilómetros nos separaban de nuestro destino. Enseguida, en las acostumbradas filas de a cinco, nos obligaron a emprender la marcha. Me ardían los ojos, después de tantos días en la penumbra de repente me encontré a plena luz. Poco a poco pude apreciar que nos conducían a lo largo de una calle bordeada de bonitas casas en las que los lugareños, sobre todo mujeres, nos miraban con compasión; tal vez curiosidad. Algunos nos arrojaban comida que los SS que nos custodiaban nos permitían coger siempre que no nos detuviésemos. Si la cogíamos al vuelo no había problema, pero al que se agachaba para recoger algo le caía una lluvia de golpes, supuestamente por entorpecer la marcha.Yo pude atrapar un trozo de pan con salchicha y lo devoré inmediatamente, sin importarme que pudiera hacerme daño o no, aunque era muy pequeño. No comía salchicha desde que me habían apresado en Varsovia.

Los más débiles no pudieron seguir; cayeron en el camino, ni todos los golpes del mundo hubiesen conseguido levantarlos. Yo los miraba y ya no sentía nada, estaba tan saturado de sufrimiento que no me cabía ni un ápice más. Nuestro aspecto era verdaderamente repugnante, sucios, malolientes, con abundantes manchas de heces por todas partes y yo, además, con margarina derretida en la camisa; y todos en general, tan delgados que debíamos parecer cadáveres. Dejamos el pueblo atrás y poco después divisamos el campo de Mauthausen. Lo primero que vimos fue una enorme águila imperial, sobre la fachada, sosteniendo una cruz gamada. La edificación semejaba un castillo medieval, se veía más antigua que el campo anterior; era de piedra y tenía dos torres a los lados de la puerta. ¡Habíamos tardado dos semanas en recorrer unos seiscientos kilómetros!; la distancia que separa Auschwitz de Mauthausen. El campo tomaba el nombre de la pequeña ciudad austríaca a orillas del río Danubio por la que habíamos pasado.

Después del acostumbrado recuento en la *Appelplatz* nos llevaron a las duchas. Yo temía que sucediese lo mismo que en Auschwitz, pero esta vez el agua tibia se quedó tibia. Nos dieron una pastilla de jabón y un uniforme nuevo con un número diferente al que me habían tatuado en el brazo y otro par de aquellas incómodas «sandalias». Mi triángulo seguía siendo rojo e invertido y me fijé que en Mauthausen había más variedad de triángulos que en el campo anterior. Los triángulos rosados eran para los homosexuales, los rojos con la punta hacia arriba para los criminales, los triángulos negros los llevaban los gitanos. Los había de muchos colores y cada uno tenía un significado distinto; también según el vértice estuviese arriba o abajo. Por supuesto, los que llevaban la estrella amarilla eran judíos. En ese campo había muchos españoles, decían que Franco los había enviado allí por ser comunistas.

Mi nuevo número fue el 1634. Debía memorizarlo porque a menudo me llamarían por él, y en alemán. Ya antes de mi captura el aprendizaje del alemán era obligatorio en las escuelas polacas, pero una cosa era estudiarlo y otra aprenderlo. Como los nazis daban las órdenes en alemán y mi vida dependía de entenderlas, mi interés por el idioma de Göethe aumentó considerablemente y para entonces yo hablaba y entendía el alemán aceptablemente. Fui llamado por mi nuevo número y destinado a trabajar en el ensamblaje de los aviones Messerschmitt. De aviones, yo sólo sabía que había sido bombardeado por ellos, y ahora debía ayudar a fabricar los que probablemente servirían para atacar a mis compatriotas. Sentí que los estaba traicionando pero no podía hacer nada para evitarlo, salvo morir. Y yo deseaba vivir a toda costa.

Cuando éramos trasladados de un lugar a otro nuestros expedientes viajaban con nosotros. Pensé que era probable que me hubiesen enviado a Mauthausen y destinado al montaje de aviones porque en el mío figuraba que yo estudiaba mecánica en la secundaria técnica. Reunieron a los destinados a este trabajo y nos llevaron a unos seis kilómetros, a un campo anexo llamado Gusen. Pasamos una semana en cuarentena, en un bloque especial, supongo que para detectar a los enfermos porque algunos desaparecieron y nunca más volví a verlos. Después nos repartieron en diferentes barracones, el mío fue el número 24, donde había españoles, polacos, alemanes y muchos rusos. Todos llevábamos ya bastante tiempo presos y nos entendíamos en alemán, que era el idioma común. De los rusos no tengo buenos recuerdos; eran desordenados y poco cooperativos. Si la vida allí era difícil, con ellos se tornó insoportable. Muchas veces recibí golpes por algo que ellos habían hecho. Definitivamente nunca pude entenderme con ellos, ni en alemán ni en ningún otro idioma.

Las literas eran similares a las de Birkenau y también esta vez fui a parar al tercer piso, pero ahora no lo compartía con nadie. Sobre las tablas había algo parecido a un colchón. Muchos de los elementos de Gusen me resultaban familiares por haber estado en Birkenau. Las barracas, las literas y otras muchas cosas eran casi idénticas, era evidente que los campos estaban estandarizados. Aquél era uno de los más antiguos y completos, hasta tenía una cantina y un burdel y en los baños los retretes eran de granito.

Aproximadamente a kilómetro y medio del campo de Gusen, dentro del perímetro de las alambradas, estaba la fábrica de Messerschmitt. Los aviones se montaban en unos túneles excavados en la montaña. En mi primer día me enseñaron brevemente el trabajo que debía hacer. Se trataba de perforar con un taladro sobre los lugares marcados. Los orificios debían ser del tamaño preciso, ni más grandes ni más pequeños. No hay cosa que enseñe más rápidamente que el terror al castigo, de manera que aprendí a una velocidad que me sorprendió a mí mismo. Nuestro instructor era miembro del partido nazi, un civil al que todos llamaban Krulik porque tenía un sorprendente parecido a un conejo, siempre parecía roer algo con sus grandes dientes. Vivía en una casa del pueblo, iba a Gusen por la mañana en bicicleta y volvía a su casa por la tarde, después del trabajo.

Pronto dejé el barracón 24 y fui trasladado a un edificio de dos pisos donde únicamente nos alojábamos los destinados a la línea de ensamblaje de Messerschmitt. Mi nueva ubicación estaba en el segundo piso del bloque número 6. Seguí recibiendo de los soldados SS, *Kapos* y *Blockeltesters*, el mismo trato inhumano que antes, pero reconozco que después de pasar por Birkenau, me encontraba en Gusen en mejor situación: dormía en la parte alta de la litera yo solo, el *Apel* era dos veces al día, no tres, y los domingos nos daban un plato de sopa, una crema parecida a las sopas instantáneas, que según se decía costeaba la empresa Messerschmitt. No era igual enterrar cadáveres que montar aviones. Antes yo era candidato al exterminio, ahora había pasado a ser un obrero, un esclavo que trabajaba doce horas diarias. Y a pesar de que mi vida seguía sin valer nada, la diferencia, aunque sutil, era importante. No sé si ocurría lo mismo con los prisioneros que hacían otros trabajos en el campo principal. Muchos —en su mayoría españoles— fueron destinados a las canteras, donde tenían menos suerte. Se decía que eran obligados a cargar bloques de piedra de quince o veinte kilos y también que cuando dinamitaban las rocas muchos volaban junto con las piedras. Oí todo tipo de historias pero como eso quedaba a seis kilómetros de donde yo estaba, nunca lo vi con mis propios ojos.

Hacía muchos meses que no teníamos ninguna noticia sobre el curso de la guerra, sólo de vez en cuando la propaganda alemana, a la que nadie daba crédito. Sin embargo los rumores corrían sigilosamente por todo el campo. Según ellos, en aquel momento –a principios de 1944– los alemanes estaban en serios apuros. El desgaste en Rusia era enorme, la economía de los Estados Unidos hacía prácticamente inagotables los recursos de los aliados mientras que la suya corría hacia la bancarrota y estaban en dificultades, tanto por la falta de armas y municiones como de provisiones y combustible y hasta de efectivos. Eso podía explicar que los nazis echasen mano de los prisioneros para la fabricación industrial y que fuésemos trasladados a un campo donde había esa posibilidad. Además, Mauthausen está cerca de Alemania, mientras Birkenau, en Polonia, quedaría pronto al alcance del avance ruso. Me pareció que debía ser así, que el rumor era cierto, incluso creí recordar haber oído algunas explosiones lejanas mientras embarcábamos en Auschwitz.

Fui pasando por diferentes tipos de trabajo en la línea de ensamblaje y uno de las más difíciles fue el de los remaches. Otro prisionero se introducía en la cabina del avión presionando la plancha de hierro y yo, por fuera, debía introducir el remache por un agujero hecho previamente, ejerciendo presión en el centro con el martillo neumático. Mi compañero me indicaba si estaba bien con un golpe; si eran dos, debía rectificar. Pronto sentí el martillo neumático como parte de mi brazo, y sabía cuándo estaba bien remachado antes del golpe de aprobación. Era como seguir un ritmo, y cuando todo se hace con ritmo las cosas salen bien. Los remaches sobre superficie convexa eran los más difíciles porque el punzón de la pistola neumática podía resbalar y perforar el fuselaje del avión. Afortunadamente nunca sucedió. Me hubiesen ejecutado por saboteador.

Llegó el verano en el que cumpliría diecisiete años; no podía decir cuándo porque nunca sabía exactamente la fecha en que estábamos. Habían transcurrido ya dos años de cautiverio y cinco desde el inicio de la guerra, desde el refugio de la calle Lipowa. Me parecían una eternidad. Para evitar los recuerdos y la nostalgia me concentraba completamente en las doce horas diarias de trabajo y llegaba a la noche tan cansado que no pensaba en nada. Se me ocurre que tal vez fuera eso lo que los nazis querían decir en aquel cartel: «El trabajo os hará libres». No pensar en nada... Además de sádico, el nazismo era cínico hasta la náusea. Otro de los cambios favorables que obtuve en Gusen fue que recibía una «paga» por mi trabajo; un bono que podía canjear por cigarrillos, por un lápiz o una limonada en la cantina. También servía para el puf, pero no me quedaban ganas ni fuerzas para pensar en el burdel. Los *Kapos* y *Blokeltesters* lo visitaban asiduamente. Eran alemanes, delincuentes comunes encerrados por ser asesinos, ladrones, violadores, así que su condición no los hacía mejores que los nazis. Entre los *Blokeltesters* había muchos pederastas. Se satisfacían con pequeños prisioneros rusos de entre doce y catorce años, muchachos que no encontraron otra forma de sobrevivir.

Montar el tablero de los aviones era una operación difícil, porque había que hacerlo en una posición muy incómoda; atornillarlo con una mano mientras se mantenía el tablero fijo en su lugar con la otra, evitando que cayera al suelo. El trabajo no se podía dejar ni un solo día, declararse enfermo seguía siendo una temeridad suicida, pero no todos los días estaba uno en condiciones de trabajar en algo tan delicado. Uno de esos días en los que me sentía débil, tuve un mareo. Por un momento se me nublaron los ojos y el tablero resbaló de entre mis dedos, cayendo al suelo. Quedé aterrorizado cuando oí estrellarse el vidrio contra el piso del avión. Krulik se acercó para ver qué sucedía. Lanzó un grito y se quedó mirando el desastre. Luego tomó el tablero en sus manos. Un soldado de las SS se acercó, atraído por el grito de Krulik.

—Haben Sie irgendwelches Problem? —preguntó.

—¡Este tablero llegó roto! ¿Quién recibió esto? —gritó Krulik.

—¡No es posible! —respondió el soldado, perplejo, mientras el instructor seguía protestando a gritos.

—¡No se puede trabajar así, traigan otro tablero inmediatamente! —ordenó, mirándome de reojo. Me encontraba paralizado por el miedo y, al mismo tiempo, desconcertado por el extraño comportamiento del instructor.

Calladamente, agradecí su inesperada intervención. Ya me había visto perdido. Luego, cuando trajeron el nuevo tablero, Krulik me ayudó disimuladamente a sostenerlo mientras yo lo atornillaba, simulando que inspeccionaba mi trabajo de cerca.

Al día siguiente, el instructor dejó junto a mí un trozo de pan con salchicha, pero no me atreví a cogerlo porque pensé que podría tratarse de una trampa, tenía miedo de todo y de todos. Krulik, haciendo un leve gesto con la mano, me dijo:

—Cómetelo, no temas. Pero procura que no te vea nadie.

Calladamente guardé el pan dentro de mi camisa hasta mediodía y lo comí a escondidas junto con la sopa de grama que daban de almuerzo. Así fue de ahí en adelante, Krulik siempre me dejaba el pequeño pedazo de pan con salchicha y yo lo guardaba para comerlo después. En agradecimiento, reservaba un rato de mi hora de almuerzo para limpiar su bicicleta. Nunca estuvo tan reluciente. Pude comprobar que no todos los nazis eran iguales.

Cuando regresábamos del trabajo, todos los días veíamos una fila de hombres ahorcados. Los colgaban intencionadamente en una elevación del terreno para que pudiésemos verlos. Pendían de un mismo travesaño de madera, que a veces parecía a punto de romperse por el peso de tantos prisioneros. Al principio me impresionaba y traté de indagar qué podrían haber hecho aquellos desgraciados para acabar así. Pero los demás se mostraban indiferentes y al poco tiempo yo también me acostumbré y evitaba mirarlos y hasta pensar en ellos. En varias ocasiones vi a los alemanes coger un prisionero por los pies y sumergirlo en alguno de los toneles de agua dispuestos para caso de incendio, mientras reían divertidos. Lo hacían tantas veces como les daba en gana hasta que el desdichado moría ahogado. Actuaban como en un teatro donde nosotros éramos espectadores. Cuando comprendí que cuanto más los mirábamos, más se esforzaban en demostrar su sadismo, dejé de mirar. Nadie reaccionaba, nadie sufría por ello, parecía no importar, ya era natural. Es difícil rebelarse ante lo inevitable. Veía el entorno que me rodeaba con la misma indiferencia con la que hubiese contemplado un hormiguero y, sin embargo, yo formaba parte de él. Durante esos años aprendí que el ser humano es impredecible pero, ante todo, sumiso. Uno está dispuesto a aguantar los peores castigos, situaciones e injusticias con tal de seguir con vida. Pero ¿no sería mejor morir que vivir en un infierno, sintiendo la muerte alrededor a cada instante? Aunque la razón conteste que sí, algo muy poderoso nos impulsa a seguir viviendo a cualquier precio. El instinto de conservación nos hace impredecibles y puede llevarnos a ser capaces de todo.

Fuera del trabajo, pasaba la mayor parte del tiempo en el bloque. Echado en mi litera, cerraba los ojos tratando de no pensar, como si ello fuera posible, pero extraños pensamientos se agolpaban en mi mente. Pensaba con ironía que, siendo Polonia un pueblo tan respetuoso de Dios, parecía abandonado por Él. Justamente el nombre del campo de Oswiecim –más conocido por el nombre que le habían dado los alemanes, Auschwitz–, tenía un cercano parecido a *oswiecie* que significaba «bendecido». «Extraña bendición», me dije. También pensaba en la suerte que corrían los judíos, que creían en el mismo Dios que los católicos. «Creer en Dios, ¿es una especie de maldición?». Me hice esa pregunta muchas veces. «Si Él existe, ¿cómo permite esta masacre contra sus fieles?». Yo había dejado de rezar, pedir y hasta de creer en Dios como había aprendido de pequeño. Sólo creía en sobrevivir un día más en ese infierno.

El domingo era nuestro día de descanso y podíamos deambular por el campo. Frecuentaba la zona posterior, cerca de las letrinas, donde bastante abiertamente se organizaba un curioso mercadillo. Los que teníamos derecho a un bono semanal, podíamos adquirir con él en la cantina una cajetilla de cigarrillos Zorra, un lápiz o una botella de refresco que en esa especie de mercado frente a las letrinas intercambiábamos por pan, salchichas o pedazos de carne. Nunca pregunté la procedencia de la carne. Era blanca y grasienta, parecía de cerdo. En las pocas ocasiones en que pude conseguirla la comí con cierto reparo. Pero la necesidad era grande y nunca supe ni quise saber más.

Casi a finales de 1944, durante el *Apel* un soldado repartió un formulario diciendo que debíamos rellenarlo con la dirección de nuestra familia. Había un espacio en blanco, en el que podíamos escribir una carta para ellos. También nos autorizaban a recibir comida de nuestras familias en paquetes de cinco kilos, dos veces por semana. Miré con desconfianza el papel, pensé que podía ser una trampa. «Pero ¿qué puedo perder, en mi situación?», me dije. Por el contrario, si lo que decía era cierto, sería muy importante para mí comunicarme con mi familia. Me animé; rellené el formulario y escribí una carta a mamá. Lo hice sin mucho entusiasmo, me parecía increíble que le pudiese llegar, así que aquella primera carta fue un poco tímida, reservada y fría. Además, estaba seguro de que sería censurada. En lo que no vacilé, lo recuerdo perfectamente, fue en dejar claro que podía enviarme paquetes de comida los martes y viernes, en eso fui muy explícito. Con el hambre que pasaba fue el detalle que acaparó mi atención.

El tema de conversación con mis compañeros de bloque era principalmente ése: la comida. Nos contábamos cómo cocinaba la madre de cada uno e intercambiábamos recetas. Creo que la mayoría de nosotros las inventaba, pero en aquellas circunstancias cualquier receta era buena, nadie podía comprobarla. Así que terminábamos con la boca hecha agua y royendo el amarillento carbón vegetal de las estufas. El día del formulario hubo otro tema de conversación: comentábamos la posibilidad de que los alemanes permitiesen el envío de comida por el deterioro de su situación, como si gastaran demasiado en la sopa de hierbas que nos daban y ya no pudiesen seguir dándola. Ahora nos tendrían que alimentar nuestras familias. Sabíamos que la contraofensiva soviética avanzaba ya por territorio polaco, también que los norteamericanos habían entrado activamente en la guerra y que la situación de los alemanes empeoraba día a día. Eran rumores que se propagaban por el campo.

Los rumores más fundados partían del tío Romatowski. Era un sastre polaco encargado de confeccionar los uniformes de los oficiales, era evidente que estaban satisfechos con su trabajo porque le regalaban pan y otros alimentos. Algunas veces acudíamos a él cuando el hambre nos perforaba el estómago; siempre tenía un pedazo de pan y estaba dispuesto a ayudarnos. El tío Romatowski fue un baluarte para los más jóvenes. Después de las cinco de la tarde, al regresar del trabajo, nos juntábamos en una barraca para recibir clases de los profesores que el tío había reunido. Constantemente decía que estudiásemos para cuando pudiéramos salir de allí; los que asistíamos a clases teníamos acceso a su precaria despensa de vez en cuando. Nos motivaba más un mendrugo de pan que toda la sabiduría de occidente. Debo reconocer que el tío Romatowski me ayudó moralmente a conservar algo de humanidad. También había un cura católico que oficiaba misa los domingos en una de las barracas, pero no tenía muchos feligreses porque ahí no repartían ni una hostia. En Gusen no había judíos, no volví a verlos desde que salí de Mauthausen.

La primera carta que recibí de mamá fue un bálsamo para mi alma. Me hablaba como si todavía fuese un niño pequeño y yo sabía que ella había estado llorando mientras escribía, podía imaginarme a Cristina, mi hermana, llorando junto a ella. Es banal contar lo que decía aquella carta, creo que todos los hijos recibieron cartas similares, pero me animó mucho recibirla y a partir de ese día todas las semanas esperaba ansioso sus misivas. Yo no podía ser demasiado explícito en mis respuestas porque toda la correspondencia era censurada, así que me limité a escribir notas que parecían provenir de un campamento de verano.

Los que esperábamos algún paquete íbamos a recogerlo a un almacén, dos veces por semana. Cuando el soldado gritaba el número de cada uno de nosotros, el aludido se acercaba para que se lo entregase. El soldado lo abría delante de nosotros y se quedaba con la mitad del contenido. Ellos decían que era para los que no recibían nada. Era un cuento, simplemente se la comían ellos. ¡Nuestras familias estaban alimentando al ejército alemán!, era lo que faltaba. Seguramente la escasez de suministros había llevado a eso. Para nuestra gente conseguir alimentos tampoco debió ser muy fácil.

Por entonces empecé a notar que uno de los *Blokeltesters* encargado de otro bloque me sonreía y se portaba amablemente conmigo. Yo correspondía a esa inesperada amabilidad sin entender a qué podía deberse, pero pensaba que siempre era mejor una sonrisa que un golpe.

—¿Te has fijado cómo te sonríe ese hijo de puta? —comentó uno de mis compañeros cierto día.

—Sí. Parece ser buena persona.

—¡Es un pederasta! —exclamó mi compañero.

—Me ha dicho que me hará un regalo, pero debo esperarlo en la litera de abajo esta noche —respondí con una ingenuidad que, ahora pienso, merecía una paliza—. Necesito hacer el cambio con el compañero de abajo. Tal vez el regalo sea comida.

—¡Waldek, no seas estúpido! ¡Quiere abusar de ti!, ¿no te das cuenta? —Mi compañero estaba realmente preocupado.

Yo era un muchacho de diecisiete años, cadavérico y desnutrido como todos los que allí estábamos, pues aunque mi alimentación había mejorado notablemente con los envíos de mamá, estos no siempre llegaban regularmente ni podían ser todo lo abundantes que yo hubiera deseado. Mi aspecto no debía ser muy agradable y, además, hacía mucho tiempo que el sexo se había borrado de mi cabeza, supongo que todo eso me impedía sospechar las intenciones del hombre. Simplemente no se me cruzaba por la cabeza y, aunque sabía que esos depravados tenían a su disposición a los niños rusos, jamás pensé que yo pudiera ser uno de sus objetivos. Pero la conversación con mi compañero me preocupó seriamente, de hecho estaba aterrorizado. No sabía qué hacer y entre todos planeamos que en la litera de abajo dormiría el compañero de siempre y cuando el tipo se acercase a él, lo echarían a golpes. Él no podría decir nada porque estaba prohibido entrar por la noche a un bloque que no le correspondía y de descubrirse llevaría la peor parte.

Todo salió como lo planeamos. Mi compañero de bloque tenía razón, cuando el hombre se vio burlado salió corriendo y pensamos que el asunto quedaría así. Grave error. Noches después llegó su venganza. Salía yo de mi bloque hacia las letrinas, unos chiquillos rusos iban delante de mí cuando uno de ellos orinó en la escalera y salió corriendo. En ese momento apareció el *Blokeltester* de mi bloque, acompañado por tres o cuatro de sus compañeros. Prendió las luces y me señaló la mancha de orina en la pared. No esperó a que yo le diese explicación, me culpó de ello sin más e inmediatamente me rodearon y entre todos me dieron la paliza de mi vida.

Me golpearon con sus tubos y porras hasta que caí al suelo donde me siguieron pegando con saña. Sentía patadas por todo el cuerpo, a la par que me insultaban con obscenidades que jamás he vuelto a escuchar. Pensé que iba a morir. Después me dejaron tirado y se alejaron riendo. Me llevé las manos al rostro y vi que de mis ojos salía sangre. El dolor que sentía en las piernas no me permitía caminar. El miedo se apoderó de mí, yo no estaría en condiciones de trabajar a la mañana siguiente y si me declaraba enfermo era seguro que no saldría vivo de la enfermería. Mi suerte me había abandonado. Lloré de dolor, de rabia, de impotencia. Traté de recuperarme y haciendo acopio más de mi voluntad que de mis fuerzas llegué gateando a la letrina donde caí de bruces sobre el escusado. Refresqué mi cara con aquella agua, mezclada con orines. A medida que pasaban los minutos me sentía peor, más dolorido, más inválido. Comprendí que definitivamente no estaría en condiciones de moverme durante bastantes días y tomé una decisión. Me sentí condenado a muerte pero, si tenía que morir, no sería sometido a siniestros experimentos médicos. Sabía que la alambrada eléctrica que rodeaba el campo era de alto voltaje, si tan sólo pudiera llegar hasta allá, pensaba. Llegar a la cerca se convirtió para mí en una obsesión, cuando la toque, acabarán mis sufrimientos... Arrastrándome, a gatas, empecé a acercarme al lugar donde finalmente sería liberado. «Falta poco y seré libre; debo seguir...», me decía a mí mismo. Oía los gritos de los guardias alemanes en las torres gritando su acostumbrado *Halt! Halt!* Pero ya no me importaban sus órdenes, mi meta era la alambrada y me era indiferente que me mataran en el intento.

—¿Qué haces? —dijo una voz femenina.

La sentí bastante cerca. Pero por allí no había nadie, pensé que había sido una alucinación.

—¡Detente, no sigas avanzando! ¿Es que quieres que te maten? —preguntó la voz.

—Sí... —contesté sin dudarlo. Yo no sabía quién rayos me hablaba, ni me importaba. El dolor era tan grande que sólo quería morir.

–¿Cómo te llamas?

«¿A quién puede importarle cómo me llamo?», pensé. «Yo soy el 1634. Y para mis compañeros, Waldek». No respondí, mis fuerzas sólo me alcanzaban para seguir gateando hacia la alambrada, donde al fin dejaría de sentir dolor, sería libre y nadie más me gritaría ni me golpearía. Pero la mujer seguía insistiendo.

–¿Cómo te llamas? –repitió.

–Waldek –contesté, para que me dejara tranquilo. Entonces ocurrió algo inesperado.

–¡Waldek! ¡Levántate, Waldek! –gritó en un tono autoritario que me sonó familiar. Me recordaba a la voz de mamá. Tenía el tono enérgico que hace que uno, tenga la edad que tenga, responda como un niño. A pesar de mi cuerpo dolorido pude ponerme en pie y busqué con la mirada a quien se había interpuesto en mi destino.

–Waldek, ¿tienes bonos? –preguntó con ansiedad.

Noté que la voz salía de una pequeña ventana y entonces caí en la cuenta de que estaba al lado de uno de los cuartos del burdel. «¿Era eso lo que ella quería? Aquella mujer está loca», pensé. Iba a continuar mi camino hacia la alambrada cuando dijo algo que atrajo mi atención.

–Waldek, si tienes bonos ven a verme el domingo. Yo te daré comida, ropa y zapatos. Curaré tus heridas... Hijo, no sigas avanzando. Anda, trata de aguantar hasta el domingo, no falta mucho. Sólo un día, ¡resiste!

–¿Comida? –pregunté. Había escuchado la palabra mágica.

–Y buenos zapatos, con calcetines de lana. Lo prometo.

Así fue cómo me convenció. Había olvidado lo que se sentía al escuchar promesas. Dejé de caminar hacia la cerca y di media vuelta. No puedo explicar de dónde saqué fuerzas para seguir en pie. El ser humano es producto de su mente. Reuní todo lo que me quedaba de ánimo y poco a poco pude llegar a mi bloque. Repté por la escalera hasta que, al verme, mis compañeros me socorrieron y me tendieron sobre la litera. Así terminó aquella noche infame, cuando pude cerrar los ojos pensando en el siguiente domingo y en aquella mujer, y me dormí. No sé si fue el tono de su voz, su preocupación por mí, quién sabe... Lo cierto es que aquella voz desconocida logró insuflarme deseos de seguir viviendo. Tal vez mi juventud influyó para que mi cuerpo respondiera. Eso, y el deseo de conocer a la que me había hecho promesas.

Al día siguiente, hasta abrir los ojos fue para mí una tortura; los tenía con costras de sangre seca. No podía levantarme de la litera, las piernas apenas me sostenían y debía tener algunas costillas rotas porque no podía doblarme y sentía un dolor agudo cada vez que tomaba aire. Me dolía todo. Los muchachos del bloque me ayudaron a salir pero debíamos formar en el patio para el *Apel* y allí debía vérmelas solo para tenerme en pie o recibiría más golpes. Pasé ese trago amargo y después el trayecto de casi dos kilómetros a pie hacia la fábrica de aviones, sostenido por mis compañeros. Casi me llevaron a cuestas, les debo la vida. El inspector Krulik se dio cuenta de que yo había sido castigado y, aunque no me dijo nada, ese día casi todo mi trabajo lo hizo él, con muy poca ayuda de mi parte. También a él le debo la vida. Yo habría muerto ese sábado de no ser por las buenas personas que me ayudaron.

Por fin llegó el tan esperado domingo. Renqueante, sucio y aún con restos de sangre seca, saqué valor de donde no tenía para ponerme en la fila que esperaba turno para entrar al *puf*. Delante y detrás de mí había algunos *Kapos y Blokeltesters*; algunos de los que me habían golpeado también estaban allí. Yo tenía miedo, pero mi deseo de verla era más fuerte. Algunos empezaban a burlarse, cuando un oficial de las SS que pasaba en esos momentos se paró delante de mí.

—¿Tienes bonos? —preguntó.

—Sí, señor —contesté enseñando los que tenía en la mano, sin atreverme a levantar la vista.

Se quedó frente a mí supongo que mirando mi aspecto. Debí de parecerle un degenerado. Quizás le hizo gracia mi osadía y dirigiéndose a los que se burlaban en la fila, dijo con voz autoritaria:

—Él tiene bonos y puede entrar.

Pude ver de reojo sus gruesas cejas que casi se unían sobre la nariz. No sé por qué lo hizo, pero ya nadie se atrevió a molestarme. Yo había visto antes a ese oficial, sabía que no estaba permanentemente en Gusen y me pareció extraño que interfiriera en un asunto tan trivial. Pero así era todo en el campo: inexplicable.

Había entregado mis bonos al soldado junto a la puerta y esperaba verdaderamente ansioso que me dejaran pasar. Después de despachar al hombre que estuvo antes con ella, entré yo. Apenas me vio supo quién era. Me abrazó con ternura, me llevó hacia la cama y nos sentamos. Recostó mi cabeza sobre su pecho y, acariciándola, murmuraba palabras tan cariñosas como las hubiera dicho mi propia madre, tanto que me hicieron llorar. Todavía recuerdo su olor a limpio, su largo cabello castaño y la blusa blanca que vestía.

–Querido niño... –me dijo.

Ella no era mucho mayor que yo, pero era una mujer, un regazo, todo lo que yo necesitaba en esos momentos.

–¿Qué te han hecho, Waldek? Tranquilo, tranquilo –repetía–, ya verás como te sentirás mejor... Asombrosamente recordaba mi nombre. Yo no atinaba a decir palabra, sólo lloraba. Me recostó delicadamente en la cama y llenó un gran recipiente con agua tibia, me desvistió y empezó a asearme con cariño. Curó y vendó mis heridas, creo que lo tenía todo preparado. Yo no quería que ese momento llegara a su fin. Me dio un plato de sopa caliente, ayudándome a tomarlo como si fuera una criatura, me puso calcetines de lana, zapatos de cuero y un suéter grueso. Aseó mi maltratado uniforme a rayas y me dio un cariñoso beso de despedida.

Mis heridas no sanaron milagrosamente, pero después de aquello me sentía otro. Empezando por los zapatos. Tenía la sensación de andar descalzo pues no sentía el acostumbrado golpeteo al caminar y no tenía que retenerlos para que no se saliesen de los pies. Junto con los gruesos calcetines daban una confortable sensación. El frío que constantemente me atenazaba quedó cubierto con el suéter de lana. Aseado, «bien vestido» y probablemente con otro rostro, llegué a mi bloque y mis compañeros me miraron como si vieran a un fantasma.

–¿Waldek? –preguntó uno de ellos.

–Sí –dije, sonriendo.

–¿De dónde sacaste todo eso?

–Fui al *puf*. Una chica muy amable me lo regaló.

–¿De veras? –preguntó incrédulo–, ¿fuiste al *puf*?

Como no había contado a nadie lo sucedido cerca de la alambrada, debieron tomarme por un obseso. Después de la paliza eso no parecía lo más coherente.

–Bueno, es que la otra noche yo me quería matar y ella me convenció de que fuera a verla hoy...

Siempre he sido hombre de pocas palabras, y tampoco tenía mucho más que contar.

–Bien... yo también tengo bonos, voy para allá –decidió uno.

–Yo tengo un par de bonos, ¿Crees que sirvan? – preguntó otro.

–Vamos, no perdemos nada por probar... Waldek, ¿estás seguro?

–Claro, ¿de dónde podría yo haber sacado todo esto? – Les mostré los zapatos y los calcetines–. Entreguen los bonos al SS que está en la puerta. Yo le di dos.

Eso bastó para que todos los que tenían bonos fuesen al burdel. Según me enteré después a ninguno de ellos le dieron nada. Pero algún buen trato debieron recibir porque nadie se quejó. Aún recuerdo a la joven ucraniana de bonitas piernas y cabello largo hasta los hombros, no lo tenía rapado como los demás prisioneros. No me dijo su nombre, ¿por qué no se lo preguntaría? Creo que la identifiqué con mamá, en mi subconsciente era mi madre quien me cuidaba. Ojalá aquel ángel tuviera suerte. Volví a sentir en mi corazón sentimientos que ya había olvidado: amistad, bondad, gratitud y esperanza. Gracias a los compañeros que me ayudaron a llegar al trabajo, a Krulik, al oficial que me permitió permanecer en la fila del *puf* y a una joven prisionera convertida en prostituta por los alemanes, salvé mi vida una vez más. Las cartas, los paquetes, las noticias que nos llegaban, todo hacía creer que nuestro cautiverio no podía durar mucho más y sin su ayuda yo no habría vivido para verlo.

Capítulo 6

Aquel invierno en Mauthausen-Gusen fue crudo como los anteriores aunque, estando un poco mejor alimentado y con mejores ropas, se me hizo más llevadero. Por entonces empecé a recibir cartas de papá. Se encontraba trabajando en Berlín, también preso de los nazis. Me contaba que había escrito a Adolf Hitler para explicarle que mi detención fue un error, que yo nunca tuve nada que ver con los grupos disidentes ni había formado parte de la resistencia contra la ocupación alemana. Increíblemente, parecía que papá pensaba que aquella carta sería leída por el mismo Führer, al menos eso me dio a entender. Quizás sólo quería darme esperanzas para mantenerme vivo.

Con frecuencia me escribía cosas bastante absurdas, llegué a pensar que había perdido la razón. En una de sus cartas decía:

«Querido hijo:

Antes que nada, recibe mis urgentes deseos de que te encuentres bien de salud, mamá dijeron que te manda panes y pollos de vez en cuando y que tu situación no es muy mala, lo que me deja tranquilo. Tu tía Ana dice que pronto tendrá un nieto y le pondrá tu nombre, con Bárbara, Ana, Krakus, Olivia, y todos tus primos te saludan. Las chicas están grandes y por la casa me cuentan que te extrañan y dicen que te desean suerte. Espero vernos próximamente todos reunidos para compartir buenos momentos. Recibe mi cariño, Dios te da su bendición,

Con amor,

Tu papá».

«¿Urgentes deseos?». «¿Mamá dijeron?». «¿Pollos?». «¿Bárbara y Olivia?». Yo no recordaba tener primos con esos nombres, ni que papá escribiera de ese modo ni mencionase tanto a Dios y sus bendiciones. Estuve desconcertado hasta que un día reparé en algunas letras puntuadas incorrectamente. Papá era muy cuidadoso con la ortografía, sospeché que aquello podría tener algún significado oculto, así que empecé a intentar decodificar el mensaje que escondían aquellas puntuaciones fuera de lugar. Noté que las palabras sin sentido lógico servían para colocar las letras que hacían falta y ponía un punto sobre cada una de las que deseaba remarcar. El idioma polaco tiene muchos signos, para quien no lo conociera bien aquellos puntos no llamaban la atención. Papá debió pensar que aunque las cartas fuesen censuradas, quien las leyese no se daría cuenta, como al principio me sucedió a mí.

Cuando uní las letras puntuadas pude obtener el mensaje: «Rusos entraron en Polonia, Alemania está perdida». El corazón me dio un vuelco. Papá se comunicaba conmigo, lo que significaba que me veía como un hombre y me estaba pasando información valiosa. Además, me consideraba lo bastante inteligente para comprender el mensaje cifrado, lo que me llenó de orgullo. Por otra parte, las noticias eran alentadoras y hacían suponer que la guerra acabaría pronto. En posteriores cartas me enteré de que muchos polacos habían sido capturados y enviados a Berlín. No a un campo de trabajos forzados, sino a las fábricas, donde les pagaban un salario que sólo les permitía cubrir sus necesidades básicas. En Alemania no había mano de obra, todos los hombres estaban en los frentes de batalla y sólo mujeres, ancianos y niños pequeños quedaban en las ciudades. Hasta los niños de las Juventudes Hitlerianas habían sido enviados a la lucha. También me enteré de que Úrsula y su familia se habían trasladado a Austria, pero no decía por qué. Papá no podía ser demasiado explícito en sus cartas.

En la última carta que recibí de él desde Berlín, me decía que rusos y americanos estaban invadiendo Alemania y los aliados estaban muy cerca de ganar la guerra. «¡Aguanta!, falta poco», me decía. Yo temía compartir esta información con los otros muchachos del bloque pero la comenté con el tío Romatowski que, como siempre, ya estaba enterado por otras fuentes que nunca pude saber cuáles eran. Si los aliados ya estaban a las puertas de Alemania, no podían estar lejos de Maut-hausen.

Sin embargo, en el campo todo seguía como siempre. Los cadáveres se amontonaban a las puertas del crematorio, que no daba abasto para quemar a tantos muertos. Cadáveres que alguna vez fueron personas pero que yo veía sólo como esqueletos apenas cubiertos por la piel, sin identidad. Creo que a todos nos pasaba lo mismo, de otro modo no hubiésemos podido soportar ese horror. Formaban parte del entorno cotidiano del que eran un elemento más, como las piedras de las canteras o el carbón de las estufas. Pero sí llamó mi atención la gran cantidad de ellos, parecía que cada vez había más y más cadáveres, bañados en cloro para evitar la pestilencia, como si los alemanes tuvieran prisa en acabar con todos.

Uno de los encargados de meter a los muertos en el incinerador era un preso polaco con el que había hablado algunas veces. Un domingo me acerqué al horno mientras él colocaba los cuerpos en el interior, arrojándolos de uno en uno como si fuesen trastos inservibles sobre una parrilla corredera. Me preguntó si alguna vez los había visto quemarse. Le contesté que no. Me invitó a mirar por un pequeño visor que había en la puerta. Lo que vi me sorprendió tanto que retrocedí asustado. El cadáver se movía, parecía estar quemándose vivo. Levantaba los brazos, se retorcía y contorsionaba, llegué a pensar que estaba con vida, aunque sabía bien que estaba muerto. Pasada la sorpresa inicial me quedé un rato mirando cómo se carbonizaba. Mentiría si dijera que la visión me conmovió, sólo sentí curiosidad. Había perdido casi completamente la capacidad de tener sentimientos, ésa fue la peor consecuencia de mi cautiverio.

Con la llegada de la primavera de 1945 los aviones aliados empezaron a surcar con frecuencia los cielos de Mauthausen. Eran ingleses y norteamericanos y para nosotros, igual que los pájaros en esa estación, eran un canto a la vida. No bombardeaban el campo pero sí los alrededores, incluyendo las ciudades cercanas, cuyos habitantes venían a refugiarse cerca de Gusen, sabiendo que allí no corrían peligro. Tuve pocas oportunidades de verlos volar porque por las ironías de la vida, pasaba todo el día metido en los túneles, montando los aviones que después habrían de combatir contra los que nos traían la libertad. Un domingo que estaba libre, quiero decir libre de ir a trabajar; vi caer un avión en las cercanías del campo. Había sido alcanzado por un proyectil antiaéreo. El piloto saltó en paracaídas y no sé si para su suerte o su desgracia, cayó ileso entre la cerca de alto voltaje y el muro que rodeaba el campo. Los soldados lo capturaron y poco después estaba en el campo como un prisionero más, con la cabeza rapada y el uniforme a rayas. Solo estuvo allí tres días, en los que nadie se atrevió a acercarse a él, y después lo llevaron a no sé dónde. Durante esos días el tío Romatowski se enteró de muchas cosas. Resultó ser inglés y los alemanes no sabían qué hacer con él. Ya se veía entonces que era sólo cuestión de semanas que perdieran la guerra.

Cuando los alemanes se desorganizan son como un barco sin rumbo. Su maquinaria funcionaba bien cuando se trataba de ejecutar órdenes concretas y precisas, pero en aquellos días sólo había desorden. La rutina diaria seguía intentándose, aunque sin una finalidad clara y los que habían sido seguros y arrogantes nazis se mostraban entonces desorientados. Veían derrumbarse el mundo irreal que habían creado, tal vez empezaban a abrir los ojos al horror al que habían sometido a millones de seres humanos y a sentir su responsabilidad como una amenaza. Pero con ellos nunca se podía estar seguro.

Los obreros de la cadena de montaje continuábamos yendo muy temprano a trabajar a los túneles, pero la producción era escasa. No había apenas suministros, el ejército alemán estaba casi colapsado, en retirada y derrotado en todos los frentes. El tío Romatowski me había advertido que todos los que trabajábamos para la *Messerchmitt* éramos considerados como «elementos peligrosos», porque en caso de ser liberados podríamos divulgar secretos de guerra. Yo no me sentía conocedor de ningún secreto especial pero, según él, los nazis lo creían así. Y él solía tener razón.

Una mañana, al entrar en el túnel me sorprendió ver que la enorme salida por donde se expedían los aviones ya ensamblados había sido tapiada. Tenían que haberlo hecho durante la noche, porque el día anterior estaba abierta, como siempre. ¿Cómo saldrían ahora los pocos aviones que montásemos?

En medio de una enorme inquietud, cada uno de nosotros se dirigió a su trabajo. Krulik estaba como de costumbre supervisando a unos y otros. Aquel día no me dio el pan con salchicha y después de mediodía él y la bicicleta habían desaparecido. Poco después, un grupo de prisioneros rusos empezó a correr de un lado a otro, supuse que se trataba de alguna artimaña, de ellos se podía esperar cualquier cosa. Pero pasados unos momentos no eran sólo los rusos, también los españoles y algunos polacos corrían inquietos. Lo que había empezado como un pequeño alboroto terminó convirtiéndose en un griterío infernal. No había un solo SS dentro del túnel. Entonces pude darme cuenta de lo que estaba sucediendo. Los alemanes estaban obligando a los prisioneros de las canteras a cerrar la entrada del túnel con piedras y tierra; nos estaban sepultando vivos. Los que intentaban impedirlo eran repelidos con ráfagas de metralleta. Poco después vimos cómo colocaban cartuchos de dinamita en la entrada del túnel.

–¡Dinamita! ¡Van a sepultarnos! –gritaban todos, entre el pánico general.

–¡Hay que salir! ¡No podemos morir ahora que los nazis están perdiendo la guerra y la liberación está cerca!

Me uní al grupo de prisioneros que estaba junto a la entrada y grité también como un loco. Empecé a arrojar piedras y tierra hacia afuera desesperadamente, cuando una ráfaga de metralleta pasó por encima de mi cabeza, por suerte en el momento en que estaba agachado. La entrada al túnel era cada vez más estrecha. Entonces un soldado alemán prendió la mecha de la dinamita. Todos estábamos frenéticos, salir significaba ser ametrallado y quedarse, morir sepultado en vida. Ya nada podía salvarnos. De pronto, en medio del griterío se oyó el ruido de una moto. Era un SS que traía una orden.

–*Halt!* –gritó con fuerza, para dejarse escuchar–. ¡Es una orden del comandante del campo! Déjenlos salir.

Otra vez debía mi vida a una orden, en el último momento.

–*Losgehen! Los, los!* –gritó un soldado, apagando la mecha.

Todo quedó en silencio. Salimos entre los cascotes en orden y rápidamente. Formamos en filas y los soldados nos condujeron a Gusen a punta de fusil. La marcha se hizo más rápida que de costumbre, parecían tener prisa. A pesar de que no nos estaba permitido hablar durante la marcha, nos quemaba la lengua por comentar nuestros pensamientos. Teníamos la certeza de que algo iba a suceder. No cabía duda de que los alemanes estaban perdiendo la guerra, de lo contrario, ¿qué motivo tendrían para dinamitar su propia fábrica de aviones? Entonces caí en la cuenta de que era posible que yo, como mis compañeros, fuera poseedor de secretos de guerra, aunque no estaba seguro de cuáles podrían ser. ¿Habríamos salvado la vida o era sólo un aplazamiento?

Aquella noche la preocupación no dejó apenas dormir a la mayoría de nosotros. Fuera se oía una actividad desacostumbrada a esas horas, hombres y vehículos iban de un lado a otro, hasta que poco antes de amanecer se hizo un silencio absoluto. A la hora acostumbrada para el *Apel* nos reunieron en el patio. El recuento no lo hicieron los soldados de las SS sino los *Kapos y Blokeltesters*. Pronto vimos que en el campo no quedaba ni un solo soldado y en las torres de vigilancia estaban apostados unos hombres, casi ancianos, vistiendo extraños uniformes de bomberos con carabinas antiguas. Los soldados habían abandonado el campo, ¡éramos libres! Fue un momento muy emocionante y a pesar de tanto como lo había esperado, se presentó por sorpresa. La disciplina desapareció en un instante. Vi a muchos prisioneros romper las cercas ya sin electrificar, y escapar del campo. Un grupo numeroso de rusos empezó a saquear las oficinas de los alemanes, algunos españoles perseguían a los *Kapos y Blokeltesters* que corrían tratando de salvar sus vidas. Los viejos bomberos de las torres resultaron ser austríacos y trataban de hacerse escuchar entre el griterío.

—¡No salgan del campo! ¡Pronto serán trasladados! —decían aquellos hombres de edad madura, con carabinas de la Gran Guerra—. ¡Los americanos están a punto de llegar, no se vayan! ¡Guarden el orden!

Les creí y fui a mi bloque a esperar la llegada de los libertadores. Algunos compañeros fueron conmigo. Me tendí en mi litera, desde donde veía a través de una ventanilla el vandalismo que se había desencadenado afuera. Ese día ni siquiera nos habían dado el *bon café*. Por la tarde varios tanques norteamericanos hicieron una entrada espectacular en el campo. Llegaron derribando el portón e informaron por unos altavoces en varios idiomas que al día siguiente llegaría la Cruz Roja y nos sacaría de allí. Pusieron énfasis en que no nos moviéramos del campo y que debíamos esperar a que nos trasladasen. Yo no podía creer que eso estuviera sucediendo. Aunque lo veía, me parecía irreal. Estaba en un estado de indiferencia que ni aun ahora logro comprender. Tal vez sea mi manera de reaccionar ante ciertas circunstancias. A lo largo de esos años había aprendido a ser cauteloso.

Cuando los americanos se fueron con sus tanques y altavoces, el campo quedó en silencio hasta que gradualmente el bullicio de los prisioneros volvió a hacerse sentir. Muchos nos quedamos esperando a la Cruz Roja, pero otros se fueron a buscar comida por los alrededores, saquearon las cabañas de los campesinos, incendiando y haciendo estragos. Un grupo de rusos trajo un cerdo que pusieron sobre una improvisada parrilla y pronto el humo con olor a tocino inundó todos los rincones. Aunque el hambre atormentaba mi estómago, no me atreví a participar. Recordé la muerte de Rysiek y eso me contuvo. Poco después vi a bastantes de los hombres que habían comido cerdo tirados en el suelo, muertos; otros vomitando y con espantosas diarreas. A pesar de estar acostumbrado a ver rondar la muerte constantemente, me pareció muy peligroso aquel tremendo desbarajuste y el absoluto descontrol que se había generado. Antes, al menos uno sabía a qué atenerse; en esos momentos cualquier cosa podría suceder. Pensé que lo más sensato sería seguir en el bloque y esperar.

Desde la ventana miraba el manicomio en que se había convertido Gusen. Unos, con ropa de civil sobre sus uniformes de prisioneros, habían saqueado el *stube* y gritaban como borrachos. Un grupo de chiquillos rusos jugaba al fútbol con la cabeza de un hombre, supuse que debía ser algún *Blokeltester* con el que tendrían alguna cuenta pendiente. En mi bloque algunos compañeros hablaban de los rumores que circulaban por todos lados, uno de ellos era que habíamos sido salvados de ser dinamitados porque la esposa del comandante del campo era una espía inglesa y lo había obligado a firmar la contraorden de volar los túneles, apuntándole con un arma.

Yo esperaba impaciente la llegada de la Cruz Roja americana pero de ellos no se veía ni asomo y mientras tanto el hambre arreciaba. Ya no teníamos ni la «sopa de espinacas» ni el mendrugo de pan con margarina y habían transcurrido tres días desde que los alemanes se fueron. Literalmente, me moría de hambre. Uno de los compañeros me dio una idea.

—Waldek, lleva una de las mantas a la cabaña de algún campesino y cámbiala por comida. Algunos lo han hecho.

Me pareció buena idea. Cogí dos cobertores, los doblé y me dirigí con ellos a la salida del campo, pero no me atreví a cruzarla. Ya no había soldados en las torres, ni siquiera estaban los bomberos, pero allí estaba yo, al borde mismo del campo, paralizado por un miedo irracional. Mi hambre fue más fuerte y crucé la línea. Tambaleándome, empecé a caminar, esperando que en cualquier momento sonara un disparo o algún *halt!* que me hiciera detener, pero no oí nada. Entonces fue cuando por fin lo sentí y me llenó de júbilo: ¡era libre! Estaba débil, mareado, con hambre, pero feliz.

Había caminado unos diez minutos cuando un hombre se plantó frente a mí gritando como un energúmeno.

—*Du hast diese Decken dem Staat gestohlen! Du bist der Räuber!*

El desgraciado me acusaba de robar bienes del estado alemán. Por un momento me pareció que todavía me encontraba en Gusen y que un SS me gritaba. Entonces se oyó el ruido de un motor, creí que sería un vehículo alemán y venían a por mí. Pero era un Jeep norteamericano. Los soldados debieron darse cuenta de la situación porque hicieron unos disparos a los pies del alemán y éste se fue corriendo.

—No soy un ladrón —dije en polaco. Por su gesto vi que no me entendían. Lo repetí en alemán y tampoco me entendieron. Como yo no sabía nada de inglés, les indiqué por señas que tenía hambre y que iba a cambiar las mantas por comida. Con sólo ver mi aspecto era fácil adivinarlo.

Buscaron en sus bolsillos y me dieron una barra de goma de mascar. Otro me dio un pequeño sobre de papel celofán, nunca había visto nada igual, creí que contendría algún tipo de documento y lo guardé en uno de los bolsillos de mi camisa. Pero lo que yo quería era comida. Entonces uno de ellos buscó en el Jeep y sacó una barra de chocolate. Me hablaron en inglés y, aunque yo no entendía, pude comprender que me aconsejaban que regresara al campo, que pronto vendrían a socorrernos. Al parecer no se daban cuenta de lo urgente que era esa ayuda. Y siguieron su camino.

Continué por el bosque, respirando el aroma casi olvidado de los pinos, llenando mis pulmones con aire de libertad. El familiar sonido del canto de los pájaros me indicaba que la vida proseguía y me sentí feliz por estar vivo. Avisté una casa de campesinos: frente a la puerta, un pequeño grupo de mujeres estaba tendiendo ropa. Me dirigí hacia allá mientras saboreaba un trozo de chocolate. Cuando las mujeres me vieron entraron rápidamente en la cabaña. Parecían asustadas. Consciente de lo que habían hecho otros prisioneros, también me atemoricé porque pensé que podrían tomar represalias. Con cautela me adelanté hasta llegar a la cerca y les hice señas con los brazos.

–¡Estoy solo! ¡Por favor, no se asusten! –grité en alemán.

Abrieron la puerta y me miraron, temerosas.

–Traigo estas mantas, sólo quiero cambiarlas por algo de comida –dije mostrando lo que llevaba en las manos.

Una de las muchachas observó el sobre de celofán que sobresalía de mi bolsillo y se acercó con inusitado interés. Le mostré las mantas pero a ella sólo le interesaba el sobre. Lo abrió, sacó un par de medias de nailon y se puso a dar gritos de alegría como una loca. Yo no lo sabía, pero nada gustaba más a las mujeres que aquello. Comprendí por qué las llevaban los americanos. A cambio de las mantas y especialmente de las medias de nailon, conseguí una taza de leche caliente, pan y queso. Sacié mi hambre de tantos días y después de un rato inicié el regreso, muy a mi pesar, al único lugar adonde entonces pertenecía: el campo de Gusen. Me indicaron una ruta más corta pero preferí volver por donde había llegado, deseaba atravesar el bosque de nuevo.

Caminaba despacio para no malgastar mis fuerzas, saboreando el resto del chocolate, observando la grama, escuchando el sonido de mis pasos y el aleteo de los pajarillos, aspirando el fuerte aroma de los pinos; sensaciones casi olvidadas. De pronto frente a mí apareció un soldado alemán. Por un momento pensé que allí terminaba mi aventura. Pero el muchacho, al verme, puso las manos en alto con un gesto de terror, como si yo estuviese apuntándole con un arma. Buscó rápidamente en sus bolsillos y me entregó un grueso fajo de francos belgas. Después se fue corriendo a toda prisa. Yo nunca había visto otros billetes que los usados en Polonia, aquel dinero no tenía para mí más valor que si fuera de juguete, pero lo guardé en el bolsillo. Proseguí mi camino mientras sonreía pensando en lo sucedido; los papeles habían cambiado, ahora los alemanes me tenían miedo.

Llegué al campo y me dirigí al bloque, pero en el camino empecé a sentirme mal. Tenía náuseas y estaba mareado. Mi debilitado estómago, poco acostumbrado a comidas abundantes, se rebelaba contra la mezcla de chocolate, leche, pan y queso que había tomado. Empeoraba a cada paso, cuando llegué junto a mi litera no pude subir a ella. Mi estómago ardía. Me tumbé en el suelo, sintiéndome morir. Después de haber sobrevivido a las torturas e interrogatorios de la *Gestapo*, a la terrible experiencia de cuatro meses pasados en Auschwitz–Birkenau, al viaje de dos semanas en el tren del horror, después de haber sobrevivido incluso a la terrible paliza por la estúpida venganza de un pederasta, un poco de comida estaba logrando lo que los alemanes no consiguieron en tanto tiempo. Sentía como quien se ahoga cerca de la orilla después de una larga travesía.

Pasé esa noche retorciéndome de dolor, odiando el chocolate, el queso y la leche que había tomado, vomitando y sudando copiosamente. Al día siguiente me sentí aún peor y la ayuda no llegaba. Miré a mi alrededor y vi todo revuelto, sucio, abandonado, mis compañeros de cuarto ya no estaban. Después de vomitar una vez más, me quedé mirando el techo blanco, que se desvaneció en una mancha borrosa como el cielo nublado. Tuve alucinaciones. Me moría de sed, pero no tenía fuerza para ir en busca de agua. Perdí el conocimiento, no sé cuánto tiempo permanecí así. Cuando abrí los ojos todo seguía igual, estaba solo y agonizando. Lo acepté y me consolé pensando que moría libre. Giré el rostro a un lado y vi un pequeño libro amarillento, desgastado, sin tapas. Vino a mi mente Wanda, la hija de la verdulera, los libros que nunca leímos y lo bien que lo pasábamos. Con esfuerzo distinguí: *U stop Jezusa*. Era un misal; instintivamente alargué el brazo y lo cogí. No está bien un misal en la inmundicia, pensé. Y aunque yo conscientemente había dejado de creer en Dios, un atávico temor a la ira divina se apoderó de mí. El minúsculo misal se abrió y leí: *Ojcze nosz kturys jest w niebie swiec, sie imie twoje...* «Padre nuestro que estás en los cielos, santificado sea tu nombre...» antes de perder la conciencia otra vez, pensé: «Alguien está rezando en mi entierro...», y aferré el misal contra mi pecho.

–¡Respira! –oí gritar a alguien. «Estoy en el cielo y me ordenan respirar...» Abrí los ojos y vi la cara de un hombre sobre la mía. Después supe que me habían dado por muerto hasta que alguien notó que aún tenía aliento. Recuperé el conocimiento cuando me llevaban en camilla hacia la ambulancia. Estaba salvado, ¡lo había logrado!

Capítulo 7

En esos últimos días muchos prisioneros murieron de inanición, o por los excesos que cometieron. Otros abandonaron el campo por su cuenta. Pero Gusen fue uno de los campos con más suerte, se salvaron tres cuartas partes de los presos. Yo contaba entonces diecisiete años.

Los supervivientes de Gusen fuimos trasladados a un antiguo sanatorio hitleriano en la localidad austríaca de Hohenfeld que no había sido bombardeado. Cuidaba de nosotros la Cruz Roja con una dedicación extraordinaria. Cuando me revisaron en el hospital pesaba treinta y siete kilos y medía un metro ochenta. Mi estado era lamentable por mi extrema delgadez y la miseria que llevaba encima, pero más aún mi estado anímico, después de casi cuatro años de torturas y embrutecimiento. En cuanto llegamos, nos despojaron del traje a rayas azules, junto con su triángulo y su número. Tras un baño con abundante agua caliente nos dieron ropa limpia y planchada. Regresé a los hábitos de higiene que casi había olvidado, volví a dormir en una verdadera cama y a sentir bajo mi cabeza una almohada casi tan suave como las que usábamos en casa.

Durante varios días nos dieron una dieta muy ligera. El trato que nos daban era más que amable, familiar. Día a día iba recuperando fuerzas y ánimos hasta que definitivamente pude comer todo tipo de comidas y hacer vida normal. Gané peso a una velocidad increíble, a los treinta días estaba recuperado. Pasaba bastante tiempo jugando o conversando con otros compañeros. Nunca hablábamos de nuestra estancia en Gusen, como si nos hubiésemos puesto de acuerdo en borrar de la memoria esos recuerdos, preferíamos hablar de nuestra vida antes de la guerra, de nuestras familias y nuestros proyectos. Así fui recuperando la emotividad y la autoestima que me habían arrebatado en mi largo cautiverio.

Estábamos un día reunidos en el comedor, cuando llegó un oficial polaco con uniforme norteamericano. Después de presentarse nos hizo una invitación.

—Estamos reclutando voluntarios que deseen formar parte del ejército auxiliar norteamericano. Ustedes están a punto de recibir el alta médica y salir de este hospital, porque afortunadamente ya están restablecidos. ¿Alguien está interesado en entrar en el ejército?

Levanté la mano y me siguieron unos cuantos.

—Los que deseen servir, por favor pónganse en fila delante de la puerta del despacho —añadió, señalando una habitación contigua.

Con mi impetuosidad acostumbrada fui el primero de la fila, estaba volviendo a ser el Waldek de antes. Yo no tenía interés en formar parte de ningún ejército, la guerra ya estaba decidida, pero me sentía en deuda con los que me habían salvado la vida y proporcionado tantas atenciones; era lo menos que podía hacer. En el despacho había varias mesas. En la primera tomaron todos mis datos personales y con la edad hubo un problema. Me faltaban un par de meses para cumplir los dieciocho años. Me había hecho ya la idea de enrolarme y pedí que pasasen por alto ese detalle, dos meses apenas eran nada y yo no era ningún niño. Lo consultaron con el oficial que dirigía el reclutamiento y éste accedió. Pasé de mesa en mesa; en una me revisaron unas enfermeras, en otra un médico me preguntó sobre mi salud mientras hacía anotaciones. A medida que iba avanzando por cada una de las mesas me entregaban algo de ropa: camisa, pantalones, chaqueta, hasta que en la última me dieron calcetines y botas. Salí de allí completamente trajeado con mi flamante uniforme norteamericano, en cuya manga izquierda un semicírculo indicaba: Poland. Ese mismo día abandonamos el hospital, del que siempre tendré un magnífico recuerdo, y nos trasladaron en un Jeep a una base militar norteamericana. De todos los que nos presentamos sólo cuatro fuimos seleccionados y pasamos a formar parte del Ejercito Auxiliar de los Estados Unidos.

Al día siguiente, un sargento nos preguntó en polaco por los conocimientos o experiencia que teníamos, para decidir dónde enviar a cada uno.

—Yo sé conducir —se me ocurrió decir—, soy bueno en eso.

En realidad el único auto que había tratado de manejar había sido el de papá y siempre dentro de la cochera. Sabía encenderlo, ir hacia atrás, hacia delante y apagarlo. Pero imaginé que si decía la verdad, acabaría haciendo algo parecido a lo que hacía en Gusen y estaba harto de mecánica y de aviones. Apenas terminé de hablar, el sargento dio un grito que casi me dejó sordo.

—¡A los tanques! ¡Aprenderás a conducir tanques!

—¡Sí, señor! —dije en el tono más marcial que pude. Y allá fui.

Estuve una semana aprendiendo a conducir tanques. No era ni remotamente parecido a manejar un auto. Sólo podía ver por una reducida ventanilla, lo que complicaba extraordinariamente la conducción. Si no hubiera sido por las indicaciones que me daba el navegante, un joven de Chicago que hablaba polaco, yo no hubiera sabido por dónde ir. Además, en el interior hacía un calor asfixiante.

Nuestra primera misión fue en una ciudad alemana llamada Flein. Fuimos en un largo convoy de camiones militares. Jeeps y tanques transportados en enormes tráileres *Mack*. Al llegar a Flein, bajaron los tanques de los remolques mediante rampas de hierro, ocupamos nuestros puestos y nos ordenaron situarnos alrededor de una plaza hasta recibir instrucciones. En total había ocho o diez tanques. La ciudad había sido bombardeada por los americanos tal como acostumbraban hacer antes de iniciar un ataque por tierra y todo estaba lleno de escombros y cadáveres. De vez en cuando llegaban algunos soldados trayendo algún chiquillo de las Juventudes Hitlerianas, capturado mientras se escondía entre las ruinas. Yo estaba sentado en mi vehículo, tratando de ver el exterior por la diminuta ventanilla, cuando sentí una fuerte explosión y el tanque dio una sacudida. Al principio no acerté a entender qué sucedía; al ver al navegante ensangrentado comprendí que nos habían alcanzado. Alguno de los niños alemanes que aún permanecían entre las ruinas había lanzado un proyectil con su *piat* –un rudimentario lanzagranadas– contra nuestro carro. Intenté moverme pero mi pierna izquierda no me obedecía. Alargué la mano para palparla y noté que la pierna no estaba donde debía estar.

–¡Auxilio, sáquenme de aquí! ¡Mi pierna, mi pierna! –grité, sosteniendo con el pantalón la pierna, que colgaba desde la mitad de la pantorrilla hacia abajo.

Una ambulancia se presentó de inmediato y los sanitarios, pasándome una soga por debajo de los brazos, me sacaron del tanque por la torreta. Sacaron también al navegante, pero había muerto. El proyectil que atravesó mi pierna le dio de lleno.

Yo no dejaba de gritar. Me tendieron en una camilla, cortaron la hemorragia con un torniquete y en una ambulancia me llevaron rápidamente al hospital de campaña. No había muchos heridos en aquel sitio, así que cuando llegué acaparé la atención de varios médicos. Rompieron el pantalón y uno de los médicos americanos hizo una marca unos diez centímetros por debajo de mi rodilla izquierda. Entonces me di cuenta de que estaba en un quirófano y se disponían a amputarme la pierna.

–¡No quiero que me corten la pierna! –grité despavorido.

El médico que había hecho la marca siguió explorando la pierna, dirigiéndose en inglés a los otros, sin prestarme atención.

–¡No permitiré que me corten la pierna! –volví a gritar. Saqué una granada y quité el seguro.

–¡Si ustedes me cortan la pierna, yo suelto la espoleta! No me importa volar con ustedes, pero no quiero quedarme sin pierna.

Se hicieron hacia atrás y me miraron sorprendidos. Yo hablaba en alemán, no estoy seguro de que los médicos me entendiesen pero mi forma de gritar y la granada, demostraban claramente mi desacuerdo. Los gritos llamaron la atención de un médico alemán que estaba trabajando allí como prisionero de guerra y se acercó.

–¿Me permiten? –preguntó. Lo miraron escépticos, pero asintieron–. ¿Cómo te llamas, muchacho? –me preguntó el alemán, acercándose a mí con mucha calma.

–Waldek. Waldek Grodek, señor. Quieren cortarme la pierna, pero haré explotar la granada si lo intentan. Sin pierna no me voy a quedar, prefiero morir.

–No te preocupes, Waldek. Soy el doctor Neumann, yo te salvaré la pierna. Cuando estuve en el frente del Este realicé varias veces con éxito esta operación. Se lo explicaré a estos ignorantes – añadió con un guiño, sabiendo que los otros no le entendían.

Se volvió y se dirigió a los otros médicos en un inglés fluido. Los americanos seguían mirándolo con escepticismo, no parecían creerle, pero debió convencerlos porque regresó satisfecho.

–Waldek, guarda tu granada. Están de acuerdo en que me ocupe de tu caso.

–No, doctor, no guardaré la granada hasta estar seguro de que nadie va a intentar amputarme la pierna –dije con firmeza. Aferré la granada, sintiendo que, por una vez, tenía el control en mis manos.

–Está bien. Sólo necesito un trozo de hueso fresco que sea de tu mismo tipo sanguíneo. Aquí hay muchos, no será problema.

Se volvió de nuevo hacia los otros médicos y dijo algo en inglés, con autoridad. El que parecía el jefe de ellos llamó a un sanitario y debió darle instrucciones porque el hombre salió rápidamente de la sala.

Los médicos habían dejado de prestarme atención; sólo les interesaba saber qué iba a hacer el doctor Neumann. Se había despertado su curiosidad profesional y comprendí que mi granada ya no era necesaria, por nada del mundo querrían perderse lo que el alemán estaba a punto de intentar. Así que la guardé, diría que ni se dieron cuenta. No sé qué hubiese sucedido si no llega a aparecer el doctor Neumann. Sólo puedo decir que estuve realmente dispuesto a morir y provocar allí una masacre antes de permitir la amputación. Hubo algo en la ligereza con que decidieron amputar, la forma en que me ignoraron, la poca importancia que parecían darle al asunto,

95

que me sublevó. Yo estaba harto de todo, de castigos, bestialidades, hambre y vejaciones, pero eso había quedado atrás. Ahora volvía a ser una persona y no podía aceptar quedarme sin pierna porque unos médicos presuntuosos no tomasen suficiente interés.

Poco después aparecieron dos soldados negros −era la primera vez que yo veía a gente de color−, con unos trozos de hueso fresco. El doctor Neumann dijo que no servían y los envió a buscar otros. Tampoco la segunda vez trajeron los huesos adecuados, el tipo de sangre no era el mismo que el mío. Por fin, al tercer intento, llegó el trozo adecuado. Me relajé, mientras el alemán iniciaba los preparativos y los americanos tomaban minuciosas notas de todo. Me convertí en el «caso Neumann».

−Waldek, no te preocupes, sé lo que hago −me dijo−. Sólo necesito injertar este pequeño trozo de hueso en el lugar de la fractura, sustituyendo la parte del hueso que el proyectil destrozó. Luego hay que coser la piel. Tienes muchas probabilidades de salvar la pierna porque parece que los nervios y músculos no han sufrido daño grave. Todo se regenerará y podrás volver a caminar.

Lo explicó de un modo tan seguro y sencillo que parecía fácil. Y le creí a pesar de estar viendo mi pierna destrozada.

−Sí doctor, yo quiero tener la pierna aunque no me sirva −respondí, intentando mostrarme razonable; quizás procurando bajar el tono de mi exigencia anterior.

−Te servirá −dijo, mirándome a los ojos. Sentí que para él era importante que fuese así. Necesitaba el respeto de los americanos.

Me anestesiaron desde la cintura hacia abajo, yo quería estar despierto y verlo todo. El médico alemán midió sobre la herida y cortó el hueso que habían traído con una pequeña sierra de acero inoxidable hasta dejarlo del tamaño exacto, me pareció de unos cuatro centímetros. Después lo roció con un líquido desinfectante y lo colocó con precisión en el hueco que quedaba entre los dos fragmentos de mi tibia fracturada. Después aproximó, unió y suturó nervios, músculos y tendones por detrás del hueso. Sobre la marcha me iba explicando lo que hacía, paso a paso. De vez en cuando daba alguna explicación en inglés para sus colegas americanos que parecían sumamente interesados, tomando notas de todo. Por último, estiró la piel de la pierna a ambos lados cubriendo la herida y la suturó. Sólo faltaba inmovilizar la fractura completamente, lo que hizo con ayuda de unos enfermeros que me enyesaron desde la cintura hasta el tobillo de la pierna herida y hasta la rodilla en la otra. Dejaron un pequeño agujero rectangular a la altura del injerto para revisar la herida y quitar los puntos y un par de agujeros más por donde podría hacer mis necesidades.

Me sentía como un conejillo de indias. El médico era nazi y yo estaba en sus manos. La situación me pareció una ironía, por el terror que yo siempre había tenido a ser tratado por uno de esos médicos que hacían terribles experimentos y dejaban morir a los prisioneros. Recuerdo que por un momento pensé con espanto que tal vez ése fuera uno de sus experimentos. Pero la verdad es que el doctor Neumann siempre se portó amablemente conmigo y yo empecé a confiar en él más que en ningún otro médico. Venía a verme tres veces al día y me daba ánimos y consejos.

—No te preocupes, deja las preocupaciones para mí.

—Doctor, pero yo no siento la pierna...

—Ahora los nervios y músculos están interconectándose. Hay millones de obreros microscópicos trabajando para que eso suceda. Sólo debes pensar en eso y tener confianza en mí —decía con absoluta tranquilidad.

Ahora estoy seguro de que la confianza que me transmitía ese nazi convertido en mi médico me ayudó a sanar. Durante el tiempo que permanecí inmóvil cerraba los ojos y me imaginaba cientos de miles de obreros diminutos trabajando en mi pierna. Así se me hacía más llevadero.

Al cabo de unas semanas fui trasladado a un hospital a las afueras de Berlín, donde me asignaron una enfermera sueca llamada Mirtha, que se dedicaba en exclusiva a mi cuidado. Me había convertido en un personaje, el expediente de mi pierna era ya más grueso que una Biblia. Mirtha era la mujer más guapa que había conocido, alta, rubia, con un cuerpo admirable. Pero lo que más me atraía de ella era su carácter, una mujer segura de sí misma, amigable y que siempre sabía lo que debía hacer. Tendría unos veinticinco años, tal vez alguno más, nunca he sabido calcular a ojo la edad de las mujeres. Estaba casada y tenía niños pequeños. Su esposo vivía en Suecia. Después de tres meses llevando el yeso me salieron llagas en la cintura debidas al roce, pero soporté estoicamente la incomodidad, el ardor y la comezón. Mirtha hacía todo cuanto podía, pasaba mucho tiempo conmigo y entre nosotros surgió una relación especial. Quizás se sentía sola, con su esposo tan lejos, el caso es que llegamos a hacer el amor alguna vez, era tan hábil para todo que mi enorme coraza de yeso no fue problema.

Dormía muchas horas y cuando estaba despierto pensaba sobre todo en mi pierna, en los músculos que se iban entretejiendo y los nervios que se iban conectando. Pero pasaba el tiempo y yo seguía sin sentir nada. Imaginaba que sería debido al yeso que la mantenía adormecida, sólo era cuestión de esperar.

Hacía más de cuatro meses del injerto cuando el doctor Neumann dijo que iban a quitarme el yeso. Si hubiera podido habría dado saltos de alegría, nada deseaba más que salir de aquel incómodo caparazón que arrastraba ya tantas semanas. También sentía curiosidad por ver cómo había quedado la pierna y, aunque me consolaba a mí mismo pensando que al menos no me la habían cortado, en el fondo guardaba la secreta esperanza de que funcionase normalmente. Cuando cortaron el yeso y la vi, quedé desolado. No era ni la mitad de gruesa que mi pierna derecha. Estaba completamente escuálida, tan delgada como cuando salí del campo de concentración. El doctor Neumann me explicó que era debido a la falta de ejercicio. Me hizo unas pruebas de sensibilidad y no sentí absolutamente nada. Estaba empezando a perder la esperanza.

—Waldek, tu recuperación es muy buena, tu organismo aceptó el injerto, eres muy joven, el donante también. No hubo infecciones ni complicaciones, no veo motivo para que no puedas volver a caminar —dijo el alemán, dándome una palmada en el muslo, que yo no sentí—, a partir de ahora has de hacer mucho ejercicio con la pierna enferma. Además, te vendrán bien unos vigorosos masajes.

Cuando quedé a solas pensé en sus palabras: «Eres muy joven, el donante también...» ¿Quién habría sido «el donante»? ¿El mismo que nos atacó y que habrían abatido? Durante la operación y todo el tiempo que llevaba con el injerto nunca me detuve a pensar en ello, había preferido ignorarlo. Entonces, después de meses y al escuchar las palabras del médico, supe que llevaría en la pierna el resto de mi vida un pedazo de hueso de alguien que también luchó por sus ideales, y sin querer, me estremecí. No tanto por llevar el hueso de un muerto, sino porque era de un muchacho que, como yo, había sido víctima de la locura colectiva que le había arrebatado su adolescencia y hasta la vida. Mientras meditaba noté que algo en mi interior empezaba a renacer, volví a tener la capacidad de sentir pena, remordimientos y, especialmente, gratitud. No creo poder explicarlo con palabras. Aquel joven alemán estaba muerto y yo llevaba una parte de él.

Durante los días siguientes me sujetaron la pierna a una rueda que giraba continuamente, accionada por un motor. Era un ejercicio similar al pedaleo, incluso mientras yo dormía la pierna seguía pedaleando. Poco a poco empezó a recobrar su aspecto normal. Pero lo mejor de todo eran los masajes de Mirtha.

Semanas después, el doctor Neumann me visitó de nuevo. Mi pierna herida tenía un aspecto excelente, casi tan gruesa como la otra. El médico me pinchó con un alfiler:

—¿Sientes?

—No.

—¿Aquí?

—No.

—¿Y ahora?

—No siento nada —dije, desanimado.

—¿Y esto? —dijo imperturbable el médico, punzándome el talón.

—¡Ay! —Sentí claramente el pinchazo. Un dolor que me causaba alegría.

—¿Te das cuenta? ¿Qué te dije? Tus nervios ya hicieron las conexiones —decía, feliz, el doctor Neumann, mientras me palmeaba con fuerza los muslos como hacía siempre que me visitaba. Tienes que seguir fortaleciendo tus músculos, has de empezar a caminar aunque sea con muletas, es necesario que ejercites la pierna por tus propios medios.

A partir de entonces empecé a usar la muleta y caminaba con ella por todas partes. Los médicos decían que mi recuperación era asombrosa, casi un milagro. Es cierto que había recuperado la sensibilidad, notaba la pierna, pero yo seguía aferrado a la muleta y empezaba a hacerme a la idea de que tendría que usarla el resto de mi vida. Me había acostumbrado a su apoyo, sin ella me sentía perdido porque no me atrevía a usar la pierna lesionada. Un día, al ir al baño dejé caer mi preciada muleta contra la pared y por un momento me apoyé, sin darme cuenta, en mi pierna izquierda. Estaba distraído, fue un movimiento involuntario. Después, sentado en la taza, reparé en lo que había hecho. Comprendí que el problema no estaba ahora en la pierna sino en mi cerebro, que al parecer ya no contaba con ella. Necesitaba que la pierna volviese a aparecer en la percepción que yo tenía de mi propio cuerpo, pero no sabía cómo hacerlo. En el hospital ya me habían dado el alta, pero yo no quería irme, sentía que necesitaba más tiempo. Los médicos estaban preocupados porque encontraban la pierna en perfecto estado, sin embargo yo no caminaba. Llegué a sentirme incómodo allí, ni siquiera estaba Mirtha; había ido a Suecia durante unas semanas a visitar a su familia, y me encontraba más decaído que nunca.

Una tarde yo estaba apoyado sobre un árbol en los jardines del hospital, cerca de la puerta principal, cuando la vi entrar. Me alegré tanto que corrí hacia ella.

—¡Waldek! ¡Estás caminando! —exclamó Mirtha.

Había dejado mi muleta recostada en el árbol.

—Empecé a hacerlo ahora —le dije, abrazándola y riendo de felicidad por poder caminar de nuevo normalmente. A partir de ese día no volví a usar la muleta nunca más. Fue exactamente como ocurrió, aunque parezca la escena de una película de Hollywood.

El doctor Neumann también estaba contento; más que eso: estaba satisfecho, porque se había ganado el respeto de los médicos americanos y probablemente un buen futuro en los Estados Unidos, como tantos otros científicos alemanes. Realmente no era mal tipo, aunque hubiera sido nazi. Más adelante comprendí que no todos los alemanes fueron nazis, aunque todos tuvieron que luchar para Hitler. Cuando me despedí de él, me dio un fuerte abrazo.

—Waldek, me has ayudado a saldar algunas cuentas —dijo con su acostumbrado tono grave y tranquilo.

—Creo que sí, doctor Neumann —dije—, muchas gracias por todo lo que ha hecho por mí.

Por fin abandoné el hospital. Me sentía feliz, tenía toda una vida por delante y mis piernas estaban perfectas. Las dos son del mismo tamaño y nunca me han dado problemas, excepto que cuando camino descalzo sobre arena caliente, siento un extraño adormecimiento bajo el lado izquierdo de la lengua.

Volví a mi unidad, donde el sargento me recibió con un abrazo. Los muchachos habían visto como colgaba mi pierna cuando me sacaron del tanque y creyeron que quedaría mutilado; les parecía increíble que la conservase y querían verla para convencerse. Yo la mostré como si fuera un trofeo y todos me felicitaron por mi buena suerte. Más tarde, en una sencilla ceremonia me otorgaron una condecoración: la Estrella de Plata por mérito al valor demostrado en el único día que estuve en la guerra. También me dieron una fiesta y ahí me enteré de que me consideraban la mascota del pelotón, pues era el más joven.

Hacía ya meses que la guerra había terminado y nuestra misión entonces era vigilar las calles de Berlín como policía militar. ¡Qué alivio fue saber que no tendría que ponerme de nuevo a los mandos de un tanque! Después de lo sucedido no quería volver a entrar en uno de ellos en toda mi vida. Me asignaron junto a otros tres soldados a una patrulla de vigilancia de la ciudad, que estaba en plena reconstrucción. Me pusieron al corriente de que Alemania había sido dividida en cuatro zonas, que controlaban rusos, americanos, ingleses y franceses. Berlín quedaba en la zona rusa pero, siendo la capital, se había dividido también en zonas, y la americana era la que nosotros patrullábamos. Los ingleses congeniaban mejor con los americanos que con los rusos, que con frecuencia se comportaban como salvajes. Pero también entre ingleses y americanos había marcadas diferencias. Me resultaba curioso que yo, que apenas sabía hablar un poco de inglés después de mi estancia en el hospital, tuviese en ocasiones que hacer de intérprete entre unos y otros. Pienso que los ingleses lo hacían para fastidiar a los americanos, nunca pude creer que no entendieran lo que yo captaba con mis escasos conocimientos. La zona francesa no la conocí.

No quisiera parecer sectario, pero el comportamiento de los rusos era a menudo brutal, lo comprobé muchas veces. Tenía mucho que ver con el abuso del alcohol, que en ellos era frecuente. En una ocasión sorprendimos un piquete de soldados rusos violando a una mujer, pero no era una violación cualquiera. Los hombres estaban borrachos como cubas, habían atado a la mujer, desnuda, de pies y manos colgándola de una lámpara fijada en el techo y la balanceaban atrás y adelante. Uno de los soldados tenía el miembro fuera del pantalón y esperaba que en cada balanceo ella encajara en él. Los gritos aterrorizados de una pequeña nos llevaron al lugar y descubrimos lo que estaba sucediendo. Llegamos justo cuando aquella bestia le había disparado a la mujer, por no haber encajado correctamente. Otros soldados estaban ya desvistiendo a la niña. Nunca pude entenderlos, había algo sobrecogedor en su crueldad. No digo que todos los rusos fuesen iguales, pero yo conocí a muchos así. Pobres de los alemanes que quedaron en la zona soviética.

En aquellos días había mucha actividad en el búnker donde Hitler se había quitado la vida. Un grupo de americanos estaba tratando de sacar el agua que lo inundaba. Llevaban varios días en ello y las bombas no lograban achicar el agua, que se mantenía al mismo nivel, como si entrase por algún lado. Patrullamos esa zona durante más de una semana y cada día veíamos el mismo problema. Nunca vi que tal asunto se mencionase en ninguna parte a pesar de la gran cantidad de periodistas presentes. Los alemanes decían con sorna que tal vez Hitler se había escapado con un submarino por el río Spree, que corre canalizado no lejos de la cancillería. Es un río profundo, de unos treinta metros de anchura, por donde navegaban barcazas de regular tamaño y que vierte sus aguas al río Havel en Spandau. Muchos alemanes creían que su Führer seguía vivo.

Poco después el sargento nos preguntó si alguno de nosotros quería servir en Japón como soldado del ejército norteamericano, no ya del ejército auxiliar. Esta vez no lo pensé dos veces. Ya había pagado de sobra mi deuda. Estaba harto de violencia y la misión a Japón, después de la bomba atómica, me parecía macabra. Además, quería ver a mamá.

—Te comprendo, muchacho —me dijo el sargento—. Pasa por la oficina para que te den tu licencia.

Me hicieron una despedida memorable, todos estábamos alegres y bebimos mucho. Yo no estaba acostumbrado a tomar alcohol y me puse eufórico. Después me acompañaron a la estación y se quedaron hasta verme partir. Uno de ellos me alcanzó a través de la ventanilla una última botella.

—¡Es la del estribo, Waldek!

—¡Saluda a mi tía Sara! —gritaba otro—, ¡dile que le escribiré desde Japón!

—¡Suerte, muchacho, adiós!

El tren empezó a moverse y ellos fueron quedando atrás, ya sólo en el recuerdo. El viaje iba a ser largo, me acomodé en el asiento, mientras el tren avanzaba saliendo de Berlín. Yo vestía mi uniforme, llevaba en el bolsillo mil dólares pagados por el gobierno norteamericano y todo mi equipaje era una botella de whisky escocés, unas cuantas cartas de mis compañeros para repartir y, por supuesto, un grueso paquete de medias de nailon. Mi vida había cambiado radicalmente. Hasta unos meses antes yo era uno más de los millones de prisioneros de los nazis por el que nadie hubiese dado un céntimo; sin embargo en aquel momento todo el que me veía con mi flamante uniforme americano me sonreía con deferencia. En el restaurante podía comer cuanto quisiera, los tiempos del hambre habían quedado atrás, como atrás iban quedando los momentos más recientes de mi pasado. Pensé que aquel viaje era mucho más que un recorrido en tren; era el reencuentro con mi familia, con mis amigos, con las cosas que antes me importaban. Pero sobre todo, iba en busca de mí mismo, de aquel Waldek de catorce años que hacía planes para casarse con Úrsula, que una tarde de junio subió a un tren para ir a Chojnów y que nunca regresó. Cuatro años que parecían una eternidad. Sacudí la cabeza, como apartando esos recuerdos. No quería pensar. Sentía que dentro de mí, en alguna parte de mi cerebro, toda la furia que reprimí, todos los gritos que no di, todo el horror ante el que no reaccioné, estaban aletargados pero podrían despertar si los llamaba y serían incontrolables. Siempre tuve una voluntad de hierro para rechazar todo pensamiento relacionado con aquellos años. Únicamente ahora, después de tanto tiempo, me he atrevido a sondear esa parte de mi vida porque deseo relatarla y me prometí no ocultar nada.

Capítulo 8

La mayor parte de las vías de ferrocarril del centro de Europa había sido destruida durante la guerra. Ello hacía que los recorridos en tren hubiesen de dar grandes rodeos, siguiendo las escasas rutas practicables. La primera parte de mi viaje fue la más directa, hasta Viena. Allí tuve que hacer transbordo a otro tren que, atravesando Checoslovaquia, entraba en Polonia y terminaba su recorrido en Varsovia. En Viena no fui más allá de la estación, apenas me dio tiempo para comer apresuradamente un bocadillo porque mi tren salía enseguida. De nuevo en camino, los demás viajeros, entre los que había muchos polacos como era de esperar, seguían demostrando su simpatía con sonrisas y gestos amables; parecía que mi uniforme causaba buena impresión. Me sentía el dueño del mundo y ese mundo giraba amablemente a mi alrededor. Ocupé mi asiento y me relajé, no me vendría mal dormir un poco. Pronto volvería a ver a mi familia, a mis amigos y todo regresaría a la normalidad. Si no me hubiesen planteado ir a Japón seguramente hubiera seguido en el ejército yendo de un lado a otro por Europa, pero la idea de ir tan lejos me hizo replantearme las cosas y de pronto me vi añorando a mamá y hasta a mi hermana, que ya debía haber crecido y posiblemente fuese más civilizada.

No sé el tiempo que había pasado cuando un silbido de la locomotora me despertó. Una señora de edad avanzada me miraba con simpatía, sentada frente a mí. Me dijo algo en un idioma que no entendí, tal vez rumano. Yo le sonreí, inclinando la cabeza y me puse a mirar por la ventanilla, no me apetecía una conversación por señas. Contemplé el apacible paisaje austríaco, no había huellas de que por allí hubiese pasado una guerra. La campiña y las pequeñas casas aparentaban absoluta normalidad, como si la guerra sólo hubiese sido una pesadilla durante el sueño. Ya en Checoslovaquia, el tren siguió discurriendo a través de preciosos parajes que no mostraban rastro de violencia. Sentí que no era justo; la idea de que todo había sido demasiado fácil para algunos me indignaba. Me invadió un sentimiento egoísta, de pronto deseé que todo el mundo hubiese sufrido tanto como yo y que aquel trayecto casi idílico mostrase las heridas de la terrible guerra recién terminada. Apenas lo pensé, se empezó a ver algún que otro destrozo y a medida que nos acercábamos a Polonia el paisaje se transformó radicalmente. Aquello no me causó ninguna satisfacción, al contrario, lamenté haber deseado lo que tan pronto había de hacerse realidad.

Por fin entramos en Polonia. Dejamos atrás Cracovia y a medida que avanzábamos hacia Varsovia ya no hubo más paisajes idílicos que ver. Todo era ruinoso, árboles, caminos, casas, puentes... Casi todo estaba destruido; era desolador. Ya faltaba poco para llegar y mi optimismo inicial se había desvanecido, dejando paso a una creciente preocupación. ¿Cómo estaría mi familia? Desde que salí de Mauthausen no sabía nada de ellos, ni siquiera sabía con certeza dónde encontrarlos. Un largo y lastimoso silbido sonó, como el presagio de una desgracia, y me sacó de mis pensamientos. El tren se detuvo. Saqué la cabeza por la ventanilla para ver el motivo de la parada. Allí no había estación ni ninguna otra cosa por la que detenerse, faltando tan poco para llegar a Varsovia. Pronto un empleado del ferrocarril nos sacó de dudas, el trayecto terminaba allí; no existían más vías para que el tren siguiera su camino, ni siquiera existía ya estación.

Nos bajamos del tren y recorrimos a pie los pocos kilómetros que nos separaban de la capital. Caminé durante una hora aproximadamente. Cuando me interné en la ciudad no pude reconocerla, nada me indicaba que estuviera en Varsovia. Los que habíamos bajado del tren nos dispersamos entre un conglomerado de ruinas irreconocibles, parecía que la ciudad había sido demolida e incendiada. No había ningún punto de referencia que pudiera servir de orientación, ni sabía por dónde empezar a buscar y en ese momento sentí un pánico angustioso. Mis sueños de volver a ver a mi familia y mis amigos se hicieron añicos. Caminé como un autómata entre las ruinas, nunca había visto nada tan desolado. Tropecé con un trozo de riel de tranvía, levantado como una extraña escultura. Me vino a la memoria el bombardeo, cuando los alemanes invadieron Polonia, pero ahora era mucho peor, ya la ciudad no existía. Sólo algunos muros y unos pocos postes cuya superficie estaba cubierta por notas con mensajes y direcciones. Miles de ellas se encontraban pegadas en cualquier trozo de pared o cualquier cosa que estuviese en pie sobre la enorme cantidad de escombros. Mi querida Varsovia no ofrecía ni rastro de lo que había sido. ¿Cómo no tuve noticias de ello en Berlín? ¿Era posible que toda una ciudad hubiese desaparecido sin que el resto del mundo lo supiera? Un viento frío azotaba las calles formando remolinos de polvo y ululaba con un sonido extraño, rebotando en las paredes rotas y perdiéndose en los miles de recovecos formados por las ruinas. Cartones y papeles pasaban volando como si fuesen fantasmas danzantes y en medio de esa soledad me hallaba yo, desesperado, sin saber qué hacer.

Quise respirar hondo, pero sólo conseguí un suspiro entrecortado. Traté de serenarme. Peores momentos he vivido, me dije. Lo más importante era encontrar la casa o lo que quedase de ella, pero ¿hacia dónde ir? Se me ocurrió buscar el río Vístula. Tomando esa referencia, orientándome aproximadamente por el río, sin poder distinguir lo que habían sido calles y plazas, ahora tan cubiertas de ruinas como el resto del terreno, llegué a las inmediaciones de donde podía haber estado mi casa. No diré que esperaba verla en pie entre aquella desolación, hubiese sido ingenuo, pero lo que vi me desmoralizó completamente. Allí no había más que un montón de piedras y cascotes imposibles de identificar. El edificio estaba completamente arrasado. Me senté sobre un montón de escombros tratando de pensar qué podía hacer. ¿No me habría equivocado de sitio? ¿Serían aquellas ruinas realmente los restos de mi casa? ¿Qué desgracia había sucedido allí?, me preguntaba aturdido.

Juro, ahora que escribo estas líneas, que fue uno de los momentos más desoladores de mi vida pues no hay nada más frustrante que encontrar desdicha cuando uno tiene ilusión de hallar felicidad. Pensé, queriendo darme ánimos, que mis padres estarían a salvo, tal vez en la casa de Dabrówka, o con el tío Krakus, o con la abuela... podrían estar en cualquier parte. Me sentí impotente en medio de aquella ciudad arrasada e irreconocible. Ni siquiera sabía con certeza si aquellos restos eran los de mi casa. Estaba furioso, el reencuentro con mi familia se estaba convirtiendo en una pesadilla. Di una patada a un trozo de cartón que estaba en el suelo y bajo él apareció el arpa de un piano. Casi me salió el corazón por la boca. Me lancé a examinarla apartando con las manos los desechos que aún la cubrían, hasta que pude leer la marca: Beschtein. Era parte de mi piano, estaba seguro, coincidía la marca y además era el único que había en el vecindario. Con la seguridad de haber encontrado el lugar, empecé a leer uno a uno los cientos de papeles pegados en los postes próximos. Mamá no se habría ido sin dejar una nota para mí. Se había hecho tarde, estaba oscureciendo y apenas podía ver lo escrito cuando encontré una pequeña nota casi oculta por tantas otras pegadas en el mismo poste, que decía:

Querido hijito Waldusiu, estamos en casa de la abuela, en Praga, si encuentras la nota, ve allá que te estamos esperando. Te quiere, tu mamá.

Reconocí la armoniosa caligrafía de mi madre. Sentí un gran alivio, ya sabía dónde encontrar a mi familia y estaría con ellos en poco tiempo. Mis planes seguían adelante, después de esas horas de tremenda inquietud; mi suerte aún funcionaba. Recompuse mi aspecto como pude, quería que mi madre me viera elegante y apuesto con el uniforme americano, y me dirigí al río Vístula, al otro lado del cual estaba Praga, la Praga de Polonia. Al acercarme vi que no quedaban trazas del puente que tantas veces había cruzado. En su lugar habían construido uno flotante, de pontones. El paso estaba controlado por el ejército. Me dirigí al centinela, que se cuadró al verme y me informó en un masticado polaco que debía solicitar un pase en la caseta de vigilancia, porque después de las nueve de la noche no se podía cruzar el río sin permiso.

En el puesto de mando, un capitán del ejército polaco sentado tras un escritorio se levantó al verme entrar y me saludó como si yo fuera un superior. Supuse que lo hacía por la Estrella de Plata que lucía en mi uniforme.

—Buenas noches, capitán, necesito cruzar el puente –dije.

—Por supuesto, enseguida le hago un pase –contestó, solícito. Su acento era marcadamente ruso.

—¿Puedo hacerle una pregunta? ¿Cómo hay tantos soldados con uniforme del ejército polaco que no hablan nuestro idioma?

—Estuvieron tanto tiempo en Rusia que casi olvidaron el polaco –comentó el hombre y soltó una carcajada como si hubiera dicho algo gracioso. No me resultó nada simpático. Escuché su risa como si fuese una burla. Me entregó una hoja sellada y tras despedirme de él me dirigí al puente, que crucé sin más contratiempos.

Praga no presentaba tanta destrucción como el centro de Varsovia, las bestias que hicieran aquello no se habían empleado allí tan a fondo. A pesar de la hora, había muchos militares por las calles y ya estaba harto de tener que devolver tantos saludos, no veía el momento de quitarme el uniforme. Acelerando el paso caminé los últimos metros hasta la casa y llamé a la puerta. Estiré la chaqueta de mi uniforme mientras esperaba y un escalofrío recorrió mi espalda. Estaba verdaderamente emocionado.

Abrió la puerta mi abuela, que me reconoció al instante a pesar de lo mucho que yo había cambiado en cuatro años. Dio un grito de alegría y a punto estuvo de desmayarse; si no la hubiese tenido abrazada es seguro que se hubiera desplomado. Su esposo salió al oír el grito y al enterarse de la noticia fue a avisar a mamá y a Cristina, que ocupaban una pequeña habitación en la azotea del edificio. Bajaron corriendo. Mamá estaba llorando y riendo de alegría al mismo tiempo. Con la cara descompuesta se acercó, mirándome sin decir nada, comprendí que no podía articular palabra. Pero su mirada lo decía todo, lo que había sufrido en mi ausencia y lo que deseaba ese reencuentro. Me abrazó con fuerza y me cubrió de besos. La cogí firmemente por los hombros y la separé un poco para mirarla bien. ¡Cuánto la había echado de menos! Nos abrazamos de nuevo y no pude contener unas lágrimas de emoción, que disimulé lo mejor que pude. Cristina estaba bastante cambiada, ya era una jovencita de catorce años y tenía un aspecto más agradable. No puedo decir que era bonita porque nunca me lo pareció, seguramente por ser mi hermana la miraba de otro modo. Estaba llorando, eso seguía igual que siempre. Me besó, contenta también por mi regreso. Todos decían que yo estaba muy apuesto con mi uniforme y admiraban la Estrella de Plata que llevaba prendida en la guerrera. Me inquietó no ver a mi padre, ¿le habría sucedido algo malo?

–Tu padre no está, Waldek –dijo mamá con voz quebrada, anticipándose a mi pregunta–, salió una mañana y no volvió. Ya he perdido la esperanza de que regrese, hay tantos desaparecidos... No quiero aceptar que haya muerto pero ya son dos años sin saber de él.

–¿Dos años? –interrumpí–. No es posible, ¿cuándo desapareció papá?

–A principios de agosto de 1944, en los primeros días del levantamiento –respondió mamá, desconcertada por mi actitud.

–¡Entonces papá está vivo! –exclamé, gozoso– qué susto me has dado, mamá, creí que hablabas de algo reciente. Recibí varias cartas suyas en Gusen, estaba haciendo trabajos forzados en Alemania. Me envió su última carta desde Berlín a principios de 1945.

–¿De veras? ¡Oh, Dios mío, gracias! –mamá apenas podía creerlo–. No estarás intentando consolarme, ¿verdad? ¿Es cierto que te escribió?

–No te engaño, mamá, ¿cómo podría hacerlo en algo tan importante? Papá fue hecho prisionero y lo llevaron a Alemania. Recibí al menos cinco cartas suyas, la última hace poco más de un año. Papá no ha muerto, te lo aseguro. Verás como regresa en cualquier momento. No es fácil viajar en estos días, están dando prioridad a los militares, él debe estar en algún campamento de refugiados intentando volver.

Mamá me abrazaba y también a mi hermana. Estábamos felices y yo me sentía dichoso por haber sido portador de tan buena nueva.

–Mañana mismo iré a la casa vieja para dejar una nota bien visible, sé que vendrá por la misma ruta que yo –dije, convencido.

–¿Tienes hambre, Waldek? Vamos a preparar la mesa y mientras cenamos nos has de contar muchas cosas –propuso mi madre, súbitamente animada. En un momento estuvo la mesa preparada y nos sentamos todos alrededor−. Si lo hubiese sabido habría preparado algo especial pero ¿quién iba a imaginar? −dijo mamá riendo y cogiéndome la mano. No recordaba haberla visto tan contenta.

Durante la cena supe que papá había pertenecido a la disidencia y que había luchado en el levantamiento de Varsovia. Yo sabía que él estaba en Berlín pero no sabía por qué, hubiese sido imprudente contar nada de eso en aquellas cartas que pasaban por la censura nazi y el sistema cifrado no permitía decir mucho. Yo había tenido noticia de un levantamiento en Varsovia, pero no podía imaginar el alcance que tuvo. Lo relacioné con la desoladora destrucción de la ciudad.

−¿Qué ha sucedido, que está todo en ruinas? −pregunté con más rabia que curiosidad.

Un tenso silencio siguió a mi pregunta. Por fin mamá empezó a hablar.

−Fue una trampa, Waldek, Hace unos dos años, en julio de 1944, tu padre me dijo que los rusos estaban a punto de cruzar el Vístula y radio Moscú había incitado a que Varsovia se levantase en armas contra los alemanes. Decía que ellos llegarían a prestarnos ayuda y eso facilitaría las cosas. La resistencia estaba esperando este momento desde hacía mucho tiempo, por eso nadie dudó en unirse a la rebelión.

−Había mucha gente dispuesta, Waldek −interrumpió el esposo de la abuela− más de cuarenta mil. Lo hubiéramos conseguido si no nos hubiesen traicionado.

−Los aliados también habían prometido ayuda, eso hizo que se lanzara a la lucha mucha gente, es cierto. Con los alemanes en apuros y los rusos al otro lado del Vístula, parecía una victoria segura. Hasta los más prudentes lo creyeron −añadió mi madre.

−¿Y qué pasó? −pregunté intrigado.

−Nos traicionaron. Los aliados habían vendido Polonia a los rusos y éstos dejaron que la resistencia se las viese con los alemanes antes de entrar en Varsovia. Se sentaron tranquilamente a esperar que los nazis nos aniquilasen antes de intervenir −clamó el abuelo con voz furiosa.

−¿Los americanos permitieron eso? −exclamé, incrédulo.

—Y los ingleses, nadie movió un dedo —siguió diciendo el abuelo—. Los rusos no sólo dejaron que los alemanes nos machacaran sino que ellos mismos nos masacraron cuando salimos a su encuentro. De esa forma se aseguraron de no tener que vérselas con el nacionalismo polaco cuando según sus planes se quedasen con toda Polonia.

—¿Y nadie hizo nada? —No podía creer lo que me estaban contando. En mi mundo aún había buenos y malos.

—Sí, los alemanes sí que hicieron —explicó mamá con voz llena de amargura—, lo que Hitler ordenó: destruir completamente Varsovia. Calle por calle, casa por casa, con explosivos y lanzallamas arrasaron toda la ciudad mientras el mundo nos daba la espalda.

Se me había quitado el apetito. Estaba confundido, yo llevaba un uniforme de los Estados Unidos y creía en el honor y la bondad de los aliados. ¿Cómo podía haber sucedido lo que me contaban? También estaba sorprendido porque papá hubiese estado en la resistencia, nunca pensé que se hubiera involucrado tanto. Me apenó saber que mis primos Bolek y Richard fueron fusilados en la calle cuando los alemanes encontraron en su casa panfletos con propaganda anti-nazi. Resultaba que casi todos los de la familia habíamos estado en la disidencia de una u otra forma y ni entre nosotros lo sabíamos. Según mamá, cuando Bolek se enteró de que me habían capturado empezó a interesarse por la política. Comprendí que mientras yo había estado en los campos de concentración tampoco había sido fácil la vida en Varsovia y que en una guerra se puede morir en cualquier sitio y en cualquier momento. El bueno de Bolek, fusilado; me parecía increíble.

Había muerto mucha gente, seguramente muchos que yo conocía. Ya tendría tiempo de enterarme. Recordé a Úrsula, ¿qué habría sido de ella? Pregunté a mamá.

—Se fueron a Viena antes de que entraran los rusos en Polonia, tenían familia allí. Vino a despedirse, me dijo que su padre había pedido el traslado.

—Siempre sospeché que él nos denunció —comenté pensativo.

—No, hijo, el que los denunció fue un profesor. ¡Y era polaco!, ¿puedes creerlo? Dijo que había visto unos paracaidistas rusos en Chojnów. Días después apareció muerto, alguien hizo justicia. Dios me perdone pero me alegré de que ese bastardo tuviese su merecido.

El padre de Úrsula nunca tuvo que ver con mi detención, fue un alivio saberlo. Sentí remordimiento por haber sospechado de él.

También ellos me preguntaron, especialmente Cristina, por el tiempo que había estado preso de los alemanes pero yo no quise hablar de ello. Sólo serviría para reavivar el dolor y traer recuerdos penosos. Salí del paso sin entrar en detalles.

—Pues mucho trabajo y poca comida, menos mal que mamá pudo enviarme algo de vez en cuando.

—Waldusiu, mi niño, cada día era para mí una agonía, porque lo que se decía sobre los campos era terrible. Aguardaba tus cartas con desesperación. Cuando supe que habían liberado Gusen me alegré tanto... pero después no tuve más noticias tuyas y temía que hubieses muerto —doña Sofía lloraba y me abrazaba— sólo espero que tu padre regrese también...

—Mamá, no tenía forma de comunicarme contigo. Cuando los alemanes desaparecieron, el correo dejó de funcionar, todo quedó sin control. Pero ya me tienes aquí, mamita, ya no llores —la consolé. Cristina me abrazaba y también lloraba. Terminada la cena me quité mi uniforme norteamericano para no ponérmelo nunca más.

Unas dos semanas después de mi llegada también regresó papá. Nos abrazamos en silencio. Nunca llegamos a hablar de lo que nos había ocurrido en el tiempo que estuvimos presos ni de lo que habíamos hecho en la resistencia. A los pocos días volvió a su trabajo en el ayuntamiento. Yo quería recuperar el tiempo perdido y me inscribí para estudiar de día en la Escuela Técnica Superior y por la noche en la Escuela Politécnica. Gradualmente nuestras vidas volvieron a sus antiguos cauces.

Papá viajaba de vez en cuando a Alemania y en uno de esos viajes trajo una moto NSU desmontada y un *rikszu*.

—Tendrás la moto cuando termines la Politécnica con buenas notas —recalcó—, mientras tanto, puedes armar y usar el *rikszu*. Quizás puedas ganar algún dinero transportando gente o cargas pequeñas. Todas las piezas están en las cajas.

Yo era un buen mecánico y tenía experiencia en montaje desde mi paso por Gusen, así que lo empecé a montar esa misma noche y terminé en un tiempo récord. El artefacto era un triciclo con dos ruedas delante, donde iban los pasajeros o la carga, y una detrás desde donde lo manejaba el conductor. Tenía un pequeño motor con suficiente fuerza para mover tres personas.

Las calles de Varsovia estaban destruidas y no permitían el paso de automóviles; la gente tenía que recorrer a pie grandes distancias. Pero mi triciclo sí podía circular. Enseguida empecé a usarlo como taxi, transportaba gente y toda clase de objetos y el dinero me llegaba a manos llenas. En sólo unas horas ganaba más que mi padre en sus ocho horas diarias en el ayuntamiento. Tenía muchos clientes, el trabajo me gustaba y me daba buen dinero, a veces trabajaba hasta muy tarde. La gente lo pedía casi como un favor, era difícil en esos días encontrar un medio de transporte en Varsovia. Dejé de asistir con regularidad a la Politécnica, pero eso no fue todo. No esperé a terminar los estudios según lo convenido con papá y empecé a usar la moto. Mi fiebre por la mecánica era tal que la armé en una noche. Solía escaparme a la casa de campo llevando a alguna buena amiga pegada a mi espalda. Mi negocio y mis juveniles hormonas estaban haciendo estragos en mis estudios.

Por aquella época formaba parte indispensable de un grupo de amigos de la Politécnica. Mis mejores amigos, los «tres mosqueteros» eran Janusz, Jurek e Ireneusz. Este último tenía una pierna más corta debido a una herida durante el levantamiento. Todos estábamos entre los dieciocho y veinte años, y yo, como D'Artagnan, era indispensable en las salidas, fiestas y cualquier evento que se organizase. Aprendí a tocar el acordeón porque era más fácil de transportar que un piano. Nos hicimos inseparables. Ireneusz era hijo del conserje de uno de los pocos edificios notables que no habían sido destruidos. Vivía con sus padres en la planta baja, al fondo de un patio. Las plantas superiores del edificio no tenían acceso porque una bomba alcanzó la escalera, que estaba abierta como una cremallera. La casa había pertenecido a una familia noble, un conde que había dejado Polonia hacía tiempo. Un día Ireneusz me dijo:

—Waldek, me gustaría subir y ver cómo está todo. Es un milagro que la casa esté en pie; el dueño debe estar en cualquier lugar del mundo, por lo visto no la necesita.

Trepamos como monos para llegar al primer piso y comprobamos que lo único dañado era la escalera, todo lo demás estaba intacto y era muy confortable. Tenía que decírselo a papá, si nos mudábamos allí tendríamos el espacio que necesitábamos y muchas más comodidades que en la azotea de la abuela. Además, podría tener un dormitorio para mí solo.

Mi padre envió una cuadrilla de trabajadores del ayuntamiento para que reconstruyeran la escalera y el edificio quedó como nuevo. Fue una de las primeras casas reconstruidas en la ciudad que volvió a contar con todos los servicios de agua, luz y hasta gas. Mamá decía que, por una vez, papá había sacado provecho de su trabajo. Nos trasladamos allí y la vida se hizo mucho más cómoda. Todo iba bien, menos mis estudios, aunque aún confiaba en recuperar el tiempo perdido y salir bien de los exámenes.

Los polacos empezamos a notar los cambios que trajo el nuevo gobierno comunista. Tenía una extraña manera de gobernar y había que adaptarse o arriesgarse a ser calificado como disidente. Su costumbre era culpar a los demás cuando algo no iba bien y generalmente las cosas no iban bien. No había suficiente trabajo y los sueldos eran muy bajos, pero ellos siempre decían: «Éste es un proceso de cambios revolucionarios, pronto todos seremos felices y se acabarán las desigualdades». Yo deseaba ser feliz, claro que sí, pero no terminaba de entender a qué desigualdades se referían. Pronto comprendí que la igualdad que predicaban no era que todos fuésemos ricos, sino que todos debíamos ser igualmente pobres; especialmente la gente del «pueblo», porque los que formaban la elite gobernante vivían en la opulencia, el mismo tipo de vida que ellos tanto condenaban. Los dirigentes comunistas, títeres de Moscú, formaron una nueva clase social rica y poderosa, dueña de la vida y la muerte de los ciudadanos y los que disentían de sus ideas o denunciaban sus desmanes eran acusados de traidores a la patria y encarcelados. Yo quise seguir mi vida manteniéndome al margen mientras fuese posible, ya había tenido demasiados problemas políticos y no me apetecía volver a empezar. Traté de no dar importancia a la política comunista, pero mi desapego hacia los rusos era fuerte. En Gusen, en Berlín, dondequiera que hubiese coincidido con ellos me habían desagradado, sólo faltaba conocer su traición durante el levantamiento de Varsovia para que llegasen a resultarme insoportables. Y ahora estábamos en sus manos.

A finales de 1946 se vivía en Polonia una etapa de reorganización. Teníamos un gobierno polaco abiertamente subordinado a los soviéticos, que imponían sus doctrinas marxistas leninistas. Poco a poco se iban implantando las nuevas reglas y modos de hacer. En primer lugar, ya no éramos la sociedad ni los ciudadanos, ahora éramos «el pueblo». No había libertad de expresión ni derecho de huelga. Tampoco podíamos salir del país, era como un inmenso campo de concentración, con la diferencia de que estábamos con la familia y no se pasaba hambre. Gradualmente, todo fue a parar a manos del gobierno. No existía la propiedad privada, desde las empresas manufactureras hasta las panaderías, pasando por los campos de cultivo, las fruterías y los kioscos de periódicos. Todos se convirtieron en empleados del gobierno a cambio de un miserable sueldo. La educación y los servicios médicos eran gratuitos, menos mal porque nadie hubiera podido pagarlos. Era un mundo en el que nosotros, «el pueblo», no contábamos más que para trabajar. Nos faltaba el ingrediente más importante: la libertad. Para mí, esencial; acababa de pasar un largo cautiverio.

Cuando no tenía ningún transporte previsto con el *rikszu*, acostumbraba estacionarlo en una plaza céntrica, esperando que apareciese algún cliente. En una de esas ocasiones, caminaba yo distraídamente de un lado a otro cuando tropecé con alguien. Al levantar la vista vi que era Wiesek, un antiguo compañero de la resistencia. No lo veía desde que coincidimos en el campo de Gusen, donde él trabajaba en las canteras. Me quedé mirándolo unos segundos en silencio y después nos abrazamos emocionados.

—Waldek —dijo— ¿sabes a quién encontré?

—¿A quién? —respondí. Wiesek no había perdido la costumbre de hablar con preguntas en lugar de ir directo al grano.

—Al tío Romatowski.

—¿De veras?¿Y dónde está? ¿Podemos ir a verlo?

—Por supuesto. ¿Sabes quién te puede llevar? —Otra vez con sus preguntas.

—No, ¿quién? —dije, como si fuese un juego.

—Pues, yo mismo —contestó riendo—. Tal vez ni te reconozca porque estás muy cambiado y elegante— agregó, mirando mi ropa.

—Mi tía Nelly me manda la ropa —dije, como disculpándome por estar mejor vestido que él, que llevaba un traje un poco raído.

—¿Tu tía Nelly?

—Sí, es tía de mi padre. En realidad es mi tía abuela. Vive desde hace muchos años en el Perú, un país de Sudamérica. Ella envía ropa para los damnificados de la guerra por medio de una fundación. Y tú, ¿sabes quién te puede llevar cómodamente sentado a ver al tío Romatowski? —añadí, siguiendo su mismo juego.

Se quedó mirándome, sin comprender.

—Yo mismo —dije, sonriente, mostrándole el *rikszu*.

Wiesek, entusiasmado, se sentó en la parte delantera y fuimos dando tumbos por Varsovia hasta Praga, donde las calles no habían sido destruidas y se podía conducir con facilidad.

—El tío debe estar hoy en su oficina. Es miembro de la Asociación de Exprisioneros Políticos de los Campos de Concentración. Ha contribuido a que muchos parientes se reencontraran.

Allí es dijo Wiesek, señalando un antiguo edificio de cuatro plantas.

Dejé el *rikszu* frente a la puerta y nos encaminamos hacia el interior.

—Él, siempre preocupándose por los demás —comenté, mientras caminaba detrás de Wiesek.

La puerta estaba abierta y entramos directamente a la oficina. El tío Romatowski se hallaba sentado detrás de un escritorio. Unos anteojos, más gruesos que los que antes usaba, descansaban sobre su nariz. Estaba leyendo con atención unos papeles. Entré sin hacer apenas ruido, deseaba darle una sorpresa. Cuando se percató de mi presencia levantó la vista, mirándome por encima de sus anteojos.

—¿Se le ofrece algo, joven? —preguntó.

—Tío Romatowski... —dije, esperando que me reconociera.

—¿Te conozco? —indagó, escudriñándome.

—Soy Waldek, Waldek Grodek. Trabajaba en Gusen para la Messerschmitt...

—¡Querido Waldek, hijo! ¡Si te veo por la calle no te hubiera reconocido! —dijo, poniéndose de pie mientras dejaba las gafas sobre el escritorio, y se acercó hasta darme un abrazo.

—Tampoco aquí me reconoció usted —dije bromeando.

—Estos ojos están ya cansados, querido muchacho. Tienes muy buen aspecto, ¿a qué te dedicas?

—Estoy estudiando ingeniería en la Politécnica.

—Me alegro mucho, muy bien, Waldek. Siempre dije que estudiar era importante. Tu familia, ¿está...?

—¿... completa? —terminé de decir—. Sí, tío. Mis padres y mi hermana están bien. Unos primos fueron fusilados poco antes del levantamiento. En casa me han contado...

—¡El levantamiento! —repitió el tío con indignación, interrumpiéndome—. No podíamos imaginar en Gusen lo que aquí estaba sucediendo. Perdí muchos amigos en esos días. Entonces los polacos hubiésemos recibido a los rusos con los brazos abiertos. Ahora no nos hacen falta para nada. Ese Stalin no es mejor que Hitler. Churchill y Roosevelt usaron Polonia como moneda de cambio... ¡Políticos! —exclamó por fin, con desprecio.

—Veo que está usted bien —añadí, cambiando de tema. Tengo mucho que contarle, desde que nos liberaron han pasado muchas cosas. Quiero darle las gracias, tío, usted siempre nos infundió ánimo...

Yo estaba verdaderamente emocionado y quería transmitir al anciano mi agradecimiento.

—Aquello no iba a durar toda la vida —dijo, encogiendo ligeramente los hombros—, sólo había que esperar sin desfallecer.

—Usted, tío, siempre estuvo bien informado.

Sonrió como solía hacerlo en el campo. Parecía que era un hombre que conocía todos los secretos del mundo y así es como deseo seguir recordándolo. Conversamos un rato acerca de nuestras respectivas historias y cuando nos despedimos sentí mis ojos húmedos.

—Waldek... —me llamó, cuando ya estaba a punto de salir.

—¿Sí, tío? —respondí, deteniendo el paso.

—... las guerras se acaban... pero la política no. Ten cuidado —dijo con cierto misterio, como encerrando un mensaje oculto.

—Claro, no se preocupe —agregué con una sonrisa de complicidad.

Durante el regreso, Wiesek y yo apenas cruzamos palabra. De pronto noté que yo no deseaba seguir con aquella amistad y me parece que él también sintió lo mismo. No había un motivo claro, pero fue mucha la miseria en el campo, tal vez hubo momentos en los que nos comportamos como animales egoístas, interesados únicamente en nuestra propia supervivencia. No es verdad que el ser humano pueda hacer borrón y cuenta nueva, siempre queda algo, nuestro cerebro siempre guarda algún rastro de lo que uno quiso borrar. Sólo se puede evitar pensar en ello y mirar hacia otro lado. Pienso que ambos, sin tener ninguna culpa, nos sentíamos como cómplices de algo vergonzoso que siempre estaría en el fondo de nuestra relación. Nos despedimos a mitad de camino hacia ninguna parte. Yo no le di mis señas ni él me dio las suyas, sólo quedó un triste recuerdo que fui dejando a un lado a medida que me alejaba. Se hacía de noche y debía trabajar. Otra noche que dejaría de asistir a la Politécnica.

Se acercaba la época de exámenes y yo no terminaba de encontrar el momento de recuperar el tiempo perdido. Cuando llegó fue un desastre. No me importó mucho, pero mi gran preocupación era decírselo a papá. Estoy seguro de que él no creyó que el *rikszu* me haría descuidar los estudios, de ser así no me lo hubiera regalado. Para él los estudios eran lo más importante. Me armé de valor y le di la mala noticia.

—Waldek —dijo en tono severo— confié en ti y no cumpliste tu palabra. Lo único que tenías que hacer era estudiar y no lo has hecho. Te has dedicado a trabajar con el *rikszu* todas las noches, a pasear con tus amigas en la moto y a ir de fiesta en fiesta con tus amigos. Pero te advierto que no siempre vas a ganar lo que has estado derrochando estos meses atrás. ¿No ves que están arreglando las calles y ya nadie quiere subir en esos trastos? De momento no cuentes más con él, de todos modos te lo quitaría el gobierno. Decide lo que quieres hacer con tu vida. Si no quieres seguir estudiando, tú verás. No voy a mantener a vagos.

Dio media vuelta y me dejó solo. Durante los días siguientes no me dirigió ni una palabra. Yo sabía que no había obrado bien y sentía vergüenza al saber que mi padre estaba enterado de todas mis correrías, pero encontré excesiva su reacción. Papá estaba raro desde su regreso, todos habíamos sufrido mucho, quizás él más que nadie. Me dolía pensar que a él también, con seguridad, le habrían interrogado y golpeado sin piedad una y otra vez. Puede que su castigo físico no fuese tan severo como el mío en los campos, pero quizás por su carácter, su sufrimiento moral fuera mayor. Por una especie de pudor nunca hablamos nada de todo eso, tampoco él supo nunca todo lo que yo había padecido. Quizás, conociéndolo, no hubiese sido tan severo. A medida que pasaban los días sin que papá dejase de ignorarme me parecía más y más injusta su postura. Hubiese aceptado cualquier castigo, perder la moto, el *rikszu* —desaparecieron aquella misma noche— pero ese desprecio, no.

Empecé a buscar trabajo y con mi buena suerte como talismán, conseguí empleo como chófer del director del único periódico que existía entonces en Varsovia, el RSW-PRASA. Mamá puso el grito en el cielo, ella no se conformaba con la idea de que su hijo fuese chófer, pero yo estaba decidido a no seguir estudiando y mi padre, una vez más, no dijo nada.

El empleo en el RSW–PRASA era, más que tranquilo, aburrido. Pasaba la mayor parte del tiempo sin hacer nada, esperando que mis servicios fueran requeridos por el director.

Mis amigos «mosqueteros» habían aprobado los exámenes y de vez en cuando pasaban por mi trabajo para hablar un rato. Siempre intentaban convencerme de que continuase los estudios, según ellos sería fácil, sólo tenía que estudiar las asignaturas pendientes, aprobar el examen y después hacer dieciocho meses de prácticas para recibir el título de ingeniero. Acabé haciéndoles caso y volví a inscribirme en la Politécnica sin que nadie en casa lo supiese. Si las cosas no iban bien prefería no tener que rendir cuentas. El aburrimiento del trabajo se convirtió entonces en una bendición, tenía mucho tiempo libre para estudiar. Mis amigos hacían de profesores y debo agradecerles la gran ayuda que me prestaron mientras estudiaba en el amplio estacionamiento del diario. Aquello no pasó inadvertido a mi jefe y un día me preguntó qué hacían mis amigos reunidos conmigo constantemente durante las horas de trabajo. Le expliqué la verdad y le gustó tanto que nos facilitó uno de los despachos vacíos para que pudiéramos estudiar más cómodos. Me dijo que mi padre debía sentirse muy orgulloso de mí. Yo estaba de acuerdo con él; otro asunto era lo que pensaba papá.

Cuando llegaron los exámenes aprobé todas las asignaturas. Lo primero que hice al recibir mis calificaciones fue correr a decírselo a papá, pero él me miró fríamente y me dio una bofetada. Nunca un golpe me había dolido tanto.

–¡Mientes! –me increpó. Y sin admitir más explicación, dio media vuelta y se retiró a su dormitorio.

Mamá estaba indignada, le exigía a gritos que abriera la puerta y que viera mis calificaciones pero mi padre, inexplicablemente, no quiso saber nada. Entre él y yo se había abierto una brecha que en ese momento se hizo insalvable.

Yo aún no era ingeniero, me faltaban los dieciocho meses de prácticas. En Polonia había pocos lugares donde hacerlas y éramos muchos los que con los estudios terminados estábamos a la espera de conseguir una oportunidad para obtener por fin el preciado título. Otra posibilidad era hacerlas en Alemania, aunque haría falta un permiso especial y unos medios de los que yo no disponía. Yo sabía que mi jefe pertenecía al Partido Comunista y tenía los contactos necesarios para que yo fuese admitido como uno de los pocos que podrían ir a Alemania a hacer las dichosas prácticas. Él me había ofrecido su ayuda, pero yo no estaba interesado en viajar a la zona de Alemania que había quedado en poder de la Unión Soviética. Conocía los desmanes de los rusos y se rumoraba que la represión en Alemania en aquel momento era peor que en Polonia. Aún así, había tenido la esperanza de que mi padre, desde su puesto en el ayuntamiento, me ayudase a encontrar dónde hacer las prácticas en Polonia. Tal como estaban las cosas en casa comprendí que no podía contar con ello y que mi única oportunidad era aceptar la oferta de mi jefe para ir a Alemania. Aunque para eso debía ser miembro del Partido Comunista de Polonia, algo que me desagradaba profundamente.

Me reuní con mis amigos para despedirme de ellos, pero no fue una fiesta. Fue una reunión triste, en realidad yo no quería ir y lamentaba haberme unido al Partido Comunista, algo tan contrario a mi modo de pensar, pero ellos me animaban diciendo que lo importante era conseguir el título y después podría seguir mi vida. Decían también que, definitivamente, yo era un hombre con suerte porque si no me hubieran suspendido los exámenes no hubiese conocido al director del diario ni hubiese tenido esa magnífica oportunidad. Pensé que tenían razón, pero también pensé que a veces la suerte no es lo que parece, en ocasiones uno cree tener suerte porque todo le sale bien... mientras se mete en la boca del lobo.

Cuando anuncié en casa mis intenciones, mamá no dejó de llorar en varios días; por supuesto Cristina la imitaba. Mientras tanto papá seguía sin hablarme, aunque ya debía saber que yo no le había engañado y realmente había aprobado todas las materias. Comprobé que su orgullo era más fuerte que su cariño. Nunca pude entender por qué transformó en tan grave ofensa personal para él lo que sólo fue un desvarío de juventud y, además, se corrigió tan fácilmente.

Sólo mi madre y Cristina estaban en la estación el día de mi despedida. Otros muchos jóvenes de mi edad se despedían también de sus familias a nuestro alrededor. Yo tenía la secreta esperanza de que mi padre apareciera en algún momento. La locomotora humeaba impaciente cuando mamá me abrazó de nuevo y me entregó un paquete con comida para el camino:

pan, salchichas y un poco de choucroute. Ella decía que era muy buena para la digestión.

—No nos olvides, Waldek... —oí decir a Cristina.

—Sí, Waldusiu, escribe cuando puedas y dime dónde puedo contestarte. Cuídate, trabaja mucho y consigue tu diploma para que tu padre se sienta orgulloso de ti.

—Sí, mamita, eso haré. Bueno, he de subir o perderé el tren —dije, dándole un último beso.

Otra vez estaba a bordo de un tren, alejándome de Varsovia, de mis amigos y de mi familia, hacia un destino incierto. Yo no sabía qué iba a encontrar en Alemania del Este, que ahora llamaban República Democrática Alemana. El nutrido grupo de muchachos que viajaba en el mismo vagón estaba alegre, eran miembros del Partido Comunista por convicción, no como yo, que tuve que serlo para poder terminar mi carrera. Para ellos era una fiesta, un premio a su dedicación al Partido y a su lucha política. Asomé la cabeza por la ventanilla, aún con la esperanza de ver si papá había llegado a última hora, pero sólo vi a mamá y a Cristina, pequeñas en la distancia, diciéndome adiós con un pañuelo. Agité mi mano con un gesto de despedida. Tuve la sensación de que siempre quedaban atrás, siempre había algo en mi vida que me apartaba de ellas. El tren seguía avanzando en línea recta y me quedé mirando cómo empequeñecían hasta desaparecer. Un sentimiento de desarraigo me entristeció. De mi padre llevaba un doloroso recuerdo y mamá sufría constantemente por unos y otros. Hubiese querido bajar del tren en aquel mismo momento y volver a casa, reconciliarme con mi padre al precio que fuese, quedarme con mamá para cuidarla mientras envejecía, ver hacerse mujer a mi hermana... Pero eso no era posible y una vez más miré hacia otro lado.

Capítulo 9

Me acomodé junto a la ventanilla contemplando el paisaje, mientras el tren se alejaba de Varsovia. Casi dos años habían pasado desde mi llegada, ya apenas había señales de la guerra por ningún sitio y los ferrocarriles funcionaban con normalidad. Esperaba que el viaje fuese tranquilo y no se hiciera largo. Hacía tiempo que no iba mucho más allá de los suburbios de Varsovia y me resultó agradable volver a atravesar mi querida campiña polaca, que al final del verano era un conglomerado multicolor. Mi actitud contrastaba con la jovialidad de los otros muchachos, que recorrían el tren continuamente haciendo bromas y nuevas amistades. Por suerte, el asiento contiguo al mío había quedado vacío; deseaba tranquilidad. De pronto, sentí una mano sobre mi hombro.

—¿Waldek?

La voz me sonó lejanamente familiar y giré el rostro hacia ella.

—¡Stefan! —exclamé sorprendido al ver a mi antiguo amigo del liceum. Me levanté y nos estrechamos las manos calurosamente—. ¡Cuánto me alegro de encontrarte! ¿Qué haces aquí?

—Eso mismo te iba a preguntar, parece que vamos al mismo sitio, ¿no? —dijo Stefan, sonriendo.

—No has cambiado mucho, te hubiese reconocido en cualquier parte. ¿Qué tal te va?

—No puedo quejarme, ya ves. No sabía que estabas en el partido, no te he visto nunca por allí —comentó.

—Nunca he ido, sólo me inscribí para pasar las prácticas.

—No hables así en voz alta —susurró Stefan—, algún camarada podría oírte. Cuéntame, ¿qué ha sido de tu vida?

—Estuve en Auschwitz-Birkenau y en Mauthausen-Gusen pero, ya lo ves, sobreviví —expliqué sin dar importancia al asunto; no me apetecía hablar de ello. Me parece que él tampoco deseaba hablar de las desgracias de la guerra porque pasó por alto el comentario.

—Yo estuve todo el tiempo en Varsovia, procuré no meterme en líos de ninguna clase. Estoy muy contento por haberte encontrado, Waldek, será como en los viejos tiempos.

—¡Los viejos tiempos! —repetí con nostalgia—. Parece que pasó un siglo desde que nos vimos por última vez. Todo ha cambiado mucho, Stefan, y aún cambiará más. ¿Qué piensas de esto? —pregunté con cautela, señalando con la mirada a un grupo de nuestros compañeros.

—Lo mismo que tú —dijo en voz muy baja—, quería salir de Polonia y afortunadamente quedé entre los treinta y cuatro seleccionados. Hay miles de jóvenes que quisieran estar en nuestro lugar, hemos tenido suerte.

—Yo no quería ir a Alemania del Este, pero las circunstancias me obligaron —maticé, apesadumbrado.

—¿Te obligaron? ¿Estás metido en problemas?

—No, pero deseo estar lejos de casa... de mi padre especialmente. No nos entendemos.

—¡Ah! Es eso... por un momento pensé que tenías problemas con la justicia.

—Ya te contaré, habrá tiempo —dije, cerrando el tema.

—Sí, ahora conviene que nos demos una vuelta por el tren como hacen todos. No olvides que somos jóvenes revolucionarios. Hasta nos darán una fiesta de bienvenida en la embajada de Polonia en Berlín —acotó sonriendo.

Stefan parecía estar enterado de todo, hacía su papel de miembro activo de la ZWM a carta cabal. Yo no estaba seguro de que sólo lo hiciera por aparentar, pero confiaba en él y me alegraba por haber encontrado a mi antiguo amigo de manera tan inesperada.

Después de la bulliciosa bienvenida en la embajada, en la que abundaron los discursos políticos, nos llevaron a la ciudad de Leipzig, al hotel Fure Jahres Zeiten, en R. Breitscheidstrasse. El lugar servía de residencia para estudiantes del partido; grandes retratos de los héroes de la revolución colgaban por todas partes. Más parecía un cuartel militar que un hotel. En uno de los salones había un piano donde solían hacerse reuniones para tocar y cantar canciones rebosantes de patriotismo. Yo participé muchas veces en aquellas tertulias.

El reencuentro con Stefan fue crucial para mí. No sólo recuperamos nuestra vieja amistad sino que se hizo más fuerte que nunca. Me aferré a su compañía y me entregué por completo, lo que incluía compartir mi bien surtido guardarropa y también el dinero que había logrado ahorrar. A cambio, él compartía conmigo su popularidad y me servía de guía en una situación tan contraria a mi verdadera forma de pensar que yo temía ser desenmascarado en cualquier momento. Su forma de ser, su naturaleza, era totalmente opuesta a la mía, quizá por eso siempre habíamos congeniado.

Durante nuestra estancia en Leipzig todos nuestros gastos corrían por cuenta del gobierno, incluyendo la comida y la ropa. Cuando necesitábamos algo, el inspector nos daba una autorización; con ella y nuestro carnet de estudiante podíamos acudir a cualquier tienda. Yo no hice uso del carnet para comprar ropa porque la mía era mejor y más variada que la que podía conseguir allí, en eso todo el mérito era de mi tía Nelly. De la ropa que ella recolectaba y enviaba a Polonia, yo había escogido la mejor. Me quedé con zapatos, abrigos y trajes de buena calidad. Stefan y yo éramos casi de la misma talla, aunque él siempre fue algo más delgado, y mi ropa nos servía a los dos. Los que hacíamos las prácticas gozábamos de buena comida, un hotel completo para nosotros con habitaciones individuales y el único requisito era asistir después del trabajo, a una reunión para escuchar y aplaudir los discursos que los dirigentes políticos nos daban. Yo era uno de los que menos aplaudía, lo justo para no llamar la atención. La vida era bastante más holgada para los que pertenecíamos al partido que para el resto de la gente, pero el lavado de cerebro al que éramos sometidos diariamente no iba con mi forma de ser, bastante había padecido ya con los alemanes para tener que soportar después a los rusos. Stefan, sin embargo, disimulaba mejor su antipatía por el comunismo. No sé si lo hacía por seguridad o porque él siempre tuvo una mentalidad mercantilista. Era muy calculador y aquella forma de comportarse le arrojaba buenos dividendos.

Empecé mis prácticas en una imprenta, en septiembre de 1948. Después pasé a la fábrica DKW de motores diesel y de gasolina. Stefan trabajaba en una enorme imprenta cuyo antiguo dueño se había convertido en uno de los empleados. El gobierno había expropiado su empresa y le había «concedido» el cargo de gerente; era el motivo de que fuese anticomunista hasta la médula. Su hija Ilse, una muchacha bastante atractiva, se había enamorado de Stefan, pero mi amigo parecía no darse cuenta o se hacía el despistado. Aunque era un hombre atractivo, mostraba un comportamiento generalmente tímido con las mujeres. Sus cabellos oscuros y grandes ojos negros le daban un aire interesante, muy diferente al que solía verse en esa parte de Europa. En una ocasión me confesó que todavía era virgen, yo no lo podía creer pero era cierto. Traté de enseñarle la forma de abordar a las chicas dándoles algo más que un simple apretón de manos o un beso en la mejilla, pero fue inútil. Llegué a pensar que tenía vocación de sacerdote o que quizás no le agradase el sexo opuesto, pero no se veía demasiado devoto y tampoco le vi nunca ninguna tendencia homosexual ni era amanerado.

Empecé a salir con Ruth, una muchacha muy agradable. Sus padres me apreciaban, aún más cuando descubrieron el verdadero motivo de mi pertenencia al partido pues ellos tampoco simpatizaban con el sistema pero, como todos allí, debían aparentarlo. Ruth era una joven con un increíble sentido del humor, es lo que más recuerdo de ella.

Antes de completar el primer año en Leipzig yo ya estaba harto de toda aquella politiquería y de fingir unas ideas que repudiaba. Empecé a entender que haberme unido al partido, si bien me permitiría conseguir mi título de ingeniero, me dejaría después ligado a los comunistas para siempre. Comprendí que estábamos allí para terminar nuestra formación y regresar a Polonia como activistas políticos. Eso era lo que se esperaba de nosotros y yo no lo había calculado antes. No bastaría con guardar las apariencias durante los dieciocho meses de las prácticas, aquello no acabaría nunca.

El pueblo alemán, como el polaco, no tenía libertad de ninguna clase bajo el yugo soviético y el asunto llegó al colmo cuando empezaron a colocar alambradas y torres de vigilancia.

Muchos alemanes estaban emigrando fuera de la zona soviética y para evitarlo la convirtieron en un campo de concentración. Guardias con perros adiestrados recorrían la frontera capturando y encarcelando a quienes intentaban escapar hacia Alemania Occidental. Torres, alambradas y perros, un sistema que ya conocía desde que estuve en Auschwitz. Era cierto que en Leipzig comía bien y dormía en una mullida cama, pero también que yo me comportaba allí como si fuera uno de ellos. Quizás en Auschwitz yo no hubiera estado tan mal si hubiese fingido ser un nazi convencido. ¿Qué pasaría cuando, tarde o temprano, mi oposición al comunismo se hiciese evidente?

Comprendí la necesidad de escapar de aquella prisión, no soportaba más estar encerrado y sobre todo, no podía meterme en un callejón sin salida regresando a Varsovia como un supuesto prócer soviético. Debía escapar hacia la parte Occidental de Alemania y a medida que se acercaba el momento de nuestra vuelta a Polonia no pensaba en otra cosa. Pero no encontraba el modo de conseguirlo, no sólo Alemania del Este se había vuelto un inmenso campo de prisioneros con sus alambradas y torres de vigilancia, también nuestros supervisores ejercían un férreo control sobre todas nuestras actividades, por lo que me parecía imposible la fuga. Stefan tenía la misma inquietud y los dos estábamos desesperados, hasta que un día él dijo algo que podría abrir las puertas de nuestra libertad.

Faltando dos semanas para concluir las prácticas, Stefan me confió que Ilse conocía a unos contrabandistas que entraban y salían de Alemania Oriental con mercancías para el mercado negro. Tenía amistad con uno de ellos.

—Waldek, es un tema delicado, Ilse me pidió que no lo comentara con nadie. No sé cómo se atrevió a decírmelo.

—Ella está enamorada de ti... —ofrecí como argumento.

—¿De mí? —preguntó Stefan, levantando las cejas.

—No me digas que no te has dado cuenta. Una mujer enamorada hará cualquier cosa por ayudarte.

—Pero yo no me he declarado nunca, no le he dicho nada para que ella piense que yo... —balbuceó mi amigo, intentando negarse lo evidente.

—¿En qué novela leíste eso, Stefan? Las cosas no funcionan así. Tú le gustas, eso está claro. ¿No te has dado cuenta cómo te mira? Pensándolo bien, tal vez eso sea un impedimento para que te ayude a escapar.

—Me va a presentar a su amigo contrabandista, me lo prometió.

—¿Cómo no me lo dijiste antes? —le reproché.

—No estaba seguro de que hablase en serio pero hoy me ha dicho que él vendrá mañana a Leipzig y se pondrá en contacto conmigo. Ya sé que es precipitado, Waldek, pero es la única oportunidad de escapar porque su próximo viaje será dentro de veinte días y nosotros para entonces ya estaremos de regreso en Polonia.

Stefan tenía razón y mi cerebro empezó desesperadamente a buscar alguna estrategia que nos permitiese huir sin despertar sospechas... ¡El acordeón!, recordé de súbito, eso valdrá. Hacía días que los muchachos estaban entusiasmados con la idea de tener un acordeón y yo había pensado proponer su compra al supervisor. Hasta tenía guardado el anuncio de uno que vendían en Dresden. Expliqué mi plan a Stefan.

—Voy a reunir esta noche a todos los muchachos en el salón de música, les propondré la idea de ir mañana a Dresden a comprar un acordeón, tengo recortado el anuncio del vendedor. Pediremos permiso para el viaje y dinero para pagarlo, así mataremos tres pájaros de un tiro. Podremos ir a la estación sin problema, no nos echarán en falta hasta muchas horas después y tendremos algo de dinero para los gastos. Ofrécete enseguida a acompañarme, antes de que se le ocurra a otro. Aunque lo primero es hablar con Ilse.

Después del trabajo fuimos a casa de Ilse y le explicamos nuestras intenciones. Nos pidió que regresáramos un par de horas más tarde, pues debía ponerse en contacto con su amigo. Cuando regresamos, Ilse me dirigió su inteligente mirada y me explicó el plan.

—Waldek, escucha con atención. Mañana irán a la estación Leipzig Est, comprarán pasajes para Berlín y esperarán hasta medianoche. Entonces mi amigo se acercará a ustedes, es alto y rubio. Te preguntará si quieres comprar un encendedor. Tú no responderás, pero le seguirán y harán exactamente todo lo que él haga. No te puedo dar su nombre, es peligroso.

—¿Cómo nos reconocerá? —pregunté, suspicaz.

—Espérenle en la entrada de los sanitarios para hombres. Él ya sabe, no te preocupes. Es importante que lleven un par de bolsas de plástico para los documentos.

Hasta ese momento Stefan había permanecido callado, su seguridad se había esfumado, noté alarma en sus ojos. En aquella época yo era bastante temerario, después de todo por lo que había pasado consideraba aquello muy sencillo de realizar. Los deseos de escapar de Alemania Oriental eran más fuertes que el temor a cruzar las alambradas y la zona de vigilancia. Para alguien que había estado en un campo de concentración nazi aquello era pan comido.

Esa noche puse en marcha el plan según lo previsto. Di un recital como si mi vida dependiera de ello. Empeñado en hacer que los corazones de mis camaradas se inflamaran de emoción, interpreté al piano nostálgicas canciones populares, melodías románticas e himnos exaltados hasta encender su ánimo y entonces, en medio de aquella euforia musical, dejé caer la idea de que con un acordeón la música se escucharía mejor y podríamos llevarla con nosotros a todas partes. Todos apoyaron con fuerza mi propuesta de ir a Dresden a comprarlo, mientras Stefan se apresuraba a ofrecerse como acompañante. El camarada inspector me pagó para ese fin los dos meses de salario que me debía y todo quedó preparado para el día siguiente.

Me quedé hasta tarde conversando con Stefan. Yo tenía algún dinero ahorrado porque mis gastos estaban cubiertos y además tía Nelly me mandaba en ocasiones algunos dólares dentro de sus cartas que, milagrosamente, habían pasado sin ser revisadas. Reuní todo el dinero y lo guardé en lugar seguro. En esos días apenas se usaba el polietileno, era algo relativamente nuevo, y no fue sencillo conseguir un par de bolsas para nuestros documentos. Ya con todo a punto y con muchos nervios fuimos cada uno a nuestra habitación. Apenas dormí en toda la noche, había sido todo tan repentino que me costaba creerlo. Dependeríamos completamente de alguien a quien ni siquiera conocíamos. De salir algo mal, pasaríamos en pocas horas del club más exclusivo como miembros del Partido a una prisión, que no sería mejor que las que había conocido en años anteriores. Un temor soterrado se alojaba en mi interior, pero ante Stefan me mostraba tranquilo y confiado. No sé por qué, ante él yo siempre asumía el papel de hermano mayor.

Temprano y con la venia del camarada inspector, nos encaminamos a la estación de Leipzig Este y compramos los pasajes. Esperamos discretamente allí durante todo el día, nuestro tren salía cerca de la una de la madrugada del día siguiente. Nos preocupaba que nos viese alguien conocido, pues se suponía que estábamos en Dresden. Fue un día bastante tenso y al mismo tiempo aburrido. Avanzada la tarde, el asunto se hizo más peligroso pues ya deberíamos haber regresado al hotel con el acordeón y si se empezaban a preocupar por nuestro retraso el primer lugar donde acudirían a hacer averiguaciones sería la estación. Afortunadamente todo siguió tranquilo y cerca de la medianoche fuimos al lugar de nuestra cita, junto a los sanitarios.

Yo estaba con los nervios de punta, sólo faltaban escasos minutos. Con absoluta puntualidad un joven muy rubio, alto, de unos veinticinco años, se acercó a nosotros.

—¿Quieres comprar este encendedor? —me preguntó directamente. Me miró, dio media vuelta y se fue caminando despacio en dirección al andén, mientras guardaba el encendedor en el bolsillo de su abrigo.

Empujé a Stefan, que se había quedado petrificado, y caminamos con disimulo tras el rubio. Le seguimos cuando subió al tren hasta uno de los compartimentos y esperamos en silencio que iniciara la marcha. Otras dos personas ocupaban asientos contiguos, me pareció que estaban dormidas. Aún faltaba casi una hora para la salida del tren, que se hizo eterna. Yo estaba sentado frente al rubio, a quien no perdía de vista ni un segundo. Por fin el tren arrancó; el trayecto duraba unas tres horas. Todos estábamos en silencio, supuse que debía ser así. De vez en cuando Stefan y yo intercambiábamos miradas como si formásemos parte de un complot internacional. Me tranquilizaba saber que, minuto a minuto, nos alejábamos de Leipzig.

Cada vez que el tren paraba en alguna estación temía algún problema; que retuvieran el tren más de lo acostumbrado, que subiesen soldados al vagón, pero afortunadamente nada de eso ocurrió. De vez en cuando miraba mi reloj, un

Cyma que había comprado cuando pertenecía al ejército norteamericano. Ya casi habían transcurrido tres horas cuando el rubio se puso en pie, nos hizo un gesto apenas perceptible y salió del compartimento. Los otros dos, que aparentemente dormían, salieron tras él. El rubio fue hasta el fondo del pasillo, abrió la puerta y salió por ella. Los que iban detrás hicieron lo mismo, nosotros los seguimos apresuradamente, tenía miedo de perderlos de vista. Vi que se disponían a saltar del tren. No había contado con eso, miré a Stefan con preocupación y él me respondió con un gesto enérgico de afirmación. El tren había reducido su velocidad al aproximarse a una zona de maniobras cerca de Magdeburg y uno a uno fuimos saltando a tierra. El salto fue relativamente sencillo, el contrabandista lo tenía todo bien calculado. En total fuimos siete los que saltamos del tren.

Corrimos sin hacer ruido lejos de las vías, adentrándonos en el bosque. Tras uno o dos minutos, el rubio se detuvo.

–Tengan mucho cuidado, no hagan ruido y no hablen – dijo, casi en un susurro–. Tendremos que atravesar un canal, guarden sus documentos en las bolsas de plástico y átenlas sobre su cabeza. Hay que esperar que cambie el viento porque los guardias tienen perros. Deben quitarse los abrigos para ponerlos sobre la cerca de alambre de púas. Hagan todo lo que me vean hacer –ordenó.

El rubio se mojó un dedo, lo expuso al viento y esperó. Pasado un rato volvió a hacerlo y el resultado debió ser favorable, porque hizo con la mano un gesto ordenando avanzar. Yo estaba impresionado; ni lamiéndome toda la mano hubiera sabido en qué momento cruzar. Nuestro guía llegó rápidamente a la alambrada, puso su abrigo sobre ella y de un ágil salto pasó al otro lado. La torre de vigilancia quedaba tan sólo a unos veinticinco metros pero la oscuridad y la niebla jugaban a nuestro favor.

Después de saltar el alambre de púas, corrimos por el trecho que nos separaba del canal. Atamos las bolsas con los documentos a nuestras cabezas, como si tuviésemos paperas, y empezamos a cruzarlo tratando de no chapotear; cualquier ruido en la silenciosa noche podría delatarnos. La anchura era de unos cuarenta metros, en algunos tramos no se hacía pie en el fondo y había que luchar para no ser arrastrado por la corriente. Fueron los cinco minutos más tensos de toda nuestra huida. No estoy seguro de cuál era el río, tal vez el Elba, el Ems o un brazo de ellos.

—Aquí nos separamos —dijo el rubio, cuando llegamos todos a la otra orilla.

Le di las gracias, desatando la bolsa de mi cabeza con intención de pagarle.

—Guarda el dinero, que les va a hacer falta. Sólo tienen que llegar a la ciudad y perderse entre la gente. Esta es la zona inglesa, cuidado con las patrullas porque si los encuentran cerca de la frontera los devolverán a la zona soviética. Por los norteamericanos no hay que preocuparse. ¡Suerte!

Dio una palmada en mi espalda mojada y se perdió en la oscuridad sin darme tiempo a añadir nada. Stefan y yo nos quedamos pasmados como dos estatuas. Aunque era primavera, el agua estaba helada y tiritábamos de frío, sin saber qué camino tomar. Empezamos a caminar rápidamente por un sendero, no sabíamos dónde conducía pero nos alejaba de la frontera, donde las patrullas inglesas podían apresarnos. Después de un largo trecho oímos el sonido de un vehículo. Corrimos a escondernos bajo un pequeño puente que cruzaba un desagüe, lo deduje por el olor que despedía el agua. Nos agazapamos, esperando que el auto pasara de largo.

—No es americano —dije al escuchar el ruido del motor—, deben ser ingleses.

Stefan temblaba, podía oír castañetear sus dientes y seguro no era por el frío.

—Tranquilo... —dije sonriendo para calmarlo—, aquí no pueden vernos. Me preocupaba que se detuviesen o se les ocurriera mirar bajo el puente, que era un escondite tan obvio para cualquiera que pretendiese ocultarse, pero no lo hicieron. En cuanto desaparecieron salimos y corrimos sin detenernos hasta alcanzar una carretera, que probablemente nos llevaría a alguna población.

Procuramos dar naturalidad a nuestros movimientos, como dos ciudadanos andando camino a su casa, lo que era difícil estando empapados de pies a cabeza y con los zapatos chirriando a cada paso. Nos detuvimos un momento para escurrir nuestras ropas y que al menos dejasen de chorrear. Así, bajo el fresco amanecer intensificado por la humedad de nuestro atuendo, aún con el temor a ser atrapados, nos encaminamos hacia la libertad. No tardaría en salir el sol de un día espléndido y de pronto me di verdaderamente cuenta de que estábamos en Alemania Occidental. Me sentía feliz, eufórico y con deseos de gritar y abrazar a alguien para compartir mi alegría.

—¡Soy libre! ¡Somos libres! ¡Estamos al otro lado! —grité, abrazando con fuerza a Stefan mientras reía.

—¡Adiós camaradas! —gritó Stefan, haciendo una elegante venia en dirección a Leipzig, contagiado de mi locura.

Estaba tan contento que corrí a abrazar los árboles del camino. Si hubiese habido un poste, o un perro, lo hubiera abrazado también. Stefan gritaba conmigo y debíamos parecer dos dementes en medio de esa madrugada, festejando nuestra recién conseguida libertad. También liberábamos con ello las tensiones vividas las últimas horas. Pasados esos momentos de euforia nos dimos cuenta de que teníamos hambre.

Después de caminar un buen rato llegamos a una pequeña población, cuyo nombre no recuerdo. A medida que avanzó la mañana las calles empezaron a animarse y abrieron los negocios. Nuestros ojos se solazaron con la vista de la gran variedad de alimentos expuestos en las tiendas. Ya había olvidado la abundancia, acostumbrado como estaba a la escasez permanente de los comercios de Leipzig. Aunque nuestras ropas todavía estaban húmedas y olían a desagüe no pude contenerme por más tiempo y entré en una cafetería, donde se exhibían largas tiras de salchichas, tocino y carne ahumada. El delicioso aroma del pan recién horneado se hizo irresistible. Me dirigí al hombre que parecía ser el dueño.

—Buenos días, señor, ¿podría usted cambiarme unos dólares?

—El cambio está a cuatro marcos y veinticinco pfenig por dólar —dijo con soltura, seguramente acostumbrado a este tipo de transacciones.

—Está bien —dije, alargándole cinco dólares.

–Aquí tiene –me entregó algo más de veintiún marcos. A continuación pedimos salchichas, pan y café con leche para los dos.

Fue el mejor desayuno que tomé en mi vida. Stefan, asombrado por lo bien que me desenvolvía, no dejaba de atisbar a todos lados, como si temiese ser descubierto y devuelto a Leipzig. Nuestra apariencia dejaba mucho que desear, algunos nos miraban con curiosidad, supongo que sospechaban que habíamos huido de la parte oriental de Alemania. Esto seguramente despertaría simpatías, no había por qué preocuparse.

Antes de salir, el dueño del establecimiento nos preguntó:

–¿Buscan alojamiento? –y tras una pausa añadió en voz baja, acercándose a nosotros. ¿Son ustedes refugiados, verdad?

Asentí con la cabeza, hubiese sido inútil negarlo con nuestro aspecto y además me interesó saber qué nos iba a decir aquel hombre sobre alojamiento.

–Hay unos cuantos campamentos preparados para alojar a las personas que llegan del Este, los llaman D.P. Lager. El más próximo está en Bielefeld, a sólo cincuenta kilómetros. Allí tendrán cama y comida gratis, mientras solucionan sus asuntos. Les conviene ir –explicó el hombre en voz baja.

Le agradecimos la información y salimos a la calle. Ambos estuvimos de acuerdo en que lo mejor sería ir al campamento que nos había indicado hasta que tuviésemos medios para ir a Francfort. Preguntando a unos y a otros llegamos hasta la carretera a Bielefeld con idea de hacer autoestop. No había mucho tránsito pero la gente se mostraba muy colaboradora. Viajamos en carreta de caballos, en la plataforma de un camión y los últimos kilómetros en un automóvil. Era una época en la que todos deseaban ayudar, la posguerra unió a la gente. Guardo gratos recuerdos de la forma en que fuimos tratados, se vivía en una atmósfera de cooperación; si algo bueno dejó la guerra, fue eso.

Bielefeld era una gran ciudad. Recorrimos sus calles asombrándonos ante la variedad de mercancías exhibidas en los escaparates. Stefan miraba absorto las cámaras fotográficas, los aparatos de radio, las tiendas de ropa y empezó a tomar notas de cuantos artículos despertaban su interés. La gente se mostraba amable con nosotros, respondiendo a nuestros saludos con una sonrisa. Preguntamos por el DP Lager y nos presentamos allí, donde nos acogieron sin ningún problema, como parte de su rutina. Encontramos bastantes personas en espera de ser repatriadas o de poder salir hacia otros países. En su mayoría, como nosotros, venían huyendo de Alemania Oriental, eso era corriente en las poblaciones limítrofes. Muchos de ellos trabajaban en la ciudad y se alojaban en el campamento. El dormitorio era una larga sala donde nos asignaron una cama militar plegable a cada uno con una colchoneta, una almohada y una manta. No era muy cómodo pero suficiente para un par de días, que era el tiempo que calculábamos estar allí antes de salir para Francfort. Lo primero que hicimos fue lavar y planchar nuestras ropas con lo que nuestro aspecto volvió a ser el de unos jóvenes caballeros. Yo estaba contento porque todo iba bien, además, estaba con mi mejor amigo; tanto, que cogí los dólares que había ahorrado y los repartí a partes iguales con él. Aún ahora, me pregunto qué me llevó a hacerlo, por qué no me limité a seguir pagando yo por los dos como hasta ese momento. Quizás le quise responsabilizar o quise evitar que se crease entre nosotros una dependencia de intereses. Yo era entonces un muchacho muy espontáneo y cuando entregaba mi amistad, lo hacía por completo.

Uno de los refugiados, un hombre de mediana edad, se mostró atento con nosotros a nuestra llegada ofreciéndose a enseñarnos el funcionamiento del lugar. Más tarde, al enterarse de que estábamos de paso hacia Francfort preguntó por el motivo de nuestro viaje.

–Allí hay un consulado peruano donde nos esperan visados y pasaportes para ir al Perú. En América –agregué al ver su gesto de confusión. Parece que era la primera vez que oía hablar del Perú.

–¡Ah, a América! –simplificó el hombre–. ¿Y por qué se quedan aquí, en vez de ir a Francfort?

—Por dinero, no tenemos suficiente para comprar los pasajes —respondí. Nos quedaban unos pocos dólares, pero quería guardarlos para caso de necesidad.

—Humm... veamos qué se puede hacer —dijo, dirigiéndose a un grupo de refugiados que estaba cerca. Vi que extendía su sombrero y los otros iban poniendo algunas monedas. Después se acercó a otro grupo, y otro más... Cuando regresó contó lo que había recolectado y aseguró que con eso alcanzaba para comprar los billetes.

—Señor, no sé cómo agradecerle, no me parece que debamos aceptar —empecé a decir.

—Cógelo, muchacho. No importan unos céntimos más o menos. Muchos de los que estamos aquí trabajamos y no tenemos parientes conocidos ni dónde ir. Nos hace felices ayudar a los jóvenes y a los que regresan con sus familias. ¿Me comprendes?

—Gracias, señor, no lo olvidaremos —agregó Stefan, tomando rápidamente el contenido del sombrero.

—¿Cómo es Perú? —preguntó el hombre.

—Es un país de Sudamérica, cerca de Brasil, con altas palmeras, hermosas mujeres, donde el sol luce todo el año y no se conocen las guerras —dije en un arranque imaginativo.

—¿De veras existen lugares así? ¡Me estás describiendo un paraíso! Ojalá les vaya todo bien, muchachos, ¡buena suerte!

Recogimos nuestras cosas y nos dispusimos a marchar. Me apenó la actitud derrotada del hombre que nos había ayudado, parecía haber perdido la esperanza.

—Señor... —dije antes de salir, mirando a nuestro benefactor con afecto—, estuve en Auschwitz; en Mauthausen, después casi un año en un hospital donde estuvieron a punto de cortarme una pierna por una herida de guerra. Acabo de huir de Alemania del Este saltando de un tren y atravesando a nado un río bajo las torres de vigilancia. A pesar de mi edad tengo experiencia en problemas, se lo aseguro. He aprendido que lo que importa es estar vivo, todo lo demás tiene solución. No se desanime... —añadí, con una sonrisa.

Sus ojos brillaron mientras nos estrechaba la mano por última vez y salimos rumbo a la estación. Caminamos un rato en silencio, hasta que Stefan preguntó.

—Waldek, ¿es cierto lo que dijiste del Perú?

—Claro que sí. Allí no hay guerras, la gente es pacífica y las mujeres son hermosas —dije con convicción. Eso era lo que había leído acerca de Sudamérica y lo que quería creer.

—¿Cómo es que tu tía Nelly tiene pasaportes y visados para nosotros?

—Mi tía sabe que quiero ir al Perú. Por eso me ha estado enviando dólares. En una carta me decía que si lograba llegar a Alemania Occidental tendría un pasaporte y visado a mi nombre esperando en el consulado de Francfort.

—¿Y yo? —preguntó Stefan, preocupado.

—Tranquilo, no te dejaré aquí. Cuando lleguemos al consulado veré qué se puede hacer, no habrá problema.

Al llegar a la estación compramos los billetes. Dos trenes salían hacia Francfort y subimos al primero de ellos. Después de acomodarnos en un compartimento lancé un suspiro de satisfacción, pensando que ya faltaba poco para que todos los problemas estuviesen resueltos. Me hallaba distraído con mis pensamientos cuando oí la voz del revisor solicitando los billetes. Le alcancé el mío y el de Stefan. El hombre los miró detenidamente, después nos miró a nosotros y nos pidió que lo acompañáramos al pasillo, donde nos dijo que habíamos subido al tren equivocado.

—No puede ser, ¿no es éste el tren que va a Francfort? —pregunté.

—Pero éste es el que va directo. Ustedes compraron billetes para el que hace paradas en todas las estaciones. Lo siento, pero tendrán que bajar o pagar la diferencia. Son doce marcos más.

—No tenemos doce marcos... señor, por favor, no nos haga bajar... —empezó a suplicar Stefan.

—Entonces sólo uno de ustedes podrá quedarse —dijo el hombre inflexible.

—No podemos separarnos, por favor disculpe, fue sólo un error...

Algunos pasajeros se habían dado cuenta de la situación, era claro de que por nuestro aspecto entendían perfectamente lo que ocurría. Uno de ellos se adelantó hasta donde nos encontrábamos y se dirigió al revisor.

–Disculpe, señor, no pudimos evitar escuchar lo que está sucediendo. Me parece que podemos ayudar a que estos jóvenes continúen el viaje.

Se acercó a los otros pasajeros y cada uno de ellos le entregó unas monedas. Después fue hacia el revisor y le dio el dinero.

–¿Es suficiente? –preguntó.

–Sobra –afirmó en tono cortante.

–No se preocupe. Los chicos pueden quedarse con el resto –dijo, mirándonos con una sonrisa, y regresó a su asiento.

El revisor cambió los billetes, los perforó y siguió su recorrido. Sé que no le fuimos simpáticos, yo conocía bien aquella mirada y sabía qué clase de alemán era. Volvimos a nuestros asientos, pero el viaje ya no me pareció tan agradable. Sentí vergüenza de ser tratado como un pordiosero, era la segunda vez en ese día que recibíamos dinero de desconocidos. Ahora veo que ambos casos fueron hermosos ejemplos de solidaridad y humanidad de personas que ni siquiera nos conocían pero en aquel momento, quizás por la arrogancia de la juventud, me sentí humillado y sólo deseaba llegar a Francfort y dejar el tren, donde sentía que todos me miraban con lástima.

Cuando llegamos ya era tarde para ir al consulado. No nos alcanzaba el dinero para coger una habitación, así que nos entretuvimos en los alrededores de la estación y comimos algo en uno de los restaurantes. Después empezamos a caminar sin un rumbo fijo. Había bastante gente en las calles y mucha actividad por todas partes. Apenas se veía rastro de los estragos de la guerra. Deambulamos entre las tiendas, cafetines, hoteles y restaurantes que rodeaban la estación hasta cansarnos. La noche era fresca, nuestras ropas no eran de abrigo y caminar evitaba que nos enfriásemos. Vimos a lo lejos una torre muy alta y Stefan propuso ir hacia allí. Al acercarnos nos pareció una antena de radio, tendría unos ochenta metros de altura y formaba parte de una edificación frente a la que dos soldados norteamericanos armados montaban guardia. Enfrente había una plaza con bancos de madera y hierro. Nos sentamos en uno de ellos, desanimados por el frío, el cansancio y el aburrimiento, sin saber qué hacer. Cuando menos lo esperaba, Stefan se levantó, fue directamente hacia uno de los soldados y empezó a insultarle en alemán y en polaco, con gestos amenazadores. Ambos soldados se pusieron en guardia, el aludido lo apuntó a él y el otro a mí, al ver que me acercaba.

–*Stop! What's the matter*? –preguntó, desconcertado.

–*Please, excuse us for this trouble, soldier, but my friend is getting now a crisis of panic* –dije alzando las manos para tranquilizarlos, y grité– ¡Stefan! ¡¿Te has vuelto loco?! ¿Qué crees que estás haciendo?

–¡Quiero que nos arresten, Waldek! Siempre has dicho que los americanos son buena gente, no creo que nos vayan a matar por esto. Es nuestra oportunidad de dormir bajo techo –Y prosiguió con los insultos.

–¡Maldito ignorante! –exclamé fuera de mí–, esto nos va a traer problemas. Sujeté fuertemente sus brazos en la espalda y logré calmar al cretino de Stefan mientras ellos seguían apuntándonos con sus armas.

Expliqué nuestra situación y uno de los soldados me dijo que aquello no era una cárcel ni había celdas. Eran las oficinas de la CIA, el FBI y el alto mando militar norteamericano, nada menos. Nos aconsejó que fuéramos a la iglesia que quedaba a pocos metros de allí y preguntásemos por el padre Steward. Le di las gracias y después de disculparme una vez más, nos dirigimos al lugar indicado.

–¿Lo único que se te ocurrió fue declararle la guerra a los Estados Unidos? –reproché, mientras caminábamos hacia la iglesia.

–Waldek, discúlpame, no volveré a hacer nada sin consultarte. Casi me rompiste los brazos –se quejó, frotándose las manos para calentarlas.

–Está bien, menos mal que el soldado estaba de buen humor –dije–. Si el padre Steward nos ayuda, tu payasada no habrá sido del todo inútil. –Vi que Stefan sonreía.

Cuando entramos en la iglesia, el padre estaba celebrando la última misa del día. Después de muchos años sin hacerlo, me arrodillé y recé con fervor, dando gracias a Dios porque todo hubiese salido bien hasta ese momento. Después, nos acercamos al padre y le expliqué lo que sucedía. Él nos pidió que recogiésemos las limosnas de los cepillos y contásemos el dinero. Lo hicimos; había marcos y dólares por valor de ciento veinticuatro marcos.

—Quédense el dinero. Pueden pagar un hotel y pasar la noche cómodamente, aún les sobrará suficiente para comer varios días. Mañana deberían ir a dormir a un D.P. Lager, hay uno en Heilbronn.

Una de las señoras que habían oído misa se acercó a nosotros y nos dio una gran barra de chocolate. Después de dar gracias —por tercera vez en el mismo día recibíamos limosnas—, salimos a buscar un hotel económico y nos decidimos por uno de tres pisos, el Keiser Hotel. No dormíamos en una verdadera cama desde que abandonamos Leipzig. Caímos rendidos, sin tiempo para pensar ni hablar de nada.

Nos levantamos temprano. Después de un buen baño caliente nos acicalamos lo mejor posible y salimos a buscar el consulado peruano. Allí nos recibió una señora a la que presentamos nuestra documentación y le conté el motivo de nuestra visita. El cónsul no había llegado aún y nos señaló unos asientos donde aguardarle. Esperamos hasta cerca de las diez de la mañana, yo estaba preocupado porque me había parecido que la mujer que nos atendió no nos había tomado en serio. Cuando llegó el cónsul la señora fue tras él y pasados unos momentos nos invitó a entrar en el despacho.

—Buenos días, señores —nos saludó en alemán—, entiendo que usted tiene una carta de su tía —añadió, dirigiéndose a mí.

—Así es, señor cónsul. Mi tía Nelly, que vive en el Perú, me dice en ella que tengo aquí un pasaporte con un visado peruano para poder viajar a su país. También quisiera saber el modo en que mi amigo pueda viajar conmigo. Es indispensable, quisiera que le expidiesen un salvoconducto o algo similar —dije, haciendo referencia a Stefan.

—Comprendo, pero me temo que no puedo hacer nada al respecto. No sé si usted está enterado de que en el Perú ha cambiado el gobierno. Hace poco hubo un golpe de estado y el mando actualmente lo tiene el general Manuel Odría. Yo soy nuevo en el cargo y no sé absolutamente nada de lo que me está diciendo. Deberé consultar con mi gobierno, pero me parece que su tía tendrá que volver a tramitar la solicitud desde el principio. Si ustedes regresan dentro de una semana, tal vez tenga noticias.

Las palabras del cónsul nos cayeron como un jarro de agua fría. Todos nuestros planes se hicieron añicos. Comprendí que de nada valdría insistir.

—Una semana... bien. Regresaré en una semana —dije con aparente calma, tragándome la ira que sentía.

Habíamos arriesgado nuestras vidas para llegar al maldito consulado y aquel hombrecillo nos decía que «tal vez» en una semana nos daría alguna respuesta. Estaba furioso, pero me contuve. Salí de allí abatido, como si mi cuerpo pesase de pronto mucho más. Stefan no estaba mejor.

—Waldek, ¿qué haremos ahora? Me dijiste que en ese país la gente era pacífica pero ese hombre habló de un golpe de estado... y que el mando lo tiene ahora un general.

—Déjame pensar... —pedí, ignorando el sarcasmo de Stefan.

—Deberíamos abandonar la idea de ir al Perú. Esto no tiene trazas de arreglarse pronto.

—No, estoy seguro de que mi tía Nelly debe estar tramitando mi visado ante las nuevas autoridades. Sólo hay que esperar una semana.

—Y mientras tanto, ¿qué?

—Tenemos que ir a Heilbronn para buscar el D.P. Lager, así tendremos solucionado el alojamiento. Aún nos quedan algunos marcos, no te desanimes. Hasta ahora vamos saliendo de todos los apuros ¿no es cierto?

Caminamos de nuevo a la estación y compré mi billete para Heilbronn, dejando que Stefan comprase el suyo con su propio dinero, pero me rogó:

—Waldek, estoy pensando hacer un negocio. Cuando empiece a ganar dinero lo repartiré contigo, pero necesito juntar capital. Por favor... no te arrepentirás.

—Está bien, pero sólo por esta vez —dije, algo contrariado.

Compré otro pasaje y de nuevo estuvimos ambos en un tren, en esta ocasión con destino a Heilbronn, a unos ciento cincuenta kilómetros de Francfort. No era una ciudad grande, más parecía un pueblo, y encontramos el D.P. Lager con facilidad ya que todo el mundo lo conocía. Anteriormente había sido el cuartel general de las fuerzas alemanas. Cuando nos presentamos allí fueron en busca del jefe del campamento, el D.P. Lager Comander Swoboda, un polaco que nos dio cordialmente la bienvenida y luego se retiró porque dijo tener una reunión muy importante.

La cocina ya había cerrado pero nos prepararon emparedados de jamón y nos dieron una Coca Cola a cada uno. Aquella bebida me elevó el ánimo, recordé el tiempo pasado con los americanos, cuando casi me había vuelto adicto a ella. Algunos decían que producía ese efecto porque tenía coca en su fórmula. Lo cierto es que nos fascinaba porque era un símbolo de todo lo nuevo y fantástico que nos llegaba de los Estados Unidos. En el largo dormitorio había muchas camas plegables iguales a las del D.P. Lager de Biliefeld. Era muy similar, también austero e impersonal, pero no faltaba lo necesario y tenía calefacción. Es extraño que estando por entonces bastante avanzada la primavera, recuerde tan fríos aquellos días. No sabría decir si 1950 fue un año de clima irregular o si nuestra precaria situación se manifestaba de esta forma, el caso es que nosotros siempre teníamos frío.

Podíamos entrar y salir del Lager sin restricciones, muchos de los refugiados trabajaban en los alrededores y regresaban para dormir. Stefan empezó a hacer realidad sus planes de negocio. Recorrió de cabo a rabo Heilbronn, se familiarizó con todas las tiendas, anotaba constantemente los precios, los comparaba con otros y hacía toda clase de preguntas. Yo observaba asombrado esta faceta de él recién descubierta y lo acompañaba a todas partes pero preferí quedar al margen, no me interesaba participar. Un par de días después, él sabía exactamente dónde comprar más barato y dónde vender ganando unos cuantos marcos.

Poco a poco yo veía aumentar su dinero mientras menguaba el mío, ya que con mi parte de las limosnas del cepillo me había comprado calcetines de lana, un suéter y algunos efectos personales para estar más presentable. Apenas me quedaba nada.

—Stefan, ya que has ganado algo, ¿por qué no me devuelves el dinero del pasaje? Estoy sin un centavo —le pedí una tarde, mientras tomábamos un refrigerio en el D.P. Lager.

—Todavía no puedo tocar el capital, Waldek, necesito hacer más ventas para ver las ganancias. Si te doy algo de lo que he ganado me quedaré sin nada —me explicó.

Cuando Stefan hablaba de negocios tenía la mirada parecida a la de un halcón, sus ojos negros se endurecían y todo su rostro cambiaba, era como un actor interpretando una tragedia.

—Lo que yo he visto hasta ahora es que has doblado el capital inicial, unos cuantos marcos no te harán más pobre —dije, molesto. Me sentía incómodo pidiéndole el dinero.

—No sabes nada de negocios, Waldek, ten paciencia. Yo no gasto nada para mí, trata de hacer como yo, no gastes.

—¿Y qué quieres que gaste, si no tengo nada que gastar? —repliqué, verdaderamente irritado.

—Mejor, así ahorramos.

—Ahorrarás tú —exploté, furioso—, lo que quiero es mi dinero, que me pagues tu billete del último tren.

Era la primera vez que Stefan me veía tan disgustado. Vi que su rostro cambiaba y su tono fue conciliador.

—Está bien, cálmate.

Sacó dinero de un bolsillo y empezó a contar minuciosamente la cantidad exacta del valor del billete de tren que yo había pagado. Después me la entregó, casi de buena gana. Posiblemente pensaba que no le convenía enemistarse conmigo.

—Tomas la vida demasiado a la ligera, Waldek. Siempre estás alegre, como si las cosas fuesen tan sencillas —añadió.

Pensé que si Stefan hubiese pasado sólo la mitad de lo que había pasado yo, celebraría cada día de su vida en libertad. Pero no dije nada, no quería seguir hablando. Recibí ese dinero con desgana. Era mi dinero pero, no sé por qué, cogerlo me resultó tan humillante o más, que las limosnas que habíamos recibido durante nuestro viaje. De pronto vi a Stefan de otro modo y sentí que algo estaba cambiando en nuestra incondicional amistad.

Capítulo 10

Pasados siete días volvimos a Francfort para ver de nuevo al cónsul. Yo seguía teniendo la impresión de que allí nadie nos había tomado en serio. Seguramente habían olvidado el asunto apenas cruzamos la puerta y hasta que mi tía Nelly no volviese a poner en marcha la solicitud ante las nuevas autoridades, el caso no tendría solución. Fue tal como supuse, la secretaria nos dijo que no había novedad y que dejásemos una dirección para avisarnos cuando hubiese noticias. El tema iba para largo.

Mientras Stefan pasaba casi todo el día en el pueblo con sus negocios, yo apenas salía del Lager. Sin dinero y sin ganas de discutir con él era lo mejor que podía hacer. No quería volver a hablar de ello con Stefan y aunque, en el fondo, consideraba injusto e ingrato su comportamiento después de todo cuanto yo había compartido con él, en parte lo entendía y procuraba no juzgarle. No quería llevar nuestra amistad hacia un callejón sin salida por tan poca cosa.

Hacia la segunda semana de nuestra estancia en el D.P.Lager de Heilbronn nos avisaron que dos oficiales norteamericanos habían llegado preguntando por nosotros. Fuimos a su encuentro y nos presentamos.

–Buenos días, señores –dijo uno de ellos, en alemán– tenemos instrucciones de llevarlos a Francfort, tengan la amabilidad de acompañarnos.

La invitación, aunque cortés, sonó como una orden. Sin más explicaciones nos condujeron a un Jeep que nos trasladó a Francfort. En el camino nadie dijo nada, los oficiales se mostraban distantes y nosotros no nos atrevimos a preguntar. Aunque yo no temía a los americanos estaba preocupado. Stefan parecía asustado, me miraba como preguntándome qué sucedía, pero me mantuve en silencio, tampoco yo tenía idea y no era momento para cuchicheos. Nos llevaron al cuartel general, el edificio donde Stefan había insultado al guardia noches atrás y al llegar nos separaron. Me condujeron a una habitación donde había un escritorio, una silla y una cama de campaña. Encima de la cama había sábanas, una manta y una almohada. Todo se veía muy ordenado y limpio, parecía ser una oficina que habían acondicionado para que alguien se quedase a dormir. Me tranquilizó recordar que noches atrás el guardia dijo que allí no existían calabozos.

Media hora después, un oficial fue a buscarme y me llevó hasta una pequeña sala amueblada con una mesa y varias sillas. Ocupó una de ellas y me pidió cortésmente que me sentase frente a él. Empezó a hacer preguntas, al parecer aquello era un interrogatorio. Yo tenía experiencia en eso, me concentré en contar siempre la misma historia y no decir nombres para no involucrar a nadie. Estaba convencido que todo venía por la trifulca armada por Stefan la primera noche que estuvimos en Francfort. No era probable que los americanos conociesen nuestra pertenencia al Partido Comunista de Polonia y, además, nuestra fuga indicaba bien claramente nuestra escasa convicción marxista.

—Veamos, ¿cómo te llamas? —preguntó el oficial norteamericano, en alemán.

—Waldek Grodek, señor.

—Cuéntame toda tu vida, desde donde puedas recordar.

Empecé a narrar mi vida desde la niñez con todo detalle pero evitando citar nombres. Por mis experiencias anteriores, esperaba un interrogatorio con golpes y gritos. Sin embargo la actitud del militar me dejó gratamente sorprendido, lo encontraba cortés y hasta amable. Al menos por el momento. La sesión terminó repentinamente a la hora de almuerzo. Me llevaron a un comedor donde ya estaba Stefan, supuse que habría pasado por lo mismo. Me sentaron frente a él en una larga mesa pero no nos permitieron hablar. Cada uno de nosotros tenía un oficial al lado. Stefan estaba terriblemente pálido y nervioso, como si un miedo visceral lo atravesara. Su rostro estaba crispado. Comprendí que era la primera vez que se enfrentaba a algo parecido. Me pregunté qué hubiera pasado con él si nos hubiesen sometido a un interrogatorio «de verdad» y no aquella especie de psicoanálisis. Tanto en la guerra como después con los comunistas, él se había limitado a amoldarse a las circunstancias. Sentí pena por Stefan, no sé bien si por lo mal que lo estaba pasando en aquel momento o por tener un carácter tan débil. Pero yo no podía hacer nada.

Estuvimos incomunicados durante dos días; las sesiones eran continuas y siempre empezaban con la misma pregunta:

—Cuéntame toda tu vida, desde donde puedas recordar.

Yo contaba mi niñez en Varsovia, el principio de la guerra y cada vez que llegaba a mi juventud la sesión se cortaba por uno u otro motivo.

El tercer día me interrogó un oficial diferente. En una de sus preguntas mencionó el nombre de mi padre, por lo que supuse que debían saber de mí más de lo que yo imaginaba. En esta ocasión no se interrumpió la historia tan pronto. Llegué a contar mi paso por el campo de concentración de Gusen y el momento en que me rescataron los americanos. Cuando expliqué mi alistamiento en el ejército auxiliar y mencioné mi condecoración con la Estrella de Plata el hombre dio un golpe tan fuerte sobre la mesa que me sobresaltó.

—¡Eres soldado del ejército norteamericano y tienes una Estrella de Plata! ¿Por qué no lo dijiste antes? —preguntó, elevando la voz.

—Es que... nunca me lo preguntaron —contesté. No se me ocurrió decir nada más. Yo seguía pensando que era mejor no hablar más que lo imprescindible.

—¿Tienes pruebas de lo que estás diciendo? —inquirió el oficial.

—Sí, señor. Tengo todos mis documentos en el D.P. Lager de Heilbronn.

Inmediatamente llamó a dos soldados y les ordenó que me trasladasen en Jeep a Heilbronn. Después debían traerme de regreso. En el trayecto rogaba para que mis objetos personales siguieran donde los dejé, habíamos salido de allí tan precipitadamente que no nos dio tiempo para recoger nada.

Cuando llegamos al Lager corrí a mi cama, metí la mano bajo la almohada y di un suspiro de alivio: allí estaba la bolsa con mis documentos. Los guardé en un bolsillo de mi chaqueta y reuní el resto de mis escasas pertenencias. Volví al Jeep con todo ello y enseguida estuvimos de regreso en Francfort.

El oficial me estaba esperando. Tomó los documentos y entró con ellos en una oficina mientras yo aguardaba fuera. Al poco tiempo regresó, satisfecho.

—Waldek, no te preocupes, todo está en regla. Desde este momento vuelves a ser uno de los nuestros. Necesitas un empleo, ¿verdad?

Estuve a punto de contarle mi proyecto de viajar al Perú pero pensé que era mejor no decir nada y aprovechar el giro de la situación. Dado el cariz que había tomado el asunto del consulado peruano, era probable que tuviésemos que estar bastante tiempo en Alemania.

—Estoy en el Lager porque no tengo dinero, ni modo de conseguirlo. Un empleo me vendría bien —respondí.

—Ya lo tienes. En una estación de servicio, a las afueras de Francfort. Te harás cargo de todo. Tu sueldo será de seiscientos marcos mensuales. Puedes empezar cuando quieras.

—Gracias, señor —balbuceé, atónito. Entonces recordé a Stefan—. ¿Y mi amigo? ¿Qué pasará con él?

—¿Qué tan amigo eres de él? —indagó el hombre, en tono confidencial.

—Es mi mejor amigo, nos conocemos desde la niñez... Nos escapamos juntos de Alemania Oriental —agregué, viendo la vacilación del oficial.

—En ese caso también le conseguiremos algo, puedes decírselo tú mismo.

—Muchas gracias, señor —dije efusivamente, y me despedí de él, estrechando su mano.

Ya iba a salir cuando volví sobre mis pasos y me acerqué de nuevo al oficial. Tenía una pregunta que me quemaba los labios.

—Perdón, señor, ¿podría hacerle una pregunta?

—Por supuesto —contestó el oficial.

—¿Por qué me estaban interrogando?

—Tranquilo, muchacho, lo hacemos con todos los que aparecen por los campos de refugiados. Es rutinario. No deseamos infiltrados, ¿comprendes? Un país que se está levantando no necesita comunistas ni gente con ideas revolucionarias. A esos los devolvemos por donde vinieron.

Cuando salí estaba eufórico. Fui al encuentro de Stefan, que me esperaba en los jardines del cuartel. Caminaba con las manos en los bolsillos por un estrecho sendero de grava, mirando al suelo con aspecto preocupado. Cuando dio la vuelta y me vio, corrió hasta mí.

—Waldek, cuéntame qué está sucediendo. ¿Dónde te llevaron? Vi que salías en un Jeep.

—Tranquilízate, Stefan, les dije que había estado en el ejército norteamericano y que tenía una condecoración, por eso me enviaron a Heilbronn a recoger mis documentos y comprobar que era cierto —expliqué, aparentando no dar importancia al asunto, pero atento a la reacción de Stefan.

—¿Tienes una medalla? —preguntó, asombrado—. Nunca me habías dicho nada.

—Una Estrella de Plata al valor en combate, sí. Pero no quiero hablar de eso, no tiene importancia —dije con calculada modestia. Lo hice para recuperar el respeto de Stefan, que desde que se había metido en su negocio parecía mirarme con aires de superioridad.

Pocos días después, él trabajaba como chófer para un hospital de tuberculosos y yo me hacía cargo de la estación de servicio, situada en las afueras de Francfort. Seguíamos viviendo en Heilbronn, pero no en el campamento sino en habitaciones alquiladas en casas particulares. Comuniqué al consulado del Perú mi nueva dirección y escribí a tía Nelly contándole lo que sucedía. Estaba seguro de que tarde o temprano ella enviaría los documentos. Las distancias dejaron de ser un problema cuando me facilitaron un Jeep para mi uso personal. Llevando un vehículo del ejército, los soldados de los puestos de control ya no me pedían identificación; además, me había hecho amigo de la mayoría de ellos. Otra vez la suerte había girado a mi favor.

Me impresionó lo grande que era la estación de servicio, nunca antes había visto una así. Había varios surtidores de combustible de diferente octanaje, un centro de lavado y mantenimiento de vehículos, una tienda donde se vendían repuestos y accesorios para automóviles y una cafetería. Todo quedaría bajo mi supervisión. Iba a reemplazar a un alemán de unos cincuenta años que, por razones de salud y por atender su propio negocio de reparación de autos, quería retirarse. Como yo no sabía nada de gasolineras, pedí al alemán que se quedara una semana para enseñarme el funcionamiento de la estación y él aceptó con gusto, después de haber vaciado entre los dos más de una caja de cervezas. En aquel tiempo no había mejor método para conseguir un trato.

En pocos días aprendí todo lo que necesitaba saber sobre el negocio. Tener el equipo de gente adecuado era fundamental, sin él ninguna empresa puede tener éxito. Mi predecesor ponía énfasis continuamente en el trabajo en equipo y en la preparación del personal, y sé que los alemanes sabían mucho de eso. Ya lo había comprobado cuando montaba aviones en Gusen. Afortunadamente, los empleados de la estación eran eficientes y cada uno sabía hacer bien su trabajo. Después de la guerra todo el mundo quería conservar su empleo y ponía en ello gran interés, así que recibí una estación de servicio bastante manejable. No me costó mucho adaptarme, a pesar de no tener ninguna experiencia en esa ocupación. Tenía un buen sueldo y un trabajo agradable, donde era bien considerado; casi llegué a olvidarme de mi proyectado viaje a América.

La gasolina estaba racionada, se expedía a cambio de tiques que iban en talonarios como si fueran cheques. Los norteamericanos, los funcionarios del gobierno y los que trabajaban en la reconstrucción del país el famoso Plan Marshall, eran los privilegiados que disponían de esos tiques. Cada vez que alguien se surtía de gasolina, al pasar por caja casi siempre me dejaba algunos tiques de más, a modo de propina. Los americanos tenían costumbre de dar propina por todo. Los guardaba en un cajón de mi escritorio, donde se iban acumulando pues no sabía qué hacer con ellos. Yo era eficiente en el trabajo pero no tenía una mentalidad mercantil ni era ambicioso por naturaleza, así que no se me ocurrió buscar utilidad a esos tiques, a pesar de que sabía muy bien que con ellos se podía adquirir gasolina. Yo ya tenía toda la que necesitaba.

Trabajaba en la gasolinera un joven alemán, se llamaba Rudolph pero todos lo conocíamos por Rudy. Yo era su jefe y me trataba con respeto, pero durante varios días noté que intentaba llamar mi atención con cualquier excusa y su actitud empezó a parecerme sospechosa. Un día, en la cafetería, se me acercó y me invitó a un cigarrillo. Lo vi un poco nervioso y decidí darle pie a destapar sus intenciones de una vez.

—¿Quieres algo, Rudy? Hace días que te encuentro por todas partes —pregunté amablemente, pero con claridad.

—Señor Grodek —contestó el muchacho, visiblemente nervioso— quiero preguntarle algo pero se me hace difícil. Me disgustaría que me tomase por un aprovechado...

—Suéltalo ya —interrumpí, invitándole a ser franco.

—¿Puede usted venderme algunos bonos de gasolina? —preguntó Rudy, por fin.

—¿Bonos? ¿Qué bonos? —pregunté a mi vez, sin entender.

—Bueno... sé que a usted le dan unos bonos cuando cobra la gasolina. Discúlpeme por entrometerme en lo que no es de mi incumbencia, por favor no se ofenda.

—No, sigue hablando. ¿Te refieres a los tiques de las propinas?

—Sí, exactamente. Unos amigos y yo hemos reconstruido un auto. Necesitamos un poco de gasolina para probarlo y dar una vuelta con él pero sin bonos no se puede conseguir. Había pensado que usted podría venderme algunos para comprar un par de galones.

—Claro que sí, Rudy, te regalaré unos cuantos bonos para que puedas poner en marcha el auto. No te preocupes.

—Se los pagaré, señor Grodek, si el vehículo funciona necesitaré más y prefiero que sea así.

—No se hable más. Yo te regalo unos bonos para probarlo. Si funciona, entonces volveremos a hablar. Pásate dentro de un rato por mi oficina.

Cuando volví, Rudy estaba esperándome. Parecía muy ilusionado. Entramos al despacho y vacié el cajón de los tiques sobre la mesa.

—Ok, Rudy —dije como se lo había escuchado decir a los americanos—, cuéntalos.

Rudy se puso a hacerlo cuidadosamente. Mientras lo miraba me acordé de Stefan contando las limosnas del cepillo del padre Steward. No cabía duda de que Rudy era un chico bien despierto.

—Señor Grodek, hay tiques para comprar doscientos cuarenta y tres galones de gasolina. Se los puedo comprar todos, si le parece bien.

—¿No va a ser mucha gasolina para tu viejo auto? —bromeé, riendo. El muchacho sonrió, azorado, sin saber qué decir—. Bueno... si los necesitas, no veo por qué no. Toma, estos te los regalo —agregué, dándole unos cuantos bonos.

Yo trataba de calcular mentalmente cuántos marcos podrían valer esos tiques. Si Stefan hubiese estado allí, con toda seguridad ya lo sabría. Posiblemente le habría dado un infarto al verme regalar unos pocos bonos a Rudy para «probar el auto».

—Mañana traeré el dinero —dijo el chico, dejándome los bonos perfectamente ordenados sobre el escritorio, y se fue contento por haber cerrado un buen negocio.

Por fin había encontrado utilidad a los tiques de las propinas. Naturalmente, como siempre que hay racionamiento de cualquier cosa, había un mercado negro de gasolina. Reconozco que por un momento creí la historia del viejo auto de Rudy pero después vi claro que lo que el muchacho quería era revender los bonos en ese mercado negro. Yo jamás hubiese ido a venderlos a ningún sitio, mi carácter era así, pero admiré la decisión del chico al proponerme el negocio. Nadie salía perjudicado, al contrario, por fin yo cobré mis propinas, Rudy se ganaba un buen dinero y la gente que necesitaba gasolina podría conseguirla gracias a los tiques.

Nunca conté a Stefan el asunto, hubiera puesto el grito en el cielo por dejar que otro se llevase la mejor parte. Lo veía de vez en cuando. Además de su empleo de chófer, se había convertido en todo un comerciante. Tenía su habitación repleta de toda clase de mercancías, parecía un almacén. Un día me presentó a Ingeborg, su novia, una muchacha de muy buena familia, no muy linda de cara pero con una esbelta figura. La había conocido hacía poco tiempo y Stefan parecía locamente enamorado de ella.

Pasaron los meses y la vida discurría agradablemente. Hacía ya mucho tiempo que no pensaba en el viaje al Perú, aunque en el fondo nunca abandoné la idea. Uno de los días en que vi a Stefan e Ingeborg me anunciaron que se habían casado. Para mí fue un duro golpe; no que se casaran, sino que Stefan no me hubiese contado nada de sus planes. Nuestra amistad, que ya se había ido enfriando poco a poco, se resintió una vez más. A veces pasábamos juntos un rato, tomando unas copas, pero ya nada era igual. Por entonces yo también salía con una chica, una alemana que parecía un monumento y era casi de mi tamaño. Fue la mejor pareja de baile que tuve, a pesar de ser alta era tan ligera que volaba entre mis manos. Fue una época muy divertida.

La última vez que vi a Stefan fue a principios de 1951.

–Mañana nos vamos a Australia, nos quedamos a vivir allí –me anunció.

Nunca más he sabido de ellos. De mi querido amigo sólo quedaron los recuerdos de nuestras mejores épocas.

De quien sí tuve noticias fue de mamá. Le escribía regularmente y mis cartas debieron ser detectadas por el servicio de inteligencia, seguramente fue así como el gobierno revolucionario de Polonia dio con mi paradero. Un día se presentaron en la estación de servicio dos miembros de la inteligencia polaca. Me dijeron que, debido a que mi país había invertido dinero y tiempo en mi educación, yo estaba obligado a volver a Polonia para pagar con mi trabajo mi estancia en Leipzig. Los comunistas no habían olvidado mi fuga y eran tan ilusos que pretendían que volviese con ellos de buen grado. Yo antes hubiese preferido morir que regresar. Armándome de valor y haciendo uso de mi escasa capacidad de engaño, adopté el rostro impenetrable que había visto a Stefan cuando hacía negocios y les dije que no tenía ningún problema en regresar y que lo haría tan pronto dejase arreglados mis asuntos. Pedí una semana de plazo. Se fueron aparentemente satisfechos con mi respuesta, aunque no descartaba que me estuviesen vigilando. Me encontraba de nuevo en un aprieto.

Al principio me dije a mí mismo: «Ahora trabajo para el ejército de los Estados Unidos y estoy en la zona americana de Alemania, no tengo por qué preocuparme». Pero algo dentro de mí no terminaba de convencerse: «Sigues teniendo nacionalidad polaca, no es una cuestión del ejército, es una cuestión política. Los militares tienen un código de honor, pero ¿los políticos...? Son los mismos que vendieron Polonia a los soviéticos, ¿ya no lo recuerdas, Waldek? ¿Crees que van a mover un dedo a favor de un joven refugiado polaco, en medio de la creciente tensión entre los dos bloques de antiguos aliados?». Mi preocupación iba en aumento a medida que pensaba en ello. ¡Ojalá hubiese ido a Japón con los americanos, o a Australia con Stefan!

Esa misma noche, al llegar a casa encontré en el buzón de correos un sobre del consulado peruano. Contenía el bendito visado que tanto había esperado para poder viajar al Perú. También había un pasaje de barco, que mi tía había enviado a la embajada para que me fuese entregado; era para el *Américo Vespucci*. Lo que estaba esperando desde hacía un año me llegaba precisamente ese día. No podría haber sido más oportuno. Escaparía definitivamente de los servicios secretos polacos y por fin podría conocer aquellas tierras maravillosas y sus hermosas mujeres danzantes. Al día siguiente expliqué la situación a los norteamericanos y en menos de tres días liquidé mis asuntos en Francfort. Tomé mis pertenencias y todo el dinero que tenía ahorrado –para mí, una pequeña fortuna– y partí en tren en dirección a Italia. El *Américo Vespucci* me esperaba en Génova.

Capítulo 11

Una vez más me encontraba a bordo de un tren y de nuevo en circunstancias diferentes. Había llegado a Francfort casi como un mendigo y abandonaba la ciudad vistiendo elegantes ropas, con el equipaje en finas maletas de piel y más de diez mil dólares en los bolsillos. Mi plan inicial, cuando salimos de Alemania del Este, había sido continuar viaje hacia América inmediatamente, pero el retraso de los visados había cambiado las cosas. Lo que en principio parecía un contratiempo resultó ser un golpe de suerte.

La estancia en Francfort había sido una época estupenda. Me divertí y gané dinero, por mi empleo en la gasolinera aprendí a dirigir una empresa y organizar el trabajo; aunque dejaba atrás muchos amigos: mis caseros –los señores Eckerd–, el personal de la estación de servicio, los americanos del cuartel general, gente que apreciaba; ya mi mente se hallaba en el Perú, me imaginaba rodeado de exóticas mujeres que me abanicaban bajo las palmeras y partí sin pena ni nostalgia. No me despedí de mi novia porque hubiese tenido que darle la dirección de mi tía y la experiencia me había enseñado que era mejor no dejar rastro, así que pensando en su seguridad y en la mía desaparecí sin más.

Viajé directamente a Viena, donde pernocté un par de noches. No tenía prisa, el barco aún tardaría dos semanas en zarpar. Mi primera intención fue ir a Linz, a visitar a los campesinos que me dieron de comer cuando salí de Gusen, pero se cruzaron en mi camino unas chicas encantadoras que estaban de vacaciones en Austria y lo dejé para después. Los dos días pasaron volando y al final no tuve tiempo de ir. Aunque mi destino final era Génova, tomé un tren para Nápoles pues quería visitar el Vesubio; yo nunca había visto un volcán y tenía gran curiosidad por conocer uno de los pocos que quedan activos en Europa.

Atravesando Austria y gran parte de Italia llegué por fin a Nápoles. Viajaba con todo mi dinero encima, tenía los dólares repartidos por todos mis bolsillos; en la chaqueta, el pantalón, la camisa... Iba literalmente forrado. Al salir de la estación me dirigí a un banco para cambiar algunos de ellos. Mientras esperaba en una larga fila me abordó un hombre de aspecto elegante, hablaba varios idiomas y me dijo amablemente que él podía cambiarme los dólares sin tener que perder tanto tiempo. Faltaba mucho para mi turno y ya estaba aburrido de esperar, así que acepté y fui con él. El hombre me condujo discretamente a un portal y allí cambié algunos de mis dólares por liras. Después de agradecer la amabilidad del gentil napolitano, me encaminé al restaurante donde había invitado a cenar a una muchacha italiana que hablaba alemán perfectamente, lo que no era raro después de la guerra. La cena fue muy agradable, hasta el momento de pagar. Según supe después, el gobierno de Italia había reducido la lira a la quinta parte de su valor, pero los billetes seguían mostrando los valores nominales antiguos. Los italianos sabían muy bien que quinientas liras eran sólo cien, pero para un extranjero como yo, que nada sabía de eso, quinientas liras eran quinientas liras. Cuando intenté pagar la cuenta del restaurante según el valor indicado en los billetes, el camarero casi se echó a reír. Todas las liras que había cambiado no alcanzaban para pagar lo que se debía. Me vi en un apuro, porque el resto de mi dinero estaba en dólares, en billetes grandes que no deseaba mostrar allí y que seguramente no querrían aceptar en el establecimiento. Por fortuna la chica que me acompañaba comprendió la situación y añadió lo que faltaba. Me explicó que a muchos extranjeros les sucedía lo mismo desde la devaluación. Yo tenía pensado llevarla después a una sala de baile pero no había ningún sitio donde a aquellas horas pudiese cambiar dólares, así que me sentí muy incómodo. La muchacha ofreció ir a su casa y después me quedé a dormir allí. Fue lo mejor que me pudo pasar, aún recuerdo aquella memorable noche. Es lo único de Nápoles que recuerdo con agrado.

Por suerte yo no había cambiado mucho dinero y pasado el apuro, olvidé el incidente. Al día siguiente hice la transacción en un banco, como es debido, y con liras suficientes en el bolsillo me sentí mucho mejor. Fui a conocer el Vesubio pero mi desencanto fue total. El famoso volcán ni siquiera echaba humo. Desde la localidad de Torre del Greco observé su cima. Nadie creería al verlo que hubiesen salido de allí, y sigan saliendo de vez en cuando, ríos de lava que bajan cientos de metros por sus laderas. Había escuchado que su última erupción había sido en 1944. Después me dediqué a recorrer las calles. Nápoles era entonces una ciudad bulliciosa, no muy limpia, de aspecto desorganizado y con abundante picaresca. Bastante decepcionado, tomé el tren hacia Génova.

Por fin llegó el día de iniciar el esperado viaje. El *Américo Vespucci* era un enorme transatlántico de cinco cubiertas. Tía Nelly había comprado para mí un pasaje de tercera clase, por lo que hube de compartir camarote con tres pasajeros más. Aunque yo estaba por entonces acostumbrado a ciertas comodidades, no me importó. Estaba muy agradecido a mi tía por tanto como me ayudaba y cualquier crítica me hubiese parecido ingratitud, así que ni se me pasó por la cabeza que fuese de otro modo. Eso sí, tuve mucho cuidado con mi dinero.

El primer día de viaje conocí a una veneciana que iba a Chile a encontrarse con su esposo. Una mujer de enormes ojos negros y figura exuberante. Carmen era todo lo que un hombre en sus más afiebradas noches podría desear; apasionada y experta, tan ardiente que hicimos el amor en cuanto lugar se prestara, hasta en la mesa de *ping-pong*. Llegué a enamorarme locamente de ella. Decía que yo parecía Tarzán, porque era alto y musculoso, nadie antes me había dicho ese tipo de cosas. Siempre que ella hablaba de su esposo se refería a él como a un hombrecillo celoso, maniático y machista.

Después de hacer escala en el puerto de Funchal en Madeira, el *Américo Vespucci* siguió viaje hasta Panamá. Los días de navegación por el océano hubiesen sido tediosos sin Carmen, con la que seguía manteniendo un idilio apasionado. Aparte de eso, la travesía del canal fue lo único interesante del viaje. Ya en aguas del Pacífico el barco tomó rumbo sur, bordeando la costa sudamericana. Yo admiraba, entusiasmado, los verdes paisajes de Buenaventura, Esmeraldas y Portoviejo que iba descubriendo a través de las explicaciones de un oficial, que a veces acompañaba mi ensoñación en cubierta. Recostado en la baranda del barco, en estado de éxtasis, me imaginaba la vida que llevaría en el futuro en aquellas tierras tropicales. El barco seguía imperturbable acercándome a mi destino y paulatinamente el paisaje se fue tornando cada vez menos verde. En lugar de la exuberancia anterior, colores grises y marrones tomaban lugar en las costas. Supuse que sería un entorno pasajero pero, a medida que avanzábamos, la costa seguía árida y sólo se veían altos promontorios de arena. No era una arena blanca como la de playas anteriores, ni el mar tenía ya color turquesa; era oscuro, como la nube que pasó por mi corazón cuando le pregunté al oficial por el brusco cambio del panorama.

–Eso es Perú. –Fue su lacónica respuesta.

–¿Eso? ¿Todo el Perú es así? –pregunté, atónito.

–Bueno, no todo, pero en general la costa es así. Si usted quiere ver palmeras tendrá que ir a la selva. La costa es desértica y el mar tiene aguas heladas.

–¡Aguas heladas! –No podía creerlo.

–Así es, el Océano Pacífico baña las costas peruanas y son aguas frías, profundas, no tienen nada de pacíficas.

Mis sueños se estaban haciendo añicos. ¿Dónde estaban las altas palmeras bajo las cuales danzaban bellas mujeres en las soleadas playas? Traté de darme ánimos pensando que al menos las mujeres serían hermosas, tal como lo había imaginado, pero cuando lo comenté con el oficial no dijo nada, sólo capté una extraña mueca en su rostro.

Día y medio después, tras veintiséis días de travesía, el *Americo Vespucci* atracó en el puerto de El Callao. Carmen debía seguir hasta Chile y nos dijimos adiós. Ella me juró amor eterno, hasta me dio la dirección de una amiga para que le escribiera sin que su marido lo supiese. Lloraba y lamentaba que su destino fuese tan cruel, que me separaba de ella. Nunca me había visto en una situación así, llegué a preocuparme porque parecía verdaderamente desesperada. Con el tiempo me di cuenta de que los italianos tienden a dramatizar todo.

Finalmente había llegado al Perú. Corría el mes de agosto de 1951, me recibió un invierno húmedo de cielo gris. Aun así, yo estaba entusiasmado, supongo que se debía a mis veinticuatro años. Mientras descendía del barco por una de las pasarelas, busqué a mis tíos con la vista entre el gentío que se aglomeraba en el muelle y descubrí a mi tía Nelly al lado de su esposo, el tío Enrique. No habían cambiado mucho, estaban tan viejos como la última vez que los vi. A medida que me acercaba a ellos vi que la tía Nelly seguía buscando con la mirada extraviada, supuse que no me reconocería después de tanto tiempo, así que avancé a grandes pasos y me puse delante de ella.

—Tía Nelly —dije, tocándole el brazo. Ella se sobresaltó y elevó la vista hasta alcanzar mi rostro.

—¿Waldusiu? —preguntó, desconcertada.

—¿No me reconoces? —pregunté riendo. Me hizo gracia pensar que estaban buscando un chiquillo. El tío Enrique trató de esconder un abrigo bastante pequeño que llevaba en la mano, con el que seguramente esperaban cubrir a un muchacho de aspecto desolado.

—¡Hijo, ¡cómo has crecido! —Nos abrazamos muy fuerte y me llenó la cara de besos, como acostumbraba hacer mamá.

—Ven, vamos al auto —me dijo—, deja que tu tío te ayude con las maletas.

—No es necesario, tía, sólo son dos. —Las tomé, nos dirigimos al auto donde un chófer nos esperaba y salimos del puerto en dirección a la ciudad.

Mis tíos vivían en una confortable edificación situada dentro del mismo recinto donde estaba ubicada su fábrica de jabones y cosméticos, que ocupaba toda una manzana.

—Hemos arreglado una habitación para ti, hijo, siento que no sea más cómoda —dijo mi tía, disculpándose, al enseñarme el pequeño cuarto que me había preparado.

—Tía, por favor, no digas eso, has hecho demasiado por mí —respondí abrazándola. No me importaba si el cuarto era pequeño o carecía de comodidades; estaba en el Perú, tuviese o no palmeras, y empezaba una nueva vida.

—Hijo, nosotros tenemos una hermosa residencia en el Olivar de San Isidro, pero la tenemos alquilada. ¿Para qué querríamos una casa tan grande? Pero ahora que estás aquí, todo lo que tenemos será para ti. Está también tu tío Víktor, pero él ya tiene su propia familia –dijo mi tía en su tono lastimero, al que empezaba a acostumbrarme.

–Gracias, tía, pero no he venido para que me regalen nada. Deseo trabajar y es lo que pienso hacer en cuanto esté instalado.

Por fin estaba junto a mi gran benefactora, mi tía Nelly. Ella me había enviado dinero, ropa, el visado y el billete para el viaje. Me recibía en su casa como una madre. Yo hubiese querido sentir por ella el afecto más profundo, sin ella yo no hubiese sabido qué hacer. Pero desde el primer momento sentí algo inadecuado. No sabía bien qué era, pero había algo en su forma de tratarme que no encajaba. Naturalmente lo disimulé, como también pasé por alto el par de ocasiones en que su esposo me lanzó una torva mirada. Yo estaba enormemente agradecido pero intuía que la convivencia no iba a ser fácil y nada deseaba más que empezar a ganar dinero por mí mismo para no depender de ellos.

Pocos días después mis tíos me «presentaron en sociedad», como se acostumbraba decir en Lima, para que sus amistades me conocieran y quedé gratamente sorprendido por las mujeres tan atractivas que conocí. Eran muy diferentes de las que había tratado hasta ese momento. Me pareció que se comportaban como si esperasen algo de mí y no se atreviesen a pedirlo. Sus miradas eran veladas y cada uno de sus movimientos sugería sensualidad. Con el tiempo supe que aquello era coquetear. Las chicas europeas, por lo menos las que yo había tratado hasta entonces, eran francas, amigables, desinhibidas y si se trataba de hacer el amor, muchas veces eran ellas quienes tomaban la iniciativa. Las peruanas eran muy distintas.

Mi tía Nelly tenía incrustada en la cabeza la idea de que yo me casara con la hija de unos polacos con los que ella tenía amistad, pero eso era lo último que yo deseaba hacer. Se lo dije claramente pero ella insistía y la situación empezó a molestarme. A pesar de mis intenciones iniciales, me dejé convencer por mis tíos y acabé trabajando para ellos. No me pagaban un sueldo, pero yo podía comprar lo que quisiera en las tiendas con mi firma y luego las facturas se pagaban en la fábrica. Empecé a sentirme enjaulado, privado de libertad. De vez en cuando salía con mi tío Víktor y recorríamos la ciudad. Yo todavía no hablaba español pese a tener un profesor que me enseñaba. Lo entendía un poco pero no me atrevía a hablar sino lo imprescindible. Un día que paseábamos por las calles limeñas me llegó un hedor conocido. El humo traído por el viento me pegó en plena cara y se quedó impregnado en mi ropa. Olía exactamente igual que en los campos de concentración.

—¿Hay por aquí un crematorio? —pregunté, contrariado.

—No, ¿por qué? —inquirió mi tío.

—Huele como si estuvieran quemando cadáveres.

—Aquí los entierran —me aclaró.

—Pero el olor... y el humo... huele a carne quemada.

—¡Ah, eso! —dijo él, riendo—. Lo que estás oliendo viene de allá —me señaló una carretilla con unas brasas, donde una mujer sacudía vigorosamente unas hojas de palma haciendo que el fuego incendiara la grasa de algo que allí se cocinaba.

—¿Qué es eso? —pregunté.

—Waldek, lo que esa mujer está haciendo se llama anticucho. Es corazón de res ensartado en unos palillos y asado a la brasa con una salsa especial. Es lo que le da el delicioso olor al anticucho. ¿Quieres probar uno?

—¡No! —grité con repugnancia—, ¿cómo pueden comer eso? Huele como los muertos incinerados en el campo de concentración.

—Lo siento, no lo sabía. Pero no tiene nada que ver con los muertos.

Pasaron más de dos años antes de que me atreviera a probar los anticuchos.

Yo había aprendido a moverme por la ciudad en la camioneta de mis tíos pero aún me sentía limitado por no hablar suficiente español. En casa me hablaban polaco y mis conocimientos avanzaban muy lentamente. Sabía que debía aprenderlo cuanto antes, no quería seguir viviendo indefinidamente con mis tíos sino conseguir un trabajo e independizarme, para lo que el idioma era una cuestión principal. El caso era que me sentía muy inseguro hablando la lengua del país y evitaba hacerlo siempre que podía. La oportunidad de comprobar que me defendía bien en español me vino, como todo lo que me sucedía, de la forma más enrevesada.

El Perú era un país con grandes diferencias sociales. A primera vista podía parecer que había bastante racismo, pero en realidad no se daba tanta importancia al color de la piel como a la educación o la relevancia social que cada uno tuviera. Había gente de rasgos marcadamente indígenas que habían tenido acceso a la educación y ejercían profesiones de prestigio. Eran personas socialmente bien consideradas, aunque algunos los llamaban «cholos» despectivamente. Otros en cambio, denominados «indios», eran los indígenas venidos de la sierra. Estos hablaban quechua y algo de español, pronunciado de una manera muy peculiar que hacía que a veces no se les entendiese. Acostumbraban usar los atuendos característicos de su lugar de procedencia y su comportamiento era impredecible, como sucedió el día que tuve un incidente con una de aquellas indígenas.

Me encontraba en la camioneta esperando que el semáforo cambiase a verde, cuando una mujer con poncho y larga pollera se enredó inexplicablemente en el espejo exterior de la puerta derecha y tratando de soltarse, cayó al suelo. La vi caer, pensando que se levantaría y seguiría su camino, pero no fue así. Por el contrario, la oí gritar y bajé del vehículo para ver qué sucedía. La india estaba en el suelo y el espejo de mi furgoneta también. Sentada, se tocaba la cabeza y lloraba como si la hubiesen atropellado. Armó tal escándalo que la gente empezó a acudir para ver qué sucedía, mirándome como si yo fuese el culpable de la situación.

—¿Qué pasó, señora? —dije en el mejor español que pude.

—¡No ti me lo acerques! —gritó ella.

—Yo no entiendo... —Hice el intento de levantarla del suelo, donde seguía sentada.

—¡No mi toques! ¡Ostí mi atropelló y aura quere pigarme! ¡Sucorro, polícia!

—...¿Perdón? No comprendo... —Empezaba a preocuparme la extraña actitud de la mujer.

—Ostí quere abosarme, ya mi lo trató di matarme, ¡policía, ayoda!

Un policía de tránsito se acercó, al ver el alboroto. La mujer estaba en el suelo, gritando; la camioneta parada, a su lado; la escena debió parecerle un atropello porque pidió refuerzos por radio y me llevaron detenido «para las averiguaciones de rigor». Una vez en la Jefatura y viendo que el asunto se complicaba cada vez más, intenté hablar en español para explicar lo que había pasado. Pero mi vocabulario era aún escaso, así que les di los buenos días, las buenas tardes y hasta las buenas noches, les pregunté cómo estaban ellos y también por sus esposas y sus hijos. Continué diciendo mi nombre, el nombre de mis tíos, el de la fábrica de jabones y de cosméticos, todo ello según me había enseñado mi profesor de castellano. De pronto caí en la cuenta que todos me estaban entendiendo. No sólo me comprendieron, sino que también reconocieron el apellido de mis tíos e inmediatamente me dejaron ir. La mujer del escándalo fue amonestada y después de lloriquear un poco más se fue sin que nadie le hiciera caso.

A partir de ese día me esforcé en hablar en castellano y con ello aumentó mi independencia. El incidente con la indígena me ayudó a tener más seguridad con el idioma, pues había entendido casi todo lo que ella dijo a pesar de la jerga que usaba, o quizás precisamente fue por eso.

Necesitaba también un medio de transporte propio y decidí comprar una moto BMW con parte del dinero que había traído de Alemania, una hermosa máquina de 250 centímetros cúbicos. Después me dediqué a buscar empleo y no tardé mucho en encontrar en un diario un aviso que parecía interesante: una empresa norteamericana solicitaba ingenieros mecánicos. Sin pérdida de tiempo me presenté en la dirección indicada, donde un hombre me recibió y me dijo que debía presentarme en Piura, al norte del país, que era donde se requerían los servicios del personal que iban a contratar. Fue muy amable conmigo, hasta me dio dinero para el viaje y la comida, yo no quería aceptarlo pero el hombre insistió, eran normas de la compañía.

Le dije a mi tía Nelly que había conseguido trabajo sin saber aún si sería admitido, pues ya había decidido alejarme de ellos. La noticia no les cayó bien, me echaron en cara mi ingratitud pero yo no podía dejar en sus manos las riendas de mi vida como ellos pretendían. Marcharme era la mejor solución. Además, yo estaba saliendo con una muchacha filipina que había conocido en un restaurante llamado La Tiendecita Blanca, en el distrito de Miraflores, donde trabajaba como cajera y no me gustaba que mi tía se refiriese a ella de la forma despectiva en que lo hacía. Esa misma noche reuní mis pertenencias en una maleta y por la mañana partí rumbo al norte.

Sólo a un loco se le ocurriría hacer semejante recorrido en moto. En realidad no creí que Piura estuviese tan lejos, casi a mil quinientos kilómetros de Lima. Mi idea era hacerlos de un tirón, pero eran demasiadas horas y cuando anocheció decidí pernoctar en una ciudad llamada Chiclayo. Tenía las manos entumecidas, las muñecas hinchadas, y sólo estaba a mitad de camino. Apenas dormí pero descansé un poco y al día siguiente estuve en mejores condiciones para seguir el viaje. Cuando por fin llegué a Piura y encontré la dirección indicada, me puse en una larga fila de hombres que habían ido también a solicitar trabajo. Algo en mí debió llamar la atención del americano que salió de la oficina porque me hizo una seña para que me acercara.

—Muéstrame tus manos.

Un poco sorprendido, alargué mis manos y se las mostré. Estaban hinchadas y llenas de ampollas, realmente horribles.

—Estás contratado —dijo. Mis manos lo impresionaron.

Morrison & Knudsen era una empresa norteamericana contratada por el general Odría, entonces presidente del Perú, para ejecutar las obras de irrigación en la zona del río Quiróz. El río nace en Ecuador, entra en territorio peruano y luego vuelve a Ecuador. Los planes de los peruanos eran aprovechar sus aguas para hacer de las tierras secas circundantes un fértil valle.

Me gustaba la idea de contribuir a cambiar el aspecto del paisaje que tan triste impresión me había causado a mi llegada al Perú. En los talleres de la compañía usaban tornos automáticos con caja de transmisión Norton, precisamente los mismos que había aprendido a manejar en mis prácticas en Alemania, así que pude lucir mis habilidades. Yo era el único que sabía programarlos para las diferentes piezas que se necesitaba hacer, una labor sencilla que me permitía fumar un cigarrillo mientras la máquina hacía el trabajo. En ello estaba yo un día, cuando pasó el hombre que me había contratado.

–¿No quieres que te traiga una silla para que estés más cómodo? –preguntó con guasa.

–La máquina hace el trabajo, sólo tengo que programarla y esperar que tornee las piezas– dije, a modo de justificación.

–Está bien. Preséntate en mi oficina al finalizar el trabajo.

Me quedé preocupado porque pensé que algo le había disgustado. Cuando fui a su oficina me invitó a sentarme.

–Veo que conoces perfectamente todas las máquinas, me gustaría que te hicieras cargo del taller y supervisases el trabajo de los otros obreros –dijo sin preámbulos.

–Bien, tengo experiencia en eso y agradezco su confianza –comenté, recordando mi trabajo en Francfort. No sabía qué más decir. El debió notar alguna vacilación porque añadió:

–¿Hay algún problema?

–El único problema es que los otros obreros apenas me hablan –expliqué–. No quieren aprender, están acostumbrados a sus viejas máquinas con poleas y correas de transmisión. Además, me llaman gringo.

–¿Te molesta que te llamen gringo?

–No. Es la forma despectiva en que lo dicen.

–No te preocupes por eso, cuando seas el jefe no les quedará otro remedio que obedecerte. Para los peruanos cualquiera que sea blanco y tenga los ojos azules es un gringo, no importa dónde haya nacido.

El hombre se llamaba Charles Donahue y trabajaba duro a pesar de ser el jefe de la empresa. Con el tiempo hicimos una buena amistad.

–Actualmente estás ganando cuatro soles y veinte centavos la hora. A partir de mañana recibirás ocho, así que tienes motivo para alegrarte –dijo sonriendo. Me retiré a mi *bungalow* pensando que Donahue era un buen tipo.

Durante los meses siguientes trabajé allí bastante a gusto y, en efecto, los muchachos respetaron y obedecieron mis instrucciones en cuanto Donahue anunció mi ascenso. Poco después me trasladaron a otro puesto de trabajo para hacerme cargo de los enormes generadores de corriente eléctrica que, acoplados a motores Caterpillar, proporcionaban energía a los túneles donde trabajaban unas doscientas personas. Me subieron el salario a quince soles la hora. Yo estaba bastante satisfecho con mi trabajo y además ahorraba casi todo mi sueldo porque la empresa me proporcionaba alojamiento y manutención.

A veces íbamos a un restaurante cercano para variar un poco el estilo americano de comida que servían en el comedor de la compañía, o simplemente a tomar algo a deshora. La dueña tenía una hija muy simpática, cada vez que la muchacha me encontraba me pedía que la llevase en mi moto. Yo estaba encantado de hacerlo. Mercedes —así se llamaba la chica—, era atractiva y se pegaba a mi espalda de un modo que no me dejaba dudas de que deseaba algo más que un paseo en moto. Un día paré en un lugar solitario y empecé a besarla. Al principio ella correspondió, pero de pronto se detuvo.

—Yo aún no he estado con ningún hombre —dijo en voz baja.

—¿Que tú no qué? —pregunté, pensando que había escuchado mal.

—Soy virgen —respondió en tono solemne.

—Bien... en ese caso será mejor que te lleve a tu casa —dije, desencantado. No me gustaban las mujeres vírgenes y además estaba claro que de seguir adelante surgirían complicaciones.

Ella debió creer que yo lo hacía por respeto y noté su satisfacción, imagino que pensaría que yo tenía intenciones de una relación seria. Quién sabe qué fantasías le contaría a su madre, porque cuando estuve en el local, días después, para tomar un café, la mujer me miraba de un modo muy raro.

—Waldek, yo sé que ustedes andan juntos por ahí y todo lo que hacen. Te voy a decir una cosa, si me entero de que ustedes dos han hecho algo indebido, el asunto se resolverá con un matrimonio. Con mi hija no se juega.

¿De qué diablos hablaba? Yo sólo deseaba salir de allí para no volver más. La palabra matrimonio no estaba en mi vocabulario. En ningún idioma.

—¿Ves este perro? —inquirió, señalándome con la mirada un mastín que siempre andaba entre las mesas, esperando las sobras.

—Claro —respondí, sin comprender la intención de la pregunta.

La mujer dirigió una penetrante mirada al animal durante unos segundos, el perro gimió y quedó tendido en el suelo. No sólo lo vi yo, lo vimos todos los que estábamos allí.

—¿Qué le sucedió? —pregunté, asustado.

—Está muerto —dijo la mujer.

—¿Mu... muerto...? No puede ser... —Me acerqué al perro y, en efecto, no respiraba.

—Si no quieres que te suceda lo mismo será mejor que respetes a mi hija o te cases con ella. De lo contrario quedarás muerto como ese perro.

Nunca volví por el restaurante y traté de no toparme con Mercedes, no quería saber nada más de ella y mucho menos de su madre. Me habían dicho que en el norte había brujas, yo pensaba que eran sólo habladurías, pero lo que había visto con mis propios ojos era más de lo que quería saber. Estaba realmente aterrado.

A partir de ese día empezaron a ocurrirme sucesos extraños. Tuve un altercado con un ingeniero apellidado Johnson. Encendió el motor que ventilaba los túneles sin darse cuenta que yo estaba cambiándole el aceite. Con el enorme ruido, la única forma en que pude avisarle fue arrojándole una llave Stilson y el golpe fue tan fuerte que le rompió el casco. Fue a quejarse al señor Donahue y tuve que explicar lo ocurrido. Quedó claro que la negligencia fue del otro. Donahue me aumentó el sueldo a veintiún soles y medio la hora, pero gané un enemigo.

Algunas semanas después, me levanté una mañana sumamente cansado, como si no hubiese dormido. A pesar del calor y de tener la ropa empapada por el sudor, tiritaba de manera descontrolada, pero traté de reponerme y fui al trabajo. Me sentí mal toda la mañana y cerca de mediodía volvieron a aparecer el frío y los temblores, eran tan fuertes que me impedían permanecer en pie. Me llevaron a una clínica en Piura y el médico confirmó lo que quienes conocían la zona ya sospechaban, dijo que tenía paludismo. Lo llaman también malaria y fiebre terciana, porque la fiebre ataca cada tercer día. Me recetaron Paludrine.

Intenté seguir trabajando, yo era fuerte y pensaba que podría soportar cualquier enfermedad, pero ésta se hizo incontrolable a pesar de la medicación. Había vendido mi moto BMW y tenía un Oldsmobil descapotable azul, con la capota de color crema, un auto verdaderamente llamativo. Decidí regresar a Lima hasta que estuviese recuperado, allí no me podían cuidar ni yo podía hacer nada. Acababa de pasar un ataque de fiebre, así que tenía tres días para llegar, antes del próximo ataque. Conduje todo el camino sin detenerme más que lo imprescindible y llegué agotado, directamente a casa de mis tíos. Me sentía débil, la enfermedad había minado mi cuerpo en pocos días.

—Vaya, así que estás de regreso como un millonario... —dijo mi tía, apenas me vio salir del auto.

—Tía, estoy enfermo, tengo paludismo... —esperaba recibir alguna clase de apoyo de su parte. No se me ocurrió otro lugar donde acudir. Después de todo, era mi familia.

—¡Ah! Ahora que estás enfermo te acuerdas de que tienes familia... —replicó con su desagradable tono plañidero.

Supe que no era bienvenido. Agotando mis últimas fuerzas salí de allí y fui a casa de Mónica, la filipina. No sé cómo llegué ni dónde dejé el auto, sólo recuerdo que llamé a su puerta en tal estado que sin más explicación me llevó directamente a la cama y me dormí profundamente. Cuando desperté ya era casi mediodía y Mónica no estaba allí. Supuse que habría ido a trabajar. A su regreso me encontró tiritando de fiebre, el Paludrine no me hacía efecto.

—Waldek, tienes paludismo —explicó Mónica.

—Lo sé, creo que voy a morir... —contesté con voz entrecortada.

—No vas a morir —interrumpió Mónica—, el paludismo es pan de todos los días en el país de donde vengo. Quédate en la cama y abrígate bien.

Me cubrió con la manta y me abrazó.

—Vuelvo enseguida, he de comprar algunas cosas.

Mónica salió rápidamente, parecía saber muy bien lo que debía hacer. No sé cuánto tiempo esperé, porque quedé semiconsciente durante largo rato. Cuando abrí los ojos vi que estaba hirviendo algo en una olla. Después coló el mejunje con una gasa y lo cargó en una jeringuilla hipodérmica. Era un líquido marrón claro, casi amarillento.

—Waldek, si esto no te cura, te mata —dijo, bromeando.

En aquel momento no me preocupaba, yo estaba en sus manos y confiaba en ella. Actuaba con tal seguridad que cuando me inyectó el contenido de la jeringuilla yo casi esperaba un milagro. Al cabo de pocos minutos se apoderó de mí un agotamiento que me sumió en un profundo sueño. Según me dijo ella, dormí tres días seguidos. Estuvo conmigo todo ese tiempo; pidió permiso en su trabajo para poder cuidarme. Cuando abrí los ojos, lo primero que vi fue a Mónica.

—Waldek... —sonrió ella—, ¿cómo te sientes?

—Tengo hambre —recuerdo que fue lo primero que dije.

—Es una buena señal. Deja que te ayude a levantarte, ahora estás muy débil.

El colchón, igual que mi ropa, estaba empapado, como si alguien hubiera arrojado un balde de agua en él. Parecía que el sudor se había llevado la enfermedad. Yo tenía los labios resecos, me moría de sed, pero me sentía bien. Bebí con ansia varios vasos de agua.

—Gracias, Mónica, me salvaste la vida. No sé cómo agradecértelo...

—No digas nada, Waldek. Iré a comprar algo de comida. Descansa, que apenas estás empezando a curarte.

A partir de entonces mi relación con Mónica se hizo más formal, empezamos a vivir juntos. Era una buena compañera. Era alta, de bonita figura, de ojos grandes y rasgados, la cabellera larga y negra como el azabache. Le gustaba hacer el amor y era juguetona y alegre. Pasadas unas semanas mi recuperación fue completa. Había llegado el momento de volver al trabajo y regresé al río Quiróz, pero ahora tenía donde volver. Creo que nadie esperaba verme completamente recuperado, es frecuente que la enfermedad deje secuelas para toda la vida.

Pasados un par de meses Charles Donahue me dio una mala noticia. Los trabajos en río Quiróz habían terminado porque el gobierno no tenía más dinero, así que los americanos se retiraban. Pensaba desplazar todo su personal y equipos a Filipinas, donde tenía un buen contrato.

—¿Quieres venir con nosotros? —me preguntó—, el sueldo es excelente y será en dólares.

—Se lo agradezco, señor Donahue, pero estoy bien aquí.

—No te arrepentirás, te nombraré supervisor de toda la obra. Hombres como tú me hacen falta. Si cambias de opinión... —Dejó la frase en el aire.

Me despedí de ellos y regresé a Lima. Quise dar una sorpresa a Mónica y fui directamente a su trabajo. Cuando la vi me costó reconocerla, no era la Mónica que yo había dejado. En apenas dos meses se había convertido en algo monstruoso. Su cara estaba tan hinchada que apenas podía ver sus ojos, antes grandes y de espesas pestañas; las mejillas borraban la línea de sus labios y el cuello, antes esbelto, aparecía grueso y deforme. Todo su cuerpo carecía de forma, toda ella era una bola de grasa o quién sabe de qué. Al verme, Mónica bajó la mirada. Noté que estaba avergonzada de su aspecto.

—Mónica... ¿qué te sucede? —pregunté con delicadeza; no sabía cómo afrontar aquello.

—Estoy enferma, Waldek. Sucedió poco después de irte.

—No puedes trabajar en ese estado. Pide permiso a tu jefe, debemos ir a un médico.

—Falta poco para que termine mi turno, espérame en la cafetería.

Cuando la vi venir a mi encuentro noté que le costaba caminar y hasta respirar le era difícil. Fuimos a un médico que nos recomendó el dueño del local donde ella trabajaba. La reconoció y pidió algunos exámenes. Al cabo de pocos días volvimos a la consulta y después de estudiar los resultados, el doctor habló conmigo a solas.

—Su mujer se está muriendo —dijo—, tiene un tumor en la glándula hipófisis. El tumor no es canceroso, si estuviese en otro lugar lo quitaríamos sin ningún problema. Pero está en el centro del cráneo, bajo el cerebro. El mal se llama enfermedad de Cushing, hace poco que lo conocemos. Está provocando cantidades muy altas de cortisona. Todos esos cambios son efecto de la cortisona. Si hubiese venido antes tal vez habría podido hacer algo, pero la enfermedad está muy avanzada. Siento no poder hacer nada... aunque siempre se puede, al menos, aliviar el sufrimiento.

Quedé anonadado. Ella nunca había estado enferma, siempre la vi saludable y delgada, no tenía hábitos perjudiciales, no comía en exceso...

—¿Por qué ha pasado esto, doctor? ¿Cuál es la causa? – pregunté, tratando de encontrar un motivo.

—Nadie lo sabe, por el momento apenas sabemos nada – contestó el médico, alzando las manos.

Aquella noche no pude dejar de pensar en la mujer que mató al perro con la mirada, no sé si lo inexplicable del caso me hacía culpar a los supuestos poderes malignos de aquella bruja, pero cuanto más lo pensaba, más seguro estaba de que así era.

Mónica fue deteriorándose día a día de manera inexorable. Las pastillas que tomaba no la ayudaban, ya el médico había dicho que su efecto era paliativo, no una cura. Dejaba la cama únicamente para hacer sus necesidades. Cada día estaba más hinchada y ya no podía caminar; le dolían los huesos y la columna, sometidos al aumento de peso y reblandecidos por la cortisona. Una mañana no contestó mi saludo, ni se movió. Su cuerpo, tibio aún, no respiraba. Había muerto mientras dormía. Me senté al borde de la cama y llorando, maldije mi suerte. Otra vez estaba solo, Mónica me había salvado la vida y yo no había podido hacer nada por ella. Me sentía inútil y culpable por su muerte, trayendo sobre ella el maleficio. Todo lo había hecho mal. Tal vez mi padre tenía razón al no querer saber nada de mí. Pensé que él debió conocerme mejor que yo mismo.

La tumba de Mónica debe permanecer aún en el cementerio El Ángel, en Lima. Sólo la pareja que nos presentó y yo estuvimos presentes en su entierro. Si ella no hubiese muerto me habría quedado a su lado indefinidamente. Siempre que recuerdo a Mónica me vienen a la mente algunos de los momentos más tristes de mi vida, por eso procuré no pensar en ella y de tanto evitar hacerlo, casi la había olvidado.

Me quedé viviendo en la habitación de Mónica hasta que se me acabó el dinero. Entonces vendí mi auto. Estaba sin trabajo y me sentía hundido, incapaz de buscar empleo. Los meses pasaron y también se terminó el dinero de la venta del Oldsmobil. Yo no conocía a mucha gente que me pudiera ayudar y seguía en un estado tal de abandono que ya ni siquiera tenía dónde vivir. Mis tíos habían dejado clara su actitud cuando estuve enfermo y no deseaba pedirles ayuda ni creía que me la diesen. Pero entonces recordé que mi tío me debía dinero, eso era distinto. Yo le había prestado cinco mil dólares antes de comprar la moto, para remodelar la fábrica. Me los fue devolviendo poco a poco, pero aún me debía cerca de dos mil dólares, así que me dirigí a su casa.

Me recibieron fríamente, creyendo que iba a rogarles ayuda. Mi aspecto era desastroso. Pero cuando anuncié mi intención de cobrar la deuda su actitud cambió completamente. Mi tío adoptó un tono afectuoso y dijo:

—Hijo, ¿ves la construcción que he levantado? —señaló una edificación nueva en la fábrica—. El arquitecto que hizo el proyecto y lo dirigió no quiere firmar los formularios que debo presentar al municipio para obtener el permiso de habitabilidad. Quiere que yo le pague primero, pero sin esos permisos no puedo ir al banco para hipotecar la construcción y conseguir el dinero para pagarle. Es un necio, dice que yo le engañé y no es cierto, sólo tiene que poner su firma pero no colabora. Cuando consiga el préstamo no sólo te pagaré todo lo que te debo, también pondré a funcionar la nueva planta y tendrás un trabajo seguro en ella. Lo único que te pido a cambio es un favor.

—¿Qué favor? —pregunté, intrigado. Yo no estaba en condiciones de hacer favores a nadie.

—Sólo debes poner tu firma en el formulario. Necesito un profesional que la firme y el asunto estará arreglado.

—Pero tío, yo no soy arquitecto... —objeté. Aquello me parecía muy raro. No pude continuar hablando porque el esposo de mi tía me interrumpió con la verborrea típica de los comerciantes judíos.

—Eso no importa, eres ingeniero que casi es lo mismo, lo único que tienes que hacer es firmar y tendrás tu dinero en menos de lo que canta un gallo. Podrás quedarte con nosotros, tu dormitorio sigue esperándote, tendrás libre uso de las camionetas, no será necesario que andes vagando por las calles... —Su retahíla de ofrecimientos era tan tentadora para alguien en mis circunstancias que me dejé convencer.

—Está bien, ¿dónde tengo que firmar?

—Aquí. Y acá también —dijo con ojos brillantes de satisfacción—. Tienes que firmar como Lawinski.

—¿Lawinski? No, tío, no firmaré como otra persona.

—Hijo, es necesario. Debes firmar con su apellido porque él hizo los planos; no querrás apropiarte de su proyecto, ¿verdad?

—No, claro que no, pero firmar con el nombre de otro...

—No te preocupes, Waldek, no tienes nada que perder.

En eso mi tío tenía razón. No tenía nada que perder y tal vez firmando esos documentos podría empezar a rehacer mi vida.

—Está bien. Firmaré.

—Buena decisión —dijo él, mientras yo ponía el nombre «Lawinski» en los impresos que tenía delante. Ahora debemos llevar estos documentos para que los autentique el notario y luego los presentaré al banco.

—Pero tío, ¿cómo va a autenticar la firma un notario, si es falsa?

—Ve tranquilo, yo me encargo de todo. Debo darme prisa.

—Espero que sea pronto porque no tengo ni medio —añadí, enfatizando la urgencia de mi solicitud.

—No te preocupes, toma estos doscientos soles mientras tanto, después te podré dar el resto.

Con algo de dinero en el bolsillo salí a dar una vuelta. Necesitaba aclarar mis ideas y se me ocurrió visitar a mi tío Víktor, quería contarle lo que había sucedido. Cuando él se enteró, se asustó tanto que me asustó a mí.

—Waldek, ¿cómo pudiste hacer algo así? Eso es completamente ilegal, no se puede falsificar una firma.

—Yo no la falsifiqué, firmé como si yo fuera Lawinski —intenté justificar estúpidamente, así de confuso estaba en aquel momento.

–¿No te das cuenta de que es lo mismo? Debemos ir a ver a Lawinski para contárselo. De todas maneras se enterará y es mejor que se lo expliques tú.

Eso hicimos, y el asunto no fue fácil. El hombre decidió actuar judicialmente contra mi tío, pero como yo era quien había firmado, yo era el responsable. Me detuvieron y me llevaron a la cárcel Modelo, enfrente del Palacio de Justicia. Sentía que el mundo se abría y me tragaba. Una vez más estaba encerrado y esta vez por idiota. Había llegado a lo más bajo.

La Modelo, a pesar de su nombre, era peor que las barracas de los campos de concentración. Un lugar inmundo, repleto de asesinos, violadores y delincuentes de todas clases. De no ser por el propio Lawinski hubiera sido puesto en una celda común, pero gracias a su intercesión estuve encerrado junto a los presos políticos. Mi tía Nelly fue un par de veces a verme, pidiéndome disculpas por todo, pero no hizo nada para sacarme de allí. Quien contrató un abogado para mi causa fue el arquitecto Lawinski. Dos meses después fui excarcelado y volví a ser libre. En el tiempo que estuve preso aprendí que era mejor vivir lejos de la familia y que no debía prestar dinero, en último extremo era mejor regalarlo. De los brujos había que cuidarse, porque yo seguía convencido de que mi vida había sido arruinada por una bruja, la madre de Mercedes. Pero lo que mejor aprendí fue a no firmar por nadie y a leer escrupulosamente antes de firmar.

Lawinski me ofreció un cuarto en la azotea de su estudio, donde vivía otro polaco llamado Pablo, del que necesariamente me hice amigo. Mi situación no había cambiado mucho desde que tuve la desafortunada idea de ir a cobrarle la deuda a mi tío. Seguía sin trabajo, desmoralizado y me sentía más inseguro que antes, pero Pablo me hacía reír, era muy gracioso. Él y Lawinski me trataron mejor que mi familia. De momento tenía casa y comida gratis, aunque eso no podía durar indefinidamente.

Un día me encontré con Huancho, un croata que sabía hacer un poco de todo y congeniaba con la forma de trabajar de mis tíos. Hacía de chófer cuando era necesario, pequeñas reparaciones y recados, cualquier cosa que le pidiesen. Me dijo que quería presentarme a unos amigos que tenían un piano, les había hablado de mí y tenían interés por conocerme. Yo no estaba muy animado pero insistió y fuimos allí.

Al llegar, Huancho me presentó con gran pompa, como si yo fuese un príncipe ruso.

—Este es Waldek Grodek, recientemente llegado de Europa, pertenece a una de las familias más prominentes de Lima.

Me sentía ridículo, mi apariencia dejaba mucho que desear y además no tenía ni donde caerme muerto. La familia Salas me recibió amablemente. Tenían una hija, Juana, que me miraba como el gato a las salchichas, pero lo que más llamó mi atención fue el piano. Logré sacarle algunas notas a pesar de lo desafinado que estaba.

Cuando volvimos allí por segunda vez, Huancho desapareció con el pretexto de comprar una botella de Cinzano. Los padres de Juana tampoco se veían cerca y yo estaba sentado al piano, dándole furiosamente a las teclas, tratando de interpretar algunas canciones que me venían a la memoria en aquel instrumento, que sólo sonaba bien cuando le daba la gana. Juana se sentó a mi lado y empezó a coquetear conmigo. No puedo decir que ella me gustara, no me atraía aquella joven de cutis grasiento que cada vez se sentaba más cerca de mí. Pero pensé que, si ellos me habían acogido tan amablemente en su casa, yo no debía despreciar a la muchacha, podrían considerarlo una afrenta. Así que hice lo que ella estaba esperando. Juana se echó allí mismo en el suelo, junto al piano y yo hice el resto. No fue una de mis mejores actuaciones, la mujer no me inspiraba mucho y para colmo descubrí que era virgen. Pero ya la cosa estaba hecha. Después de ese día no volví por la casa, no me apetecía seguir aquella historia.

Por medio del arquitecto Lawinski y su abogado conseguí por fin obligar a mi tío a pagar su deuda. Pude entonces comprar un pasaje para Europa. Había decidido regresar, ya estaba harto de América, del Perú y de mi tía Nelly. Supe por el abogado de Lawinski que fue ella quien había ideado el plan para que fuera yo a la cárcel en lugar de su marido. La comprendía, mi tío era viejo, pero yo había sido la víctima y estaba dolido. Curiosamente, el barco que me devolvería a Europa iba a ser el *Américo Vespucci*. Partiría al día siguiente y al pensarlo me sentía mejor. Anduve caminando por las callejuelas de los muelles de El Callao, pensaba pasar la noche por allí para llegar pronto y ser de los primeros en embarcar, al día siguiente. Pasaba frente a uno de esos locales de mala muerte que abundan en todos los puertos del mundo cuando me encontré con Olguita, una buena amiga que trabajaba como prostituta. Yo la había conocido tiempo atrás. Bueno, nunca dije que fuese un santo y, además, tengo un gran respeto por esas damas.

—¡Waldek! —exclamó. Me giré y la vi frente a mí, sonriendo.

—Hola, Olguita —dije—, parto mañana para Europa.

—¡Lástima! ¿Cómo estás? Hace tiempo que no se te veía por aquí.

—Me pasó de todo —contesté.

—Si quieres, puedes quedarte esta noche en mi casa. No te cobraré nada —dijo ella con picardía.

—Gracias, Olguita, pero quisiera ir al cine primero, hace tiempo que no veo una buena película.

Caminamos hacia un cine cercano y nos disponíamos a cruzar una calle cuando un auto de la policía nos cerró el paso. Bajaron dos agentes y pude ver a Juana en el asiento de atrás.

—¿Es usted Waldek Grodek? —preguntó uno de los hombres.

—Sí, yo soy —respondí. De nada hubiese servido negarlo.

—Tiene que acompañarnos.

—¿Estoy detenido? ¿Se me acusa de algo? —pregunté, sin alterarme.

—Esa joven —señaló a Juana— lo acusa de violación. Su familia reclama que usted se case con ella o de lo contrario irá preso.

—Entiendo. Pero no es verdad lo que esa señorita dice. Oficial, quisiera pedirle un favor; ahora ya es muy tarde y no me gustaría pasar la noche arrestado. Mañana iré a la comisaría y se aclarará todo.

—Está bien, voy a confiar en su palabra —accedió el policía. Parecía entender perfectamente la situación. Pude captar cierta mirada de complicidad en él, pero agregó como un aviso–: Ella dice que está embarazada.

—Le prometo que mañana me presentaré –repetí. La noticia me dejó muy preocupado.

La patrulla se fue y busqué a Olguita, pero se había esfumado en cuanto vio a la policía. Fui a su casa y le conté todo desde que la madre de Mercedes mató al perro con la mirada. Ella lloró por mí, y pensé que de verdad mi vida era para ponerse a llorar. Me explicó que en esas tierras cuando una mujer perdía su virginidad, perdía su honra. Yo no podía entenderlo.

Me casé con Juana flanqueado por dos policías. Yo, un hombre de veinticinco años, me sentía como si tuviera ochenta. No podía creer que aquello me estuviera ocurriendo. Otra vez me encontraba atrapado, parecía que mi vida era siempre atravesada por desgraciados acontecimientos que me llevaban irremediablemente a vivir encerrado contra mi voluntad, de una u otra forma.

Capítulo 12

Con el tiempo entendí por qué Juana me obligó a casarme con ella. Fue porque había perdido la virginidad, la «honra», y ya no hubiese podido contraer matrimonio con ningún hombre que se preciara, especialmente habiendo quedado embarazada. Y también porque ella se había enamorado, o encaprichado, de mí. Pero entonces yo no era consciente de ello. A pesar de las explicaciones de Olguita, yo veía a Juana como una loca, una mentirosa que había utilizado las leyes absurdas de su país para atarme a su lado contra mi voluntad. Nunca la consideré mi esposa, para mí fue siempre una chantajista de la que no me podía alejar bajo amenaza de ir a presidio. Pero incluso ahora que veo más claros aquellos acontecimientos, sigo sin comprender cómo, siendo tan importante la virginidad para una mujer en aquellas circunstancias, la entregó tan precipitadamente en la segunda vez que nos vimos. Estoy seguro de que fue algo preparado por Huancho y ella misma, y hasta por sus padres que nos dejaron solos. Fue una trampa. No sé si con estas tretas algunas mujeres peruanas lograban atrapar marido, tal vez sí, lo cierto es que conmigo las cosas no funcionan así. Juana encontró el modo de obligarme a que me casara con ella, pero no consiguió un marido. Ni siquiera un compañero.

La boda fue una ceremonia tensa y fría. Después, ese mismo día, fui a los muelles de El Callao. Sorprendentemente, Juana no envió la policía detrás de mí. Busqué a Olguita y esa noche bebí hasta quedar ebrio. Nunca he sido bebedor pero en esa ocasión necesitaba calmar toda la furia y frustración que se agolpaban dentro de mí. Había perdido una vez más mi libertad y me sentía muy desafortunado. Trago a trago, mis planes de regresar a Europa fueron quedando atrás y mientras contaba mis penas y sinsabores a mi amiga se iba cerniendo sobre mí el mundo extraño y ajeno en el que acababa de introducirme. Regresé bien entrada la mañana y Juana me dijo que por la tarde partiríamos hacia Nazca, donde su familia tenía pensado que nos instalásemos definitivamente. Así empezó mi nueva vida de casado.

Mis suegros tenían algunas hectáreas de tierra en el sur del Perú. Sus planes eran que me dedicase allí al cultivo del algodón. Yo no tenía ningún deseo de hacerlo pero comprendí que, ya que había elegido casarme para evitar complicaciones, debía asumir la responsabilidad de mi familia. Juana estaba embarazada y aunque por las circunstancias yo no esperaba ese hijo con ilusión, tomé el asunto en serio.

El padre de Juana me arrendó dieciocho hectáreas. Yo no sabía nada de agricultura y menos aún del cultivo de algodón pero observando lo que hacían mis cuñados, que también tenían tierras allí, y con un poco de sentido común, emprendí las labores para mi primera cosecha. Los indios de la zona fueron una gran ayuda. Al principio yo los miraba con recelo pero después se ganaron mi confianza, parecían saber mucho más que los libros que leí para documentarme. Contraté unos cuantos de ellos para que me ayudasen en mi nueva tarea. El capataz se llamaba Toñito. Me dijo que lo primero era empapar bien de agua toda la tierra.

—Patroncito, es importante la cantidad de agua. Por aquí las tierras son mañosas.

—¿Mañosas? —pregunté, sin comprender.

—Sí, patroncito. En unos sitios las tierras necesitan más agua y en otros, no tanta.

—¿No se anega todo por igual? —inquirí, intrigado.

—No, patroncito. Las tierras que tiene arrendadas requieren mucha agua, son mala tierra. El algodón necesita tierra bien anegada antes de sembrarse, después ya no necesita regar más. Pero me parece, a mi modo de ver, patroncito, que no tendrá agua suficiente —comentó con su acostumbrado galimatías.

Yo miraba a Toñito con asombro, no podía creer que el cultivo no requiriese riegos continuos. El indio continuó su explicación.

—Va a tener problemas cuando tenga que anegar, patroncito. Los *puquios* quedan muy lejos.

—¿Qué son los *puquios*?

—Son pozos que recogen el agua que corre bajo tierra. Se alimentan con el agua de la sierra. Ya no alcanzan para regar todo porque hay muchas haciendas, patroncito.

Yo no sabía de cultivos pero conocía bastante de irrigación desde mi trabajo con Donahue.

—¿Y si perforo un pozo?

—Un pozo profundo, patroncito, treinta o cuarenta metros más o menos.

—Haremos un pozo —dije convencido.

—Sí, patroncito, todos los hacendados tienen pozos —respondió el indio. No podía comprender por qué Toñito no me habló de los pozos desde el principio.

Pedí un préstamo en el banco y empecé a perforar, buscando agua. Había llegado ya a los cuarenta metros y sólo conseguí un pequeño chorro que no me servía para lo que necesitaba. En cuclillas, Toñito me miraba sin decir nada.

—Esto es seco como el desierto, ¿cómo puede ser que los otros hacendados saquen agua de esta tierra? —exclamé, disgustado. Estaba viendo que el dinero se acababa y yo no tenía agua ni para anegar media hectárea.

—Necesitamos a uno que busca agua, patroncito —sugirió Toñito con su peculiar manera de hablar.

—¿Un buscador de agua? —pregunté intrigado, nunca había oído hablar de ellos.

—Sí, patroncito, sólo ellos saben dónde está el agua.

—¿Y dónde lo encuentro? —añadí, empezando a desesperarme por la costumbre de Toñito de decir las cosas tarde.

—Yo se lo traigo, patroncito—. Toñito se perdió de vista mientras el resto de los indios que había contratado se miraban entre ellos, riendo. Parecía hacerles gracia mi inexperiencia.

Encendí un cigarrillo mientras esperaba y me senté en el suelo. Me armé de paciencia, pero se hizo tarde y Toñito no regresaba por lo que supuse que no habría encontrado al hombre y volvería al día siguiente. Empezaba a entender la manera de ser de aquella gente. Si uno deseaba saber algo tenía que preguntarlo exactamente. Daban la solución después de que apareciese el problema, nunca antes.

Al día siguiente, por la tarde, se presentó Toñito con un extraño individuo. Era de baja estatura como casi todos ellos, tenía el cabello gris, lacio y largo, llevaba un poncho sobre su ropa y tenía la cara tan arrugada que no le cabía ni un surco más. Me fijé en la rama que traía en la mano, parecía ser de mucha importancia para él. Hablaba en quechua con Toñito, así que no entendí nada.

—Patroncito, el maestro dice que puede encontrar el lugar justo donde perforar el pozo y encontrar mucha agua, pero primero quiere que le envite a unos cuantos tragos de chicha. Y que si tiene cigarritos, también.

Mandé a Toñito a comprar chicha y cigarrillos. Regresó pronto y el viejo insistió en que yo bebiera con él, porque formaba parte del ritual. Tomamos bastantes tragos, tantos que se hizo de noche y tuvimos que dejar el trabajo para el día siguiente.

Cuando llegué, muy temprano, ya estaba listo el buscador de agua con su rama. Tenía forma de Y, por lo demás me pareció una rama corriente. Él la cogía por el extremo más largo y caminaba con los ojos cerrados. Anduvo cerca de veinte metros desde el lugar donde yo había cavado el pozo y se detuvo, lanzando un grito.

—Ahí es, patroncito —dijo Toñito, traduciendo el alarido.

—Está bien —dije, con escasa convicción.

Empecé la nueva perforación en el sitio señalado y antes de los treinta metros brotó un chorro de agua tan potente que nos cubrió a todos de barro y empezamos a gritar de alegría. Abracé al brujo, a Toñito y a los demás muchachos. Yo estaba muy contento, fue uno de los pocos momentos de júbilo de esa época, lo festejamos como si hubiésemos encontrado petróleo. En lo sucesivo, cada vez que había que perforar un nuevo pozo Toñito traía al mismo hombre y siempre conseguíamos agua abundante.

Aunque el algodón se riega una sola vez es necesario inundar bien todo el cultivo. Después hay que remover la tierra, aplanarla, sembrar las semillas y esperar durante nueve meses la cosecha y en todo ese proceso la tierra ha de permanecer húmeda. Aprendí mucho acerca del algodón; el que yo cultivaba era del tipo egipcio, tiene las hebras más cortas que el algodón pima pero su fruto es más abundante. Empecé a tomarle gusto a la agricultura, quería hacer cosas nuevas y hacerlas bien. Construí viviendas para mis peones, con agua, desagüe y luz eléctrica. Muy pronto, trabajar para «el gringo» se convirtió en uno de los mejores empleos de la zona. Mis cosechas eran mejores que las de los parientes de Juana. Al cabo de poco tiempo solicité concesiones de nuevas tierras al gobierno porque las que mi suegro me arrendaba no eran suficiente para lo que tenía en mente producir.

Trabajaba desde el amanecer hasta que terminaba el día. Prefería no pasar mucho tiempo en casa. Ya había nacido Henry, mi hijo, y Juana me perseguía a todas horas para volver a embarazarse, pero desde el principio dormíamos en habitaciones separadas y su sola presencia me desagradaba. Mi rechazo constante la ponía furiosa y exacerbaba sus celos, sospechando que yo debía tener algún desahogo en otra parte. Recurrió a un amigo de la familia, un personaje siniestro con el que mi suegro y mis cuñados tenían algunos negocios poco claros y que estaba bien relacionado con la policía. A partir de entonces me vigilaron estrechamente.

No era difícil tenerme controlado. En cuanto me alejaba unos kilómetros de Nazca –a no ser que contase con el permiso de Juana–, me daba el alto algún coche de policía y con cualquier excusa me hacían retroceder. Cuando discutí mis derechos, me detuvieron y me llevaron de regreso a casa, con la amenaza de pasar unos días preso si reincidía. Estaba claro que allí no había más ley que la de Juana y sus amigos. Lo peor era que allá donde yo fuese, ellos aparecían después haciendo preguntas y averiguaciones, por lo que la gente empezó a tenerme por alguien sospechoso y evitaba relacionarse conmigo. Yo no podía tener amigos; amigas, ni pensarlo. Nunca me había sentido tan solo y falto de afecto, fue una época muy difícil. Lo único que podía hacer era trabajar las tierras y a ello me dedicaba todo el tiempo.

Construí una gran casa con piscina, la más bonita de Nazca, y también abrí un restaurante. Los que más iban por allí eran los parientes de Juana y por supuesto, consumían gratis. Nunca pude congeniar con ellos, no teníamos nada en común; la diferencia de culturas era abismal. Yo tenía que soportar sus desmanes, insultos y hasta sus robos de algodón. En realidad la familia de Juana no trabajaba, vivía a expensas del trabajo de los demás, sobre todo del mío. Compré varios tractores, Jeeps y camionetas; lo estaba haciendo bastante bien. Empezaron a llamarme «el rey del algodón». En el pueblo la gente me respetaba, aunque guardaba la distancia.

Las últimas concesiones de tierras que me habían otorgado quedaban cerca de una gran pampa árida —en Nazca casi todo es desértico— donde, de no ser por los pozos, hubiera sido imposible cualquier cultivo. Me encontraba maniobrando el tractor para retirar unas rocas cuando observé que una mujer me miraba desde lejos. Parecía un espejismo, su imagen fantasmagórica difuminada por los vapores del calor del desierto me hizo pensar que era una bruja. Forcé la vista y vi que parecía ser europea: era blanca, rubia y desaliñada. Al acercarme pude ver que era una mujer madura, de unos cincuenta años. Bajé del tractor y me dirigí a ella intrigado.

—¿Qué hace usted sola en el desierto? —pregunté con curiosidad.

—Vivo aquí —respondió ella en alemán, para mi sorpresa.

—¿Vive sola? —Esta vez formulé la pregunta en su idioma.

—Sí. Mi casa queda un poco más allá —dijo señalando una choza a lo lejos—, me dedico a estudiar estas tierras.

—¿Qué pueden tener de interés estas desérticas tierras para que usted las estudie?

—Unas líneas que ayudaban a las civilizaciones antiguas a predecir las estaciones. O tal vez haya sido un campo de aterrizaje de extraterrestres. En toda esta pampa hay líneas formando dibujos que sólo pueden ser vistos desde el aire, lo cual hace suponer que alguien tenía que verlas desde arriba, ¿no cree?

—¿Y cómo son esas líneas? —Yo jamás había oído hablar de algo semejante.

—Debería subir a una avioneta y verlas usted mismo, lo que yo pueda decirle no conseguirá que se haga usted una idea. Después podremos hablar. Y usted no puede seguir con lo que está haciendo. Está borrando las líneas.

—En eso no puedo darle la razón. Tengo una concesión del gobierno para cultivar algodón en estas tierras.

—¡Ignorantes! —gruñó con desprecio. Quise creer que se refería a las autoridades—. Una línea en la que estoy trabajando cruza sus tierras. Los estudios que estoy haciendo son un gran aporte para la Humanidad. ¿Comprende lo que estoy diciendo? —preguntó la mujer, mirándome como si yo fuera retardado mental.

—Comprendo su preocupación —asentí— y lo lamento. No imagina usted cuánto trabajo e inversión estoy haciendo para convertir este desierto en tierra cultivable. Yo siembro algodón, usted estudia teorías... ¿No ha hecho fotos de todo esto?

—Llevo algunos años en este lugar —prosiguió, ignorando mi pregunta— y seguiré aquí hasta que muera. En el pueblo creen que estoy loca pero les demostraré que tengo razón. A ellos y al mundo científico.

—A propósito, mi nombre es Waldek Grodek, ¿cuál es el suyo? —pregunté, cambiando de tema.

—María Reiche —respondió la mujer, mirándome con desaliento.

—Mucho gusto, señora Reiche. Cuando tenga oportunidad veré esas líneas desde una avioneta como usted sugiere —dije cortésmente y me despedí de ella. Por lo menos no era una bruja, aunque pensé que estaba loca.

Seguí con la expansión de mis tierras aplicando un sistema de irrigación más eficaz que el de los otros hacendados del lugar. Mi algodón era el mejor vendido de la zona. Lo había conseguido en seis años.

Más adelante pude ver las líneas de Nazca desde una avioneta, tal como dijo la mujer del desierto y, efectivamente, formaban dibujos muy precisos. Tenían formas de animales: un mono, una culebra, una araña... y me pregunté para qué querrían los extraterrestres dar a sus aeropuertos formas de animales. Aquello no tenía sentido. Las líneas debían tener alguna función en el pasado, pero no la que creía María Reiche.

Volví a verla varias veces. Pasamos algunas tardes conversando, a ella le gustaba hablar conmigo porque lo hacía en su idioma y porque le demostraba respeto.

—Las líneas cubren unos quinientos kilómetros cuadrados, fueron hechas hace aproximadamente mil años —explicó.

—¿Y por qué es necesario que estudie precisamente las que están en mis tierras? Hay dibujos de esos por todas partes.

—Usted no lo entiende. No estoy aquí para estudiar una parte de las líneas. Las estudio todas, y éstas son las que ahora corren peligro. Usted las está destruyendo. Hay que conservar todo el conjunto de Nazca y ése es ahora mi trabajo —respondió, con una sonrisa tan enigmática como las propias líneas.

—¿Sabe usted algo de los *puquios*? —le pregunté un día.

—Fueron construidos por culturas preincaicas, tal vez en la misma época que las líneas. El agua proveniente de las cumbres nevadas y las lluvias de la sierra se canaliza de forma natural bajo esta pampa, a unos treinta metros de profundidad. En algunas zonas el agua sube de nivel y los antiguos habitantes lograron cavar exactamente en esos sitios y construir pozos para reservar el agua. El oficio de zahorí es muy antiguo, aún hay muchos hoy en día. Pero quedan pocos *puquios* en uso, el nivel freático de esta zona ha bajado considerablemente.

En la ciudad tenían a María Reiche por chiflada y se referían a ella como «la loca de la pampa». También me lo pareció el día que la conocí, pero después descubrí una mujer lúcida e inteligente. En aquella pampa desértica encontré la única persona culta y civilizada con la que podía entablar una conversación coherente, algo tan difícil entre la gente que yo frecuentaba. Afortunadamente ni Juana ni la policía se acercaban nunca por allí. María fue una tabla de salvación en mi aislamiento. Acordé con ella mantener mis cultivos alejados de sus dibujos. De lo hecho, ya no había remedio.

El de María es uno de los pocos recuerdos gratos que guardo de esa época. También recuerdo con cariño una pequeña vicuña que encontré huérfana en la sierra y tuve como mascota. Solía llevarla en la camioneta cuando iba a Lima para algún asunto y paseaba con ella por el centro de la ciudad, como si fuera un perrito. El revuelo que causaba era grande, la gente se arremolinaba para verla y hasta publicaron nuestra fotografía en algunos periódicos. Me seguía a todos lados, como si yo fuera su madre. Un día, al volver a casa, la encontré enferma. La mujer de servicio le había dado un fuerte golpe en el vientre; esos animales son sumamente delicados y, además, era muy joven. Murió esa misma tarde, parecía esperar mi regreso. Me miró por última vez con sus enormes ojos de largas pestañas y expiró. Me sentí muy triste.

Había triunfado en el cultivo del algodón pero, lejos de sentirme satisfecho, mi sensación de cautividad se hacía cada vez más insoportable. No era únicamente por estar casado con alguien a quien no amaba, a quien ni siquiera soportaba; era también por todo el asfixiante entorno familiar. Juana apartaba a Henry de mí todo lo que podía, nunca podía estar con el niño a solas, lo sobreprotegía y sospecho que le hablaba mal de mí porque Henry acabó por rehuirme y sentirse incómodo en mi compañía. Esa fue otra batalla que también perdí sin poder evitarlo, la que más me dolió. Llegué a sentirme secuestrado, coaccionado en todos los aspectos de mi vida. Hubo momentos en los que ni el agotador trabajo lograba hacerme olvidar mi profunda insatisfacción.

La gota que colmó el vaso sucedió cuando en una ocasión tuve que ir a Lima y Juana se empeñó en acompañarme. A nuestro regreso encontramos la casa como si la hubiese asaltado una banda de maleantes. Había excrementos sobre la mesa del comedor y en las paredes, en las que también habían pintado obscenidades e insultos hacia mí. En las tierras, los sistemas de riego estaban dañados y gran parte de la cosecha había desaparecido. Habían sido los hermanos de Juana, no podía creerlo pero era así. Toñito me lo confirmó, con mucho miedo y tras asegurarle que no lo contaría a nadie.

Yo había llegado al límite de mi resistencia mental y decidí alejarme de allí por un tiempo. Se lo dije a Juana y después de mucho discutir accedió a que me fuera de vacaciones solo. Fui a Tacna, primer lugar que se me ocurrió; una ciudad situada en el extremo sur del Perú. Al bajar del avión me esperaban varios sujetos vestidos de civil que se identificaron como miembros de la Policía de Investigaciones del Perú.

Sorprendido, pregunté de qué se trataba, y cuál no sería mi indignación cuando me informaron que Juana, mi esposa, me había denunciado por haber abandonado el hogar. No me quedó más remedio que guardar mi rabia y regresar con ellos a Lima, donde me esperaba ella y luego regresar en su compañía a Nazca.

Mi alma gemía por dentro. El castigo moral al que estaba siendo sometido era absolutamente cruel e injusto para la dedicación y entrega que yo había puesto en un matrimonio obligado. Sentí la traición más vil, la soledad más absoluta y a pesar de haber pasado por tantos avatares en mi vida, noté que tocaba fondo como nunca. Vejado, explotado, no veía ante mí otro futuro que trabajar eternamente para Juana y su familia a cambio de un trato de esclavo, en una situación donde no se me respetaba sino por el contrario, era perseguido y acosado, además de sufrir los permanentes robos y destrozos en mis cosechas.

Durante esos años siempre mantuve comunicación con mamá, afortunadamente sus cartas me llegaban con bastante regularidad en respuesta a las mías. Yo no le contaba toda la verdad de mi desgracia, pero algo debió ella intuir porque la encontraba preocupada por mí. Después del episodio de Tacna comprendí que mientras estuviese dentro del Perú estaría sometido al capricho de Juana. Si quería alejarme de ella, tenía que salir de sus fronteras y eso era impensable por la férrea vigilancia a la que me tenían sometido. Se me ocurrió entonces que no se atrevería a impedirme que visitase a mi familia, especialmente si se trataba de algún acontecimiento grave. Le pedí a mamá que, cuando me escribiese, solicitase mi presencia por encontrarse gravemente enferma. En realidad yo no sabía si mi correo era controlado o no, rogué a Dios para que mi carta no fuese interceptada.

Poco después llegó la carta de mamá y conté a Juana lo que sucedía. Como estaba escrita en polaco le dije que, si quería, podía mandarla traducir. No sé si lo hizo, la guardó con una mueca de preocupación, me pareció que comprendía que la situación se le iba a escapar de las manos. No podía oponerse a que fuese a visitar a mi madre, enferma. Yo sentía remordimiento por utilizar esa estratagema, pero era el único modo en que podría salir de allí y alejarme de Juana y su familia. Propuse llevarme a Henry para que conociese Europa y a la familia de su padre, pero Juana se aferró a él como a una tabla de salvación. Una vez más esperaba usar el niño para tenerme atado. A regañadientes, Juana accedió a que fuese a ver a mis padres. Cogí algo de dinero de la venta de la última cosecha y dejé la administración de la hacienda en manos de un hombre de confianza. Después de trece años iba a regresar a Polonia.

Hasta el último momento temí alguna artimaña de Juana. Cuando mi avión despegó del aeropuerto de Lima lancé un suspiro de alivio. Me sentí libre por primera vez en casi diez años. La ansiedad que me producía regresar a Polonia era mayor que la que sentí cuando regresé después de la guerra. Había estado muchos años fuera y estaba seguro que encontraría muchos cambios. Viendo el océano desde lo alto recordé el viaje a bordo del *Americo Vespucci* y las fantasías de un joven y bisoño Waldek rumbo al Perú. La sonrisa que empezaba a esbozar desapareció al ver el titular del periódico que me ofrecía la azafata: Implantación de un estado comunista en Cuba.

Cuando por fin llegué a Varsovia, mi familia me esperaba en el aeropuerto. Mamá, que apenas había cambiado, lloraba emocionada y me llenó de besos como siempre hacía. Mi hermana Cristina, que había ido a recibirme con su esposo, también lloró y yo, por primera vez, me conmoví profundamente con esas muestras de alegría y cariño. Parecía que mi padre había olvidado su enfado porque después de tanto tiempo por fin me habló, aunque con cierta distancia. No di demasiada importancia a su trato casi indiferente, había llegado a aceptar su forma de ser, se comportaba así con todos. Era poco dado a expresar sus emociones.

Desde la boda de Cristina mis padres ocupaban un pequeño apartamento, donde me instalé provisionalmente. En Polonia no se permitía tener sino un determinado número de metros cuadrados por familia. Varsovia estaba reconstruida pero vivía bajo el yugo soviético. Después de tanto tiempo me sentía extraño en mi patria. Volvía a respirar el aire europeo, a hacer uso de los gentiles modales polacos y me preguntaba si realmente había valido la pena dejar todo aquello por ir tras una quimera. Pero un mes después empecé a recordar los motivos que me llevaron a huir del comunismo, la falta de libertades y el temor que la gente tenía a decir lo que pensaba eran evidentes. Con mi pasaporte peruano yo me sentía como un turista en mi tierra, no como un ciudadano polaco temeroso y sometido, por lo menos tenía esa ventaja.

Ya dije que soy supersticioso, de los que no pasan por debajo de una escalera y cuando se cruza un gato negro procuran esquivarlo. Me gusta leer mi horóscopo y cuando salgo de casa por nada del mundo vuelvo a entrar inmediatamente, lo considero de mal agüero. Me obsesioné con la idea de recuperar la cadena de oro que había escondido en la canaleta de desagüe de la cabaña, cuando me capturaron los alemanes en el bosque Chojnów. Creía que si recuperaba aquella cadena volvería mi suerte, que me había sido tan esquiva desde que me hicieron prisionero, y decidí intentarlo. Volví al lugar y después de tanto tiempo el almacén todavía estaba en pie. Busqué a tientas en la canaleta de desagüe y me topé con la cadena. Estaba enganchada en uno de los remaches, lo que explicaba que increíblemente no hubiese sido arrastrada por el agua durante todo ese tiempo. Tenía ante mis ojos la cadena y el pequeño crucifijo, lo consideré un buen augurio.

Después de ese hallazgo tenía la certeza de que saldría bien todo lo que hiciera en adelante, así que fui a la Politécnica donde había estudiado, a solicitar mi diploma de ingeniero. Me informaron que debía ir a Leipzig a retirarlo, ya que fue allí donde hice las prácticas. Confiando en el poder de mi talismán tomé un tren en dirección a Alemania Oriental, donde obtuve mi diploma de ingeniero con relativa facilidad.

A medida que pasaban las semanas iba olvidando mi vida en el Perú y no sentía ningún deseo de regresar. Ojalá hubiese podido traer conmigo a Henry, era lo único que echaba de menos. Pero el niño se haría pronto mayor y eso cambiaría las cosas. El dinero que llevé conmigo se estaba terminando y debía encontrar un trabajo. Ser ingeniero en Polonia y tener un diploma no tenía gran significado, había muchos cavando zanjas, pero encontré trabajo como chófer de un pesado camión y el dinero dejó de ser un problema.

Estaba considerando quedarme en Polonia, allí estaba a salvo, fuera del alcance de Juana y sus cómplices, pero no me agradaba la idea de vivir de nuevo bajo la dictadura comunista, no sabía si lo podría soportar, así que no terminaba de tomar una decisión. Llevaba casi un año en Varsovia cuando llegó una carta de Juana a casa de mis padres. Vencí la primera intención de romperla y abrí el sobre. Juana me decía que, en vista de que yo había abandonado el hogar, quería el divorcio. Me prometía que apenas regresara, iríamos al abogado para tramitarlo; de esa manera yo quedaría libre y ella podría rehacer su vida. Se sentía joven y con derecho a hacerlo. Empecé a vislumbrar una rendija de esperanza para rehacer mi vida yo también. La distancia me había dado una perspectiva diferente de todo. Por primera vez vi a Juana como un ser humano con sentimientos al igual que yo, tal vez fuera cierto que estuviera enamorada de mí, aunque su forma de amarme fuese por demás extraña y egoísta. Sentí compasión por ella. ¿Qué podría haber sentido, al ser rechazada de la forma como yo lo había hecho? Indudablemente, ninguno de los dos había obrado bien.

Por entonces mi estancia en Polonia era ilegal. Como ciudadano peruano, mi visado había expirado y el gobierno polaco llevaba un minucioso registro de todo. Yo había decidido volver al Perú para arreglar el divorcio, pero días antes de mi salida recibí una notificación de la inteligencia polaca diciendo que debía presentarme en la Policía de Investigaciones Secretas de Polonia, en el palacio Mostowski, de Varsovia. Mi hermana Cristina estaba muy asustada, ya que en ese lugar existía una cárcel para disidentes políticos.

—Waldusiu, yo te acompaño —me dijo—. En el palacio Mostowski torturan en los interrogatorios.

—No, Cristina, iré solo. ¿En qué me podría ayudar tu presencia si ellos quisieran torturarme? —contesté. Yo me estaba preparando psicológicamente para ser interrogado, no sería la primera vez. Ni siquiera estaba preocupado, más bien empezaba a estar harto.

—Quiero ir contigo —respondió valientemente mi hermana. Era una faceta de ella que yo desconocía. Y como también es una mujer muy terca, me presenté en su compañía.

Yo trataba de tranquilizarme pensando en mi pasaporte peruano, pero al mismo tiempo recordaba mi huida de Francfort y la cuenta pendiente que podrían presentarme. Al llegar a la oficina del Director de Investigaciones, dije a Cristina que me aguardara fuera. El director, vestido de uniforme militar, después de saludarme con afectada cordialidad, conversó conmigo intentando parecer amable.

—Señor Grodek, quisiéramos saber cuáles son los motivos por los que usted no regresa definitivamente a nuestra patria. En estos momentos Polonia se encuentra en una magnífica situación, hay libertades, hay trabajo, la gente vive bien, somos un país democrático.

—Señor director, es verdad, reconozco que en Polonia hay un buen gobierno, eso se puede observar y no tengo nada en contra de regresar a vivir aquí —pensé que si él mentía, yo también podía hacerlo—. El asunto es que yo tengo en el Perú a mi esposa, mi hijo y también una extensa hacienda de algodón, una casa, un restaurante, es decir, toda mi fortuna está allá. ¿No le parece que debería arreglar mi situación en el Perú, venderlo todo y traer mi capital a Polonia?

—¡Magnífica idea! —dijo el hombre, con simulado entusiasmo—, aquí hay muchas actividades donde invertir, deseamos sinceramente tenerlo de nuevo como ciudadano polaco. Ya nos parecía extraño que usted estuviese trabajando de transportista. —Al parecer conocía todo lo referente a mí.

—Lo hago porque me gusta el trabajo, no puedo estar sin hacer nada. Pero estas largas vacaciones están llegando a su fin, así que regresaré al Perú y tomaré en cuenta su ofrecimiento. Espero que a mi esposa le agrade la idea.

—¿Y no tendrá problemas con su novia? —Noté una profunda ironía en su voz. Ellos sabían que yo tenía una amiga.

—Mi novia sabe que estoy casado, señor director, no habrá problema. ¡Qué puede hacer un hombre, lejos de su casa tanto tiempo! —dije, bromeando. Me acompañó hasta la puerta y nos despedimos tan cordialmente como venía al caso. En nuestro fuero interno sabíamos que cada cual mentía.

Cristina no podía creer que todo hubiera sido tan sencillo.

—¿Qué sucedió? —me preguntó, impaciente, cuando salimos.

—Nada, hermanita. Él juega su papel y yo el mío. No pueden hacer nada contra un ciudadano extranjero. Recuerda que ya no soy polaco.

—Por un momento pensé lo peor —dijo Cristina. Ella vivía bajo un régimen totalitario y estaba acostumbrada a los desmanes del gobierno, lo veía natural. Pocos días después abandoné Polonia, y regresé al Perú.

A mi vuelta encontré la situación de siempre. Juana había mentido, ella no pensaba divorciarse de mí ni en sueños. Pero yo no era el mismo, el año vivido en Polonia me había hecho ver con claridad lo insoportable de mi situación y por nada del mundo quería seguir así. Separarme de Juana se transformó en mi único objetivo. No me ocupé más de los cultivos, de la cosecha ni de los regadíos. De hecho no me dedicaba a otra cosa que exigir mi libertad a todas horas, sin tregua. Ya la convivencia era insoportable. Después de algo más de tres meses, Juana se dio cuenta de que yo no daría mi brazo a torcer y me dijo que había decidido darme el divorcio a cambio de que le dejase absolutamente todos los bienes que teníamos. La casa, la hacienda, las cuentas bancarias, los vehículos y el restaurante, todo sería suyo. Además, no tendría derecho a ver a Henry. De nada hubiese servido discutir, ella y su clan eran allí ley inapelable. En aquellos momentos lo único que ansiaba en la vida era alejarme de Juana y su entorno. No me importaba quedarme sin nada. Aunque me doliese no ver a mi hijo, no tenía alternativa. Así que acepté las condiciones.

Transcurrido el año reglamentario de «separación de cuerpos», según exigen las leyes peruanas, y después de un careo con Juana y el abogado de su familia —el mismo que me obligó a casarme y el que me hizo detener en Tacna—, finalmente quedé completamente liberado de ella. Juana se encargó de darme su adiós de un modo muy propio de ella. Arrojó a la calle todas mis cosas y me cerró las puertas de la casa para siempre. Yo esperaba algo así, no me sorprendió en absoluto. En ese momento lo único que deseaba era largarme de allí cuanto antes. Recogí lo que me pareció imprescindible metiéndolo en una bolsa de papel y el resto lo dejé tirado. Llevaba en uno de mis bolsillos lo más importante: mis documentos personales y el acta de separación. No tenía un centavo, hacía tiempo que había dejado de tener acceso a las cuentas, pero me sentía mejor que nunca. Caminé por la carretera en dirección a Lima y pasados unos quince minutos, una camioneta se detuvo junto a mí. Era el hombre al que había dejado administrando la hacienda durante mi viaje a Europa. Se ofreció a llevarme a la capital. Él conocía mi situación, de la que toda Nazca estaba enterada, así que durante el trayecto evitó hablar de eso. Me dejó en Lima, en un parque frente al cine Roma, cerca de El Tambo, un restaurante donde yo había comido muchas veces; el olor del pollo asado llenaba el ambiente y mi estómago sonaba como un acordeón. Me acerqué al grifo que alimentaba las mangueras de riego y bebí agua casi hasta reventar. Tenía tanta hambre que sentía punzadas en el estómago, como en aquellos lejanos días de mi adolescencia en Auschwitz. Pero me sentía satisfecho. Había recuperado mi libertad después de diez años. Yo tenía entonces treinta y cuatro.

Capítulo 13

Pocas cosas estimulan tanto el ingenio como la necesidad y la desesperación, y yo necesitaba desesperadamente algo de dinero. Tuve una idea y sin pensarlo dos veces me encaminé al concesionario donde había comprado la flota de vehículos de la que fue mi hacienda. Como de costumbre me recibió el propietario, un inglés apellidado Harker. Después de saludarnos cortésmente le hice saber mi intención de adquirir un auto que tuviera los asientos reclinables; dije que mi esposa estaba embarazada y requería una posición cómoda durante los viajes. Harker tenía exactamente lo que yo necesitaba.

—Es un Glass alemán, económico y con asientos que se convierten en cama —ofreció, satisfecho.

—Es perfecto. Si no tiene inconveniente me lo llevo ahora mismo. ¡Vaya! —exclamé, palpando el bolsillo de la chaqueta con simulada sorpresa— he dejado la chequera en casa. ¡Qué contratiempo! Pensaba hacer varias compras esta tarde...

Harker, tal como yo esperaba, ofreció inmediatamente una solución.

—No se preocupe, con usted he hecho buenos negocios. Si me firma un pagaré, asunto resuelto.

—Le agradecería mucho que me prestase algo en efectivo y lo añada al pagaré. Así podría continuar mis compras, no todos los comercios tienen su solvencia, señor Harker.

—Por supuesto, sólo dígame cuánto necesita —acordó Harker. Me dio el dinero y firmé los documentos que me presentó. Yo actuaba aparentando tranquilidad y desenfado. En momentos como esos siempre recordaba la expresión del rostro de Stefan y trataba de imitarla. Con el auto y el dinero abandoné la tienda. Todo había salido bien, aunque confieso que estaba avergonzado.

Después de una buena comida me sentí mucho mejor. Ya oscurecía cuando conduje hasta una zona llamada Las Casuarinas, solitaria porque apenas estaba urbanizada. Estacioné el auto en un lugar que me pareció seguro, recliné el asiento hasta convertirlo en cama y me dormí profundamente.

Desperté muy pronto, entumecido, vestido de calle y sin posibilidad de asearme; una sensación desagradable. Es duro para quien lo ha tenido todo, empezar de nuevo en circunstancias tan difíciles. No me sentía orgulloso de mi engaño a Harker, pero mi intención era encontrar trabajo, pagar el auto y recuperar mi posición. El hombre comprendería mi estado de necesidad. Tenía aún algo de dinero pero, si no encontraba medios de vida rápidamente, era sólo cuestión de días que quedase en la indigencia. Volví al centro, compré un diario y entré en una cafetería. Mientras buscaba en las ofertas de trabajo algún empleo acorde con mis aptitudes, reparé en un hombre menudo, de edad indefinible, que me observaba desde otra de las mesas. Tenía los rasgos característicos de los oriundos de Medio Oriente: nariz larga y curvada, el rostro delgado y ojos penetrantes. Me pareció que deseaba entablar conversación conmigo, porque me miraba cada vez más abiertamente. Cuando lo miré, por fin habló:

–Hola, ¿qué haces? –preguntó, como si me conociera. Lo dijo en un tono tan familiar que por un momento creí que se dirigía a otra persona y giré el rostro buscando alguien más, pero estábamos solos.

–Nada especial –contesté escuetamente.

–¿Es tuyo ese auto? –añadió, señalando mi nuevo Glass, aparcado frente al cafetín.

–Sí –respondí. Me pasó por la cabeza que podría ser alguien enviado por Harker, ya al corriente de mis problemas. Pero la idea era absurda y la deseché inmediatamente.

–Veo que buscas trabajo –señaló con la mano el diario sobre la mesa, abierto por las ofertas de empleo–. ¿Te gustaría trabajar conmigo?

–¿De qué se trata? –pregunté, empezando a interesarme en la conversación.

–Soy comerciante y necesito moverme de un sitio a otro, pero no tengo coche ni sé conducir. Estoy buscando alguien que me lleve donde sea necesario, por todo el país. Además del sueldo pago comida y alojamiento.

—¿Y qué es lo que vendes? —inquirí.

—De todo, desde chucherías hasta artefactos eléctricos y telas. Compro aquí, vendo allá...

—¡Ah! Ya sé. Yo tenía un amigo que hacía lo mismo — observé, recordando a Stefan.

El hombre se levantó y se acercó a mí.

—¡Magnífico! —exclamó—, entonces ya conoces el negocio. Me llamo Miguel —dijo en voz baja, tendiendo su mano. Pronto me acostumbré a la extraña pronunciación que tenía del español.

—Waldek Grodek —me presenté, estrechándosela. Su mano era fina y suave, de largos dedos, parecía la de una mujer.

—Entonces... ¿aceptas?

—Sí, claro. ¿Cuándo empiezo? —decidí, sin pensarlo más. No estaba en condiciones de rechazar ninguna oferta.

—Ya hemos empezado —respondió Miguel, dándome una palmada en la espalda. Cuando hablaba siempre lo hacía en plural. Pagó la cuenta de los dos y salimos en dirección al auto.

Me guió a través de la ciudad hasta un pequeño almacén donde guardaba sus mercancías. Cargamos el maletero y los asientos traseros con rollos de tela y un montón de cajas que contenían los objetos más diversos. Cuando ya no cabía ni un alfiler, Miguel indicó que iríamos hacia el norte. Era una ruta que yo conocía bien. Paramos en casi todos los pueblos buscando negocios, especialmente los de confección, y allí iba él con sus telas. Yo me quedaba aguardando; a veces lo ayudaba a llevar las mercancías, sin intervenir para nada en sus asuntos.

Lo primero que él hacía al entrar en un pueblo era preguntar por la jefatura de policía. Si no la había, se sentía en su territorio. El árabe acostumbraba comprar telas nacionales, a las que con un sello y tinta especial, marcaba en el orillo «Made in England». Después las vendía como tela inglesa. Me alarmé al principio porque eso sin duda era un fraude, pero con el tiempo me fui acostumbrado a sus métodos poco ortodoxos. Las tiendas compraban sus telas sin poner reparos y la carga iba bajando poco a poco a medida que avanzábamos hacia el norte.

Llevábamos unos siete días de viaje cuando, camino a Lambayeque, vimos en la cuneta un cura que esperaba el autobús. Miguel lanzó un grito.

—¡Para, para! Retrocedamos, vamos a recoger a ese pobre padrecito que está en el camino.

Me sorprendió su amabilidad, él nunca daba una puntada sin hilo, pero pisé el freno y retrocedí hasta la parada donde estaba el sacerdote. Miguel bajó rápidamente del auto y con exagerada reverencia saludó al religioso, invitándolo a subir. Éste, agradecido por el favor, no se hizo rogar y nos indicó que iba muy cerca, sólo un poco más adelante. En el corto trayecto la conversación con el cura versó sobre asuntos aparentemente banales. Así nos enteramos de que se dirigía hacia un monasterio que quedaba en Piura; también de que su primo, un sacerdote que anteriormente había sido el padre ecónomo de ese monasterio, fue trasladado a una iglesia al sur, en Arequipa. Para mí esos datos no tenían la menor importancia, pero para Miguel eran una valiosa información.

Después de dejar al cura en su parroquia, fuimos a visitar al nuevo padre ecónomo de la proveeduría de Piura. Gracias a la información conseguida Miguel sabía su nombre y apellido; preguntando por él nos dejaron entrar en el aparcamiento sin objeciones. Esperé fuera mientras él entró en la oficina para hablar con el cura. Al poco rato salió, entusiasmado; yo sabía que eso sólo podía significar que había cerrado un buen negocio. A toda prisa fuimos a la ciudad más cercana, donde compró 176 metros de tela negra, de fabricación nacional. Buscamos un lugar tranquilo, entonces con su sello giratorio marcó «Made in England» a lo largo del borde de toda la pieza. Esperamos una media hora para que la tinta secase bien, después volvió a enrollar la tela perfectamente, como sólo un árabe sabe hacerlo y regresamos a la proveeduría.

El padre ecónomo sonrió satisfecho al ver la tela con el orillo indicando su noble origen. Miguel la empezó a desenvolver para medirla de manera que no hubiera desconfianza, pero lo hizo tan hábilmente que le sobraron seis metros que él ofreció generosamente a mitad de precio. El cura creía que estaba haciendo un negocio extraordinario. Yo apenas podía contener la risa, estaba colorado y sentía la cara ardiendo.

–¿Qué le sucede a su ayudante? –preguntó el padre, al verme tan congestionado.

–¡Ay padrecito! –improvisó rápidamente Miguel–, está enfermo, le dan ataques de locura, ya en el barco todos lo conocen. Cuando se pone rojo como ahora, necesitamos varios marineros para sujetarlo, se pone furioso y rompe todo lo que encuentra. Por favor, termine de firmar el cheque, no vaya a tener aquí alguno de sus ataques.

El cura me miró achicando los ojos y luego se apresuró a extender el cheque y nos despidió con prisas. Nos fuimos de allí tan rápidamente como pudimos.

Ya en el auto, fuera de la vista del cura, ambos estallamos en carcajadas.

–Vayamos rápidamente al banco a cobrar el cheque, no me fío un pelo de estos santurrones –dijo Miguel sin alzar la voz.

Mientras conducía hacia la ciudad le pregunté:

–¿Cómo conseguiste convencerlo para que te comprase tanta tela?

–Muy fácil, sólo un poco de amabilidad y un poco de información. Ya que sabíamos el nombre de su antecesor, le dije que él me había encargado la tela para hacer sotanas. Y ahora, cuando las traigo en barco desde Inglaterra, me encuentro otra persona en su lugar. ¿Qué harías tú si fueses nuevo en un cargo y llegase algo que hubiera encargado tu antecesor?

–¿Sin ningún documento y sin ningún aviso? –pregunté, algo escéptico.

–Eso le extrañó al principio, pero le dije que en asuntos de iglesia la palabra de un sacerdote es todo lo que necesitamos–, aclaró él. Ambos volvimos a reír, recordando al cura y sus sotanas.

Los sastres eran sus peores enemigos, ellos sabían distinguir bien las telas. En una ocasión Miguel vendió su famosa tela «Made in England», a un hombre que la llevó a un sastre. Éste descubrió el engaño, el hombre lo denunció y Miguel fue llevado a la prefectura de policía, acusado de vender tela nacional como importada. Lejos de amilanarse, él ejecutó una de sus mejores actuaciones.

—No entiendo —dijo al jefe de la policía—, vendemos las telas para que se vistan bien, damos trabajo al sastre para que gane dinero, nos denuncian por ello y ustedes nos arrestan. ¿Cree usted que eso es justo? No hacemos daño a nadie, por el contrario, les ayudamos.

Yo me sentía incómodo porque Miguel siempre me involucraba con su manía de hablar en plural.

—Así es la gente, siempre inconforme —asintió el hombre rascando su cabeza, abrillantada por aceites o tal vez algo peor.

—Actuamos siempre de buena fe, señor comisario —prosiguió Miguel—. ¿Aceptaría usted un corte de «casimir inglés»?, vea: pura lana «Made in England». No crea a esos sastres envidiosos, lo único que desean es vender sus propias telas de inferior calidad.

El policía terminó aceptando el corte, convencido de que era de «pura lana inglesa», y lo dejó libre. Mejor dicho, nos dejó libres.

En ocasiones compraba pequeñas cantidades de horrendas telas de colores chillones, que rara vez vendía.

—¿Por qué compras esas telas tan feas? —pregunté un día.

—Waldek, para que la gente distinga lo hermoso tiene que ver lo horrible al lado, ¿comprendes?

También le gustaba contarme historias, creo que es una cualidad innata en los árabes, cuentos que siempre contenían una enseñanza. Como éste:

Un hombre que durante toda su vida había sufrido a causa de su baja estatura, cayó al mar desde la cubierta de un barco, pero no se ahogó. Cuando recuperó el conocimiento vio que estaba en algún lugar bajo el mar, pero podía respirar, el sitio era agradable y rodeado de flores. De pronto oyó una voz:

—Bienvenido seas a mi reino. Antes de entrar en él te concederé un deseo, el que tú quieras, sólo uno, piénsalo bien, dímelo y lo haré realidad.

El hombre no lo pensó mucho, deseó ser alto y así lo dijo en voz alta.

—Deseo medir un metro y noventa centímetros de estatura.

—Así sea —dijo la voz, ya puedes entrar en nuestro mundo

El hombre notó que su cuerpo se estiraba y que era más alto que antes, pero cuando entró en la ciudad vio con sorpresa que todos allí medían tres metros de altura.

—¿Qué significa? —pregunté.

—Piénsalo, Waldek, piénsalo... —respondió él.

Andando con él me sucedieron muchas anécdotas; era incansable, ocurrente y no paraba de hablar. En una ocasión pasamos por un pequeño pueblo, donde vimos unas indiecitas sentadas al borde de la carretera. Miguel bajó del auto y las puso a raspar ladrillos a cambio de unos pocos billetes. Quedó en regresar después para recoger el ladrillo molido. Más adelante llegamos a una ciudad donde compró pequeños sobres de plástico y una pistola térmica para sellarlos. Luego en una casa especializada en escapularios y objetos religiosos, compró algunas cruces y medallitas. Yo me limitaba a observar; sabía que como siempre, todo encajaría en alguno de sus rocambolescos planes.

De regreso al pueblo, hizo llenar cada uno de los sobres con un poco de ladrillo molido, una medalla y una cruz, y después, sellarlos. Cuando las mujeres hubieron terminado, les pagó y seguimos viaje hacia otro pueblo próximo a la selva peruana. Como siempre, lo primero que hizo fue preguntar por la prefectura de policía. Enterado de que allí no había puesto policial, se puso manos a la obra. Se dirigió a una plaza de paso concurrido, teatralmente puso en el suelo una tela de saco y esparció sobre ella los pequeños sobres de plástico. Se nos acercaron algunos curiosos, y Miguel iba regalando un sobrecito a cada uno de ellos, indicando que contenía tierra santa, a la vez que les daba algún consejo. Pronto la gente empezó a congregarse a nuestro alrededor, para ver de qué se trataba. Con ademanes teatrales él alcanzó uno de los sobres a un tipo de aspecto descuidado y le dijo:

—Esta tierra santa que pisó el Señor te ayudará a dejar la bebida y a no maltratar a tu mujer. Ella es tu mejor apoyo.

—¡Gracias, señor! ¿Cómo sabe usted tantas cosas de mí?

—¿Señor? —increpó Miguel, indignado—. ¡Padre has de llamarme! Soy sacerdote. Visto de seglar porque vengo de Tierra Santa... es un largo viaje. Estaba enfermo y he sanado. Agradezcan a este hombre de buen corazón que me haya traído a este pueblo olvidado para ofrecerles esta tierra milagrosa —añadió, señalándome.

Aunque yo trataba de mantenerme al margen, Miguel siempre me involucraba en sus trapicheos. La gente parecía convencida de lo que él decía, le besaban la mano y de paso a mí también, pedían nuestra bendición y él les complacía bendiciendo a diestro y siniestro. Todos deseaban uno de aquellos sobrecitos de «tierra santa».

—No puedo regalar todos los sobres, son lo único que tengo, ustedes han de comprender que he de cubrir mis necesidades y el viaje me dejó sin un centavo. ¡Bendita sea su generosidad! Denme lo que puedan por ellos.

Para mi asombro todos los allí presentes comprendieron sus razones y querían pagar por la tierra de ladrillo. En general le pagaban más de lo que él hubiera podido pedir, como si con ello se ganasen el cielo.

—¡Quiero una, padrecito! —dijo una mujer gorda.

—Tu marido te engaña, mujer, pero no le culpes, él está enamorado de ti. Tienes que cambiar tu carácter, ya verás como todo se arreglará entre ustedes, guarda el sobre en un sitio de tu cuerpo bien oculto, donde nadie lo vea.

—¡Gracias, padre! ¡Es usted un santo! —exclamó la gorda, después de entregar su generoso donativo.

—Esa enfermedad que tienes debes tratarla, hija mía, ve a un doctor y deja de tomar esas hierbas que te aconsejó tu comadre, que te están matando —le dijo a una mujer muy flaca, con cara de enferma.

Yo me preguntaba cómo podía saberlo, empecé a creer que tal vez tenía ciertos poderes.

—Tiene razón, padrecito, quiero esa tierra santa, ¿cuánto cuesta? —inquirió la mujer. Estoy seguro de que hubiese pagado cualquier cantidad que le hubiera pedido.

—¡La tierra santa no tiene precio! Ya lo dije, es la voluntad.

En poco rato se agotaron los sobres y salimos de allí tras las últimas bendiciones. Esa tarde, además de hacer un buen negocio, Miguel se divirtió mucho. Disfrutaba con sus puestas en escena. Yo no aprobaba su forma de proceder, pero trabajaba para él llevándolo de un lado a otro y era consciente de que colaboraba en cierto modo en su fraude. De un modo u otro, el árabe siempre ganaba dinero. Me enseñó trucos para hacer que la gente se interesara por algo que no necesitaba o no desearía comprar, pero yo no tenía madera para ese tipo de trabajo, nunca participaba. Siempre me decía que yo era demasiado ingenuo.

Hacía tres meses que yo andaba de un lado a otro con ese árabe loco y había hecho unos ahorros, porque Miguel corría siempre con todos los gastos y me pagaba religiosamente, así que pensé que era momento de dejar ese trabajo que a la larga sólo me podía traer problemas. Se lo dije y él insistió una vez más:

—Waldek, amigo, con esa pinta que tienes ¡yo me haría pasar por marinero y vendería todo el contrabando que pudiera!

—No, Miguel, esto no es para mí. No puedo engañar a la gente con la facilidad con que tú lo haces y lo más probable es que termine preso. Además, tengo cosas pendientes que no pueden esperar. He de regresar a Lima.

—Está bien, sé que no has nacido para esto. Tienes una profesión y buena presencia, has de sacarles provecho. Espero que te haya servido de algo andar conmigo, porque en este mundo nada ocurre sin motivo, así que haz lo que tengas que hacer.

Fue lo último que me dijo Miguel. Siempre lo recordaré con una sonrisa en los labios; también con un profundo agradecimiento, porque me ayudó cuando más lo necesitaba. Cuando lo conocí yo tenía miedo de mi propia libertad, me sentía inseguro y siempre miraba a mi espalda por si algún policía enviado por Juana o su familia anduviera detrás de mí. Los meses que trabajé para el árabe fueron como un bálsamo que ayudó a cicatrizar mis profundas heridas.

Me dio un fuerte abrazo y me palmeó la espalda, yo subí a mi auto y por el retrovisor vi su gesto de despedida con la mano   hasta que lo perdí de vista. Mientras conducía de regreso a Lima tuve mucho tiempo para pensar. No quería volver a equivocarme, estaba harto de vivir de modo precario y ya no era tan joven como para volver a empezar una y otra vez. Ahora lo haría todo bien, primero conseguiría un empleo acorde con mis conocimientos y después reharía mi vida sin depender de nadie. Pero antes que nada, debía pagar a Harker.

Al día siguiente fui al concesionario. Temía que Harker estuviese muy enojado conmigo y esperaba poder tranquilizarlo antes de que se pusiese desagradable, pero el inglés demostró ser un caballero. Me saludó cortésmente, sacó de un cajón mi pagaré y preguntó:

—Ahora, ¿qué hacemos con esto, señor Grodek? —Creí notar una velada amenaza en su pregunta. Me sonó a ¿me va a pagar o he de denunciarle? El hombre tenía toda la razón. Pero, por otra parte, en los diez años que tuve la hacienda le había comprado muchos vehículos por valor de una pequeña fortuna; me debía una atención.

—No imagina cuánto lamento este asunto. Como ya sabrá, han cambiado las cosas. Si le parece bien liquidaré mi deuda en varios pagos. Aquí tiene el primero de ellos. — Puse sobre el escritorio un fajo de billetes, casi todo lo que había ahorrado mientras estuve con Miguel.

—Está bien —dijo Harker, cogiendo y contando el dinero— , le haré un recibo.

Me extendió el documento y ambos nos levantamos. Convinimos un nuevo pago cada mes hasta liquidar la deuda. Al despedirnos me dijo:

—Señor Grodek, yo ya sabía que usted tenía problemas cuando vino hace tres meses, las noticias vuelan, sobre todo cuando la gente se dedica a esparcirlas. Pero vi que necesitaba lo que me pedía y que era mejor no hacer preguntas. Hace muchos años que nos conocemos, sabía que podía confiar en usted. Le digo esto para que no tenga mala conciencia, en realidad no me engañó. Sólo es un negocio más. Y espero que no sea el último —añadió, sonriendo.

Me despedí con un fuerte apretón de manos y salí a la calle. Casi estaba sin dinero, pero estaba contento por haberme quitado un gran peso de encima.

Otra vez necesitaba un empleo con urgencia. Leí de nuevo las ofertas de trabajo del periódico y me presenté a varias de ellas, sin resultado. A los cinco días empecé a desanimarme, el dinero menguaba rápidamente. Ya no me podía permitir pagar una habitación, tendría que volver a dormir en el auto y el tiempo pareció dar un salto atrás, estaba igual que tres meses antes. Anocheciendo, entré al café de siempre, pero esta vez sólo para pedir un vaso de agua. Un hombre joven que parecía formar parte del cafetín me miró. Lo había visto casi todas las noches durante esos días. Era apuesto y vi de reojo que llevaba buenas ropas, pero yo había aprendido a ser desconfiado. El joven estaba recostado al otro extremo de la barra y me observaba. Pasado un momento, se acercó.

—¿Qué hacés? —preguntó.

—Aquí... pasando el tiempo —dije. Por su acento noté que era argentino.

—Me llamo Roberto de la Marca —se presentó.

—Waldek Grodek —correspondí, sin mucho interés.

—Vos no sos peruano, ¿o sí? —preguntó.

—Soy peruano, pero nací en Polonia —respondí a pesar de que empezaba a fastidiarme tanta curiosidad.

—Y... perdoná la pregunta, pero ¿vos a qué te dedicás?

—Por ahora, a nada. ¿Y tú?

—Algo por aquí, algo por allá... —comentó vagamente.

—Busco trabajo. Soy ingeniero —añadí, pensándolo mejor. Nunca se sabe cuándo puede abrirse alguna puerta.

—¿Sos ingeniero? —el argentino parecía sorprendido—. Tenés buena pinta; vos sabés hablar varios idiomas me imagino, los polacos son así, ¿no?

No sé de dónde pudo sacar esa idea, pero le seguí la corriente.

—Pues sí, hablo polaco, alemán, inglés y español.

—¡La pucha! Entonces podés encontrar laburo fácil.

—Como intérprete, supongo...

—¡No, por supuesto que no! ¿No tenés parientes en la nobleza? Todos los polacos son medio aristócratas. ¿Sabés que las norteamericanas pagan una fortuna por casarse con un conde? Tratá de pensar... ¿vos no serás pariente de alguno?

¡Qué tonterías dice!, pensé. Me vino a la cabeza el palacio de los condes Radziwil, donde pasé unas cuantas vacaciones con mi tía, que era ama de llaves. También recordé que en una ocasión mamá me había enseñado un título que había heredado de la familia de su madre. Nunca le dio importancia porque el título, según decía mamá, no servía para comer. Mejor no hubiese dicho nada, cuando se lo mencioné, Roberto se puso eufórico.

—¡Sabía que vos tenés algo especial! Tu porte, tus modales... en fin, debemos hacer algo. ¿No tenés cómo comunicarnos con tu familia? —empezaba a hablar en plural, como Miguel. Era indudable que yo tenía un imán para los tipos raros.

—Ni lo pienses, no deseo hablar más de este asunto.

Me estaba cansando de ese argentino loco. Cogí el diario que había dejado sobre la barra, con intención de salir.

—¿Dónde te dirigís?

—No tengo rumbo fijo —dije, impaciente—, fue un placer conocerte.

—Estamos en lo mismo. Hay una exposición de arte no muy lejos de aquí. Te invito. —Roberto no parecía captar mi intención de dar por terminada nuestra conversación.

—No deseo ver ninguna obra de arte en este momento —aclaré, verdaderamente harto. Mi desagrado era más que evidente pero Roberto continuó, imperturbable.

—Pero, ¡¿qué decís vos?!... ¡Nadie va a ver el arte! —exclamó—, lo importante es que allí sirven bocadillos y tragos, todo gratis. Además, hay música y termina siempre en una buena fiesta. ¿Sabés música? Los polacos siempre saben.

—Toco el piano —dije. Roberto parecía tener un manual de todo lo que se supone que hacíamos los polacos. Pero la frase «bocadillos gratis» captó mi atención, pensé que quizás no fuese mala idea ir a esa galería de arte.

—¡Excelente! —Roberto estaba más que complacido. Y me pareció que su satisfacción llegó al máximo al enterarse de que yo tenía auto.

En la galería había gran cantidad de gente, la mayoría intelectuales o con aires de serlo, algunos actores y algún que otro interesado en arte. Me pareció que aquello era, sobre todo, un lugar de encuentro en un ambiente sofisticado. Observé que muchos estábamos allí para comer y beber gratuitamente. Con naturalidad me acerqué a la mesa y comí un par de bocadillos. Miré alrededor y llamó mi atención una mujer alta y rubia, que conversaba animadamente en un pequeño grupo. Por un momento cruzamos nuestras miradas y me sonrió. Roberto, que al entrar se había esfumado entre el gentío, reapareció y me arrastró con él.

—Vení, Waldek, te voy a presentar una mina alucinante, es amiga mía.

Lo seguí, obediente, y para mi sorpresa me encontré frente a la mujer rubia que había visto momentos antes. Roberto nos presentó, su nombre era Helga. El argentino volvió a desaparecer tan rápido como había aparecido.

—Es un placer —saludé, estrechando su mano. Noté que ella percibió que había despertado vivamente mi interés.

—Lo mismo digo —respondió Helga. Tenía una voz agradable, cálida, poco común. De cerca era más bella, imponente sería la palabra adecuada—, ¿También pintas? No me parece haberte visto antes por aquí —dijo, buscando tema de conversación.

—No. Me dedico a la música —me encontré diciendo. Pensé que debía presentarme como un artista, allí todos lo parecían.

—Adoro la música. ¿Qué estás tomando? —preguntó Helga, y sin esperar a que respondiera me llevó de nuevo hacia la larga mesa, repleta de canapés y diferentes tipos de bebidas. Me sirvió un whisky.

Al ver que yo miraba con mayor afecto los bocadillos ella puso varios de ellos en un plato y me los ofreció. Cogió uno y empezó a mordisquearlo, dándome confianza. Empecé a comerlos, tratando de disimular que me moría de hambre.

Su sonrisa era preciosa. Tenía dientes pequeños y se le formaban hoyuelos en las mejillas, parecía una muñeca. Me miraba con sus ojos profundamente azules y yo me preguntaba qué habría visto ella en mí. Hablaba español con acento alemán. Quizás fuese alemana; no estaba seguro porque sus facciones eran demasiado delicadas para serlo.

—Además de la música, ¿qué haces? Es muy difícil vivir del arte si no eres famoso.

—Soy ingeniero industrial. Tenía una hacienda de algodón pero la tuve que entregar a cambio de mi libertad —dije, sorprendiéndome a mí mismo. No acostumbro contar mucho de mí, pero había algo en ella que me inducía a ser franco.

—¿Estuviste preso?

—Peor; estuve casado —respondí—. Es una larga historia que quizás no quieras escuchar.

—Te equivocas, me gustaría escucharla, pero no aquí. Tal vez podamos escaparnos más tarde. Waldek, ¿de dónde eres?

—Soy polaco. Eres alemana, ¿verdad?

—Sí, de Karlsruhe.

—¿Llevas mucho tiempo en el Perú? —dijimos los dos en alemán al mismo tiempo. A partir de ahí la conversación siguió en alemán, yo me encontraba más cómodo hablándolo y seguramente ella también.

Me contó que había pertenecido a la *Gestapo*. Al finalizar la guerra logró llegar al Perú casándose con un diplomático peruano en Alemania. Me dijo que estaba divorciada y trabajaba para la Interpol. Me extrañó que lo dijera con tanta naturalidad como si me conociera de toda la vida. Dudo que contase cosas tan delicadas a cualquiera.

—Waldek, eres un hombre joven y apuesto. —Sentí que me empezaba a sonrojar.

No estaba acostumbrado a recibir esa clase de piropos y menos de una mujer como ella.

—Además de haber estado preso en una hacienda de algodón —recalcó con ironía— ¿trabajas en algún sitio?

—Por el momento estoy desempleado, no he podido encontrar trabajo. Estuve ayudando a un árabe que vendía su mercancía en las provincias, pero definitivamente eso no era para mí —dije, un poco avergonzado de mi situación.

—¿No encuentras trabajo? Tú, un profesional europeo...

—¿Y de raza superior? —completé, observando su reacción.

—No era eso lo que iba a decir... —respondió Helga, mirándome fijamente. Pude adivinar lo que pensaba.

—No creo en la raza superior —aclaré— para mí todos los seres humanos son iguales.

—Para mí también —dijo Helga—; los chinos son chinos, los indios son indios, los negros son negros y los blancos son... blancos.

—No me digas que eres racista —exclamé, casi sin pensarlo. En realidad no deseaba discutir con ella, me caía bien. Me arrepentí mientras lo decía.

—No creo en la tesis de la raza superior, si a eso te refieres. Fue un argumento que utilizó Hitler para unificar el pensamiento en Alemania. En lo que creo es en que todos los blancos son blancos.

—Y por lo tanto, superiores; aunque algunos seamos eslavos —añadí, mordaz, continuando su frase. Deseé haberme mordido la lengua. Me estaba comportando como un cretino.

—Mejor cambiamos de tema, es demasiado profundo para tratarlo ahora —dijo Helga inteligentemente.

—Tienes razón —asentí aliviado. Capté en su mirada que intuía que yo había sufrido bajo el yugo nazi, pero no me pareció momento de hablar de ello.

Un par de horas después me ofrecí a llevarla a su casa. Fuimos bordeando la costa por el malecón de Miraflores, contemplando el paisaje nocturno de las playas limeñas. Nuestra conversación fluía sin esfuerzo, Helga tenía sentido del humor y aquella noche empecé a sentirme de modo diferente. Respiré profundamente llenando mis pulmones con aire marino, tan extasiado me hallaba que no recordé que iba escaso de gasolina. De pronto el motor se detuvo.

—Helga, no hay gasolina... y tampoco tengo dinero —dije, abochornado.

—Waldek, eso se puede solucionar, no te preocupes. Al auto se le puede echar gasolina pero ¿y a ti? Te noto deprimido, algo muy grave para un hombre tan joven. Debes reaccionar —dijo animándome.

No respondí, tenía la cabeza agachada. Era verdad, me sentía desmoralizado y aquella hermosa mujer parecía saberlo.

—No tienes dónde alojarte, ¿me equivoco?

—No —respondí, sin levantar los ojos.

—Puedes quedarte en mi casa. ¿Qué dices?

—No debería aceptarlo —no sé si habló el orgullo o la prudencia.

—No empieces a ponerlo difícil, Waldek. Me podría desanimar —advirtió Helga.

La miré por fin. Parecía una diosa, inalcanzable, y allí estaba ofreciéndome algo más que su casa. Me sentí minúsculo, insignificante, avergonzado por la situación. Hubiese querido huir. Pero en ese momento comprendí que el ofrecimiento de Helga era quizás mi última oportunidad. Yo estaba enfermo, hundido por la vida que había llevado en los últimos años y Helga, como Mónica hizo antes cuando tuve paludismo, podía curarme. Sólo necesitaba un poco de tiempo, una tregua. Debía aceptar.

—Helga, no sé cómo agradecerte...

—No hables más y vayamos a buscar gasolina —interrumpió ella. Se apeó del auto y fuimos cogidos de la mano hasta la estación de servicio más cercana.

Las ironías de la vida hicieron que una antigua nazi apareciera en mi vida para devolverme la esperanza. El simple gesto de tomar su mano hizo el cambio. No sé cómo supo que yo no tenía casa. Tal vez advirtió que en al auto había demasiadas cosas o quizás su olfato de policía se lo había indicado, nunca se lo pregunté.

Empezamos a vivir juntos y Helga se enamoró de mí. Ella me atraía, pero era una mezcla de gratitud y compañerismo. A su lado volví a sentirme como un hombre y recuperé mi autoestima, empecé a ser como el Waldek de antes, el que no temía nada y era audaz. Ella era cuatro años mayor que yo; lo que más llamaba mi atención era el contraste entre su rostro angelical y sus imponentes senos. Para mí toda ella era perfecta, apasionada, educada y excelente ama de casa. Sin embargo, no me enamoré. Le era fiel, la quería pero no la amaba. No sabría decir por qué. Ella lo sabía pero me aceptaba así.

Helga era muy reservada en lo referente a su trabajo. Y yo no hacía preguntas. Viajaba con relativa frecuencia para llevar a cabo ciertas misiones, como explicaba sin dar más detalles. Unos días antes de viajar a Europa, hizo una reunión en casa. Entre los invitados había un hombre al que todos trataban con especial deferencia, supuse que era alguien importante.

—Waldek, quiero que conozcas a un buen amigo, el señor Franz Keller —me presentó Helga.

—Waldek Grodek. Mucho gusto en conocerlo, señor —le dije en alemán. Al verlo, sentí un *déjà vu*.

—El gusto es mío —respondió Keller.

—Disculpen, he de atender unos amigos —dijo Helga y nos dejó solos.

—Así que usted es Waldek, al fin lo conozco. Tengo muy buenas referencias suyas —dijo el hombre.

Su mirada era escrutadora. Un tanto incómodo, saqué una cajetilla de cigarrillos Camel. Parece tonto, pero los cigarrillos sirven para disimular ciertos estados de ánimo, por lo menos, es mi caso. Le ofrecí uno. Keller lo tomó y después de encenderlo continuó:

—Debe ser usted muy bueno para haber causado en Helga tan favorable impresión.

—Soy bueno en mi oficio, en lo demás no sabría qué decir... Helga es encantadora —articulé. Fue un momento extraño. No se me ocurría nada inteligente qué decir.

—Eso me gusta en una persona, que sepa reconocer su propia valía. Demuestra seguridad en lo que hace —comentó Keller—, exactamente, ¿qué es lo que usted sabe hacer tan bien?

—Soy ingeniero mecánico, o como dicen aquí, ingeniero industrial. Estudié en Polonia y Alemania del Este.

—En casi toda Sudamérica faltan buenos ingenieros mecánicos. Se invierte mucho dinero en montar una fábrica, y algunos creen que todo seguirá en las mismas condiciones toda la vida. Pero luego algo se daña, se paraliza una línea de producción ocasionando grandes pérdidas y entonces lamentan que jamás prestaron atención al mantenimiento. La maquinaria envejece. Al final resulta más costoso reparar que mantener. Ese es mi negocio: el mantenimiento. —Keller sonrió, satisfecho de su escueta explicación.

—Interesante —medité en voz alta.

—Necesito gente que sepa hacer bien su trabajo —agregó—. Mi empresa comenzó reparando maquinaria pero ahora realizamos el mantenimiento de la mayoría de los fabricantes de medicinas del país. También instalamos maquinaria y equipos de aire acondicionado. Quiero ofrecer más servicios pero me falta el personal adecuado. Necesito alguien de confianza que sea ingeniero mecánico y que tenga don de mando —se lamentó Keller.

Estuve a punto de ofrecerme para el empleo en ese momento pero no me atreví, a pesar de que me lo estaba poniendo en bandeja. Seguía sintiéndome intimidado por el alemán.

—¿Qué te parecería trabajar conmigo? —ofreció, por fin.

—Soy la persona que necesita, señor Keller —dije con franqueza. Yo no sabía mentir y no era momento de falsas modestias. Keller podría desanimarse.

—Me gusta la gente decidida. ¿Puedes empezar mañana?

Era domingo pero no me importó. Lo habría hecho en aquel mismo momento si me lo hubiera pedido.

Capítulo 14

Pensando en mi nuevo trabajo, esa noche apenas pegué los ojos. Estaba seguro de que mi suerte iba a cambiar, volvería a una vida respetable. Vivir a expensas de Helga me estaba haciendo daño. Keller parecía tener las ideas muy claras. Sin embargo, había algo en él que me inquietaba. Me levanté en cuanto amaneció, me vestí tan elegantemente como pude y salí hacia el trabajo. Conduje por las calles vacías de un domingo de madrugada hasta Surquillo, un distrito con una amplia zona industrial. El edificio de Keller era fácil de encontrar, destacaba entre las demás construcciones por su extrema sobriedad y por su inmaculada fachada gris de tres pisos. Estaba en el límite con la zona residencial.

Aparqué el auto junto a un Mercedes gris oscuro, cerca de la entrada principal. Subí los cinco escalones que me separaban de las enormes puertas de grueso vidrio y presioné el timbre. Al cabo de unos segundos escuché el zumbido de la cerradura automática y la puerta se entreabrió invitándome a entrar. Unos pasos resonaron en la soledad del establecimiento, al tiempo que escuché la grave voz de Keller.

—Buenos días, Waldek, adelante —se acercó y me estrechó la mano jovialmente—. Quise que vinieras hoy para que conozcas el lugar donde vas a trabajar. Mañana será un día demasiado laborioso. Ven, empezaremos por los talleres.

Con un gesto me indicó el camino. Llegando al taller, llamó mi atención un letrero de hierro situado sobre la puerta, con el texto: El trabajo dignifica. Me recordó aquellos otros que había visto años atrás. Cuando, siguiendo a Keller, pasé bajo él, se apoderó de mí un desasosiego indescriptible. El rótulo despertó antiguos fantasmas perdidos en los recovecos de mi memoria a lo largo de los años, pero que aún estaban vivos. Oí, lejana, la enérgica voz de Keller que me hablaba en alemán y por un momento mis pensamientos me desconectaron de la realidad y perdí la noción de dónde estaba. Mi estupor debió hacer creer a Keller que yo estaba impresionado por la gran cantidad de equipo y herramientas de que disponía el taller, porque de repente me cogió del brazo y me preguntó:

—¿Has visto alguna vez un taller tan completo como éste, Waldek?

El contacto de su mano me sobresaltó y di un respingo, que él no pareció notar. Lo miré y volví a la realidad.

—Ni siquiera en Alemania, señor Keller —me oí decir.

El hombre siguió hablándome de todo aquello, señalando prensas y equipos de soldadura, y yo me concentré en sus palabras para apartar de mi mente el cartel. Conseguí reponerme a tiempo, para hacer un par de comentarios sobre la maquinaria y no parecer distraído.

De allí pasamos a los vestuarios, donde había duchas, algunos retretes y una fila de armarios metálicos para guardar la ropa, porque en la empresa nadie trabajaba vestido de calle. Usaban monos de trabajo de color gris con una franja azul brillante en la espalda, donde se leían las siglas MFK. Un confortable olor a limpio lo inundaba todo.

—Tú no llevarás mono gris —dijo Keller—. Nosotros llevamos bata blanca. Estás en otra categoría, nosotros somos diferentes.

—Comprendo —dije, creyendo saber a qué se refería. Me pareció que su forma de pensar era similar a la de Helga.

—Mañana conocerás a Colucci, mi ayudante. Es argentino. A veces habla más de la cuenta pero es muy bueno en refrigeración y aire acondicionado. —Keller permaneció unos segundos pensativo, como si ordenase sus ideas, y continuó—. Me gustaría que te encargases de adiestrar y supervisar al personal.

—Justamente eso hacía cuando trabajé en Morrison & Knudsen.

—¡Trabajaste con americanos! Lo celebro, ellos también son eficientes.

Del vestuario salimos al patio lateral, donde estaban estacionados dos camiones de tamaño mediano y tres camionetas, todos con las siglas MFK.

—Tenemos un plan de mantenimiento para cada empresa, pero en muchas ocasiones se hacen simultáneamente trabajos para dos o tres fábricas. Por eso necesitamos varias camionetas, cada una lleva el personal necesario a cada lugar. Los camiones son para la maquinaria.

En el segundo piso estaba el taller de Colucci, una amplia sala con una mesa enorme sobre la que había aparatos de aire acondicionado desmontados. Vi evaporadores, compresores, condensadores y filtros de todo tipo y tamaño. Por todas partes reinaba el mismo orden y limpieza. Al final de un largo pasillo estaba situado el comedor para los trabajadores.

—Esta es mi oficina —dijo, después de subir al tercer piso—, la tuya queda a la derecha, la de Colucci a la izquierda. Por el momento compartirás secretaria con Colucci hasta que consigamos una para ti. El hombre que ocupaba tu oficina tuvo que partir de improviso a Uruguay, todo está como lo dejó —explicó.

La oficina de Keller era un poco más grande que las otras. Destacaba un escritorio de grandes dimensiones sobre el que se veían algunos papeles escrupulosamente ordenados a uno y otro lado y un enorme ventanal con persianas. También había algunos sillones; se respiraba un ambiente austero por todas partes.

Terminado el recorrido, Keller me acompañó a mi oficina y dio las últimas instrucciones para el día siguiente:

—Empezamos a las ocho, pero es mejor llegar un poco antes para organizar el trabajo. Mañana conocerás a tu gente, son treinta operarios y cinco choferes. Sobre tu escritorio tendrás la lista de clientes y las órdenes de trabajo. En la bandeja de tu izquierda verás los servicios que ahora están en curso. Estoy seguro de que te adaptarás fácilmente a nuestro sistema, pero si encuentras algún problema que no sepas cómo resolver o tienes alguna duda, pregúntame.

—Entendido —contesté. Mi predecesor debió ser eficiente, el trabajo aparentaba estar bien organizado y pensé que sería fácil de realizar.

—Waldek, espero que te sientas cómodo. Te dejo para que prepares el trabajo de mañana— dijo y salió de la oficina, dejándome solo.

Sentí que empezaba a vivir.

Casi a mediodía, terminé de revisar toda la información que estaba sobre mi escritorio. Supuse que era todo cuanto Keller esperaba que yo hiciera aquel domingo, así que dejé la mesa tan ordenada como la encontré y salí con intención de ir a comer a casa. En la oficina de Keller no había nadie, quizás se hubiese ido ya o estuviese en otra zona. Fui a la planta baja y estaba a punto de franquear la puerta de salida cuando pensé de nuevo en el cartel de los talleres. Volví sobre mis pasos y siguiendo el camino que Keller me había mostrado llegué ante la puerta y el letrero. Me sorprendió no percibir nada de lo que había sentido antes. Simplemente vi un cartel de letras metálicas como otros cientos que debía haber en otros sitios. Pasé bajo él para entrar de nuevo en los talleres, esperaba encontrar a Keller pero allí no había nadie. Al salir volví a mirar el rótulo. Definitivamente no me gustaba. No era amenazador, ni representaba nada concreto para mí, pero no pude evitar ver en él algo siniestro.

En pocos días tomé completamente las riendas del trabajo. Trataba de solucionar por mí mismo los problemas que se presentaban, sabía que era lo que Keller esperaba de mí. Haber sido propietario de una hacienda me había habituado a tomar decisiones y a ver todo desde la perspectiva del dueño. Pienso que él estaba más que satisfecho con mi labor. Cuando había que hacer trabajos pesados y no se disponía de suficiente personal, los hacía yo mismo. Nunca me ha asustado el esfuerzo físico y los empleados ponían más interés cuando me veían sudar como uno de ellos.

Todo cambió desde que conocí a Helga. Volví a ser el hombre afable que siempre fui, sentirme útil daba una dirección a mi vida.

—Waldek, estuve conversando con Franz, está bastante complacido con tu trabajo—, dijo Helga una noche, después de la cena.

—¿Sólo bastante complacido? —pregunté, bromeando.

—Viniendo de él es todo un elogio. Lo conozco desde hace tiempo. Fue de gran ayuda después de mi divorcio. Es hombre de pocas palabras.

—¿Conociste a Keller aquí, en el Perú?

—Nos conocimos en Alemania, al final de la guerra. Éramos muchos buscando una forma de salir de allí cuanto antes. Yo me casé con un diplomático peruano y Keller, no sé cómo, también logró venir aquí. Sé que para ti ha de ser difícil aceptar que fuimos nazis, pero era una guerra. Se debía hacer lo que ordenaban; el precio de la desobediencia era la muerte y la desgracia de la familia. No todos los que formamos parte del Tercer Reich lo hicimos por convicción, la mayoría lo hizo para salvar sus vidas.

—No estoy juzgando a nadie, Helga, comprendo que fue una guerra. Sabes que estuve en campos de concentración y lo entiendo, yo era culpable porque formé parte de un grupo disidente que luchaba contra el ejército alemán. Pero en los campos...

Interrumpí mi frase y mis pensamientos. No quería rememorar nada de aquello y menos estando con Helga. Sólo le había explicado por encima mi paso por los campos alemanes, sin entrar en detalles, pero ella sabía lo que eso significaba y me miraba con ternura, como lamentando todo el daño que sufrí. Después de una pausa, agregué:

—Sabes que no guardo rencor hacia los alemanes, pero hubo abuso, una cruel matanza sin justificación, alguien debía pagar por ello y eso fue lo que hicieron en Nüremberg. Por mí está bien, aunque la cabeza principal hubiese escapado – concluí.

—¿A quién te refieres? —preguntó Helga, saltando como un resorte.

—A Hitler, por supuesto —contesté.

—¿De dónde sacaste esa idea? Él murió, se suicidó, todo el mundo lo sabe —enfatizó ella.

—Pero nunca encontraron su cuerpo, sólo dos cadáveres calcinados, carbonizados e irreconocibles.

—No digas tonterías, Waldek —Helga parecía molesta—. Será mejor que no sigas inventando historias que sólo pueden traer problemas. Ni se te ocurra decir nada de esto a Keller.

—Helga, después de tantos años y en este rincón del mundo, a nadie le importa saber si realmente Hitler murió, o salió nadando o navegando por un río, pero no son tonterías ni invento nada. Cuando los americanos achicaban el búnker no había modo de drenarlo, el agua volvía a inundarlo una y otra vez. La gente...

—¿Qué dices? —exclamó, interrumpiéndome. Era la primera vez que la veía tan alterada.

—Nada. Olvídalo —zanjé, dando por terminada la conversación.

—No, quiero que me digas qué sabes de todo eso —de pronto, la habitual mirada dulce de Helga se había endurecido. Ahora era vacía, en un rostro inmutable. Como la de los oficiales de la *Gestapo* cuando me interrogaban.

—No sé nada —dije, sintiéndome incómodo. Estaba arrepentido de haber sacado un tema que parecía afectarla demasiado. Sentí una angustia irracional, los viejos fantasmas de nuevo se abrían camino hacia mi mente. Allí estaba yo, sentado frente a una ex nazi que me interrogaba.

Ella suavizó su actitud. Su voz volvió a ser pausada y con la misma peculiar entonación que tanto me atrajo desde el principio, preguntó:

—¿De qué agua estás hablando?

—¿Agua? ¡Ah, sí!... —exclamé, como recordando algo sin importancia— cuando salí del hospital, porque estuve varios meses en cama por un injerto en la pierna izquierda; un obús casi me deja sin pierna, un médico prisionero de guerra alemán me...

—Waldek, ¿podrías contestar mi pregunta? —interrumpió Helga. Su voz me sonaba demasiado suave—. Me estabas hablando del agua que inundaba el búnker.

—Cuando acabó la guerra estuve durante un tiempo con el ejército americano, en una patrulla por las calles de Berlín. Nuestra zona abarcaba la cancillería, donde estaba el búnker. En aquellos días un grupo de hombres intentaba achicar el agua que inundaba el búnker, pero por más agua que sacaban siempre recuperaba el mismo nivel —relaté el incidente, deseando terminar con aquello cuanto antes.

—¿Y qué tiene eso de especial, Waldek? Recuerdo que había inundaciones por todas partes. Todo estaba destruido —preguntó Helga con fingida ingenuidad.

—Allí entraba agua por algún sitio, Helga, mucha agua y muy rápidamente. Sospechaban una comunicación oculta con el sistema de canales. Cada día pasábamos por allí y siempre veíamos el mismo problema. Los alemanes que merodeaban por la zona se burlaban, diciendo que Hitler había escapado navegando por un canal hasta el río cercano. Eso no lo inventé yo, todo el mundo repetía lo mismo. No sé por qué le das tanta importancia.

—Me tomaste por sorpresa. Es una historia absurda pero, ¿imaginas que fuera verdad que ese hombre estuviese vivo en alguna parte? —preguntó, observándome con disimulo.

—No veo que tenga importancia. Eso no cambiaría el presente en nada. Lo que pasó, pasó —dije en el mismo tono que hubiera utilizado el árabe Miguel para explicar lo inexplicable.

—Tienes razón, querido —dijo ella.

Volvió a ser la mujer dulce de siempre.

—¿Crees que Keller está de verdad satisfecho conmigo? —pregunté, dando un giro a la conversación.

—Completamente. Parece que te está tomando cariño —comentó Helga, riendo como si fuese algo gracioso. Parecía que había olvidado por completo la tensa conversación de momentos antes.

—Diría que él prefiere guardar su espacio —discrepé. Lo último que me parecía Keller era cariñoso.

—Es un solitario, pero en el fondo es buena persona. Vive aislado, no tiene hijos ni esposa, los perdió en la guerra. Tuvo que dejarlos allí, cuando quiso traerlos se enteró de que habían muerto en uno de los últimos bombardeos sobre Berlín. Se siente culpable, tal vez por eso no se ha vuelto a casar. Posee una hermosa mansión en Monterrico y una gran fortuna, pero está tan solo, que a veces me da lástima.

Desde aquella conversación, evité mencionar temas relacionados con la guerra, parecían afectar demasiado a Helga. Con el altercado del búnker no reparé en un detalle sobre lo que dijo Helga, pero después volví a pensar en ello. Si ella y Keller se conocieron en Alemania, indudablemente habrían trabajado juntos. Sabía que ella estuvo en la *Gestapo*, de él no tenía información pero seguramente no debió andar muy lejos. Tal vez ambos hubiesen sido miembros de las SS. Si ella era agente de la Interpol y decía que Keller la había ayudado cuando se divorció, ¿sería así como él la ayudó, facilitando su ingreso? Eso suponiendo que de veras fuese agente de la Interpol. Yo ya no estaba seguro de nada, pero tampoco quería hacer más preguntas. Preferí dejar las cosas como estaban, al fin y al cabo el pasado había quedado atrás. Pero empecé a sospechar que ellos compartían un secreto, oculto bajo la aparente normalidad de su vida social.

Había transcurrido la primera quincena cuando Keller me llamó a su oficina.

—Waldek, hoy es tu día de pago —dijo, alargándome un sobre.

—Gracias, señor Keller —tomé el sobre y lo guardé en uno de los bolsillos de mi mono. No esperaba recibir mi paga directamente de él.

—¿No tienes curiosidad por saber cuánto ganas? —preguntó. Parecía divertirle mi actitud.

—Después lo sabré —respondí con una sonrisa, dominando la curiosidad que me mataba.

—Hombre... abre el sobre y entérate de una vez —bromeó Keller.

Saqué despacio el sobre del bolsillo y conté los billetes. Allí había diez veces más de lo que yo esperaba, era una fortuna, no lo podía creer. Levanté la vista y vi que Keller me observaba. Estudiaba mi reacción, así que comedí mi euforia.

—Gracias, señor Keller.

—Eres bueno trabajando. Y espero que lo sigas siendo. Durante todos estos días no tuviste necesidad de preguntarme nada, superaste mis expectativas. Eso —dijo señalando el dinero con la vista— es por una quincena. Tu sueldo mensual es el doble, para empezar.

—No sé qué decir, yo... hice lo que sé hacer.

Pensamientos y emociones ambivalentes se agolpaban en mi cerebro. Más que pagado, me invadía la inexplicable sensación de sentirme comprado. Pero al mismo tiempo estaba contento. Fue un momento muy confuso.

—Waldek —cortó Keller cambiando de tema—, voy a ampliar la empresa. Hace tiempo que quiero hacerlo pero no tenía a la persona adecuada. Prestaremos un nuevo servicio de limpieza para bancos y laboratorios. Necesitaremos más personal, más máquinas, más vehículos... Hará falta un proyecto detallado, ¿podrás hacerlo?

—Si me da los datos, claro que sí —afirmé sin dudarlo.

—Hay ocho compañías interesadas, en algunas de ellas los trabajos de limpieza sólo se pueden hacer por la noche. Mi secretaria está terminando el informe, te lo daré más tarde.

—¿Cuándo tiene previsto empezar?

—Tienes un mes para hacerlo. Conseguiré un asistente para que te ayude, no podrás tú solo con todo.

—Empezaré en cuanto reciba la información —añadí con decisión.

—Bueno... esto merece un brindis —dijo inesperadamente Keller.

Abrió una gaveta del escritorio, sacó una botella de Chivas y dos vasos de cristal exquisitamente tallados, que parecían fuera de lugar en aquel ambiente espartano.

—Por una larga relación de trabajo, ¡salud! —dijo él, chocando los vasos.

Me largué el whisky de un trago; me hacía falta.

A partir de aquel día mi suerte tomó un rumbo definitivo y también la de Keller. En una ocasión Helga me contó que él era aficionado a la astrología y conocía a alguien que de vez en cuando le leía el oráculo y le hacía su horóscopo. Yo no lo sabía entonces pero, cuando Keller me conoció, su empresa y él mismo pasaban momentos de apuro. El astrólogo le había predicho que alguien con mis características aparecería en su vida y sería su salvación. Yo no daba mucho crédito a este tipo de profecías pero entendía el poder que tienen para quien cree en ellas, yo también soy supersticioso y conozco la fuerza de la convicción, incluso cuando parece contraria a la lógica.

En poco tiempo Franz Keller depositó en mí toda su confianza. La empresa crecía constantemente y yo me hice cargo de todo lo relacionado con el mantenimiento y reparaciones, además del nuevo servicio de limpieza industrial. Me convertí en su mano derecha. Al principio temí que Colucci se mostrase receloso al sentirse desplazado, pero enseguida pude ver que el argentino no competía conmigo. Fui invitado a dar charlas sobre mantenimiento preventivo, en las que mi profundo conocimiento del tema compensaba mis escasas dotes de oratoria. Keller dejaba todo ello en mis manos, especialmente las presentaciones en público en las que nunca participaba. Me convertí en la cabeza visible de MFK. Los temores que habían rondado mi mente se fueron diluyendo.

Mi relación con Helga era apacible, al contrario de lo que había sido mi vida hasta ese momento; ella consiguió devolver la paz a mi alma. Me había convertido en un hombre tranquilo, hogareño y el principal interés en mi vida, como siempre, era el trabajo. Así pasaron cinco años. Keller había abierto una sucursal en Venezuela. Colucci se internó en ese mercado, lo suyo seguía siendo el aire acondicionado. Era un país ideal para instalar una base de operaciones y él estaba encantado de vivir allá. Ya no había batas blancas ni trabajos de taller para nosotros, nuestra actividad se desarrollaba entonces sólo en los despachos.

Tanto Helga como yo viajábamos con frecuencia. Ella por su misterioso trabajo en Interpol, yo por cuenta de MFK. Solían ser viajes de pocos días. Pero en una de aquellas ocasiones pasaron dos semanas y Helga no volvía, nunca había tardado tanto. Yo no tenía forma de contactar con ella y estaba preocupado. Me encontraba pensativo en mi oficina, cuando irrumpió Keller. Había tristeza en su rostro, de ordinario inmutable.

—Waldek, amigo... no tengo muy buenas noticias para ti —dijo en tono inseguro, como quien no sabe por dónde empezar, algo raro en él.

—¿Se trata de Helga? —pregunté.

—Así es. No volverá al Perú —dijo Keller, sentándose con aspecto abatido en uno de los sillones frente a mi escritorio.

—¿Que no volverá más? No puede ser, ¿cómo lo sabe? —pregunté, tan disgustado como incrédulo.

—No puedo explicarte los motivos. Es mejor que no sepas más de lo que necesitas saber.

—Parece no entenderlo, Keller. Helga es mi mujer, no alguien con quien salga a cenar de vez en cuando. ¿Cómo quiere que acepte así, sin más, que desapareció? —Me sentía muy molesto, estaba harto de secretos y el momento era inadmisible para ambigüedades.

—Waldek, aunque ella aparentase llevar una vida corriente, su trabajo era muy peligroso. Una espada de Damocles. Sabía que en cualquier momento podía suceder algo. Sólo quiero protegerte...

—¿Helga está muerta? —pregunté directamente.

—Es mejor que así lo creas. Ella no puede regresar al Perú, es muy peligroso —recalcó Keller— me dio una carta para ti hace tiempo por si llegaba este momento. Pero antes, me has de prometer que cuando la hayas leído, la quemarás. No la arrugarás, ni la tirarás y mucho menos la guardarás.

—De acuerdo —dije angustiado—. Pero... hay algo que siempre me intrigó, ¿qué tiene usted que ver con todo esto? Si sabe que Helga no volverá, debe saber el motivo. ¿Ella trabaja para la Interpol... o para usted?

—Waldek, confía en mí. Ya es hora de que sepas algunas cosas pero no te las puedo decir aquí, no me fío ni de las paredes —dijo Keller bajando la voz—, esta noche te espero en mi casa.

Se puso de pie y salió con paso cansado. Parecía que lo de Helga le había afectado más de lo que yo imaginaba.

A solas con la carta que me había dado Keller, rompí el lacre inmediatamente. Extraje del sobre una cuartilla de papel escrita a mano, era la letra de Helga.

Querido Waldek:

Me resulta muy difícil despedirme de ti, pero hice juramentos que no puedo romper. No sé si puse en peligro tu vida al vivir juntos, pero me tranquiliza saber que eres completamente ajeno a lo que hago. Las personas que desde hace mucho tiempo me buscan, me han localizado. Debo desaparecer. Todo obedece a compromisos adquiridos en tiempos pasados, pero que aún ahora debo cumplir. Nuestro buen amigo Franz tal vez también tenga que dejar el Perú. Confía en él. Espero que entiendas que nunca traté de engañarte. Te amo y lo sabes, pero deseo que sigas tu vida. No me esperes. Tuya,

Helga

Releí la carta analizando cada palabra, tratando de encontrar algún significado oculto. Pero era bastante clara por sí misma. No tenía fecha, probablemente esa carta llevaba mucho tiempo esperando la ocasión de serme entregada. Aquello parecía un oscuro complot, una situación de intriga en cuyo entramado Helga y Keller formaban parte importante. No me costó creerlo, porque en el fondo era lo que yo siempre había intuido. Quemé la carta sobre el cenicero como había prometido a Keller y Helga se esfumó de mi vida como el humo en el aire. Me sentí vacío, me había acostumbrado a su presencia, a su voz melodiosa y su risa espontánea. La carta decía que quizás Keller pudiera desaparecer también. ¿Sería de eso de lo que quería hablarme en nuestra cita? Algo estaba cambiando en torno a mí. Presentí que iba a afectar mi vida como un terremoto.

Keller me recibió en su casa aquella noche. Nos sentamos en el porche, frente a la piscina, cada uno con un vaso de whisky en la mano. La luz tenue de un farol antiguo iluminaba apenas nuestros rostros. Tras un largo silencio, él abrió la conversación.

—¿Cuánto tiempo hace que nos conocemos? —preguntó, como si no lo recordara.

—Cinco años. Tal vez más.

—Cinco años y seis meses —puntualizó—. Desde que llegué al Perú fuiste la única persona que realmente me inspiró confianza, aparte de Helga, claro está. Trajiste suerte a mis negocios, trabajaste bien, confío en ti y te aprecio.

Keller dejó el vaso sobre una pequeña mesa y se adelantó en su asiento hacia mí, mirándome a los ojos.

—Waldek —continuó—, tengo mucho dinero, tanto que no necesito estas empresas para vivir. Pero hay gente que husmea en las propiedades de los que tienen dinero, especialmente cuando se trata de inmigrantes alemanes como yo. Quieren saber de dónde sale ese dinero. Por otro lado, la riqueza se esfuma si no se hace algo para sostenerla. La empresa me ha permitido ambas cosas, tener buenas ganancias y justificarla. Cuando empezaste a trabajar para mí, eras la persona idónea para expandir mis negocios. Hace muchos años hice un juramento y necesitaba esos ingresos para la causa con la que me comprometí.

Me removí en el asiento. ¿Sería el mismo tipo de juramento al que se refirió Helga? Me parecía obvio. Iba a preguntarle, pero me contuve. Dejé que siguiera hablando.

—Sé que estuviste en los campos de concentración. Antes de conocernos, Helga me había hablado de ti. Me extrañó que no sintieras odio por los alemanes teniendo tantos motivos; sé mejor que nadie por lo que pasaste —Keller respiró profundamente como relajándose, cruzó las piernas y giró el rostro hacia la piscina.

En la penumbra del porche destacó su perfil iluminado. Sentí que retrocedía en el tiempo. En sus rasgos reconocí a uno de los oficiales de las SS de Auschwitz-Birkenau, un hombre de extrema frialdad, encargado de escoger los que salían para no regresar más. Los gritos, los golpes, el olor del campo, me vino todo como una ráfaga. Sentí que se me aceleraba el pulso, un ansia irracional se apoderó de mí y después se fue convirtiendo en rabia. Keller seguía hablando, ajeno a mis sentimientos:

—Yo estuve en los campos de concentración, era uno de los oficiales que estaba al mando. Cumplíamos órdenes, era una guerra. Le debíamos todo al Führer, él había sacado a Alemania de su profunda crisis económica, nos había hecho sentir parte importante de Europa, nos había librado de los comunistas. ¿Cómo hubiésemos podido negarnos a cumplir nuestra parte del plan? En Alemania había trabajo, orden, eficacia, era un buen sistema. Muchos de nosotros también vivíamos en los campos de concentración, ¿nunca pensaste en eso?

—Pero, ¿era necesaria aquella matanza? —interrumpí con furia.

—Si te refieres a los judíos, es un tema que dividió a los alemanes. No todos estábamos de acuerdo, pero algo había que hacer. Al principio, Hitler les pidió que ayudaran a la reconstrucción de Alemania, el capital judío era vital para la nación. Pero ellos se comportaron egoístamente como extranjeros que eran, y sólo miraron por su propio interés. Empezaron a salir del país grandes capitales y dejaron Alemania en bancarrota. Los comunistas aprovecharon la situación para atraerse al pueblo, prometiendo lo imposible como es su costumbre. Hitler debía luchar contra esos dos flagelos. Creó una matriz de opinión: la raza superior. El pueblo alemán estaba en muy buena disposición de aceptarlo, ¿a quién no le gusta que le digan que es superior...?

Lo dejé hablar, me estaba enterando de una parte de la historia que no conocía. Por lo menos, de la forma como la veían muchos alemanes.

—Así fue como empezó todo —prosiguió—, si los judíos hubieran pensado más en Alemania y ayudado al país que les dio cobijo y nacionalidad, nada de eso hubiera sucedido. Por otro lado, los países europeos no deseaban recibir inmigrantes judíos por nada del mundo, ¿qué podíamos hacer con ellos?

—Ése no es motivo para exterminarlos. Hubiesen podido detener, juzgar, expropiar, poner en prisión a los culpables. Pero familias enteras fueron aniquiladas, condenadas al horror sin causa alguna. Además, en los campos no sólo murieron judíos. Murieron millones de personas de todas las religiones, de muchos países incluyendo los propios alemanes, yo... lo viví —apenas podía contener mi indignación.

—Ya te he dicho que ese asunto dividió a los alemanes, la mayoría no éramos partidarios de esa solución, pero una vez que el Führer tomó la decisión ya nadie pudo hacer nada.

Keller hizo una pausa antes de continuar.

—Pero no es de eso de lo que quería hablarte. Te estaba comentando que me sorprendió tu buena disposición hacia nosotros, incluso después de saber que habíamos formado parte del nacionalsocialismo, teniendo en cuenta tus antecedentes durante la guerra. Helga me dijo que eras alguien muy especial. Pocos días antes yo había encargado un estudio astrológico. Decía que pronto conocería a una persona en quien podría confiar plenamente. No dudé un instante que esa persona eras tú. Todo encajaba, las señales estaban claras. Por eso, aun sabiendo que habías sido prisionero de los nazis y que podrías tener todos los motivos para odiarnos, confié en ti y te di el empleo. No me equivoqué. Y ahora estás aquí, como confidente de unos sentimientos que jamás compartí con nadie.

—Mi vida ha sido dura, me tuve que librar del odio o hubiese terminado odiando a todo el mundo; era demasiado para mí. Además, ya han pasado más de veinticinco años – expliqué a Keller.

–Hay gente con muy buena memoria. ¿Has oído hablar del Mossad?

–No –repliqué. Era la primera vez que escuchaba ese nombre.

–El Mossad es el servicio secreto de Israel. Se ha dedicado a atrapar a todos los nazis que participaron en lo que ellos llaman el holocausto. No distinguen entre quien dio las órdenes y quien las recibió. Ellos siguen las pistas y nosotros intentamos enredarlas. Pero a veces se acercan demasiado y entonces lo más seguro es levantar el vuelo.

–¿Es lo que ha sucedido con Helga? –pregunté, aun sabiendo que no iba a recibir respuesta.

–¿Ves esta casa? –señaló con la mirada el entorno–, tiene tres mil metros cuadrados de terreno, quinientos diez construidos y está valorada en muchos millones. Su contenido vale otro tanto. Ven conmigo –nos pusimos en pie y lo seguí al interior.

Keller iba encendiendo luces por donde pasaba, yo iba tras él admirando la elegante decoración que ya conocía por visitas anteriores. El estilo era sobrio pero magnífico, los suelos de mármol, cubiertos por alfombras antiguas elaboradas a mano. Yo estaba seguro de que cada pieza era una obra de arte original, muchas de ellas antigüedades únicas, sin embargo el ambiente no era recargado. La casa era realmente hermosa, por fuera y por dentro. Subimos una escalera de nogal finamente tallada, atravesamos una pequeña sala que dividía en dos la parte alta y llegamos a un estudio. Sus paredes estaban casi totalmente cubiertas por estanterías de madera, llenas de libros. Detrás del escritorio, adosado a la pared, un enorme cuadro renacentista se abrió como una puerta cuando Keller lo presionó, dejando ver una gran caja fuerte de color bronce.

–Aquí guardo joyas muy valiosas. Algunas pertenecieron a la Rusia de los zares. Y los documentos más valiosos.

Yo había optado por guardar silencio. Además, ¿qué podía decir ante semejante ostentación de riqueza? Él parecía muy interesado en mostrármelo todo. Presionó levemente el cuadro ocultando la caja fuerte y rodeó el escritorio.

Se sentó en un mullido sillón y me invitó a hacer lo mismo en otro idéntico. Me ofreció un cigarrillo y después de encenderlo se produjo un largo silencio. Como si estuviese buscando las palabras adecuadas. Por fin se decidió a hablar.

—Waldek, dentro de poco tiempo me veré obligado a dejar esta casa y salir del Perú. El Mossad me busca, y a pesar de que puse todo el cuidado en borrar mi rastro, esos sabuesos dieron con Helga y pronto lo harán conmigo. Si me quedo, me encontrarán. Lo de Helga desató la madeja, a veces con el tiempo uno se vuelve descuidado y se dejan cabos sueltos que otros van atando.

—¿Y qué va a hacer? —pregunté, a pesar de presentir la respuesta.

—Es algo que no te conviene saber. Tengo que desaparecer completamente, no puedo conservar nada de lo que tengo aquí. Ni el negocio, ni la casa, nada a lo que se pueda seguir una pista. Por eso deseaba hablar contigo —Keller utilizaba cuidadosamente las palabras—; quiero proponerte algo. He de vender esta casa con todo lo que contiene, así como todos mis negocios. Pensé en ti. Eres el único que puede dirigir la empresa y que por tus antecedentes jamás despertaría sospechas de haberme ayudado. Si no aceptas no tendré otra opción que cerrar y muchas personas quedarán sin empleo. Tú mismo perderías tu trabajo.

—¿Se ha vuelto loco, señor Keller? —su propuesta era tan descabellada que me hizo reír, a pesar de la seriedad del asunto—. Me paga usted muy bien, es cierto, pero no tengo dinero suficiente para comprar ni uno de estos sillones.

La mirada de Keller cortó mi risa al instante, sus ojos grises parecían cuchillos afilados.

—Eso no es problema, Waldek, cuento con ello, no soy estúpido. No me tienes que pagar nada ahora. El precio de todo lo que te ofrezco será que deposites una cantidad cada año en una cuenta cifrada de un banco suizo. Algo que podrás hacer sin ningún problema, sólo será una pequeña parte de los beneficios del negocio. Sólo eso. ¿Recuerdas que te aconsejé que abrieras una cuenta en los Estados Unidos? Harás la transferencia desde allí.

Escuché la propuesta de Keller como quien oye un cuento de hadas. No podía creer que estuviese hablando en serio, pero resultaba evidente que era así. Él permaneció en silencio mientras yo trataba de asimilar sus palabras.

—Todo esto me parece muy extraño, señor Keller. La verdad, no estoy seguro de querer tanto dinero, el precio puede ser muy alto —me animé a decir. Temí meterme en problemas, ya había tenido demasiados.

—No me voy aún, tengo tiempo para dejar arreglados mis asuntos, pero necesito tu colaboración. Piénsalo, Waldek, lo único que tienes que hacer es quedarte como dueño de todo y eso no te traerá problemas porque todos los documentos serán legales y estarán a tu nombre. Prácticamente somos socios, ¿no? Conoces mejor que yo el manejo de las empresas, si te conviertes en dueño de ellas será algo natural. Figurará que me las compraste al contado, legalmente no me deberás nada. Puedo arreglar los documentos para que aparezca así. No debemos nada al fisco ni poseo acuerdos con el gobierno, no te oculto nada.

Por un momento consideré la propuesta en serio. Tal vez no fuese tan peligroso, mi vida siempre había sido como una montaña rusa, unas veces arriba y otras demasiado abajo. Ahora estaba arriba y no quería bajar. Recordé a mi amigo Miguel, el árabe. Pensé: ¿qué hubiera hecho él?

—¿Y qué sucedería si después no efectuase esos ingresos? —pregunté a Keller, tanteando.

—Te conozco Waldek, sé que no harías eso —sonrió por primera vez en toda la noche— pero no sería buena idea.

—Necesito reflexionar, no quiero tomar una decisión apresurada de la que después me arrepienta. Mañana le comunicaré mi decisión, ¿de acuerdo?

—No esperaba otra cosa de ti —respondió él, satisfecho—, otra respuesta me hubiera defraudado. Está de más decirte que es necesaria una total reserva de todo lo que aquí se ha hablado. Yo me iré dentro de poco pero tú te quedarás. Nunca, jamás, ni con el mejor amigo que puedas tener en el futuro, hables con nadie de esto.

Asentí con la cabeza y Keller me acompañó hasta la puerta principal.

—Piénsalo. Mañana hablaremos.

—Una cosa más, señor Keller —dije antes de salir—. ¿Helga ha muerto? Quiero saberlo —añadí con decisión.

—No —fue su respuesta.

Capítulo 15

Salí de casa de Keller muy tarde. Conduje por calles casi vacías hasta la zona céntrica y paré el auto frente a uno de los pocos bares que quedaban abiertos a esas horas. Necesitaba un trago. No tenía ninguna prisa por regresar a casa y sentir la insoportable ausencia de Helga. Keller me había dicho que estaba viva. ¿Sería cierto? En cualquier caso ella no iba a regresar y yo no terminaba de aceptar esa idea. Volvía a estar solo, la vida se empeñaba una y otra vez en arrebatarme los seres queridos. Pronto desaparecería también Keller y con él mi trabajo, mi posición social, mi bienestar. A no ser que...

Pedí otro trago. Me asustaba pensar en la propuesta de Keller, pero ya no podía seguir apartándola de mi mente. Lo que me proponía claramente era que ocupase su lugar y que me uniese a través de él a su misterioso juramento. El lugar de un ex nazi perseguido por espías judíos, manejando una fortuna probablemente de oscura procedencia y realizando unos pagos a no sabía quién, pero con certeza algo turbio. ¡Qué disparate! Al día siguiente le diría que no. Que buscase a otro o cerrara la empresa.

Pagué las copas y salí del bar. Mientras conducía de regreso a casa no podía dejar de pensar en el asunto. Las palabras de Keller resonaban en mi cabeza: «Todos los documentos serán legales... Prácticamente somos socios... si te conviertes en dueño de la empresa será algo natural». Era verdad, hacía años que era yo quien dirigía la empresa, en cierto modo la consideraba «mi» empresa. Ojalá hubiese tenido dinero para comprarla. Eso sería distinto. «El precio de todo lo que te ofrezco será que deposites una cantidad cada año en la cuenta cifrada de un banco suizo. Algo que podrás hacer sin ningún problema...», Keller había sabido dibujarme la cara más atractiva de su plan, no cabía duda de que era un tipo hábil.

Todo el personal quedaría en la calle, yo mismo también. ¡Cuántos problemas iban a crear la escapada del alemán! Y sólo yo podía evitarlo. ¡Dios mío!, ¿qué hacer, cómo elegir entre dos opciones terribles? Intenté serenar mi ánimo para poder examinar el caso con claridad. Según lo dicho por Keller yo no tendría ningún problema legal, todo estaría en regla. Por otra parte, mi pasado como prisionero de los nazis durante la guerra me dejaba libre de la sospecha de haber sido uno de ellos o de ser colaborador. Incluso si la verdadera identidad de Keller se descubría alguna vez, yo estaría a salvo. Mi posición en la empresa estaba sólidamente acreditada por todos los años de trabajo y dirección de los negocios. Pero aún así, presentía que si aceptaba tendría graves problemas que probablemente yo no podía ni imaginar. Definitivamente no, no vendería mi tranquilidad a ningún precio.

Con el asunto decidido, intenté dejar de pensar en ello y concentrarme en la conducción, pero me era imposible. «Te conozco Waldek, sé que no vas a hacer eso» –se refería a incumplir los pagos. Las palabras del alemán seguían persiguiéndome. «Pero no sería buena idea». ¿Qué quiso decir? ¿Era acaso una amenaza? Desaparecido Keller, ¿no quedarían otros individuos de su organización vigilando y controlando desde la sombra? De pronto vi con claridad la situación: Keller, mi amable jefe en MFK, el frío oficial de Auschwitz, el generoso protector que me ofrecía su imperio, no aceptaría una negativa. Yo sabía demasiado. O entraba en el juego o representaría un grave peligro para ellos. Mi vida no valdría un centavo. ¡¿Cómo no me había dado cuenta antes?!

Un sudor frío cubrió mi frente, sentí náuseas y detuve el coche. ¡Qué estúpido soy! Había estado a punto de firmar mi sentencia de muerte sin darme cuenta de ello. ¡Dios, ¿cómo es posible que tantos años después aún me persiga la maldición nazi? ¿Es que se han propuesto acabar conmigo de un modo u otro? Estaba claro. Yo no tenía elección, aquella ya no era mi guerra. Me sentía físicamente mal, intenté vomitar pero no lo conseguí. Conduje muy despacio hasta casa y pasé la noche en un sillón, dando vueltas al asunto una y otra vez.

Al entrar en la oficina de Keller, a la mañana siguiente, lo hallé sentado en su amplio sillón giratorio. Tenía los codos sobre los brazos del mueble y las manos juntas formando un puño en el que apoyaba la barbilla, en actitud pensativa. Al verme arqueó las cejas, con gesto interrogante.

—Acepto —dije en tono seco, casi desafiante. Keller sonrió aliviado, satisfecho.

—¡Bien! Has elegido bien.

Se levantó, me alargó la mano y sellamos el trato. Retuvo mi mano en la suya un momento para añadir:

—Sabía que ibas a aceptar. Vuelve esta noche a mi casa y seguiremos hablando. Y tómate el día libre, se te ve agotado— concluyó, con una sonrisa casi paternal.

Seguramente Keller era sólo una pieza más del terrible engranaje del que formaba parte, quizás él hubiese deseado dejarme en paz si yo no hubiese aceptado, pero la certidumbre a la que yo había llegado la noche anterior me hizo cambiar mi modo de verlo. Para mí volvía a ser el frío oficial SS, capaz de cualquier cosa cumpliendo órdenes y por el bien de su causa. Eran meticulosos con su seguridad, y entonces comprendí algo que había sucedido tiempo atrás: cuando volví de uno de mis viajes vi que habían hecho una remodelación del edificio. Habían movido tabiques, ampliado talleres, trasladado el comedor y me extrañó tanto movimiento que no vi necesario, ni el resultado de las obras era mejor que el aspecto anterior. A los pocos días observé que el cartel «El trabajo dignifica» había desaparecido. Alguien habría notado que representaba un peligro y todos los cambios se hicieron simplemente para poder quitarlo sin levantar sospechas. Así actuaban ellos.

Aquella noche fui de nuevo a casa de Keller. Me llevó a su despacho y sacó una gruesa carpeta de uno de los cajones.

—Quiero que leas estos documentos —me dijo, alargándome la carpeta— son los que habrás de firmar ante el notario. Están redactados por mis abogados y en ellos te hago traspaso legal de la propiedad de mis bienes, cada uno en un documento separado.

—Veo que se ha dado prisa —era evidente que ya tenía todo preparado—. ¿No pensó que yo podría rehusar?

Keller captó la ironía de mi pregunta. Se levantó del sillón, rodeó el escritorio lentamente y se colocó de pie frente a mí, recostándose ligeramente sobre la mesa.

—Querido Waldek —Keller me miró con ojos inusualmente cálidos—, has tomado la decisión correcta, yo contaba con ello. No sé cuáles habrán sido los motivos que te llevaron a tomarla, pero en caso de que tu respuesta hubiese sido negativa, yo te hubiese comentado algunas cosas más que quizás te hubiesen hecho cambiar de idea. No todas dependen de mí, ¿comprendes?

—¿Quiere decir que me hubiese amenazado para obligarme a aceptar? —pregunté directamente.

—¿Obligarte a qué, Waldek?, ¿a vivir como un millonario, a habitar esta casa llena de lujos, a quedarte con la empresa y todo lo que ahora es mío? ¿Te parece ésa una dura obligación? —Keller hablaba sin acritud, diría que con afecto.

—Parece que usted no tiene otra salida —repliqué, aún furioso.

—Siempre hay otra salida —siguió diciendo el alemán, con el mismo tono—. Me hago mayor y la edad me ha vuelto sensible. Hace años lo hubiese liquidado todo y hubiera salido de aquí sin mirar atrás. Cualquier día todos ustedes hubiesen encontrado un candado en la puerta, MFK ya no hubiese existido. Piensa cuál hubiese sido tu situación y la de los otros empleados. Pero te he tomado afecto, Waldek, tú has hecho de la empresa lo que ahora es y me arriesgué a darte esta oportunidad. Decidí por ti, es cierto, pero creo que decidí bien. No podía hacerlo de otro modo, aquellos de los que dependo autorizaron mi propuesta pero no aceptarían una negativa. No había modo de preguntarte sin comprometerte, ¿lo comprendes? Estaba seguro de que aceptarías; míralo como una compensación por lo que tiempo atrás te hicimos. Has trabajado bien, Waldek, aprovéchalo.

Keller me pareció sincero. Se había planteado una situación que nos sobrepasaba a los dos. Desistí de entender nada más, sólo deduje que los años habían cambiado al alemán; no importaba lo que hubiera hecho en el pasado.

—Comprendo —dije escuetamente. Abrí la carpeta y hojeé los documentos—. Leer todo esto me llevará bastante tiempo. Supongo que me los puedo llevar.

—Por supuesto —dijo Keller, complacido—, puedes llevártelos a casa pero no los dejes allá; llévalos contigo a la oficina durante el día y por la noche cógelos de nuevo. Es preferible llevar los objetos de valor en recipientes ordinarios— aconsejó, alcanzándome una sencilla bolsa de lona.

—Empezaré hoy mismo —concluí. Coloqué la gruesa carpeta dentro de la bolsa, y salí con ella de la casa.

Leí uno a uno, con detalle, todos los documentos que debía firmar. El alemán era aún más rico de lo que yo había imaginado. No había letra pequeña por ninguna parte, todo aparecía claro y diáfano. Las empresas no tenían deudas, no había préstamos que cancelar, las cuentas estaban minuciosamente detalladas y para mi sorpresa hasta existía una fundación benéfica. Una semana después se presentó un notario en la oficina para firmar los contratos y escrituras.

—Waldek —dijo Keller al terminar—, ahora eres el dueño de todo. Aunque quisiera, yo no podría recuperarlo, no hay marcha atrás. Recuerda, lo único que debes hacer es depositar cada año en una cuenta suiza la cantidad convenida. Aprende el número de la cuenta de memoria, no lo anotes. Algún día recibirás un aviso de mi parte y sabrás que ya no será necesario que lo sigas haciendo. Eres libre de vender lo que quieras, las obras de arte, la casa, los negocios, todo es tuyo sin ninguna restricción. Sólo has de cumplir el pago pactado. Ya ves que no hay ningún documento que te obligue legalmente a ello, pero no vayas a olvidarlo. Ni te retrases. Es importante, Waldek, querría estar seguro de que lo entiendes bien.

—Entiendo perfectamente, señor Keller.

Me tomó las dos manos y me dio un fuerte apretón. Tuve la impresión de que estaba conmovido. Se despidió de mí definitivamente pocos días después. Me abrazó antes de marcharse.

—Waldek, espero que puedas perdonar algún día... —Sin aguardar a que yo respondiera, dio media vuelta y se fue de mi vida.

Dejé la casa de alquiler que había ocupado con Helga y me trasladé a la de Keller. Conservé a Wolfang, el viejo mayordomo que había trabajado para él, y también a la cocinera. Keller me dijo que podía prescindir de ellos, lo que me indujo a creer que no formaban parte de ninguna trama, y eso me decidió a mantenerlos en su trabajo.

Mi dedicación a los negocios se hizo más intensa. Debía realizar las funciones que anteriormente hacía Keller, además de mi trabajo habitual. Tuve que hacer un gran esfuerzo para que todo se desarrollara correctamente tanto en el Perú como en las sucursales en el extranjero. No obstante, el desenvolvimiento de la empresa apenas cambió. Y como cuando estaba Keller no solía relacionarse con nadie excepto con su secretaria, con Colucci y conmigo, los empleados apenas notaron el cambio de propietario y las cosas iban bastante bien.

Meses después de su partida tuve una visita; él me había advertido que era probable que eso sucediera, así que no me tomó por sorpresa. Mi secretaria anunció la llegada de dos hombres que deseaban hablar con Franz Keller. Le pedí que los condujera a mi despacho. Uno de ellos era joven, no debía contar más de veinticinco años; el otro tendría unos sesenta.

—El señor Keller ya no es el propietario de esta empresa —les informé.

—Sí, eso habíamos oído, el caso es que hemos de hablar con él, ¿sabe usted dónde lo podríamos encontrar? —preguntó el de más edad.

—Sólo sé que salió del país, no me dejó ninguna dirección. No había motivo, mi relación con él se limitaba a los negocios. Siento no poder ayudarles —dije con naturalidad, dando por terminada la conversación. Los hombres no se movieron de sus sillones.

—¿Es usted el representante de la empresa? —preguntó el mayor de ellos.

—Soy el dueño. El señor Keller me la vendió hace unos meses, junto con otras de sus propiedades. ¿Tienen ustedes algún interés en el negocio? En ese caso, sería conmigo con quien deberían hablar.

—¿Sabe usted realmente quién le vendió esta empresa? —preguntó de pronto el joven, recalcando la frase.

—No entiendo su pregunta, es obvio que lo sé.

—Usted no sabe nada —replicó con desdén—. El que dice llamarse Franz Keller es en realidad el coronel Franz König, antiguo miembro de las SS, buscado por crímenes contra la Humanidad.

El temido momento había llegado. Tal como había imaginado, los dos hombres buscaban al alemán por su pasado nazi. Intenté parecer tranquilo a pesar del desasosiego que empezaba a sentir.

—No es posible, tiene que haber algún error —respondí en tono convencido—, el señor Keller es alemán, es cierto, pero no es quien ustedes dicen. Yo no hubiese entrado en tratos con alguien así.

—Supongo que habrá oído hablar de los campos de exterminio —dijo el joven—, donde fueron asesinados millones de judíos. Keller, es decir, König, estuvo al mando de las SS en algunos de ellos.

Su tono era muy agresivo, sonaba como una acusación. Creí que era el momento de contraatacar con mi mejor arma.

—Si se está refiriendo a lo ocurrido en los campos de concentración nazis, no sólo he oído hablar de ellos sino que estuve en Auschwitz y en Mauthausen por ser miembro de la resistencia polaca. Estuve prisionero durante cuatro años, experiencia por la que evidentemente usted no pasó. Conozco lo que sucedió mejor que usted —y diciendo esto, levanté mi manga izquierda y les mostré el número 156642 tatuado en mi antebrazo.

Quedaron unos instantes en silencio y se miraron entre sí, como si estuviesen sorprendidos por no estar informados previamente de un dato tan revelador. El joven extrajo un sobre del bolsillo interno de su chaqueta y sacó una foto.

—¿Es éste el hombre al que compró su empresa? —preguntó de nuevo, mostrándome la foto de un hombre con uniforme de las SS. Reconocí a Keller, treinta años atrás.

Yo no sabía qué decir, no podía negar la evidencia y me puse verdaderamente nervioso. Ellos escrutaban mi reacción, podía notarlo. Parecían querer discernir si era de sorpresa o de miedo. Observé el retrato en silencio unos segundos, después miré a mis dos interlocutores sucesivamente.

—Yo... no lo entiendo... ¿Están ustedes seguros? Hay personas de extraordinario parecido...

—Sin ninguna duda, señor Grodek. Hace años que vamos tras la pista de König. Si usted estuvo prisionero, con más razón debería colaborar con nosotros, le haremos pagar por todo cuanto usted y muchos otros sufrieron.

—Les aseguro que no tengo idea de dónde se pueda encontrar, supongo que con ese pasado habrá tomado precauciones —respondí, lo que era completamente cierto.

—Quizás pueda usted recordar algo que él dijo, cualquier comentario sobre sus planes, algún detalle al que entonces no dio importancia... ¿No le preocupa que ande suelto ese criminal? ¿No siente odio hacia esos asesinos? —el joven estaba verdaderamente interesado en sacarme todo lo que yo supiera.

—¿Ustedes creen que después de tantos años puedo seguir albergando odio? Yo mejor que nadie, sé lo que pasé y sólo olvidándolo he podido rehacer mi vida. El odio es un arma de doble filo. Enterarme ahora de que Franz Keller fue hace treinta años un miembro de las SS no cambia nada el presente. No tengo ningún interés en remover aquella parte de mi vida, la he olvidado —ellos me observaban con gesto contrariado. Al parecer no les interesaba mi disertación sobre el odio. Pensé que era mejor no seguir por ese camino y añadí—: No se me ocurre nada en lo que pueda colaborar, me complacería hacerlo pero estoy seguro de que no sé nada que ustedes no sepan ya. Lo siento, señores, no puedo ayudarles —afirmé, recuperando el ánimo.

Tras el episodio de crispación quedamos en silencio. Me miraban como si yo fuera un gusano. Pude sentir su desprecio.

—Es imperdonable que no nos hayamos presentado — comentó el mayor, intentando volver a un tono cordial— soy Joshep Rosemberg y nuestro joven e impetuoso amigo es Elías Jacobs, mi ayudante. Ya habrá usted adivinado que somos judíos. Permítame que le haga otra pregunta, ¿qué relación tenía usted con Helga Müller?

Cuando citó a Helga me estremecí. Por lo visto también conocían mi relación con Helga. Si lo sabían todo, pensé que era mejor no andar con rodeos.

—Era mi novia. Fue quien hace años me presentó al señor Keller. Vivíamos juntos, hasta que un día se fue y no volvió. No he sabido más de ella —contesté con decisión. Y añadí—: No pretenderán interrogarme, ¿verdad? Sería muy desagradable.

No estaba dispuesto a dejarme intimidar.

—No, por supuesto. Sólo hacemos nuestro trabajo —respondió el joven Jacobs.

—Bueno, si no quieren nada más, tengo mucho que hacer —corté, casi con brusquedad.

—Gracias por recibirnos, tal vez nos volvamos a ver... —se despidió Rosemberg.

Llamé a mi secretaria y se fueron tras ella, cabizbajos.

Cuando me quedé solo, respiré hondo. Había pasado la primera prueba, faltaba ver si el asunto terminaba allí o aquellos hombres seguirían investigando. No me preocupaba, podían espiarme cuanto quisieran, yo no tenía nada que ocultar y del paradero de Keller no sabía más que ellos. Mi único secreto permanecía oculto en mi memoria. Y mi seguridad dependía de que siguiera siendo así.

Durante unas horas tuve un sentimiento de culpa que me hizo recapacitar sobre mi situación. ¿Qué podría yo haber hecho? ¿Decirles toda la verdad?, ¿ponerlos al corriente del pacto con Keller?, ¿explicarles que no tuve más remedio que aceptar o me hubiesen eliminado? ¿Lo habrían entendido? ¿Y qué harían entonces los secuaces de Keller, que sin duda me vigilaban desde la sombra? Estaba en medio de un juego muy peligroso, entre dos frentes, debía ser precavido si no quería amanecer una mañana tirado en la cuneta de cualquier carretera. Nada de lo que yo pudiera hacer devolvería la vida ni a uno solo de los asesinados en los campos, pero sí podía hacer algo que me hiciese perder la mía. Me dije una vez más que aquella no era mi guerra.

Casi un mes después, un domingo telefoneó Rosemberg a mi casa. Quería verme de nuevo y accedí a ello. Debía de estar cerca, porque se presentó en pocos minutos.

—Buenos días, señor Grodek, ¿cómo le ha ido? —saludó Rosemberg, amistosamente.

—Buenos días... ¿Encontró lo que buscaban? —pregunté, invitándole a tomar asiento en el salón principal.

—Llegamos un poco tarde. Nuestro pájaro ha volado. He venido a decirle que no creemos que sea usted culpable.

Arqueé las cejas, sorprendido.

—¿De qué podrían culparme? ¿He hecho algo mal? —dije con curiosidad intencionadamente exagerada.

—Me refiero a que hizo usted un excelente negocio, es natural que levante sospechas. Un criminal de guerra desaparece y deja su puesto a otra persona, junto con una inmensa fortuna. Todo hacía creer que usted podía ser colaborador de König. No le oculto que hemos hecho averiguaciones.

—¿Y qué han averiguado?

—Todo, señor Grodek, todo; no nos subestime. Seguramente más de lo que usted mismo sabe. Hemos llegado a la convicción de que usted fue elegido por König para trabajar con él. No hubo nada casual en su historia. Dijo que les presentó Angela, ¿no es cierto?

—¿Angela? —exclamé, extrañado.

—Sí. Aunque usted la conoce como Helga, su verdadero nombre es Angela Fritzche, ¿le sorprende? Son muy hábiles, ellos saben cómo conseguir lo que quieren sin que nadie note la intención. A König le interesaba tener a su lado una persona libre de toda sospecha. Al conocerlo a usted, Angela se lo puso en bandeja. Usted trabajó para él sin darse cuenta de nada y cuando llegó el momento de volar, el pájaro ya tenía a quién dejar el nido. Estuvo usted en el lugar preciso, en el momento oportuno y nada de eso fue casualidad, ¿me comprende?

Permanecí en silencio, sopesando lo que el judío decía. Recordé a aquél argentino loco y su insistencia en llevarme a la fiesta privada, la mirada que me dirigió Helga antes de que él nos presentara, el interés inexplicable que desperté en ella inmediatamente... Nada de eso me pareció sospechoso entonces, pero a la luz de las palabras de Rosemberg todo ello adquiría para mí un nuevo significado.

—Con su pasado, nadie puede dudar de usted —prosiguió—, eligieron bien, nuestro enemigo es muy inteligente. Es posible que König le propusiera algún tipo de acuerdo en el último momento. Eso nadie lo sabe, salvo ustedes dos. Si fue así, es obvio que usted no pudo negarse, una vez al corriente del asunto le hubiesen liquidado sin pensarlo dos veces. Nadie lo podría culpar por resguardar su vida.

Rosemberg se estaba acercando peligrosamente a la verdad. Por un momento pensé que el judío sabía todo lo sucedido y se mostraba comprensivo. Pero quizás fuese una trampa, yo no pensaba cambiar mi versión por nada del mundo. Mientras no tuviesen pruebas, nada podrían hacer.

—¿No se sentiría mejor si me contase lo que sucedió? —soltó Rosemberg, inesperadamente.

—No puedo decir más de lo que sé y lo que sé, ya se lo he dicho —dije, manteniendo mi postura.

—Si colabora, nosotros podemos ofrecerle protección —insistió el judío—, no deje que escapen del castigo que merecen.

Había puesto por fin todas sus cartas sobre la mesa. Evidentemente el hombre había hecho averiguaciones. El sabía que yo no era un nazi ni un colaboracionista, pero en su penetrante mirada pude leer que, de algún modo, conocía toda la verdad. Por un instante vacilé, me parecieron inútiles todas mis evasivas. No lograría convencerle de mi inocencia. Me había descubierto. ¿Sería mejor hablar? Me imaginé protegido por el Mossad, mientras una banda de ex nazis intentaba eliminarme, y sólo pensándolo sentí vértigo. Aquello hubiese sido peor que una cárcel. No caería en esa locura.

Me levanté de mi asiento y fui hasta una vitrina, a un lado del salón. Abrí un cajón, cogí un pequeño estuche, levanté la tapa y lo dejé frente al judío.

—¿Sabe usted qué es esto? —pregunté directamente.

—¡Bonita condecoración! Es una Estrella de Plata de los Estados Unidos. No la dan a cualquiera. ¿La ganó usted?

—En efecto, luchando en Alemania contra el Tercer Reich. Me costó un año en un hospital —cerré el estuche y me quedé de pie frente a él—. Mire, Rosemberg, he vivido demasiadas experiencias para creer que la vida es un juego de buenos y malos. Un judío me salvó la vida en Auschwitz, un alemán me sacó varias veces de apuros en Gusen, los norteamericanos me socorrieron en Mauthausen. Conservo mi pierna izquierda gracias a un médico nazi y aún llevo en la tibia un injerto de hueso de un soldado alemán muerto en combate. Un polaco me delató durante la guerra, los alemanes destrozaron mi juventud, los rusos permitieron que los alemanes arruinasen mi ciudad mientras ingleses y americanos se cruzaban de brazos. No puedo volver a mi país libremente porque escapé del comunismo que impusieron. Ahora me dicen ustedes que mi antiguo jefe es un criminal de guerra. ¿Qué suponen que debo hacer? ¿No cree que ya he tenido bastantes problemas para que ahora me acosen los judíos, tomándome por colaborador de antiguos nazis? ¿Piensa que puedo aún creer en la Justicia?

Rosemberg hizo ademán de interrumpirme, pero yo continué hablando, sin darle oportunidad.

—El mundo es un caos, la justicia es sólo un mito y yo no quiero ser juez de nadie. En mi corazón no guardo rencor, ni siquiera hacia los rusos que llevan décadas oprimiendo mi patria, aunque el único que realmente me agrade sea Nikolái Gogól. La vida es una sucesión de hechos absurdos en los que nadie puede poner orden. Hay demasiada maldad en el mundo para intentar pasar cuentas. No creo que la venganza sea justicia. Y al cabo de tantos años... mi plato está ya demasiado frío. Ya le he dicho que no sé nada. Haga usted lo que tenga que hacer, porque yo no tengo más que añadir.

El judío juntó sus manos y permaneció un buen rato en silencio mirando la alfombra, parecía meditar. Yo también quedé inmóvil frente a él durante aquellos largos segundos. Esperaba ansiosamente saber el efecto que mis palabras habían producido. Por fin levantó la vista y me miró con gesto fatigado.

—Comprendo. Siento que se haya sentido acosado, no era nuestra intención... —entendí que Rosemberg dejaba correr el asunto, noté que un gran peso abandonaba mi pecho.

Se levantó, dando por terminada la entrevista. Mientras lo acompañaba a la puerta sentí la necesidad de preguntarle:

—¿Averiguó algo sobre Helga? —al instante me arrepentí, pero ya estaba dicho.

—¿Qué tanto la conocía? —me preguntó a su vez Rosemberg, deteniéndose.

—Ya se lo dije, vivíamos juntos. Pensé que un día nos casaríamos.

—No era buena idea —arguyó el hombre.

—¿Por qué no?

—Ella no es lo que aparentaba ser.

—Si lo dice por su trabajo en la Interpol...

—Ella no trabajaba para la Interpol —interrumpió Rosemberg—, ella trabajaba para König. Ahora me doy cuenta de que es usted más ingenuo de lo que pensaba. Despierte, señor Grodek, Angela y König son tal para cual. Hasta le diré que ella es más peligrosa, es una asesina.

—Siempre volvemos a lo mismo, la maldita guerra —me quejé con hastío.

—¡Ahora! no antes, ¡ahora! —repitió enérgicamente Rosemberg—. Acabó con varios de nuestros agentes. Ella se encarga de borrar las pistas que nosotros seguimos. Tras su dulce apariencia es una asesina cruel y despiadada. Usted no sabe dónde se metió, no lo sabe.

Rosemberg movió la cabeza a un lado y otro, reforzando sus palabras.

—No los hemos encontrado aún pero estamos tras ellos, sólo es cuestión de tiempo —concluyó.

Yo estaba atónito. Por un instante pensé que Rosemberg era un paranoico que se hacía pasar por agente del Mossad y veía criminales por todas partes. ¿Helga, una asesina? Imposible. Saqué una foto de tamaño carnet que guardaba en mi billetera. Ella siempre se negaba a fotografiarse, pero un día encontré esa foto en el suelo del dormitorio y la guardé. La mostré al judío.

—¿Se refiere a esta mujer?

Rosemberg la miró y pude ver la sombra de un odio feroz en sus ojos.

—Sí, es ella, Angela Fritzche. O Helga, como usted la llama. Pienso que no volverá por aquí —añadió, reanudando el camino hacia la salida.

Le seguí hasta la puerta como un autómata. De repente los años pasados con Helga me parecieron una farsa.

—No volveré a visitarlo... a menos que aparezca algo nuevo. Tenga cuidado, señor Grodek, si da un paso más entrará en terreno muy peligroso. Olvídelo todo y nosotros también lo olvidaremos —añadió antes de irse.

A pesar de que parecía haberse resuelto una de mis mayores preocupaciones, sentí un gran desasosiego. Me negaba a aceptar lo que Rosemberg me había contado sobre Helga pero en el fondo algo me decía que no era más que la verdad. Ella, siempre tan cerca de Keller, sus misteriosos viajes, su súbita desaparición sin más que una nota de despedida preparada tiempo antes...

Había estado ciego, Rosemberg no había hecho más que abrirme los ojos. Una ola de desánimo me invadió cuando comprendí que el amor que Helga siempre me demostró había sido falso. Todo fue un plan, todo estaba perfectamente calculado. La tensión acumulada me había agotado y subí a mi dormitorio con intención de echarme un rato.

Aún tenía en la mano la foto de Helga. La miré de nuevo, quise verla diferente pero no pude. Desde la cartulina me miraban sus ojos dulces, su tierna sonrisa de siempre. Sentí mis ojos húmedos por primera vez en mucho tiempo. Aquella foto me hacía daño. Me seguía engañando, como Helga lo había hecho durante tantos años. No quería llevarla más en mi cartera pero algo muy fuerte me impidió romperla. Abrí el cajón inferior de la mesilla para olvidarla allí. La puse en el fondo, bajo un libro y entonces advertí qué libro era aquél. Amarillo por el paso del tiempo, con las hojas casi desprendidas, allí estaba el pequeño misal que recogí del suelo cuando había perdido la esperanza de salvarme en Gusen. Lo tomé en mis manos y se abrió por una página. En el margen leí una anotación que alguien había escrito a mano: «Si tu hermano peca, repréndelo, y si se arrepiente, perdónalo. Y si peca contra ti siete veces al día, y siete veces vuelve a ti para decirte: "me arrepiento", siete veces lo has de perdonar».

Cerré el misal, pensando que era triste que todavía rigiese el mundo la ley del Talión: Ojo por ojo y diente por diente. Cada agravio ha de ser vengado, cada venganza es un nuevo agravio que habrá de ser vengado a su vez. Así se hace eterna la violencia. Ayer se vengaron los nazis, hoy los judíos, mañana serán otros, hasta que todo se consuma en esa sed de venganza sin fin. Qué lejos estamos los hombres de las enseñanzas de Jesús, pensé. Yo mismo no sabía qué hacía con el misal en las manos, la vida me había demostrado que Dios no escucha nuestras peticiones.

¿Me habría amado Helga alguna vez? Estaba claro que todo había sido una farsa al servicio de sus intereses. Pero una escuálida luz se abrió paso en mi cerebro, como la brisa se cuela por el resquicio de una puerta. ¿Acaso los espías o los asesinos no pueden amar? En las guerras se mata y se muere. Para Helga la guerra no había terminado. ¿No la hubiesen matado los agentes del Mossad si ella no se hubiese anticipado? ¿Podría perdonar su engaño, su doble vida, alguna vez? Me hice el propósito de olvidar. Tal vez olvidar sea perdonar; y si no lo es, ayuda.

Me convertí en un ser solitario, no tenía amigos, trataba únicamente con los que trabajaban conmigo. Mi carácter se tornó taciturno y me volqué de nuevo en el trabajo. Ser dueño de una gran fortuna es una forma de esclavitud. Debía cuidar los negocios continuamente, si algo no salía bien se podía perder mucho dinero. Me debía a una gran cantidad de gente que dependía de mí directa o indirectamente y a veces me agobiaba la responsabilidad que había puesto sobre mis hombros. Añoraba los días vividos en Heilbronn, a mi querido amigo Stefan, los momentos en los que conseguir alimento y dónde dormir nos colmaban de una sencilla felicidad. En la hermosa casa donde vivía había un piano de cola que sólo toqué una vez. No tenía ganas de hacerlo, estaba solo y para mí era importante que los demás compartiesen mi música.

A medida que se acercaba el momento de realizar el primer pago en la cuenta que me indicó Keller, aumentaba mi preocupación. Nunca vi que nadie me siguiera o me vigilase pero estaba seguro de que ex nazis y agentes judíos no andaban lejos. Recordaba las palabras de Rosemberg: «Si da un paso más entrará en terreno muy peligroso». Evidentemente se refería a cualquier contacto, cualquier pago, cualquier relación con Keller o su grupo. Y eso era precisamente lo que estaba a punto de hacer.

Keller me había aconsejado que hiciera el movimiento de dinero desde una cuenta en Estados Unidos pero no me pareció bastante seguro. Necesitaba que el dinero diese algún salto en su camino hacia Suiza que ningún sabueso pudiese rastrear y los bancos norteamericanos, tan influenciados en general por el capital judío, no me parecían bastante opacos en caso de que el Mossad decidiese husmear por allí. Para borrar el rastro del dinero necesitaba la intervención de alguno de los bancos de esas pequeñas islas del Caribe donde se mueven los capitales libre y anónimamente. Preparé la operación con todo detalle y por fin cursé la orden que puso el dinero en marcha. Estuve inquieto durante unas semanas, pero no sucedió nada extraño y por fin me tranquilicé. El sistema había funcionado. Y la vida continuó.

Conocí a muchas mujeres, las veía como actrices en una extraña comedia de enredo cuya trama era quedarse con mi dinero. Pasaban por mi vida a toda prisa. Empecé a desconfiar de todas; en mis frecuentes viajes solía hacer amistad con damas de toda clase, pero la cosa nunca llegaba más allá de una o dos noches en cualquier hotel. Las prefería casadas, así tenía la certeza de que no me crearían problemas. Mi trabajo y esas sórdidas aventuras eran mi única actividad. A veces me asaltaba el recuerdo de Helga. La imaginaba en algún lugar del mundo, viviendo espléndidamente de lo que yo les enviaba cada año. Sólo cuando se fue me di cuenta de que la amaba.

Al regresar de uno de mis viajes conocí a Elisa, una panameña que rondaba la cuarentena. Era la antítesis de lo que se pudiera considerar una mujer voluptuosa. Flaca como un gancho de ropa, tenía por senos dos pequeños limones que apenas se podían percibir, pero poseía algo indescriptible que hizo que me fijase en ella. Era tal su maestría en la cama que uno se olvidaba de la carencia de otros encantos, aunque estoy seguro que ése no fue el motivo por el que me sentí atraído. En poco tiempo me enamoré perdidamente, con la fuerza de un primer amor. Me volvía loco su andar de movimientos felinos, su cuerpo delgado y anguloso, sumamente elegante. Era una mujer que destilaba clase por todos sus poros. Tenía ya siete hijos, cada uno de ellos era de diferente padre. Me entregué a amarla en cuerpo y alma, adoré a sus hijos tanto como a ella misma. Salir de paseo rodeado por ellos me hacía sentir que tenía la familia que nunca pude tener. Cubrir sus necesidades, complacer sus peticiones y sentir su cariño me dio renovados impulsos. Le pedí que se casara conmigo, pero para mi sorpresa no accedió. Dijo que no debía aceptar porque yo no la conocía suficiente y no deseaba hacerme daño. Yo entonces no lo comprendí. Al contrario, pensé que sólo era cuestión de tiempo que ella accediera y eso renovó mi ardor.

Mi dependencia había llegado a tal extremo que empecé a descuidar mis negocios para estar a su lado. Le pedí que fuera con sus niños a vivir a mi casa; había espacio de sobra, pero rehusó. Aun así, yo no vivía más que para ella, deseaba estar con Elisa a todas horas y como noté que algunas veces me evitaba con excusas, despertaron en mí unos celos que me eran desconocidos hasta entonces. Un día la seguí. A prudente distancia, fui tras su auto con cautela hasta que aparcó frente a la iglesia de Monterrico. Vi como entraba en el templo y di gracias a Dios porque donde yo había sospechado una infidelidad sólo había una oculta devoción. Quizás Elisa pensaba que yo me burlaría de su fe o no respetaría sus creencias. La amé más que nunca y contuve las ansias de ir corriendo tras ella a pedir perdón por mis sospechas, me sentí como un depravado. Ya sin intención de ocultarme, aparqué tras su auto y decidí esperarla, paseando por los jardines que rodean la iglesia. En la parte posterior descubrí una pequeña ventana abierta a cierta altura y sentí curiosidad por mirar dentro. Quedaba un poco en alto, pero a escasos metros el terreno se elevaba ofreciendo un mirador perfecto. En mi estupidez, yo esperaba ver a Elisa en la capilla, arrodillada piadosamente, rezando ante alguna imagen, rodeada de viejas beatas y niñas que preparaban su Primera Comunión. Pero en lugar de eso, lo que vi me hundió en la peor miseria: allí, sobre la mesa de la vicaría, Elisa y el cura de la parroquia estaban fundidos en un impúdico abrazo, besuqueándose como animales que se quisieran devorar, lascivos como en una escena del Dante. Ellos no se dieron cuenta de mi presencia, a pesar de que estaban sólo a pocos metros. Después rodaron al suelo y ya no vi más. Descendí del promontorio y me acerqué a la ventana, por la que salían ya los inconfundibles gemidos de Elisa.

Abandoné el lugar, horrorizado. Mil demonios entraron en mi mente. Unos querían saber cómo, desde cuándo, por qué, dónde más. Otros pedían venganza, hubieran querido quemar la iglesia con cura y todo, encadenar a Elisa a mi cama de por vida, marcarla a fuego. Otros me insultaban por mi necedad, por mi locura... Mientras conducía logré espantarlos a todos hasta quedar a solas conmigo mismo. Entonces recuperé la razón que había perdido en los últimos meses.

¿Acaso ella no me había advertido? Era cierto que no la conocía... y yo sabía que cuando no se ama a alguien, simplemente no se ama. Preguntar, protestar, exigir... hubiera sido ridículo, bastaba con haberlos visto para saber que quien sobraba era yo.

En los últimos meses Elisa se había convertido en el único eje de mi vida, cuando ella desapareció yo quedé en el vacío más absoluto.

Mis días se volvieron negros, había perdido las ganas de vivir, nada para mí tenía interés. Con frecuencia dejaba de ir a la oficina sin motivo, me quedaba en casa vagando y bebiendo hasta adormecer mi alma. Una mañana me encontré sentado en la cama mirando el vacío. Hacía varios días que no me acercaba por la empresa. Ese día tampoco iría. No encontré nada que pudiese hacer que no despertase en mí un asco y un rechazo insoportables. Odiaba estar en casa merodeando como un alma en pena hasta emborracharme, odiaba salir a la calle, odiaba a la gente y hasta odiaba al Sol, que me parecía ofensivamente luminoso sobre mi existencia tan oscura. Me di cuenta entonces de que lo que realmente odiaba era mi vida y el despojo en que me había convertido. Tambaleándome llegué al baño y cogí mi navaja de afeitar. Volví con ella a la cama, corté las venas de mi muñeca izquierda y me quedé allí, tirado, esperando la muerte.

La mancha carmín que crecía en la sábana fijó toda mi atención. Me sentí en paz, me apresté a disfrutar del momento en que, una a una, fuesen desapareciendo todas mis miserias hasta quedar liviano, redimido, libre otra vez y para siempre. No oí llegar al mayordomo cuando entró en la habitación.

Como en sueños, noté que Wolfang vendaba con fuerza mi muñeca hasta contener la hemorragia. Me sentó en la cama y me obligó a beber un buen vaso de Oporto. Poco a poco, regresé de la nube en la que ya flotaba. El mayordomo actuaba con tal precisión y seguridad como si no hubiese hecho otra cosa en su vida. Retiró la ropa manchada y limpió con ella los restos de sangre que había en el suelo. Yo lo miraba, mareado por el vino y la debilidad, sin entender bien por qué el destino me había enviado mi inesperado salvador. No sabía si debía agradecerle que me hubiese rescatado de mi momento de debilidad o despedirlo sin contemplaciones por haber desbaratado mis planes. Limpió la navaja y la dejó en su sitio, colocó todo en orden, me acostó y me cubrió con una manta. Después se sentó en mi cama en un rasgo de intimidad poco usual en él, me miró con sus ojos cansados y puso una mano en mi hombro.

—Señor Grodek, es usted un hombre fuerte, un luchador. Ha tenido verdaderos problemas y siempre ha salido de ellos. ¿Cree que su vida merece terminar así?

Se levantó y cogió la ropa que se había manchado.

—Llamaré al médico enseguida, procure descansar —anunció antes de salir.

Yo estaba demasiado débil y apenas me fijé en sus palabras pero días después, al recordarlas, caí en cuenta de que el viejo mayordomo tenía razón. Yo debía estar en el mundo para algo más que para suicidarme por un amor irracional. También me extrañó que él supiera tanto de mi vida sin que yo le hubiese contado nada y la destreza con que actuó. A partir de entonces, Wolfang dejó de ser un accesorio más de la casa y nuestra relación se hizo más próxima. Su mano en mi hombro me infundió ánimo y me dio fuerzas para proseguir con la vida que me había tocado vivir.

Elisa se esfumó de mi vida como si nunca hubiera existido. Me alegré por haberme ahorrado una triste escena, no sabía cómo yo podría reaccionar si la volvía a ver, pero por otro lado me dolió comprobar que lo que tanto había significado para mí, en realidad no fue nada. Nunca volví a amar a una mujer de esa manera.

Años después, me enteré de que Elisa había dejado a sus hijos repartidos entre parientes y ex maridos y se había ido a vivir a Estados Unidos con el cura, que había renunciado a sus votos. Ella regresó al cabo de un año, cansada de vivir en un remolque. Cada cual lleva su cruz y ella llevaba la suya entre las piernas.

Capítulo 16

Cuando me recuperé de mi desafortunado intento de suicidio volví a mi vida anterior. Todas las mañanas, muy temprano, iba a mi despacho en MFK y me entregaba totalmente al trabajo, sin tregua para pensar ni cuestionarme nada. Me quedaba en la oficina hasta tarde, cuando volvía a casa estaba tan agotado que sólo me apetecía echarme a dormir. En el pequeño televisor del dormitorio acostumbraba ver las noticias de la noche y resultaba evidente que la política del Perú iba de mal en peor. El presidente Belaúnde Terry no conseguía controlar la situación. Su proyecto de reforma agraria no salía adelante y la moneda, el sol, caía en picado. Había cada vez más violencia, las expectativas que había creado su programa político quedaban día a día más lejos y el descontento crecía entre la población, especialmente en los sectores menos favorecidos. Esto no podía dejar de preocuparme, la inestabilidad política es lo que menos conviene a los negocios, aunque hacía tiempo que yo había sacado del país la mayor parte de mi dinero, principalmente hacia Venezuela y los Estados Unidos.

El episodio de Elisa me había desconcertado. ¿Cómo era posible que yo, siempre reacio a atarme en una relación estable, me hubiese comportado de aquel modo? Ahora pienso que la marcha de Helga me dejó tan abatido que estuve obsesionado por encontrar una compañera que llenara su vacío. Y fui a dar con Elisa, la mujer menos adecuada. No sólo no lo supe ver sino que me comporté como un colegial, cuando pensaba en ello me sentía avergonzado de mí mismo. Tuve suerte de que Elisa no aceptase mi propuesta de matrimonio, me hubiese encontrado en una situación insoportable y de difícil salida. Todo esto tuvo para mí el efecto de una castración mental; durante bastante tiempo rehuí cualquier contacto con mujeres, hasta que en uno de mis viajes a Venezuela, una preciosa peluquera que trabajaba en el hotel donde me alojé me hizo olvidar todos mis temores. Volví también en esto a mis viejas costumbres, pero mi comportamiento era aún más cauteloso que antes, completamente cerrado a cualquier relación. Es posible que esa manera de actuar me hiciera parecer un hombre frío, distante, pero era mi modo de evitar problemas; ya no confiaba en mi capacidad de autocontrol.

No tenía relación con mi tía Nelly y su esposo desde que fui a parar a la cárcel por su culpa, de eso hacía ya más de quince años. Tampoco veía al tío Víktor desde mucho tiempo atrás, la última vez fue antes de que yo entrase en MFK; me invitó a un emparedado de queso un día en el que tenía mi estómago tan vacío como mis bolsillos. Ya tenía bastante olvidada la relación familiar, cuando en cierta ocasión nos encontramos por casualidad. Sucedió mientras caminaba por las inmediaciones de mi empresa. Oí la bocina de un auto tocar insistentemente; era el tío Víktor que había detenido su vehículo junto a la acera y me hacía gestos para que me acercase. Mientras yo lo hacía, salió del auto y vino a mi encuentro. Nos abrazamos y nos dimos un beso, a la usanza polaca.

—¡Waldek! ¡Cuánto tiempo sin saber de ti, muchacho! ¿Todo va bien? —sin esperar respuesta, como si tuviera prisa, continuó—: Hace días que quería hablar contigo. ¿Te enteraste de que murió tía Nelly?

—No, no sabía nada. ¿Cuándo fue? ¿Y el tío Enrique? —pregunté, apenado.

—Murieron juntos, en un accidente. Hace casi un año, te estuve buscando y por fin encontré el teléfono de tu empresa. Dejé un mensaje a tu secretaria. Me dijo que estabas de viaje, ¿no te avisó? Ya me extrañaba no tener noticias tuyas...

—He estado fuera a menudo, quizás se traspapeló la nota. ¡Vaya!, siento no haberme enterado. ¿Cómo fue?

—Tío Enrique no veía bien de noche pero se empeñó en conducir porque el chófer tenía unos días de permiso. Chocaron de frente con un camión, el forense dijo que murieron en el acto. El camión iba muy rápido y el tío seguramente no lo vio venir.

—Ya sabes que yo no tenía trato con ellos, no se portaron bien conmigo, pero lo siento. Tía Nelly me ayudó mucho cuando escapé de Europa del Este, eso se lo agradeceré siempre. De veras lo siento —repetí.

—Sí, Waldek, de los muertos no hay que hablar mal, aunque los tíos siempre crearon bastantes problemas en la familia. ¿Sabes que murieron intestados?

Yo no tenía idea de lo que eso quería decir. Víktor se dio cuenta.

—O sea, que no hicieron testamento —aclaró—. Este ha sido su último enredo. Según la ley, su herencia no se puede tocar durante veinte años. Después ha de intervenir un juez para declarar los herederos legales y repartir los bienes. ¡Veinte años, nada menos! Si estás interesado puedo incluirte en la relación de parientes, eso conviene hacerlo cuanto antes.

—Gracias tío, pero no me interesa. Iré a vivir a Venezuela y de momento las cosas no se me van tan mal. Reclama tú la herencia, yo ya tuve de tía Nelly más de lo que necesité.

—Así que no te va tan mal, ¿eh? Ya veo... —bromeó el tío Víktor, guiñándome un ojo—. Siempre dije que eres un triunfador. Tienes agallas, Waldek. ¿Y qué te lleva a Venezuela? ¿Las mujeres, el petróleo...? —continuó Víktor, con guasa.

—Aquí el clima político está muy enrarecido, esto no traerá nada bueno —vaticiné, con aire preocupado.

—Ya estamos acostumbrados a estos vaivenes, verás cómo al final todo se arregla, como siempre. Bueno, tengo el coche mal aparcado y te estoy entreteniendo, te llamaré un día de estos —añadió, despidiéndose.

El tío Víktor se equivocó, las cosas no se arreglaron como él predijo. A finales de 1968 un golpe militar derrocó al presidente Belaúnde Terry. El general Velasco Alvarado encabezó el nuevo gobierno, que se declaró abiertamente marxista. Parecía que el comunismo se empeñaba en seguirme allí donde yo fuese. Yo conocía de memoria la receta del nuevo gobierno, siempre era la misma. Cuando Velasco anunció un proceso de cambios revolucionarios se me erizó la piel. En pocos meses el Perú dejó de ser un país apacible, el miedo y las persecuciones políticas se pusieron a la orden del día. Las multinacionales y las inversiones desaparecieron por temor a la confiscación.

MFK empezó a perder gran parte de los contratos de mantenimiento porque las compañías cerraban o reducían gastos. La maquinaria no se vendía y las restricciones en la posesión de dólares hacían imposibles las importaciones. Los recambios no llegaban, las reparaciones no se podían realizar, los puestos de trabajo desaparecían, la productividad se vino abajo y la pobreza se extendió por el país como una mancha de aceite. Se puso en marcha una reforma agraria que a los dos años dejó los mercados vacíos y el país al borde del hambre. La misma receta de siempre y los mismos resultados.

Estos cambios ratificaron mis planes para trasladarme a Venezuela definitivamente. Su principal riqueza, el petróleo, era gestionada por una de las empresas más eficientes del mundo: Petróleos de Venezuela. Además tenía minas de oro, diamantes, minerales y grandes complejos hidroeléctricos. Era el paraíso de belleza natural inigualable al que yo aspiraba llegar cuando estaba en Alemania. Me había equivocado de lugar, no era en el Perú donde estaban las playas con palmeras y mujeres hermosas; pero eso aún tenía arreglo. Sin embargo durante un tiempo seguí residiendo en Lima. No me decidía a cerrar mi empresa allí porque no quería dejar sin empleo a tantos trabajadores, así que afronté la situación con la esperanza de poder mantenerla sin muchas pérdidas hasta que soplasen mejores vientos. Viajaba con frecuencia a Venezuela, que era mi centro de operaciones. La riqueza petrolera otorgaba tal grado de bienestar a su gente que me parecía difícil que fuera tentada por ideas revolucionarias. Yo no conocía a fondo la política de ese país, pero sabía que gozaba de una moneda estable y que Miami era invadida por compradores y turistas venezolanos los fines de semana.

Pasaron así algunos años sin muchos cambios, con viajes continuos entre Lima y Caracas. Había un contraste enorme entre los dos países, parecían dos mundos distintos. Afortunadamente mi empresa en Lima consiguió permanecer a flote gracias a unos pocos contratos de mantenimiento con algunas industrias, embajadas y dependencias estatales, pero la situación estaba estancada. Cinco años después del golpe, en 1973, corrió el rumor de que el general Velasco estaba enfermo y pronto dejaría el poder. Muchos pensábamos que si el dictador se apartaba o moría, se instauraría de nuevo un gobierno democrático. Pero los meses pasaron sin novedad, hasta que inesperadamente, en agosto de 1975, el general Morales Bermúdez dio un nuevo golpe militar que prolongó la dictadura. El tercero en el Perú, en veinte años. Poco tiempo después murió Velasco, pero entonces su muerte no tuvo ningún significado político. La dictadura se perpetuaba.

La economía peruana estaba al borde del colapso. Morales Bermúdez anunció que convocaría elecciones libres en el plazo de cinco años, pero la situación dejada por el anterior gobierno había deteriorado aún más el ambiente político y las tensiones crecieron. Un grupo de tendencia marxista, conocido como Sendero luminoso, organizó la guerrilla y empezó a sembrar terrorismo en gran escala por todo el país. Decidí que había llegado el momento de abandonar el Perú sin más dilación.

Me dispuse a liquidar mis asuntos en Lima lo antes posible. Tenía que deshacerme de la empresa y la casa del modo más conveniente. Una de las pocas cosas que florecían entonces en el Perú era el negocio inmobiliario, debido a que las propiedades que dejaban los que escapaban de la situación eran compradas por una nueva clase adinerada, próxima al gobierno de Velasco y después al de Bermúdez. El mismo «marxismo» de siempre. El edificio de MFK fue adquirido por una compañía ligada al gobierno y los mismos agentes inmobiliarios lograron alquilar mi casa como embajada a un país de Medio Oriente. La arrendé con todo su contenido, previo inventario, y cerré un buen trato. Tuve suerte porque muchos se habían visto obligados a malvender, ya que solía haber prisa y pocos compradores. Exigí la condición de que los trabajadores de MFK pasaran a trabajar para la nueva empresa, la mayoría llevaba muchos años conmigo y eran empleados eficientes; me sentía en deuda con ellos.

A mediados de 1977 tenía ya todo resuelto y mi marcha definitiva a Venezuela era sólo cuestión de días. Hice una pequeña fiesta de despedida en la empresa y a primeras horas de la tarde regresé a casa. Wolfgang me anunció que en la sala me esperaba un hombre. Me dirigí allí y vi un joven alto, de espaldas, mirando por el ventanal que daba a la piscina. Al oír mis pasos se volvió y quedamos mirándonos. Tenía un aire familiar pero yo no acertaba a adivinar quién podría ser.

—Papá... ¿no me reconoces? —su cara reflejaba una ansiedad mal disimulada.

—¿Henry? —pregunté, escrutando sus rasgos.

Nos abrazamos con fuerza, emocionados. ¡Cómo no lo adiviné antes! Parecía verme reflejado en un espejo, aunque más joven. Durante unos momentos se hizo un silencio lleno de preguntas. Henry lo rompió:

—Vivo en Estados Unidos. He venido a tramitar unos documentos porque me caso dentro de quince días.

Me sentía aturdido, no me salían las palabras.

—¿Cómo lograste encontrarme? —se me ocurrió preguntar.

—No hay muchos Grodek en la guía telefónica —dijo Henry, sonriendo—. Mamá no sabe que he venido, aunque no me importa que lo sepa. Hace tiempo que tenía pensado venir a verte y he aprovechado esta ocasión.

Me acerqué a él y lo abracé de nuevo. Me correspondió con un fuerte y sentido abrazo. Contuve mi emoción al hablar.

—Hijo, no sé si sabes por qué... —empecé a decir, pero Henry me interrumpió.

—No tienes que darme ninguna explicación, papá. Ya no soy un niño al que alguien pueda manejar a su antojo. Sé que tuviste que dejar todo lo que tenías en Nazca, también sé que fuiste allí muy desgraciado. Mamá es una persona difícil. Se volvió a casar y decidió enviarme a estudiar a Estados Unidos. Le debo los estudios, nada más.

—No digas eso, tu madre siempre te quiso mucho —dije, tratando de suavizar los recuerdos.

Me dolía pensar en la soledad que pudo sentir Henry todos esos años.

—Lo sé. Pero la vida a su lado era tan... tan diferente de como yo hubiera deseado.

Supe exactamente a lo que se refería mi hijo aunque él no lo dijese. Mi vida también había sido tan diferente a como yo la hubiera deseado. Aun sabiendo que yo no había podido evitar nuestra separación, el reencuentro con mi hijo después de tantos años me hizo sentir culpable. Me había perdido muchos años de su vida y él tampoco había contado durante ese tiempo con el apoyo de su padre. Yo sabía lo importante que es eso para un muchacho. Sentí que le había fallado y mis ojos se humedecieron. El debió darse cuenta de mis sentimientos.

—Papá, no deseo que te sientas mal, sólo vine a verte —agregó—. Quería que supieses que estoy bien, que me caso pronto y que mamá ya no puede separarnos. No he venido a pedirte nada ni a reprocharte nada.

Sus palabras me desarmaron. Henry tenía veinticuatro años, se parecía tanto a mí... Recordé cuando tenía su edad, los momentos felices en Heilbronn, la ilusión por venir a América... Lamenté que ese reencuentro no se hubiera producido antes.

—Henry, dentro de unos días voy a Caracas, me traslado allá. Está todo arreglado, ya vendí mis propiedades y he alquilado esta casa. No nos volveremos a ver aquí, pero siempre serás bienvenido donde quiera que yo esté. Te ayudaré en lo que necesites, tengo mucho dinero y me sentiré feliz de poder hacerlo. No volveremos a perder contacto.

—Gracias, papá. ¿Cómo conseguiste llegar tan alto? —preguntó Henry, barriendo con la mirada el lujoso salón—. Esta casa debe valer una fortuna.

—Es una larga historia. Trabajo, suerte y... siempre hay que pagar un precio extra —sonreí, sin intención de entrar en más detalles.

Pasamos la tarde juntos. Me puso al corriente de que ya era ingeniero y que en Estados Unidos había conocido a una chica con la que se iba a casar. Se quedaría a vivir en Chicago, donde ya tenía trabajo. Oír hablar de boda hizo aflorar mis peores recuerdos.

—Henry, si un matrimonio sale bien es algo muy importante para un hombre. Pero si sale mal es lo peor que le puede suceder. No hay infierno igual.

Sonrió al oírme. Era un chico inteligente. Comprendió por qué yo le hablaba así a pesar de su inminente boda, de que no conocía siquiera a su novia, apenas a él... Pero yo era su padre, me preocupaba y sabía bien lo que era un matrimonio desgraciado.

—No te preocupes papá, tengo los pies en el suelo —me tranquilizó.

Iba a casarse con la mujer que amaba. Observándolo, agradecí que hubiera sacado tan poco parecido a su madre.

Ya casi era de noche cuando nos despedimos, le di mi nueva dirección y él me dio la suya. Una mezcla de alegría y profundo pesar se adueñó de mí cuando me quedé a solas. Mi hijo era casi un desconocido, pero aquella tarde lo había recuperado. No estaba dispuesto a volverlo a perder y no sabía si eso sería posible.

Pocos días después me trasladé definitivamente a Caracas. No sentí dejar la mansión que ocupaba en Lima, siempre la encontré demasiado grande y ostentosa para mí solo. Me instalé en un chalet de una zona residencial a las afueras de la ciudad, una casa confortable pero mucho más pequeña y funcional. Conservé a Wolfgang, a quien tenía un aprecio especial desde que me prestó su apoyo, y también a la cocinera. Todo era nuevo y yo tenía la sensación de empezar una nueva vida, me sentía optimista. Hasta que salí de allí no tuve la percepción de lo mucho que vivir en la casa que había sido de Keller me estuvo afectando, como si sus paredes ocultasen alguna terrible maldición. Me hice cargo de la sede de MFK en Venezuela, que hasta entonces dirigía Colucci, aunque en mis frecuentes viajes durante los años anteriores ya había tomado las riendas de bastantes funciones. Actué con mucho tacto con el argentino, no quería que se sintiese desplazado, pero Colucci parecía estar deseando el relevo y se colocó él mismo en un segundo plano.

El negocio funcionaba bien, decenas de camiones de MFK salían todas las mañanas hacia los diferentes servicios y ejércitos de personas vistiendo nuestros monos de trabajo grises estaban por todas partes. Encontré un nuevo reto y ésa era la situación en la que yo rendía mejor. El mercado asiático estaba empezando a ofrecer maquinaria muy interesante a bajo coste. Yo acostumbraba visitar las exposiciones industriales más importantes en todo el mundo. En una de ellas, en Alemania, contacté con un fabricante de Taiwan que me proporcionó durante mucho tiempo excelentes equipos a un precio muy inferior al que yo había pagado hasta entonces en Europa o los Estados Unidos. Esto permitió aumentar nuestra capacidad de dar servicio y en pocos años no quedó en el país ningún centro de importancia que no tuviese contratado con nosotros su mantenimiento. También contraté la representación de la maquinaria taiwanesa, que promocionaba mediante una exposición permanente en un nuevo local.

Las mujeres de Venezuela son un producto nacional. Conocí muchas, era difícil encontrar alguna que no tuviera un cuerpo perfecto, era la norma. Pero nunca me comprometí. Siempre había tratado de no atarme a nadie. Las pocas veces en las que eso había sucedido, salí inevitablemente malparado. Tenía aprendida la lección. Además, me estaba empezando a hacer mayor, ya no iba con mujeres de mi edad sino que normalmente eran mucho más jóvenes que yo, mujeres con las que un hombre maduro en su sano juicio nunca hubiese pensado en otra cosa que en divertirse; amable y gentil diversión, pero sólo eso. Ellas tampoco buscaban otra cosa. Cuando sobrepasé los cincuenta, me sorprendió la fascinación que muchas de estas jóvenes sentían por los hombres de mi edad, al menos ése fue mi caso. Yo estaba feliz con mi vida de soltero, la empresa funcionaba maravillosamente bien y los buenos momentos por unos y otros motivos hicieron volar los años. El mundo cambiaba y yo iba cambiando con él.

Cada año, puntualmente, hacía el ingreso convenido en la misteriosa cuenta suiza. Se convirtió en un rito, una ceremonia de la que nunca se sabía nada más. Daba la orden y eso era todo, jamás recibí ningún mensaje relacionado con los pagos, ni tuve más noticias de Keller o de Helga. A pesar de los años transcurridos nunca se me pasó por la cabeza dejar de hacerlo, un pacto era un pacto y Keller había cumplido su parte generosamente.

En 1983 Venezuela sufrió un importante revés económico. El precio del petróleo cayó en picado y con él los ingresos por exportaciones. El gobierno se mostró insolvente ante la banca internacional y se hizo necesaria una devaluación de la moneda, el bolívar. Pero desde hacía mucho tiempo el cambio respecto al dólar era fijo, a 4,30 bolívares por dólar, lo que hacía difícil dar este paso. Finalmente no hubo más remedio que darlo, fue un viernes que quedó marcado en la historia del país como el «viernes negro». Mantener la paridad de manera artificial sólo favorecía la especulación y el tráfico de divisas. Esto no nos afectó mucho de modo inmediato pero fue el primer indicio de los problemas que llegarían tiempo después. Ese año marcó el hito de MFK en Caracas, a partir de entonces las cosas se pusieron un poco más difíciles.

El aviso más serio sucedió en febrero de 1989. La enorme inflación del país provocaba unos precios desorbitados para los bolsillos de los menos favorecidos. Por si esto fuera poco, muchos comerciantes remarcaban los precios de los productos y recurrieron al acaparamiento, lo que limitó el acceso de la población a los bienes de primera necesidad. El *caracazo*, como se llamó a la revuelta, surgió de forma espontánea por el incremento de los precios del transporte público, pero rápidamente se extendió a todo lo demás. Las protestas duraron varios días. La gente salió a la calle destrozando y saqueando cuanto encontraba. Las zonas comerciales eran las más afectadas, por suerte ni mi empresa ni mi casa fueron atacadas pero el primer día perdimos tres camiones que se encontraban fuera y hubo que cerrar durante más de una semana. Por entonces Wolfgang y la cocinera ya se habían jubilado, yo disponía sólo de una sirvienta que durante la revuelta no pudo acudir, así que me atrincheré en casa, sobreviviendo de la despensa lo mejor que pude. Afortunadamente en la zona residencial que yo ocupaba no hubo ningún acto de violencia, pero en el centro de la ciudad contaron los muertos por centenares.

A finales de ese año yo tenía sesenta y dos, llevaba doce en Venezuela y hacía veintitrés que Keller había desaparecido, lo que significaba que había realizado ya veintitrés pagos. El mundo cada vez cambiaba más deprisa. El «muro» acababa de caer, la Unión Soviética de Gorbachov hacía aguas definitivamente, la Polonia de Lech Walesa se dirigía abiertamente hacia la democracia e Internet empezaba a ser una red de alcance mundial. Revisar el correo electrónico se había convertido en algo rutinario en mi oficina, una de las primeras actividades de la mañana. Un día recibí el siguiente mensaje: «Puedes dejar de dar de comer a las palomas, se fueron al cielo». No tenía firma. Días después recibí otro mensaje: «No es necesario más alpiste». Inmediatamente lo relacioné con los pagos que hacía cada año. Recordaba muy bien lo que Keller me dijo: «Algún día recibirás un aviso de mi parte y sabrás que ya no será necesario que lo sigas haciendo». ¿Era éste el aviso? ¿Provendrían esas notas del círculo de Keller? Decidí ignorar los mensajes, aunque un sexto sentido me indicaba que algo auténtico había tras ellos. Esperé con cautela, aún faltaban varios meses para el próximo pago, no era necesario precipitarse.

Poco después Colucci me comunicó su deseo de retirarse de la organización. Siempre me había parecido un personaje peculiar, muy reservado y distante. Hablaba alemán como si fuese su lengua nativa, pese a que decía ser argentino y su apellido fuese de ascendencia italiana. Siempre tuvo mucha confianza con Keller, parecía que los unía algo más que su trabajo en MFK. Su manera de comportarse siempre me hizo sospechar que ocultaba algo.

—¿Estás molesto por algo, Colucci? —le pregunté, al conocer su intención de retirarse.

—¿Por qué habría de estarlo? Me retiro tranquilo, si a eso te refieres.

El argentino mantenía su reserva de siempre. Pero en esta ocasión yo estaba dispuesto a llegar al fondo.

—Quisiera hacerte una pregunta —añadí—, ¿has sabido algo de Keller durante todo este tiempo?

—Tú eras su hombre de confianza, Waldek. ¿Has sabido algo tú? —contestó a la defensiva.

—Pero tú lo conocías antes y hace tiempo que he venido observando que... bueno, que tú no eres sólo lo que aparentas ser. ¿Me comprendes? Keller confió en mí, no veo razón para que tú hayas de desconfiar. ¿Me guardas algún resentimiento?

Colucci se mantuvo en silencio unos instantes. Después se levantó, cerró la puerta del despacho y se acercó de nuevo.

—Waldek, ningún resentimiento puedo tener. Yo no podía ocupar tu puesto, eso lo supe desde el primer momento. Eras la persona ideal. Además, yo también tuve mi parte, no te preocupes por eso. No me retiro porque tenga problemas contigo, es absurdo que lo pienses. Sólo quiero descansar, no necesito el sueldo y ya tengo edad de jubilarme, no hay más. Todo acaba.

—¿Qué es lo que acaba? —pregunté enérgicamente. Las palabras de Colucci me hacían suponer que conocía mi pacto con Keller, o quizás el alemán le explicó algo distinto. Yo no quería descubrir mis cartas sin conocer antes las suyas.

—¡Todo! Todo acaba. Han pasado cuarenta y cinco años desde que terminó la guerra, amigo. Hay por ahí gente de cincuenta años que no sabe nada de esa guerra. Casi todos los que lucharon ya han muerto o están decrépitos, sólo quedan unos cuantos sobrevivientes de las Juventudes Hitlerianas que no saben nada y nunca supieron nada. Hasta cayó el muro de Berlín —disertó Colucci, sin salir de su ambigüedad anterior.

—¿Sabes algo de Keller? —pregunté a bocajarro.

Colucci aspiró profundamente su cigarrillo y espiró el humo voluptuosamente antes de contestar.

—Así es. Mi misión terminó.

—¿Tu misión? ¿Qué misión? —pensé que Colucci se iba a sincerar.

—Waldek, mi misión era... cuidarte —contestó por fin.

—Cuidarme... ¿o vigilarme? —sugerí.

—Como quieras llamarlo. Sólo dependía de ti. Si hubieses estado en peligro, nosotros hubiésemos hecho cualquier cosa por mantenerte a salvo. Si hubieses intentado traicionar a Franz, nosotros lo hubiésemos impedido. Tú decidías y decidiste bien. No vayas a sentirte mal por eso, nadie confía en nadie completamente. Es natural, tú en su lugar hubieses hecho lo mismo. Cuando vimos que eras un tipo legal nuestra única misión fue estar a tu servicio, eso lo has visto durante más de veinte años. Sería pueril que ahora te enfadaras...

Colucci me observaba como si yo fuese un estúpido incapaz de comprender. No me pasó por alto que hablaba en plural.

—No has respondido a mi pregunta. ¿Qué sabes de Keller? —pregunté impaciente.

—¿No me oíste? Te dije «mi misión terminó». ¿No hablé claro? ¿Acaso no has recibido unos mensajes? Yo también los recibí. Keller murió, eso es todo. Tú dejas de pagar y yo terminé mi trabajo. Así son las cosas, Waldek, tarde o temprano tenía que llegar.

—Pero entonces, ¿quién envía los mensajes?

—Lo más probable es que los haya enviado Helga. Quizás se ponga en contacto contigo, debe de haberse quedado sola — explicó Colucci.

Yo estaba aturdido, ¿sería posible que Helga regresara?

—¿Qué sabes de Helga? —urgí.

—Ella ha cambiado, no te hagas ilusiones. Se sometió a una operación de cirugía plástica para variar su aspecto, era demasiado conocida. No sé más. Han pasado muchos años, Waldek, eso quedó atrás, olvídalo. Lo que importa es que estás libre de los pagos anuales, es mucho dinero. Tendrías que estar contento en lugar de darle tantas vueltas.

Estaba seguro de que Colucci no diría más de lo que ya había dicho y cambié de tema.

—¿Y ahora, qué harás?

—Por eso no te preocupes, tengo buenas inversiones en Argentina, la situación allá va a mejorar mucho con Menem, recuérdalo. Aquí el asunto se está poniendo difícil, la devaluación del bolívar va para largo.

—Es cierto. La cosa no marcha bien para los negocios, pero veamos qué ocurre con el segundo gobierno de Pérez, estoy seguro de que saldrá elegido. Dicen que todo va a mejorar. Espero que te vaya bien. Será difícil cubrir tu cargo, tu sustituto es demasiado joven para mi gusto.

—Éste es un país de jóvenes, tendrás que vivir con eso — afirmó filosóficamente Colucci.

Pocas semanas después Colucci se fue de Venezuela y nunca más volví a saber de él. La dirección y teléfono que me dejó eran falsos. No lo eché de menos, desde el primer momento había sospechado su papel en todo este asunto. ¿Qué, si no, me obligó a aceptar la propuesta de Keller? Afortunadamente todo había ido bien y ahora por fin estaba libre de todos ellos. Después de tantos años, el nazismo, la guerra y todo lo demás habían salido definitivamente de mi vida. O eso creía yo.

Unos meses más tarde, a mediados de 1990, el correo electrónico mostró en la pantalla de mi computadora un mensaje inusual. Eran sólo ocho palabras en alemán, pero me hicieron temblar de pies a cabeza: *Ich warte auf Dich heute abend zu hause.* Aunque no había firma ni remitente no me cupo duda que el mensaje lo había enviado Helga: «Te esperaré hoy en casa». Miré la fecha de envío, era de aquel mismo día.

Pasé la mañana sumamente nervioso, sin poder concentrarme en nada. ¿Sería cierto que Helga iba a regresar? Pensé contestar el mensaje, pero me pareció arriesgado. Estuve inútilmente pendiente del correo por si llegaba algún mensaje más. Salí de la oficina un par de horas antes de lo habitual y volví a casa tan rápido como pude. Cuando atravesé el recibidor tenía el corazón desbocado. Todo estaba tranquilo, silencioso... allí no había nadie. Estaba a punto de desmoronarme cuando vi sobre la mesita un bolso de mujer. No puedo describir lo que sentí en ese momento. Lo cogí y reconocí su perfume.

—¿Helga? —elevé la voz para que se me oyese en toda la planta baja.

Seguramente estaría en la sala, me disponía a buscarla allí cuando ella abrió la puerta desde dentro y apareció de pronto frente a mí. A pesar de los años seguía siendo la mujer elegante y atractiva que yo conocí. El cabello era ahora oscuro, pero conservaba su misma mirada azul, limpia y transparente. Nos observamos mutuamente un instante, después se acercó y me besó. Yo la abracé con fuerza y al tenerla en mis brazos sentí que todas mis dudas se disipaban. Permanecimos así, en silencio, unos segundos interminables. Fueron momentos intensos; cada uno de nosotros guardaba dentro sentimientos difíciles de controlar, y no éramos personas acostumbradas a descargar emociones. Después la tomé de la mano y nos sentamos juntos.

—Waldek —dijo con ternura—, no imaginas lo que he deseado este momento y lo difícil que ha sido para mí dar este paso. Temía que estuvieses enojado conmigo.

—Pero ya estás aquí —añadí, tratando de hacer el momento más fácil.

—Te extrañé mucho... Es tanto lo que no te he dicho...

—Yo también te eché de menos. Me costó entenderlo, Helga, pero no haré preguntas —recordaba las respuestas evasivas que ella y Keller siempre daban respecto de sus asuntos. Creí conveniente no indagar.

—Estás igual que antes, cuando me enamoré de ti.

—Tú estás bellísima —respondí—. Un poco cambiada, pero preciosa.

Tomé su mano y la acaricié con ternura. Deseaba hacer el amor con ella pero no terminaba de decidirme, estaba como en una nube. Afortunadamente Helga tomó la iniciativa. Después de tantas mujeres, de tanto buscar algo que no sabía qué era, sentí en ese momento que ella era la única que calmaba mi ansia. No importaban sus sesenta y cinco años ni el tiempo transcurrido.

—Recibí tus correos — dije, mientras desayunábamos por la mañana, aún en la cama.

—¿Entendiste mi mensaje?

—Lo entendí, pero no estaba seguro de que fuese auténtico —respondí. No dije nada acerca de la conversación con Colucci. También yo había aprendido a ser reservado.

—Keller murió hace diez meses —continuó diciendo Helga—, recibí la noticia por medio de un contacto, hacía tiempo que no lo veía. En los últimos años la organización se desplomó. El hombre a quien juramos fidelidad murió en el 82. Tratamos de preservar sus ideales pero todo fue inútil, el mundo ha cambiado muy rápidamente. Muchas veces deseé abandonarlo todo, pero yo era una de las personas más buscadas por el Mossad. Tuve que permanecer en la clandestinidad todo este tiempo, siempre cuidándome las espaldas. Si notas alguna diferencia en mi rostro es por las operaciones a las que me sometí. También redujeron mi estatura ¿Ves estas pequeñas cicatrices en mis piernas? —preguntó, mostrándome unas marcas casi imperceptibles—. Era demasiado alta para pasar desapercibida. Usé durante mucho tiempo lentes de contacto marrones y me oscurecí el cabello...

—No sigas, de veras, no quiero saberlo. No es necesario. Sólo quiero saber si aún corres peligro. ¿Crees que aún te buscan? ¿No es peligroso que estés conmigo otra vez?

—¿Peligroso para quién, Waldek? ¿Para ti o para mí? —preguntó, visiblemente molesta por mis temores.

—Para ambos —respondí.

—No lo sé. Es la verdad —dijo ella, lanzando un suspiro.

—¿No sabes si te buscan? —agregué, incrédulo.

—Simulamos que había muerto y desaparecí. Fue cuando me hice las operaciones. Si hemos conseguido despistarlos, puedo estar tranquila. Pero no estoy segura de ello, son obsesivos y obstinados. No quiero pensar en eso. Quiero estar contigo y no preocuparme de nada más que de ti. No tengo otra cosa que hacer, mi juramento murió al morir la persona a la que me debía.

—Si quieres podemos ir a otro sitio, donde no te puedan encontrar.

—¿Y dónde sería eso, Waldek? ¿Qué más da Venezuela o la Patagonia? Si ellos sospecharan que estoy contigo, buscándote a ti me encontrarán a mí. ¿Te acortarás las piernas tú también? Olvídalo —concluyó Helga, con hastío.

Yo no sabía si ella estaba hablando en serio. Aparentemente tomaba muy a la ligera una amenaza que podía ser terrible. Supongo que me notó desconcertado, porque con tono grave añadió:

—Waldek, la persecución de los agentes judíos nos convirtió en fugitivos, nuestro objetivo era salvar la vida, todo lo demás quedó a un lado. Pero eso tiene un límite y yo he llegado a él. Ya estoy cansada de huir. Tengo un nombre nuevo, nueva nacionalidad y todo está en perfecto orden. Ahora me llamo Beatriz Sánchez Mendoza, soy venezolana nacida en Maracay. Todo se puede verificar, mis padres existieron y están enterrados en un cementerio de esa ciudad. He tomado todas las precauciones y he gastado mucho dinero en ello. Lo preparé así porque quería volver contigo. No me importa nada más.

—¿No pensaste que yo podía haberme casado?

—Sabía que no era así. Ni siquiera tenías pareja.

—Siempre supiste de mí —dije, como un reproche.

—Casi siempre, Waldek. Pero yo no te espiaba, créeme.

—¿Colucci tampoco?

—Yo no daba las órdenes, él estaba bajo el mando directo de Franz.

—Está bien, Helga. Vamos a imaginar que has regresado después de un largo viaje con la Interpol y que todo sigue como siempre –dije, cogiéndole la mano.

Ella por primera vez se mostró conmovida.

—Sabes que te amo. Eres la única persona que me conoce. Sólo quiero estar contigo.

No volví a preguntarle nada más. Me asustaba saber. Mi instinto de conservación, tantas veces puesto a prueba, me decía que era mejor conocer lo menos posible. Intentamos reanudar nuestras vidas como si los años de separación hubiesen sido sólo un sueño. Mi vida se volvió más cálida, aunque en el fondo sabía que algo no iba bien. Yo quería a Helga, o Beatriz, más por su ausencia que por su presencia. Al recordarla ahora no puedo evitar sentir su fuerte personalidad, a su lado yo sentía que perdía parte de la mía. Había demasiados temas vedados, demasiados temores, demasiada incertidumbre... Nunca hacíamos planes más allá de lo estrictamente cotidiano, me refiero a que no decíamos: «dentro de dos meses nos casaremos» o «iremos de viaje a las Bermudas para Navidad», era como si no creyésemos en el futuro. Sin embargo yo estaba satisfecho de encontrarla en casa esperándome al regresar del trabajo. Creo que ella era tan feliz como yo, en los mismos términos.

Como predije, Carlos Andrés Pérez fue elegido presidente por segunda vez. Los negocios iban bastante bien, tenía una representación en Nueva York de la maquinaria alemana y taiwanesa, además de las de Centro y Sudamérica. Mi vida estaba bastante asentada, pronto haría dos años del regreso de Helga y estando de viaje en Puerto Rico tomé una decisión que siempre había pospuesto. A pesar de mis resquemores, le propondría a Helga –no terminaba a acostumbrarme a llamarla Beatriz– que nos casáramos. Se lo diría a mi regreso.

Cuando volví de viaje encontré una notificación para que me presentase en la oficina de la Policía Técnica Judicial, (PTJ). Fui inmediatamente y recibí la noticia de que Helga había sido encontrada muerta en una desolada zona del interior de Venezuela. Sentí que mi mundo se venía abajo.

El inspector me dio a leer el atestado: había sido asesinada de un disparo en la sien, tenía las muñecas y los pies atados, también presentaba muestras de haber sido torturada. Fue abandonada dentro de la camioneta, no había señales de robo. Sus documentos indicaban que se trataba de Beatriz Martínez, procedente de Maracay... De no ser por el vehículo, que estaba a mi nombre, nada la hubiera relacionado conmigo. Tuve que ir a reconocer el cadáver y, a pesar de tantos como había visto en mi vida, su visión me perturbó. Su hermoso rostro estaba terriblemente desfigurado, parecía haber sufrido mucho.

Mi primera conjetura fue suponer que Helga había sido víctima de los agentes judíos que la persiguieron durante tantos años. Pero al verla en aquel estado, empecé a dudarlo. Recordaba a los hombres que fueron a verme a Lima, decididos a vengar el holocausto incansablemente, y no me parecían capaces de una cosa así. Además, los judíos acostumbraban secuestrar a sus objetivos y llevarlos a Israel para juzgarlos. Pero si no habían sido ellos, ¿quiénes habrían podido ser? Una vez más comprobé lo poco que supe de Helga, siempre rodeada de secretos, temores e incertidumbre. ¡Quién sabe qué deudas podría tener!

Un PTJ me indicó que me sentase frente a su mesa, con intención de hacerme algunas preguntas para la investigación. Naturalmente yo no podía decir nada de lo que sospechaba. Le conté que Beatriz era mi novia. El hombre esbozó una sonrisa burlona.

—¿Su novia, señor...? —trataba de encontrar mi nombre en alguno de los documentos sobre la mesa.

—Grodek, Waldek Grodek.

—¿Y qué hacía su novia tan lejos de Caracas, señor Gorder?

—Soy Grodek, no Gorder —aclaré—; no tengo idea, oficial, he estado fuera del país hasta hoy mismo.

—¿Hace mucho tiempo que eran novios?

—Unos dos años, pero no sé qué relación pueda tener el tiempo que hayamos sido novios con el asesinato —contesté, molesto por el cariz del interrogatorio—. Acabo de llegar de Puerto Rico, ya lo dije.

—Señor Gorder, no le estamos culpando, pero en ocasiones alguien mata por orden de otra persona, ¿me comprende? Sicarios —recalcó—, que estuviese lejos no es tan importante.

—No tenía motivos para desear su muerte. Menos aún para torturarla.

—Me intriga algo, ¿no podría usted haber tenido una novia más joven?

—¿Soy sospechoso por estar con una mujer mayor? ¿En eso se basan sus sospechas? Eso es absurdo —dije, furioso. Aquel estúpido no tenía ni idea de dónde estaba metiendo el dedo.

—Tal vez ella quería quedarse con su fortuna y usted se lo impidió. O tal vez descubrió que ella planeaba matarlo y usted, señor Gorder, se adelantó. Entre los ricos, nunca se sabe, ¿me comprende? —repitió la muletilla.

—¿Cómo podría ella quedarse con mi fortuna si ni siquiera estaba casada conmigo? —intenté hacerle razonar. Pero el investigador parecía haber visto muchas series policiacas porque no dejaba de hacer conjeturas fantasiosas.

—Un hombre como usted, soltero, con una anciana como ella... no parece normal. A no ser que ella lo estuviese chantajeando.

—¿Cómo se le ocurre? —pregunté sorprendido—. ¿En qué me hubiese podido chantajear?

—Son cosas que a veces pasan, ¿me comprende, señor Gorder?

—¡Era mi novia! ¡La amaba! ¿Tanto le cuesta entenderlo? ¡Y mi apellido es Grodek! —grité, fuera de mí.

—Está bien, no se enfade. Sólo pensaba en voz alta. Puede marcharse, si lo necesito iré a visitarlo.

Extrañé a Helga, pero no puedo decir que me afectase verdaderamente su desaparición. Me dolió mucho ver que había sufrido, me conmovió su muerte, pero no tanto el hecho de que ya no estuviese más conmigo. No sé por qué, Helga me dominaba. Había algo en ella que le daba ascendente sobre mí, como en un sutil juego sadomasoquista. Parecía que ella supiese pulsar en mí el vestigio del Waldek sumiso de los días de Mauthausen. Le regalé sus últimos dos años, creo que fue verdaderamente feliz conmigo. Cuando desapareció caí en cuenta de que lo nuestro nunca hubiera funcionado. Acepté de nuevo la soledad como un mal menor.

Afortunadamente la policía no volvió a molestarme por la muerte de Helga. Pienso que la investigación no prosiguió por lo convulsionado que estaba el país en aquellos días. En febrero de 1992, un teniente coronel llamado Hugo Chávez había intentado dar un golpe de estado, pero fracasó y fue detenido por las fuerzas fieles a Pérez. Antes de ser encarcelado le permitieron dirigirse al país por televisión y soltó el lema que lo hizo célebre: «Por ahora». A partir de entonces, el gobierno de Carlos Andrés Pérez fue hostigado continuamente. Un segundo golpe militar tampoco tuvo éxito, pero el propio partido de Pérez le dio la espalda y el presidente fue acusado y condenado por la Corte Suprema de Justicia por malversación de fondos. Sus escasos partidarios señalaban que había sido un juicio político, movido por oscuros intereses, pero la sentencia fue firme y Pérez fue apartado del poder. Tras un gobierno interino que duró aproximadamente un año, ganó las elecciones Rafael Caldera que había fundado un nuevo partido, Convergencia Nacional, y contaba con el apoyo del Partido Comunista de Venezuela y otros de parecida índole.

En el país las cosas no mejoraban. Desde el viernes negro, diez años atrás, la economía de Venezuela iba de mal en peor. El *caracazo* del 89 todavía conmocionaba a los políticos llevándolos a un peligroso coqueteo con los partidos revolucionarios. Una de las primeras actuaciones de Caldera fue sobreseer la causa de los golpistas de 1992 y conceder una amnistía. Una vez más tuve que replantear mi situación. Como veinte años atrás sucedió en el Perú, ahora Venezuela se estaba transformando en un polvorín revolucionario. Aunque yo tenía la mayor parte de mi capital fuera del país desde la revuelta, empecé a preocuparme por MFK.

Durante el mandato de Caldera los partidos tradicionales de Venezuela casi desaparecieron. Por el contrario Hugo Chávez se hacía cada vez más popular hasta crear su propio partido, el Movimiento V República. En las elecciones de 1998 Chávez no tuvo rival.

El ex golpista desarrolló un sistema de gobierno de tendencia militarista y dictatorial basado, al estilo de Fidel Castro, en exaltados discursos por televisión durante horas y en cualquier momento. Pregonaba un proceso de cambios revolucionarios que estaba en constante transición. La actuación de Chávez era tan esperpéntica que pocos lo tomaron en serio. La mayoría de venezolanos adoptó una actitud pasiva ante la avalancha de cambios revolucionarios que el gobierno anunciaba. Pensaban que ello no se podría llevar a cabo en un país con tan amplia trayectoria democrática como Venezuela y que aquel histrión caería por su propio peso. Pero se equivocaron.

En 2001 ya tenía Chávez en marcha algunos de sus proyectos. La «receta infalible» de la revolución empezaba a reunir sus ingredientes. Se inició la expropiación de tierras y empezó a peligrar la propiedad privada. Tomé la decisión de liquidar mis bienes y salir del país, no pensaba dejar a Chávez y sus amigos lo que era mío. Venezuela se había transformado en un país sumido en el caos, una mezcla de comunismo, fascismo, populismo y militarismo se había apropiado de todos los poderes públicos. Yo había vivido eso en Polonia y también en Perú. La frase: «traidor a la patria» se utilizaba con tal ligereza que había perdido su verdadero significado; podía aplicarse a cualquier crítico, a cualquiera que no fuese un incondicional. Una vez más me había alcanzado el comunismo, del que yo estaba huyendo desde hacía cincuenta años.

Mi hermana Cristina sigue enviando sus cartas por correo ordinario. No tiene computadora ni le interesa Internet. A primeros de agosto de ese año 2001 recibí una carta suya donde me informaba que había un gran revuelo en Polonia porque Alemania había anunciado el pago de indemnizaciones a los antiguos prisioneros de los campos de concentración durante la Segunda Guerra Mundial. Me sugería que lo solicitase; aunque ella sabía que no me hacía falta el dinero – además, era muy poco–, creía que no debía renunciar a ese derecho. Al principio rechacé la idea, nada me apetecía menos que ponerme en fila ante una ventanilla entre otros antiguos presos, como en un nuevo *Apel*. Pero poco después empecé a verlo de otro modo. Si toda mi vida estuve evitando rememorar aquellos días terribles fue por evitar arrastrar el dolor y el odio, que me hubiesen marcado. Cuando salí de Mauthausen me dije a mí mismo: Has de olvidar todo esto o no podrás vivir. Pero ahora, a mis setenta y cuatro años cumplidos, eso ya no era problema. Por primera vez en mi vida tuve la sensación de poder mirar atrás con serenidad y aun con sentido del humor. Todo cuanto me había sucedido era tan rocambolesco, tan disparatado, tan ajeno a mis deseos... Ese mismo día tomé la decisión de escribir mis memorias. Ya no huiría más de mi pasado: volvería a Polonia, volvería a Auschwitz e iría a donde hiciese falta para solicitar mi indemnización. Y dejaría mi testimonio para abrir los ojos a quienes todavía creen que el hombre es timonel de su destino. Ya tenía previsto ir a Varsovia, quería ver a mamá, a Cristina y también la nueva casa que mi única sobrina estaba terminando de construir en el terreno donde antes había estado nuestra casa de campo en Dabrówka. La carta de mi hermana sólo aceleró mis planes.

Dos semanas después salí hacia Polonia. Varsovia había crecido tanto que Dabrówka era ahora un suburbio de la ciudad. La casa de mi sobrina era magnífica, les cedí la parte de la propiedad que me correspondía por herencia. Me conmovió ver a mamá, a sus noventa y seis años. Era frágil como un gorrión, pero siempre lúcida y bien arreglada. Desde que quedó viuda, treinta y siete años atrás, vivía sola. Nunca quiso vivir con Cristina. Hasta tenía un pretendiente del que, riéndose, lamentaba que fuera casado. Tuve la impresión de que nos encontrábamos por última vez. No descuidé el motivo principal de mi visita, la solicitud de la indemnización para lo que necesitaba algunos documentos que no fue problema conseguir. En las tres semanas que estuve en Polonia visité también Chojnów, Oswiecim y otros lugares que tan importantes fueron en mi pasado. Me informaron de que las solicitudes se tramitaban a través de una oficina dependiente de la ONU en Ginebra, así que tomé un vuelo a Fráncfort. Paseando por esa ciudad aparecí en la estación de ferrocarril y me apeteció continuar en tren hasta Ginebra.

Capítulo 17

Ginebra, Suiza – Septiembre, 2001

Y allí estaba yo, casi sesenta años después de mi cautiverio, reclamando mi indemnización. Ya oscurecía cuando miré por última vez los dos edificios que tenía frente a mí, que apenas destacaban sobre el gris del cielo. Me levanté del banco y paré el taxi que me llevó a un hotel. Subí a mi habitación y aunque no tenía hambre pedí un refrigerio. Después estuve repasando las notas que había empezado a escribir en Polonia y comprobé, con alguna sorpresa, que mi estado de ánimo era absolutamente tranquilo, a pesar de estar desafiando a los viejos fantasmas que siempre temí. Dormí plácidamente toda la noche.

De regreso al día siguiente a la Oficina de Repatriación y Refugiados de las Naciones Unidas, fui atendido por una empleada distinta. Al acercarme me dijo algo en francés, que no entendí.

–*Sorry, I don't speak French* –dije en inglés. La mujer no dio muestras de haber comprendido.

–*Ich kann nicht Französich* –repetí en alemán. Ella siguió con cara de pasmo.

–Señorita, tengo entendido que en Suiza el alemán es idioma oficial. ¿Usted no estudió en alguna escuela? –pregunté de nuevo en alemán, bastante disgustado.

–En Ginebra hablamos francés –me respondió en un alemán masticado. Como yo sospechaba, me entendía.

–¿Pero Ginebra no está en Suiza? –pregunté, exasperado.

–Está bien... intentaré recordar –dijo, como haciéndome un favor.

–El gobierno alemán está pagando indemnizaciones a los que trabajamos en los campos de concentración –expliqué, sin saber si me estaba entendiendo. Me sentía ridículo.

–¡Ah!... –dijo ella, con cierto fastidio– el pago por los trabajos en régimen de esclavitud. Tendría usted que hacer esas gestiones en su país natal.

–En Polonia me dijeron que debía hacerlas aquí. Lo que estoy gastando en viajes, hoteles y comida, es más de lo que voy a recibir, si es que recibo algo. Vengo desde Venezuela –dije, definitivamente indignado.

La expresión de la muchacha me hacía dudar si era poco despabilada o bien no estaba entendiendo nada. ¡Dios mío!, ¿quién organizaba aquello? Una pazguata que sólo hablaba francés para atender a los antiguos presos de los campos de concentración. ¡Como si hubiese habido muchos franceses en ellos! Se comunicó por teléfono con alguien, en francés. No entendí una palabra, excepto mi nombre. Me indicó que esperase y momentos después se acercó una señora con unos formularios en la mano.

–Buenos días, señor, soy Marina Schmidtt –dijo resueltamente en español–, me encargaré de tramitar su solicitud.

–Waldek Grodek –me presenté, alargándole la mano. Por fin encuentro vida inteligente, pensé.

–¿Viene usted de Venezuela? –me preguntó con una agradable sonrisa.

–Sí, resido allí. Fui a visitar a mi familia en Polonia y me enteré del pago de las indemnizaciones. Me indicaron que debía venir aquí.

–Soy peruana –explicó la mujer.

–Yo viví en el Perú –dije, gratamente sorprendido.

–¡No me diga! ¿Cómo fue que salió de allá? Déjeme adivinar... Por Velasco, ¿no es cierto?

–Efectivamente –confesé–, era imposible vivir así.

–Mi familia se vino cuando expropiaron nuestras tierras.

–Yo pude salir de allá antes de que expropiasen mi negocio, tuve suerte. Y lo vi venir –añadí, con un guiño.

–Los peruanos de esa época estamos repartidos por todo el mundo –comentó, riendo. Aquí me casé y tuve mis hijos. Déjeme comprobar si los datos de su solicitud son correctos –añadió, revisando mi expediente. Por fin alguien se preocupaba por mi caso.

Repasó las hojas una a una, asintiendo con la cabeza. Después me pidió que la acompañara.

—Debemos certificar la firma ante el notario, yo haré de traductora —me miró y volvió a sonreír.

Terminadas las gestiones estuvimos conversando un buen rato. Llamó su atención lo joven que yo era cuando pasé aquella terrible experiencia y mostró interés por mi situación. Le conté que había empezado a escribir mis memorias y prometí dárselas a leer algún día. Hasta me invitó a café y pastelillos. Fue la única persona amable que encontré en aquella oficina.

«Pago por los trabajos en régimen de esclavitud». Aquellas palabras aún resonaban en mis oídos cuando por fin abandoné el edificio. Las sentí duras, humillantes, especialmente por la indiferencia con que fueron dichas. Pienso que en la ACNUR deberían trabajar personas con gran sensibilidad. Era indudable que aquella señorita no tenía la menor idea de lo que fueron los campos de concentración nazis ni le preocupaba saberlo.

Esa misma noche partí, de nuevo por ferrocarril, hacia Francfort. El recorrido duró unas siete horas. El viaje en tren, con sus sonidos familiares, me resultó reconfortante. Hasta el día siguiente no salía mi vuelo para Nueva York, así que dediqué la tarde a pasear por la ciudad en la que había pasado tan buenos momentos en mi juventud. Caminando por las calles de Francfort, por los mismos lugares por los que anduve con mi entrañable amigo Stefan hacía tantos años, pude reconocer los mismos edificios, la misma estación de tren, las mismas avenidas... La ciudad había cambiado poco. Europa siempre significó para mí la permanencia.

El día amaneció lluvioso, pero en cuanto el avión atravesó el techo de nubes apareció un sol radiante. Cerré los ojos tratando de dormir, pero los pensamientos se agolpaban en mi cerebro. Pensé en la familia que quedó en Polonia. Mi madre, tan anciana, superviviente de tantos sufrimientos. También ella tendría mucho que contar, me dije. Mi hermana y mi sobrina, saliendo a flote tras tantos años de opresión. Ahora vivían bien; Polonia había salido del régimen comunista y se estaba volcando a la democracia. Pronto formaría parte de la

Unión Europea. Yo habría ido hasta el fin del mundo huyendo del comunismo pero el comunismo me había perseguido por todas partes; primero el Perú, después Venezuela... A medida que Polonia recuperaba la normalidad, Venezuela la iba perdiendo. Parecía que algún extraño resorte del destino jugase conmigo como el gato con el ratón.

Por un momento me planteé la posibilidad de volver a Polonia. Pero no sería fácil, estaba demasiado lejos, era otra forma de trabajar, sería como empezar desde cero y ya no tenía edad para eso. Me iría a Estados Unidos, donde debí ir desde el principio. Un país que nunca podría caer en las garras del comunismo. Cerraría las empresas en Venezuela y conservaría las de Panamá y Puerto Rico, aunque no fuesen tan rentables. Pensé en mi hijo. Aunque físicamente nos parecemos, reconozco que él es un hombre más tranquilo, más sereno que yo. Tal vez sea porque le tocó vivir otra clase de vida. Por suerte, su esposa resultó ser una buena compañera. Me sentí orgulloso de él. Ya era hora de que dirigiese los negocios, estaba bien preparado. Di una mirada a mi agenda y vi la cita que tenía para el día siguiente: J. Clark, agencia inmobiliaria – 11 septiembre, 8:45 a.m.

Siempre he pensado que la comida de los aviones no alimenta, pero entretiene, creo que ésa es su función. Después del tentempié el sueño me venció y me quedé dormido hasta que me despertaron los avisos de aterrizaje, poco antes de llegar al aeropuerto de Newark.

Busqué un hotel próximo a la zona financiera de Manhattan, donde debía encontrarme con Joana Clark. El taxi me condujo por el túnel Holland que atraviesa el río Hudson y me dejó frente al hotel Windsor. Estaba en el barrio chino, no era exactamente lo que yo tenía pensado pero el taxista me lo recomendó con insistencia y hasta me acompañó al mostrador de recepción, con mi equipaje. Supongo que tendría algún interés, pero el Windsor no estaba mal, la atención era magnífica y quedaba relativamente cerca de la zona financiera de modo que me avine a alojarme allí.

Los martes nunca me gustaron. Mis pequeñas supersticiones me han acompañado toda la vida, pero tenía una cita y salí a encontrarme con Joana Clark, la agente inmobiliaria.

Tomé por Park Row Street, casi a la salida del hotel y me dirigí a pie hasta la zona financiera. El día era claro, prometía ser soleado. Respiré el aire fresco de la mañana y me encaminé con paso decidido. Me gusta andar, afortunadamente mi salud es fuerte a pesar de que no me cuido demasiado. No me vendría mal caminar unas cuantas manzanas.

Las torres gemelas lucían imponentes, dos edificios sin más adorno que su propia geometría. De 420 metros de altura aproximadamente, eran el sueño de cualquier arquitecto y en aquel momento una de ellas era también el mío. Tenía planeado alquilar allí unas oficinas para centralizar mis operaciones. Estaba eufórico, deseando cerrar el trato con Joana, que me esperaba en el piso 82 para mostrarme lo que sería la nueva sede de MFK.

Cuando llegué, Joana me estaba esperando. Las oficinas acababan de ser remodeladas, eran magníficas y tenían una increíble vista hacia el Hudson y la autopista del West Side. Se podía divisar Greenwich Village y casi toda la isla de Manhattan. Yo miraba extasiado el inacabable paisaje pero Joana se empeñó en mostrarme el resto de las dependencias, así que a pesar mío dejé los ventanales y fui tras ella. De pronto, oímos un estruendo ensordecedor seguido de un estremecimiento del edificio. Instintivamente me alejé de las ventanas, la mayoría de cuyos vidrios se rompieron. Algún tipo de líquido chorreaba por el exterior, goteando abundantemente entre los vidrios rotos. Pronto el olor a humo y queroseno lo invadió todo. No tenía ni idea de lo que estaba sucediendo, pero comprendí que había que salir de allí sin perder un segundo. Cogí a Joana por el brazo y la empujé hacia el corredor que comunicaba con los ascensores. Un tumulto se agolpaba ya frente a ellos. «¡Un terremoto!», gritaban algunos. Yo estaba seguro de que aquello no era un terremoto, allí no hubo más movimiento que el producido por un impacto o una explosión. Por absurdo que pareciera, yo pensaba que nos habían bombardeado. Un hombre uniformado que parecía ser un guardia de seguridad trataba de calmar a la gente y poner orden sin mucho éxito.

–*Schody bezpieczeństwa publieznego! Gdzie sa schody bezpieczeństwa?!* –le grité lo más alto que pude, para hacerme oír entre el gentío.

275

Lo sacudí por los hombros con fuerza y volví a gritarle.

—¡Todos debemos salir de aquí! ¿Dónde están las escaleras de emergencia? —de pronto caí en cuenta de que estaba hablando en polaco. Volví a repetir la pregunta en inglés. El hombre dio media vuelta y corrió hacia un lado, giró una esquina del pasillo y nos hizo una seña a todos los que corríamos tras él. Nos agolpamos en la entrada de la escalera sin ningún orden, todos querían bajar a la vez y nadie conseguía moverse. Respiré hondo y lancé el discurso más importante de mi vida. Mi voz salió como un rugido, desde mi estómago.

—¡Alto! ¡Alto! —quedaron en silencio—. ¡En orden, uno por uno! ¡Y rápido! ¡No debemos perder tiempo! ¡Abajo, abajo!

La gente comprendió que un poco de orden era imprescindible y la mayoría moderó su impaciencia. Un río de personas empezó a correr, escalera abajo.

En el breve momento en que se hizo silencio me pareció oír gritos que procedían de la parte superior. Eran llamadas de auxilio. Subí por la escalera intentado localizar el origen de los gritos pero enseguida el calor se hizo insoportable. Las puertas contra incendios estaban tan calientes que era imposible no sólo tocarlas, sino incluso acercarse a ellas. No se podía pasar por allí. Comprendí que aquella gente estaba atrapada, no tenía salvación.

El olor a combustible y el humo estaban por todas partes, haciendo difícil la respiración. Bajé los peldaños de tres en tres hasta alcanzar el tropel de gente que descendía. Busqué a Joana, era una de las últimas. En cada piso se unía más gente a la que íbamos bajando desde los pisos superiores y cada vez el descenso se hacía más lento, mientras la desesperación de todos crecía por momentos. Joana Clark estaba a mi lado tratando de decirme algo. La mujer se disculpaba por lo que sucedía.

—¡No sé cómo ha podido pasar esto! —gritó—. ¡Aquí nunca ocurre nada, este edificio es uno de los más seguros!

Me pareció que ella no se percataba de la gravedad de la situación. Le pedí que se quitara los zapatos para que se moviera con más facilidad. Ninguno de nosotros sabía lo que estaba sucediendo, cualquier idea parecía imposible. No era un terremoto, eso para mí era evidente. Yo seguía pensando en una bomba o un misil, pero la idea era descabellada. ¿Quién podría bombardear las torres gemelas de Nueva York? ¿Los extraterrestres? Aquello no tenía sentido pero la situación era real y no había tiempo de pararse a pensarlo.

Habría transcurrido un cuarto de hora aproximadamente, seguíamos empujándonos unos a otros escalera abajo, cuando se oyó otro estruendo similar, aunque más lejano. Muchos empezaron a gritar y yo deduje que por imposible que pareciese, definitivamente nos estaban atacando. En la escalera había cada vez más humo y se hacía difícil respirar, muchos empezaban a tener síntomas de asfixia y a sentirse sin fuerzas. Recordé las tácticas de emergencia que aprendí con los Boy Scouts. Arranqué a Joana su pañuelo del cuello y lo partí en dos, me puse de espaldas en una esquina de la escalera y oriné sobre las dos mitades. No sé como pude hacerlo, en los momentos de mayor angustia uno es capaz de pensar y hacer las cosas más desesperadas. Tampoco comprendo cómo Joana se cubrió sin chistar la nariz y la boca con su mitad, igual que hice yo con la mía. Cosas inexplicables que sólo pueden suceder en situaciones extremas. Ella estaba tan aterrorizada que hubiese hecho cualquier cosa que yo le hubiera pedido. El amoniaco de la orina serviría de filtro, por lo menos era lo que yo había aprendido.

Cerca del piso 20 vimos una cuadrilla de bomberos que subía en contra de la corriente. Tenían los rostros desencajados, parecían extenuados subiendo con sus equipos a cuestas. Los acosamos con preguntas.

–¿Qué sucede? ¿Nos están bombardeando? –pregunté.

–Un avión de pasajeros se estrelló contra la torre– dijo uno de ellos, pero no se preocupen, tengan calma... trataremos de apagar el fuego.

No creí que pudieran apagar el fuego causado por un avión con el equipo que llevaban. Pensé en el combustible que contenían esas naves y entendí el olor y el líquido chorreando por las ventanas. Habíamos bajado ya sesenta pisos y el humo todavía era insoportable, eso indicaba que el fuego estaba bajando, propagado por el combustible. Pronto todo sería una tea ardiente, si no lo era ya.

—No creo conveniente que deban subir –dije a los bomberos–. Arriba hay un horno, no podrán hacer nada. Hubo dos explosiones, ¿la segunda también fue un avión?

—No lo sé, nosotros estábamos subiendo cuando la oímos –respondió uno de ellos–. Hemos de seguir, hay mucha gente arriba... –vi en sus ojos la desesperanza. Parecían comprender lo inútil de sus esfuerzos.

Joana se desvaneció y bajé los últimos diez pisos con ella cargada a mi espalda. Al llegar al suelo, inmediatamente unos bomberos la socorrieron con oxígeno. Se recuperó y trató de dar unos pasos pero apenas pudo ponerse en pie, creo que estaba más grave de lo que parecía. Me dijeron que la llevara hacia el estacionamiento de ambulancias y así lo hice. Cuando la dejé en manos del personal sanitario, aún seguía tratando de darme excusas. La tranquilicé y me fui de la zona, dejando espacio a los que llegaban con más heridos.

Miré hacia arriba, quería ver el lugar donde se había incrustado el avión en la torre, pero desde donde estaba no lo podía divisar. Sólo se veía el humo negro que salía a borbotones, unos pisos por encima de donde yo había estado. Los daños eran enormes, los bomberos que subían no podrían hacer nada.

—¿Qué fue la segunda explosión? –pregunté.

—Otro avión –contestó un bombero que parecía estar al mando.

—Llame a sus hombres, la torre se va a colapsar. Llámelos o los estará condenando a la muerte –insistí, desesperadamente.

—Arriba hay tomas de agua –me explicó. El hombre se encontraba en un dilema entre su deber y la vida de sus compañeros.

—No hay nada que hacer, todo el edificio está en llamas. Tal vez el hueco de los ascensores sirvió de vía para el combustible, la torre se debe estar fundiendo por dentro. Acabo de bajar de ahí, es un horno –insistí.

El hombre se comunicó con los del interior, ordenándoles bajar. Mientras tanto, la policía estaba acordonando la zona y alejando a todo el que no tuviese nada que hacer allí. Me retiré unos treinta metros, desde esa distancia tenía una mejor vista de las torres. La segunda parecía aún más afectada. El avión se había empotrado más abajo que en el primer edificio. No podía creer lo que estaba viendo. Era muy inverosímil que un avión de pasajeros chocase con uno de los rascacielos. Pero, ¿dos? Creo que ya todos comprendíamos que aquello no podía ser un accidente.

Eran las diez de la mañana y los bomberos seguían entregados a la tarea de rescate más que a la de apagar el fuego. Salían con gente desmayada mientras otros subían a la segunda torre, la torre sur. Yo sabía que todo era en vano. Los que quedaron atrapados por encima del fuego estaban condenados a morir. Algunos se arrojaban al vacío, fueron cientos, era una lluvia continua. Traté de volver a hablar con los bomberos, pero no pude acercarme, habían cercado la zona y, además, nadie escuchaba a nadie, el caos era total. Poco después un nuevo estruendo, esta vez diferente, empezó a dejarse oír. Fue progresivo, como una ola en una tempestad, y mucho más ensordecedor que el de los impactos. El suelo empezó a temblar, aquello sí parecía un terremoto. Vi entonces que la torre sur estaba cediendo. No podía creerlo, pero se venía abajo. Empecé a correr desesperadamente por West Broadway en dirección a Tribeca, doblé la esquina de Barclay y seguí corriendo hasta que encontré refugio en el dintel de una puerta. Necesitaba tomar aliento. El suelo trepidaba cada vez más y el ruido ensordecedor no era comparable a nada que yo hubiera oído antes. Una nube de polvo lo cubrió todo oscureciendo el día. La torre sur se había desplomado con toda la gente dentro, incluyendo los bomberos y policías que intentaban el rescate.

Tardé varios minutos en reaccionar. Todo quedó cubierto, rebozado por todas partes por una gruesa capa de polvo blanquecino. No veía nada, apenas podía respirar. Todos estábamos conmocionados; bomberos, policías, la gente, todos. Cuando pude, salí de mi refugio para sacudir el polvo que me cubría completamente. Parecía que lo peor ya había pasado. La puerta donde me había refugiado era de una cafetería. Los que estaban dentro seguían la noticia por televisión. El polvo que me había entrado en la boca me impedía tragar y hasta respirar, entré en el bar y recuerdo que alguien me dio un vaso de agua. Vi en la pantalla que la otra torre seguía en llamas.

Estuve un buen rato mirando, como hipnotizado, las imágenes de la pantalla. Mostraban una y otra vez los aviones chocando contra las torres. Ya se empezaba a decir lo evidente, que eran ataques terroristas. También dijeron que otro avión a las 9:43 había sido estrellado contra el Pentágono, mientras que un cuarto avión, a las 10:10 había caído a once kilómetros de Pittsburgh.

Estaba sentado en la barra frente al televisor, mirando como ardía la torre de la antena, la torre norte en la que yo había estado, cuando contemplé con estupor que empezaba a desmoronarse como un castillo de naipes. Otra vez el suelo tembló al caer la inmensa mole. Yo lo estaba viendo por televisión y al mismo tiempo sentía el ruido pavoroso que lo llenaba todo, el temblor de la tierra como un terremoto y veía como afuera todo se iba oscureciendo de nuevo. Parecía estar viendo una película y al mismo tiempo formar parte de ella, una pesadilla que se repetía interminablemente. Tuve la sensación de que todo era irreal, que el mundo que yo conocía se empezaba a hacer pedazos. No recuerdo cómo salí del bar ni qué hice después. Cuando recuperé la razón me vi caminando por el centro cívico junto a otras personas igualmente desoladas. Deambulábamos sin saber qué hacer, como fantasmas cubiertos por una densa capa de polvo y cenizas.

Nadie podía entrar o salir de la isla de Manhattan. Los puentes Lincoln y Tapance estaban cerrados. El metro suspendió su servicio. Poco antes de las once de la mañana vi en el televisor de un comercio que el presidente Bush se dirigía a la nación desde Florida. Confirmaba que los ataques habían sido perpetrados por terroristas. Más tarde supe que existía una red de terroristas islámicos llamada Al Qaeda. Su jefe era Osama Bin Laden, un líder religioso que había planificado un ataque masivo llevado a cabo por pilotos suicidas que a cambio de la muerte y la destrucción, esperaban ser premiados por su dios con el paraíso. Al otro lado del mundo la gente vitoreaba feliz, a este lado el llanto y la desesperación nos embargaban.

Sentado en el borde de un pequeño muro, contemplando aquella tragedia inigualable, me vinieron a la mente todos los momentos de locura que había vivido a lo largo de mi vida. Pensé que el ser humano no ha variado mucho desde la época de las cavernas. Quizás sí, para peor. ¿Quién podría hablar de civilización ante una barbarie así? Hasta aquella mañana yo creía conocer el mal, la guerra y el horror. Pero estaba equivocado, la maldad del ser humano puede llegar más allá de lo imaginable. No había un dios que nos salve o condene, ni había ningún medio para estar seguro en ninguna parte, en ninguna circunstancia, ni regla inequívoca que seguir. ¿Qué me protegió aquella mañana? La suerte, el instinto... ¿Sería el mismo instinto que empuja a los hombres a matarse unos a otros?

Para mí era suficiente. Ya estaba harto de creencias y fanatismos, y también de huir de los problemas buscando un refugio ideal. El refugio ideal no existe, porque no hay lugar donde el mal, la ambición y el fanatismo no puedan llegar. Mi utopía se desvaneció en ese momento. Decidí regresar a Venezuela y seguir allí. Si del mal no se podía huir, la única posibilidad era combatirlo en su origen.

Capítulo 18

Desde Nueva York fui a Chicago, a visitar a mi hijo Henry. Quería pedirle que se hiciera cargo de mis empresas fuera de Venezuela, ya era momento de pasarle el testigo. Él trabajaba en una industria de motores y conocía bien el negocio, además yo le asesoraría siempre que lo necesitara. Logré convencerle de que era el momento más oportuno y después de pasar unos días con él y el resto de su familia, regresé a Caracas, dejando encargado de los trámites necesarios a un despacho de abogados.

El año 2002 empezó en Venezuela con una serie de paros, huelgas y acciones tan insólitas como la solidaridad que unió a empresarios y sindicatos. Al desatino político se unía la provocación y la prepotencia: Chávez destituyó a los miembros de la directiva de Petróleos de Venezuela a través de una de sus cadenas de televisión. El presidente parecía divertirse linchando políticamente a cualquiera que se interpusiese en su camino. Aquello causó gran indignación y como resultado, la Confederación de Trabajadores de Venezuela llamó a la huelga a todos los sectores del país. Insólitamente, los empresarios se sumaron al paro y por primera vez, la empresa petrolera se unió también a las protestas. La sociedad civil, que siempre se había mantenido neutral, se unió al descontento generalizado y empezaron las marchas. Una enorme cantidad de personas marchaban diariamente, las manifestaciones de este tipo se convirtieron en el pan de cada día. El paro se fue prolongando y por fin se convocó una gran manifestación. Todos unidos, trabajadores y empresarios entre los que me encontraba yo, salimos a la calle el 11 de abril.

Me uní a la marcha en Chuao. Miles de personas se arremolinaban justo frente al edificio de Petróleos de Venezuela. Ya no había espacio, pero seguía llegando gente, armada con silbatos, cacerolas y banderas, lanzando consignas. Se respiraba un sentimiento de esperanza, de alegría, de liberación, algo diferente a lo que yo había sentido hasta ese momento en otras acciones de este tipo. Los venezolanos tienen una manera muy particular de manifestarse, pronto me vi contagiado de aquel entusiasmo que emana sólo de los pueblos ingenuos, sin malicia, como el que había escogido para vivir.

—¡Vayamos a Miraflores! —oí decir a alguien entre la multitud. Es el lugar donde se encuentra el palacio de gobierno. Enseguida todos repetíamos lo mismo «¡A Miraflores! ¡A Miraflores!».

La marcha era gigantesca, las imágenes de televisión mostraron que abarcaba varios distritos simultáneamente, desde Sucre hasta Libertador, pasando por Chuao y Chacao. Yo estaba eufórico, fui adelantándome hasta llegar a la cabeza de la manifestación. Vi rostros de políticos conocidos que caminaban hombro a hombro con los demás. Estábamos llegando a las inmediaciones del palacio de Miraflores, unos metros más y habríamos logrado el objetivo. No creo que alguien tuviese un plan concreto sobre qué hacer al llegar allí, el hecho de acercar nuestra protesta nos parecía una manera de que fuésemos escuchados por el presidente. La mayoría pedía respeto por la gente despedida de Petróleos de Venezuela y había también una serie de demandas concretas en contra de seguir por el camino revolucionario izquierdista que el gobierno parecía empeñado en transitar. La gente no quería que Venezuela se convirtiese en una nueva Cuba.

Al acercarnos a la sede del gobierno la marcha se cubrió de humo. Nos estaban arrojando bombas lacrimógenas y la gente se dispersó en desbandada. Pasados unos momentos, volvimos a agruparnos para seguir adelante, pero los botes de humo seguían cayendo y nos impedían avanzar.

—¡No tenemos miedo! —gritábamos.

—¡No pasarán! —respondían desde el otro lado.

Había otra manifestación frente a Miraflores. Era mucho más pequeña, pero suficiente para ocupar el espacio entre nosotros y el palacio. Los oficialistas se habían apropiado del sitio como si únicamente los partidarios del gobierno tuviesen derecho a estar allí. Estaban protegidos por guardias nacionales, que nos arrojaban bombas lacrimógenas sin cesar. Chávez se había parapetado detrás de sus partidarios. A pesar de ello continuamos con nuestro avance. De pronto, un hombre cayó al suelo, a mi lado. Otro, un poco más allá. Una mujer, acribillada pocos metros más adelante. Me tiré al suelo para protegerme de los disparos. ¿Quién disparaba, los guardias o los otros manifestantes? No podía verlo, estaban tan juntos... Aquello era una cacería, nosotros no teníamos armas ni modo de defendernos. Mi bandera quedó tirada, manchada por la sangre de un compañero al que intenté arrastrar sin conseguirlo, porque una lluvia de balas hacía imposible su rescate. Rodeado de muerte, ciego por el humo de los gases lacrimógenos, me arrastré fuera del alcance de los proyectiles. Por los altavoces a todo volumen salía la voz del presidente diciendo que había dado la orden de encadenar su discurso por radio y televisión. Así se aseguraba de que nadie viera la masacre que estaba ocurriendo.

Abatido, caminé por las calles minutos antes repletas de entusiasmo, ahora desiertas y con sabor a tragedia. Regresé a casa cabizbajo, el olor familiar de la sangre y la pólvora impregnado en mi nariz, en mi ropa, en mi cuerpo.

En la tragedia de Nueva York descubrí que era inútil intentar escapar, no existe un lugar seguro. Y yo había estado huyendo toda mi vida... ¡No, eso no es cierto! Yo no escapé de Polonia durante la invasión nazi ni me quedé a un lado como hizo Stefan. Yo entonces luché, a pesar de tener sólo catorce años, y el castigo que recibí fue tan terrible que nunca más pude volver a luchar. El tiempo pasado con los americanos, incluso con los tanques, fue un simple trabajo. Desde que salí de Mauthausen sólo pensé en escapar, en alcanzar una especie de Utopía, mi paraíso de palmeras y bellas mujeres donde pudiese vivir feliz, a salvo de la maldad y el odio.

Pero el atentado de Nueva York me había abierto los ojos. Ahora que por fin comprendo que del mal no se puede huir y que después de tantos años me enfrento a una lucha que considero inevitable... llega de nuevo la violencia desproporcionada, la represión feroz, el dolor y la muerte. ¿Cómo consiguen tan sólo unos pocos hombres llevar a toda la Humanidad por ese camino? ¿Qué clase de gen de maldad comparten

Hitler, Stalin, Bin Laden y otros muchos que han provocado y siguen provocando la desdicha de tantos millones de personas? Y lo más extraño de todo ¿por qué tanta gente los sigue?

Pienso que la historia es repetitiva porque los hombres tenemos mala memoria. Los muertos no hablan. Los supervivientes olvidan, callan como lo hice yo durante tanto tiempo y los pocos que llegamos a contar nuestras experiencias nos convertimos en algo de apariencia irreal: mitad mito, mitad tópico; testimonios de un pasado que muchos creen que no puede volver. ¿No se dan cuenta de que el mundo es como un tren de feria, dando vueltas siempre por los mismos lugares?... Las nuevas generaciones se equivocan al pensar que los errores no pueden repetirse. No es así. Se repetirán los mismos desatinos, se izarán las mismas banderas, volverán los mismos líderes y el horror empezará otra vez. No importa cuántas veces suceda, así es y será.

¿Valen las pirámides de El Cairo, la Muralla de China, el Coliseo de Roma, lo que costaron en vidas y sufrimiento? ¿Qué queda de los grandes imperios? ¿Han solucionado algo las guerras a lo largo de los siglos, con toda su tragedia y sus millones de muertos?

Definitivamente es el tiempo quien gana todas las batallas. Acabó con los nazis, con la Unión Soviética, acabará con Bin Laden, con Castro, con Chávez... y también conmigo. Ahora, a los setenta y nueve años ¿tiene sentido seguir buscando la libertad de vivir en paz? ¿Acaso no está ya próxima una paz absoluta y definitiva?

Nunca debí salir de mi Polonia natal. Nunca debí ser *boy scout;* nunca debí enfrentarme a los nazis. ¡Qué inútil es el arrepentimiento! Estoy seguro de que si el tiempo volviese atrás, todo sucedería tal cual fue. Tampoco uno mismo aprende. Los jefes y los brujos de las tribus... Política y religión. Con otros nombres, pero siguen ahí. Nunca nos libraremos de ellos.

Hoy llamó Cristina de nuevo. Mamá ha muerto. Había cumplido cien años. Su luz se apagó como un susurro.

Estoy solo y cansado. Me invade un profundo desaliento, no tengo más deseos de mirar atrás. Cierro los ojos bajo el creciente peso de mis párpados y aparecen uno a uno nítidos en mi mente los rostros de Olenka, Wanda, Bolek, el judío Benek, Mónica, Helga, Keller y mi madre, mirándome sonrientes. También está mi vieja perra Aza. Parece una bienvenida y deseo ir con ellos. Finalmente veo las conocidas facciones siempre enjutas de mi padre, pero esta vez me sonríe. Ya no está enfadado conmigo y yo por primera vez, soy feliz. Siento una fuerte brisa entrar por la ventana abierta; las hojas de mi manuscrito están esparcidas por el suelo pero no es necesario recogerlas. No importa que el viento se las lleve, sé que irán donde deban llegar. Ya encontré lo que he buscado con tanto afán. Mi búsqueda terminó.

Si le gustó esta novela, puede buscar mis otras obras en Amazon:

EL LEGADO, misterio, intriga e historia unidos. La vida del personaje más controversial entre los allegados a Hitler: su astrólogo. El vidente Erik Hanussen. El único que se enfrentó al Führer y osó retar al destino. (Se puede conseguir en papel en algunas librerías de Chile, Argentina, Uruguay y México)

EL CÓNDOR DE LA PLUMA DORADA, una historia de amor que dio inicio al secreto mejor guardado de los incas. El imperio incaico, su visa, guerras intrigas... Absolutamente documentada. Finalista del Premio Novela Yo Escribo.

EL MANUSCRITO 1 El secreto, La novela que batió todos los récords de venta en Amazon y actualmente a la venta en todas las tiendas digitales, en los primeros lugares. Ahora bajo el sello B de Books de Ediciones B. También en formato impreso en Chile, Uruguay, México y Estados Unidos. Un manuscrito misterioso en el que está escrita la vida de las personas es hallado por un escritor fracasado. Nicholas Blohm comprende que debe ubicar a los personajes de la novela y... se convierte en uno más.

DIMITRI GALUNOV es un niño encerrado en un psiquiátrico porque pensaron que estaba demente. ¿Quién es Dimitri? Best seller en ciencia ficción, una historia que podría ocurrir ahora en cualquier lugar.

LA ÚLTIMA PORTADA, relata la historia de Parvati, la hermafrodita. Hombres y mujeres se sienten atraídos por ella. El abandono de la espiritualidad frente a la decadencia de Occidente. Apasionante historia de amor. Bajo el sello B de Books de Ediciones B.

EL PISO DE LA CALLE RYDEN, y otros cuentos de misterio, más una novela corta: Octavia y Francesco. Relatos cortos de no más de tres páginas, intensos, oscuros, misteriosos.

Acerca del autor

Blanca Miosi nació en Perú y vive desde hace décadas en Venezuela. Publicó su primera novela El pacto en 2004. Otra obra suya, El cóndor de la pluma dorada, quedó finalista en el concurso Yo escribo en el 2005.

La búsqueda, (Roca Editorial 2008, Barcelona España), un relato basado en la vida de su esposo, prisionero superviviente del campo de concentración de Auschwitz, tuvo una gran acogida. Fue ganadora del Thriller Award 2007. Actualmente con los derechos literarios en posesion de la autora.

En 2009 publicó El legado (Editorial Viceversa, Barcelona, España). Un fascinante relato sobre una saga familiar basada en el personaje de Erik Hanussen, considerado durante muchos años el mejor vidente de Berlín y consejero personal del Adolf Hitler. A la venta en España, Sudamérica y ahora en Amazon en formato Kindle y de papel.

A partir de febrero de 2012 publica su novela El manuscrito 1 - El secreto (Ediciones B, con el sello B de Books y en Estados Unidos, Chile, Uruguay, México y Colombia en edición impresa). Seleccionada como la novela más vendida en Amazon España. Actualmente la editorial Beyaz Balina de Turquía tiene los derechos de traducción a ese idioma.

La búsqueda, su novela estandarte ocupa desde hace diez meses el primer lugar en todas las categorías de la lista de best sellers en español en Amazon.com.

En noviembre de 2012 fue invitada de honor por la República de Taiwán para representar a Perú el en Vigésimo Segundo Congreso AMMPE (Asociación Mundial de Mujeres Periodistas y Escritoras). Su ponencia, "La edición digital y cómo utilizar las redes sociales para promover al escritor," tuvo gran acogida por el público.

Es miembro activa del Círculo de Escritores de Venezuela y profesora de la Academia de Escritores con el curso, "Cómo escribir un best seller."

Si desea saber más sobre mí o comunicarse conmigo puede escribirme a: **blancamiosi@gmail.com**

Página Web:
bmiosi.com

Mi página de autor en Amazon:
amazon.com/author/blancamiosi

Mi blog:
blancamiosiysumundo.blogspot.com

32866913R00179

Made in the USA
San Bernardino, CA
17 April 2016